소녀들은 양벚나무가 활짝 핀 아름다운 길을 따라 걸어갔다.
머리에는 꽃을 엮어 만든 화관을 쓰고 …….

프린스에드워드 섬

캐나다의 프린스에드워드 섬은 루시 모드 몽고메리가 태어난 곳이자 앤 이야기의 배경이 되는 곳이기도 하다. 몽고메리와 앤의 향기가 듬뿍 묻어나는 장소들을 사진으로 만나 보자.

◀ 초록 지붕 집

앤이 입양되어 매슈, 마릴라 남매와 함께 살게 된 곳이다. 집 앞에는 작은 시내가 흐르고 있다. 초록 지붕 집 안에는 앤 이야기에 나오는 갖가지 물건들이 모두 전시되어 있기 때문에 이야기 속의 인물들이 금세 튀어나올 것만 같다.

▼ 프린스에드워드 섬의 목초지

프린스에드워드 섬의 평화로운 전경. 몽고메리에게 풍부한 상상을 불러일으켜 준 곳이다.

▲ 앤의 방

초록 지붕 집 2층에 있는 앤의 방이다. 앤이 학교에라도 간 걸까? 조금 전까지도 앤이 이 방에서 꿈을 꾸는 듯한 표정으로 상상의 세계에 젖어 있었을 것만 같다. 햇살이 따스하게 들어오는 창 밖으로 앤과 다이애나의 만남의 장소, 유령의 숲이 펼쳐진다.

◀ 루시 모드 몽고메리의 집 내부

 앤을 탄생시킨 몽고메리의 생가가 그대로 보존되어 있다. 마치 동화 속에 나오는 것처럼 아담하고 정겨운 실내를 엿볼 수 있는데, 부엌에 있는 작은 난로는 마치 초록 지붕 집에 있는 것 같은 느낌을 준다. 이 밖에도 몽고메리의 웨딩드레스를 비롯한 많은 유품들이 남아 있다.

에이번리 마을

1. 초록 지붕 집
2. 다이애나의 집
3. 린드 부인의 집
4. 교회
5. 목사관
6. 우체국
7. 학교
8. 연인의 오솔길
9. 마을 회관
10. 길버트의 집
11. 반짝이는 호수

카모디로 가는 길

메아리 오두막집

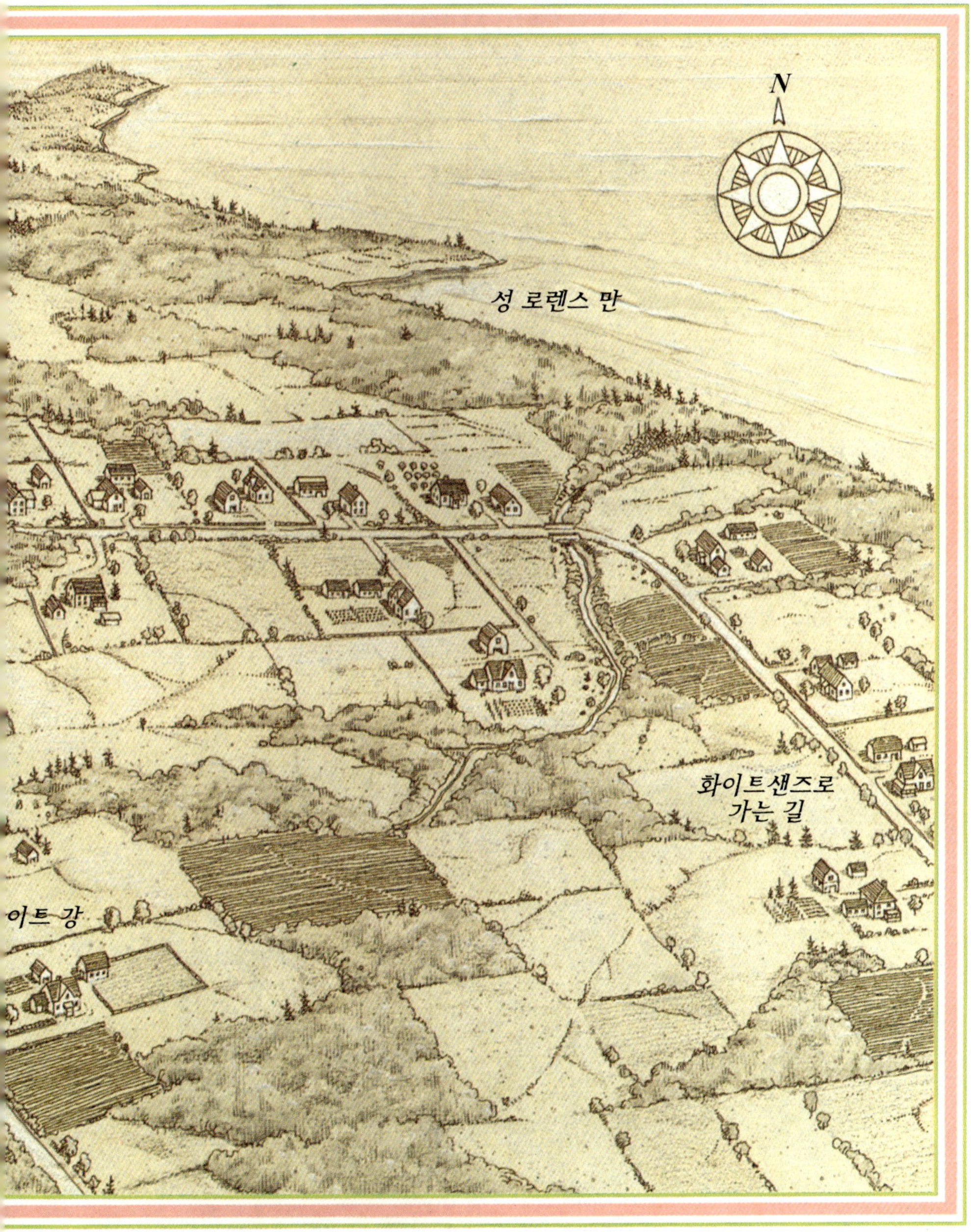

성 로렌스 만

화이트샌즈로
가는 길

이트 강

에이번리 사람들

앤 셜리 *Anne Shirley*

우여곡절 끝에 매슈와 마릴라 커스버트 남매의 집에 입양된 앤은 두 사람에게 각기 다른 방식의 사랑을 받으며 자란다. 엉뚱한 상상을 즐기던 이 빨간 머리 소녀가 어느 새 16살이 되어 자신이 공부한 에이번리의 학교에서 학생들을 가르치는 선생님이 되었다.

길버트 블라이드 *Gilbert Blythe*

어린 시절부터 앤을 좋아한 길버트는, 대학 진학을 포기하고 신생님이 되기로 한 앤을 위해 에이번리 교사 자리를 양보한다. 앤과는 친한 친구로 우정을 나누고 있지만, 언젠가는 사랑으로 두 사람이 맺어질 거라는 믿음을 가지고 살아가는 성실하고 멋진 청년.

마릴라 커스버트 *Marilla Cuthbert*

겉으로는 무뚝뚝해 보여도 앤을 친딸 이상으로 아끼고 사랑한다. 매슈가 세상을 떠난 후 이제 앤에게 의지하며 살고 있다. 시력이 많이 나빠졌음에도 불구하고 친척 쌍둥이를 맡아서 기르는 속정이 깊은 마릴라는 앤의 앞길을 막지 않기 위해 한 가지 결심을 하는데…….

데이비와 도라 *Davy and Dora*

마릴라의 친척인 쌍둥이 남매. 도라는 얌전하고 착하지만 데이비는 세상에서 둘째 가라면 서러울 천하의 말썽꾸러기. 도라는 폴 때문에 진흙범벅이 되기도 하고 헛간에도 갇히는 수난을 겪기 일쑤. 그러나 데이비는 앤의 사랑을 받는 폴을 질투하는, 사실은 굉장히 귀여운 소년이다.

제이 에이 해리슨 *J. A. Harrison*

초록 지붕 집 옆 농장으로 이사 온 중년의 남자. 다른 지방 출신이기 때문에 에이번리 사람들에게는 호기심의 대상이며, 설거지도 잘 안 하고 식사도 아무 때나 하는 바람에 린드 부인으로부터 '괴짜'라는 별명까지 얻었다. 뚱뚱하고 땅딸막한 몸집에 대머리인 이 무뚝뚝한 아저씨는 노총각으로 알려져 있지만 과연 해리슨 씨에게 가족이 없을까?

라벤더 루이스 *Lavender Lewis*

상상력과 감성이 풍부한, 낭만을 지닌 독신녀. 다르게 말하면 노처녀라고 할 수 있다. 라벤더는 폴의 아버지 스티븐 어빙과 약혼을 했던 사이인데, 두 사람은 작은 다툼 끝에 이별을 했다. 폴, 앤과는 나이차를 넘어서 우정을 쌓는다. 다시 만난 스티븐 어빙과 많은 사람들의 축복 속에 로맨틱한 결혼식을 올린다.

폴 어빙 *Paul Irving*

초롱초롱한 눈망울과 곱슬머리의 아름다운 소년. '꿈나라 사람들'과 교감을 나누는 상상력이 풍부한 폴이기에 앤과는 더할 나위 없이 잘 통한다. 폴은 라벤더 아주머니의 약혼자였던 스티븐 어빙의 아들이기도 한데……. 할머니의 사랑을 듬뿍 받고 있어도 세상을 떠난 엄마가 그립고, 멀리 떨어져 지내는 아빠의 정이 그리운 폴은 과연 멋진 새엄마를 맞이할 수 있을까?

진저 *Ginger*

앤에게 "빨간 머리 애송이"라고 거침없이 말하는 이 겁없는 앵무새의 원래 주인은 해리슨 씨의 동생. 해리슨 씨가 아내인 에밀리와 별거를 하게 된 결정적 원인을 제공한 장본인이다. 아마 앤에게는 어린 시절 길버트에게 들었던 '홍당무' 이후 가장 충격적인 말이 아니었을까? 그러나 폭풍우가 에이번리에 휘몰아친 날 굴뚝으로 내려온 벼락에 맞아 비극적인 최후를 맞이한다.

루시 모드 몽고메리와 에이번리의 앤

　엉뚱한 상상력의 몽상가, 수다쟁이, 말라깽이, 실수투성이…… 하지만 따뜻하고 정이 많은 (게다가 사랑스러운!) 빨간 머리의 주근깨 소녀가 어느 새 다갈색 머리의 고상한 숙녀가 되었다. 매슈가 세상을 떠난 집안의 가장으로, 에이번리 학교의 선생님으로, 그리고 마을 발전을 위해서 애쓰는 청년 회원 등으로 앤은 여전히 활기찬 날들을 보내고 있다.
　루시 모드 몽고메리(1874~1942)는 앤처럼 대학을 졸업하고 학생들을 가르친 경험이 있었기 때문에 선생님으로서의 앤의 모습과 생활, 학생들과의 진심어린 교감 등을 사실적으로 그려낼 수 있었다. 이렇듯《빨간 머리 앤》에서부터《에이번리의 앤》에 이르기까지 이야기의 바탕이 작가 자신의 삶의 체험에서 우러나온 것이기 때문에 그 감동이 더욱 생생하게 독자에게 전달되고 있다. 우리는 앤을 통해 몽고메리의 삶까지도 엿볼 수 있는 것.
　한결 성숙해진 앤은 고아가 된 데이비와 도라 쌍둥이를 돌보며 어린 시절 자신의 상처를 보듬을 줄 아는가 하면, 무뚝뚝한 이웃 아저씨와도 금세 친해지고, 안타까운 사랑의 기억을 간직한 채 살아가는 멋진 노처녀와도 우정을 나눈다. 그리고 이제 앤에게도 우정이 사랑으로 점차 변해가는 새로운 미래가 다가오고 있다. 어른으로 한 발짝 더 다가선 앤에게 어떤 날들이 펼쳐질까……

에이번리의 앤

SEOUL, 2002

김경미는 1968년 전남 해남에서 태어나 연세대학교 영어영문과를 졸업했다.
옮긴 책으로는 《개구리 왕자》, 《바람이 불 때에》, 《펠리컨》, 《피라미호의 모험》 들이 있다.

에이번리의 앤

지은이/루시 모드 몽고메리(글), 클레어 지퍼트(그림)
옮긴이/김경미
초판 제1쇄 발행일/2002년 2월 1일
초판 제11쇄 발행일/2003년 12월 10일
발행인/전재국   발행처/(주)시공사
주소/137-070 서울시 서초구 서초동 1628-1
전화/영업 598-5601 편집 588-3121
인터넷 홈페이지 www.sigongsa.com

ANNE OF AVONLEA
written by L. M. Montgomery and illustrated by Clare Sieffert
Illustrations copyright ⓒ 1990 by Clare Sieffert

ISBN 89-527-2342-2 44840

에이번리의 앤

루시 모드 몽고메리 글 · 클레어 지퍼트 그림 · 김경미 옮김

시공주니어

지난날 나의 스승이신
해티 고든 스미스 씨의 사랑과 격려에
감사를 드리며 이 글을 바칩니다.

차 례

1. 성난 이웃······ 9
2. 성급한 매매와 때늦은 후회······ 23
3. 해리슨 씨 집에서······ 32
4. 견해 차이······ 43
5. 훌륭한 여선생······ 51
6. 각양 각색의 사람들······ 61
7. 책임감······ 76
8. 마릴라가 쌍둥이를 데려오다······ 84
9. 회관 색깔 소동······ 97
10. 말썽꾸러기 데이비······ 107
11. 이상과 현실······ 122
12. 불길한 하루······ 135
13. 즐거운 소풍······ 146
14. 위험을 모면하다······ 161
15. 방학이 시작되다······ 176
16. 가장 소망하는 것······ 186

17. 불행한 사건이 잇따라 생기다······ 196
18. 토리 도로에서의 모험······ 211
19. 즐거운 하루······ 224
20. 종종 생기는 일······ 240
21. 상냥한 라벤더······ 251
22. 잡동사니······ 268
23. 라벤더의 사랑 이야기······ 275
24. 우리 마을 일기 예보가······ 285
25. 에이번리의 떠들썩한 사건······ 297
26. 길모퉁이에 서서······ 314
27. 돌집에서 보낸 오후······ 330
28. 마법의 성으로 돌아온 왕자······ 347
29. 시와 산문······ 362
30. 돌집에서 열린 결혼식······ 371
옮긴이의 말······ 382

1. 성난 이웃

친구들이 적갈색이라고 부르는 머리카락과 진지한 잿빛 눈을 가진 '열여섯 살짜리' 소녀가 있었다. 키는 껑충하지만 몸매가 가냘픈 이 소녀는 8월 어느 무르익은 날 오후, 프린스에드워드 섬 농가 현관의 넓고 붉은 사암 계단에 앉아 고대 로마 시인인 베르길리우스의 숱한 시구들을 해석하려고 단단히 벼르고 있었다.

그러나 추수기의 비탈진 밭 주위로 푸르스름한 안개가 깔리고, 산들바람이 포플러나무들 속에서 작은 요정들처럼 속삭이며, 타는 듯이 붉은 양귀비가 벚나무 과수원 구석의 어둑한 어린 전나무 숲을 배경으로 하늘하늘 눈부시게 빛나는 8월의 오후는, 이미 잊혀진 언어에 눈길을 주기보다는 꿈의 나래를 펴기에 더 어울렸다.

베르길리우스는 이내 무시된 채 바닥으로 떨어지고 말았다. 앤은 깍지 낀 손으로 턱을 괴고서 제이(J) 에이(A) 해리슨 씨 집 너머 거대한 흰 산처럼 쌓여 있는 눈부신 솜털 구름 떼를 바라보고 있었다. 앤은 한 선생님이 장래의 지도자감을 만들기 위해 젊은이다운 기상과 높고 웅대한 야망을 불어넣는 훌륭한 교육을 실천하고 있는 유쾌한 세계 속으로 아득히 빠져 들었다.

물론 앤은 어쩔 수 없이 해야 할 때까지는 그런 생각을 거의 하지 않지만, 누구나 그런 가혹한 생각을 할 수밖에 없는 지경에까지 이르면 에이번리 학교에는 유명 인사가 될 유망한 재목들이 많을 거라고는 생각지 않을 것이다. 그러나 선생님이 아이들에게 좋은 영향을 주려 애쓴다면 누구도 어떤 일이 일어날지 단언할 수는 없을 것이다. 앤은 선생님이 열성을 다해 올바로 가르치기만 한다면 얼마든지 많은 일을 이루어 낼 수 있을 것이라는 장밋빛 이상을 가지고 있었고, 지금은 앞으로 40년 후에 유명 인사와 함께 있는 흐뭇한 꿈의 정경 속으로 빠져 들었다……. 그 사람이 정확히 무엇으로 유명해졌건 간에, 대학 총장이나 캐나다 주지사가 되어 있으면 좋을 성싶었다……. 그 유명 인사는 쭈글쭈글해진 앤의 손을 붙잡고 깊숙이 고개 숙여 절하며, 자신의 야망에 첫 불을 지핀 사람은 바로 앤이며 오늘날의 모든 성공은 오래 전에 에이번리 학교에서 가르쳐 준 앤의 수업 덕분이라고 힘주어 말한다. 이런 즐거운 환상은 가장 불쾌한 일이 일어나는 통에 산산조각이 나고 말았다.

저지종의 새침한 어린 젖소 한 마리가 샛길로 허둥지둥 내려오더니 5초 뒤에 해리슨 씨가 뒤따라왔다. '뒤따라왔다'는 말은 해리슨 씨가 뜰 안으로 들이닥치는 모습을 너무 부드럽게 표현한 것은 아닌지 모르겠다.

해리슨 씨는 문을 열어 줄 때까지 기다리지도 않고 울타리를 뛰어넘어 들어와서는 깜짝 놀란 앤을 살기등등하게 노려보았다. 앤은 벌떡 일어나 당황스런 눈길로 해리슨 씨를 쳐다보며 서 있었다. 해리슨 씨는 초록 지붕 집 오른편에 이사 온 새 이웃이었는데, 이제껏 한두 번 보긴 했어도 이렇게 직접 맞닥뜨린 적은 처음이었다.

앤이 퀸스 전문 학교에서 집으로 돌아오기 전인 4월 초에 로버트 벨 씨는 서쪽의 커스버트 땅에 인접한 농장을 팔고 샬럿타운으로 이사했다. 로버트 벨 씨의 농장은 제이 에이 해리슨이라는 사람이 샀는데, 그 사람에 관해 알려진 것이라고는 고작 그 이름과 뉴브런즈윅 출신이라는 사실뿐이었다. 그러나 해리슨 씨는 에이번리에서 지낸 지 한 달도 못 되어 별난 사람이라는 평판을 얻었다. 레이첼 린드 부인은 아예 '괴짜'라고 말했다. 이미 린드 부인을 잘 아는 사람이라면 기억하고 있듯이, 린드 부인은 거침없이 말하는 여자였다. 해리슨 씨는 확실히 다른 사람들과는 달랐다. 그것은 말할 필요도 없이 괴짜의 본질적인 특징이다.

우선 해리슨 씨는 혼자 힘으로 집안 살림을 꾸려 갔고, 이웃 여자들이 좀 어리석지 않았으면 좋겠다고 대놓고 떠들어 댔다. 에이번리 여자들은 해리슨 씨네 살림살이와 식사 문제를 가지고 무시무시한 말을 퍼부어 앙갚음을 했다. 해리슨 씨는 화이트샌즈 출신의 존 헨리

카터라는 어린 남자 아이를 일꾼으로 들였는데, 이 아이가 소문을 내기 시작한 것이다. 첫째로 그 집에는 식사 시간이 따로 정해져 있지 않다는 것이었다. 해리슨 씨 집에서는 그저 출출해지면 '간단하게 때웠는데', 마침 존 헨리가 근처에 있으면 같이 먹지만 그 자리에 없으면 해리슨 씨가 다시 배가 고파질 때까지 기다리는 수밖에 없었다. 존 헨리는 일요일이면 집에 가서 실컷 먹고 월요일 아침마다 어머니가 '음식' 한 바구니를 들러 보내 주었기에 망정이지 그렇지 않았다면 자기는 어쩌면 굶어 죽었을지도 모른다고 애처로이 말했다.

설거지만 해도 그렇다. 해리슨 씨는 비가 오는 일요일이 아니면 아예 설거지를 할 생각조차 하지 않았다. 그런 날, 해리슨 씨는 일을 마치고 와서 빗물을 받아 놓은 큰 통에 그릇을 넣고 한꺼번에 씻은 뒤 다 마를 때까지 내버려 두곤 했다.

게다가 해리슨 씨는 '구두쇠'였다. 앨런 목사의 봉급을 기부해 달라고 부탁했을 때도 해리슨 씨는 먼저 앨런 목사의 설교가 몇 달러어치나 되는지 두고 보겠다고 했다……. 해리슨 씨는 잘 알아보지도 않고 무턱대고 무슨 일을 하는 것을 탐탁해하지 않았다. 언젠가 레이첼 린드 부인이 집 안도 구경할 겸 선교 단체에 기부해 달라고 찾아갔을 때, 해리슨 씨는 자기가 아는 그 어느 곳보다도 에이번리가 늙은 수다쟁이 여자들 중에 이교도가 가장 많은 것 같은데 린드 부인이 그 이교도들을 기독교인으로 개종시키는 문제를 책임지고 맡아 준다면 선교 단체에 흔쾌히 기부하겠다고 했다. 레이첼 린드 부인은 자리를 뜨면서 불쌍한 로버트 벨 부인이 무덤 속에 고이 있는 게 천만 다행이라고 말했다. 로버트 벨 부인이 살아 생전에 그렇게도 자랑스러워하던 집이었는데, 지금의 이 꼬락서니를 본다면 가슴이 찢어질 일이었던 것이다.

린드 부인은 열을 내며 마릴라 커스버트에게 말했다.

"글쎄, 로버트 벨 부인은 이틀마다 부엌 바닥을 빡빡 닦았다고요. 어휴, 당신이 지금 그 집 꼴을 본다면! 부엌 바닥을 지나가는데도 치맛자락을 들어 올려야 했다니까요."

끝으로 해리슨 씨는 진저라는 앵무새 한 마리를 기르고 있었다. 이제껏 에이번리에서는 아무도 앵무새를 기른 적이 없어서 그 행동은 그리 점잖은 일이 아니라는 평을 얻었다. 그리고 그 앵무새! 만일 존 헨리 카터의 말을 그대로 믿는다면 그처럼 괘씸한 새는 다시 없을 것이다. 앵무새는 끔찍스럽게 욕을 퍼부어 댔다. 헨리의 어머니 카터 부인이 다른 일자리만 얻어 줄 수 있었다면 당장에 아들을 데려갔을 것이다. 게다가 진저란 앵무새는 존 헨리가 새장 가까이 몸을 수그린 틈을 놓치지 않고 그 즉시 헨리의 오른쪽 목덜미를 쪼아 버렸다. 가엾은 존 헨리가 일요일에 집으로 돌아가면 카터 부인은 누구한테나 그 자국을 보여 주었다.

해리슨 씨가 몹시 화가 나서 말없이 앤 앞에 서는 순간, 이 모든 것들이 앤의 머릿속을 번개처럼 스쳐 지나갔다. 해리슨 씨는 아무리 상냥하고 붙임성 있게 나오더라도 잘생겼다고 보기는 어려웠다. 뚱뚱한 몸집은 땅딸막하고 대머리였다. 그런데 지금 그 뚱그란 얼굴은 화가 나서 붉으락푸르락하고, 가뜩이나 툭 불거진 푸른 눈은 거의 튀어나올 지경이었다. 앤은 해리슨 씨야말로 자기가 본 사람 중 가장 못생겼다고 생각했다.

갑자기 해리슨 씨가 침묵을 깨고 총알처럼 퍼부어 댔다.

"난 도저히 못 참아, 더 이상은 참을 수 없다고. 아가씨, 내 말 듣고 있어? 이럴 수가, 벌써 세 번째야, 세 번째라고! 참는 것도 하루 이틀이지. 난 아가씨 숙모한테 다시는 이런 일이 없도록 하라고 마지막으로 경고했어……. 그런데 아가씨 숙모는 그냥 내버려 뒀다고…… 젖소는 기어코 일을 저질렀고……. 대체 아가씨 숙모는 무슨 속셈을 갖고 있는 거야. 도대체 무슨 꿍꿍이속이냐고."

앤은 최대한 고상하게 물었다.

"뭐가 문제인지 설명해 주시겠어요?"

요즘 앤은 개학을 앞두고 고상한 태도를 몸에 배게 하려고 꽤 노력해 왔다. 그러나 성난 제이 에이 해리슨 씨한테는 별로 통하지 않았다.

"문제라고 했나? 맙소사! 문제도 이만저만한 게 아니지. 아가씨, 그 문제란 말이야, 아가씨 숙모의 저지종 젖소가 우리 귀리밭에 또 들어왔다는 거야. 30분도 안 됐다고. 벌써 세 번째야. 잘 들어. 난 그 젖소를 지난 화요일에도, 어제도 발견했어. 그래서 여기 왔던 거고, 아가씨 숙모한테 다시는 이런 일이 없도록 해 달라고 얘기했어. 한데 그냥 내버려 뒀단 말이야. 지금 그 아주머니 어디 있어? 대놓고 말 좀 해야겠어, 이 제이 에이 해리슨이 말이야."

앤은 한 마디 한 마디에 품위를 실어 말했다.

"만일 마릴라 커스버트 아주머니를 찾으신다면, 그분은 제 숙모님이 아니란 걸 알려 드리고 싶군요. 아주머니는 중병을 앓고 계신 먼 친척분을 뵈려고 이스트그래프턴에 가셨어요. 제 젖소가 아저씨네 귀리밭을 망쳤다니 대단히 죄송합니다. 그건 제 젖소지 커스버트 아주머니 젖소가 아니에요. 3년 전, 저 젖소가 송아지였을 때 매슈 아저씨가 벨 아저씨한테 사서 저에게 주셨거든요."

"죄송하다고! 아, 죄송하다면 다야? 저놈이 내 귀리밭을 얼마나 망쳐 놨는지 가서 보라고……. 밭 한복판부터 가장자리까지 깡그리 뭉개 놓은 꼴을 말이야."

앤은 거듭 단호하게 말했다.

"대단히 죄송합니다. 하지만 아저씨께서 울타리를 튼튼하게 수리하셨더라면 돌리가 부수고 들어가진 못했을 거예요. 아저씨네 귀리밭과 우리 목장을 나누고 있는 것은 아저씨네 울타리예요. 저는 그 울타리가 허술하다는 생각을 예전부터 하고 있었어요."

해리슨 씨는 더욱 화가 나서 싸울 듯이 대들었다.

"내 울타리는 멀쩡해. 교도소 철창도 저 괴물 같은 젖소를 막을 수는 없을 거야. 잘 들어, 이 빨간 머리 애송이야. 아가씨 말대로 젖소가 아가씨 거라면 여기 앉아 누런 소설책 따위에 빠져 있지 말고 젖소가 남의 밭에 못 들어가게 지켜야 할 거 아냐."

해리슨 씨는 앤의 발치에 놓인 황갈색 장정의 애꿎은 베르길리우스를 쏘아보며 말했다.

순간 앤의 얼굴은 머리카락만큼이나 빨개졌다. 빨간 머리는 늘 앤의 약점이었다.

앤은 발끈해서 쏘아붙였다.

"귓가에 몇 가닥 남지도 않은 대머리보다야 빨간 머리가 훨씬 낫겠네요."

그 말은 치명타였다. 해리슨 씨는 대머리라는 사실에 무척 민감했다. 해리슨 씨는 말문이 막힐 정도로 화가 치밀어 올라 입을 꾹 다물고 말없이 앤을 노려보았다.

앤은 다시 냉정을 되찾고 자기한테 유리하게 대화를 이끌어 나갔다.

"아저씨 말씀 잘 알겠어요. 상상이 가네요. 아저씨네 귀리밭에서 젖소 한 마리를 찾아 내려고 얼마나 애쓰셨을지 쉽게 짐작이 되니, 아저씨 말씀을 가슴에 담아 두고 꽁해 있진 않겠어요. 다시는 '돌리'가 아저씨네 귀리밭에 들어가는 일이 없도록 하겠다고 약속드리죠. 제 명예를 걸고 약속드려요."

해리슨 씨는 다소 누그러진 목소리로 투덜거렸다.

"좋아, 다시는 안 그러겠다고 했어."

그러나 해리슨 씨는 여전히 화를 억누르지 못하고 뜰을 나가면서도 계속 씩씩거렸다.

앤은 심란한 마음으로 뜰을 가로질러 말썽꾸러기 젖소를 우리 안에 가두어 버리고는 곰곰이 생각했다.

"이제 울타리를 부수지 않고서는 밖으로 나오지 못할 거야. 이젠 좀 얌전해졌군. 하기야 귀리에 싫증이 나기도 했겠지. 지난주에 시어러 아저씨가 사겠다고 할 때 팔아 버릴 걸 그랬어. 하지만 그땐 가축을 한꺼번에 데려가서 경매에 부치는 게 낫겠다 싶었는데. 해리슨 아저씨는 정말 괴짜라니까. 확실히 아저씨한테는 이웃이라는 의식이 눈곱만큼도 없어."

앤은 늘 이웃 사람들에게 관심을 기울여 왔던 것이다.

앤이 막 집 안으로 들어가려는데 마릴라 커스버트가 마차를 몰고 뜰 안으로 들어왔다. 앤은 얼른 차 마실 준비를 했다. 두 사람은 함께 차를 마시는 자리에서 젖소 이야기를 나누었다.

마릴라가 말했다.

"어서 경매가 끝났으면 속이 후련하겠구나. 그래, 여기서 이렇게 많은 가축을 기르는 건 무리야. 게다가 마틴말고는 딱히 그 많은 가축을 돌볼 사람도 없잖니. 어휴, 마틴 녀석, 제 숙모 장례식에 가게

"젖소를 막아! 뛰어, 다이애나, 뛰라니까!"
앤과 다이애나는 정신없이 젖소를 쫓아 뛰었다.

하루만 휴가를 달라더니 지난밤에 꼭 돌아오겠다고 해 놓고 여태껏 안 돌아오는 것 좀 봐. 도대체 그 녀석은 숙모가 몇이나 되는지 모르겠어. 일 년 전에 녀석이 여기 온 뒤로 벌써 숙모 장례식만 네 번째라니까. 후유, 이제 추수만 끝내면 고맙겠고, 그때부터는 배리 씨가 농장을 떠맡을 게다. 마틴이 돌아올 때까지 돌리 녀석이나 우리에 가두고 잘 지켜야겠다. 뒤 방목장 울타리를 손봐서 거기다 젖소를 둬야겠구나. 레이첼 말마따나, 여긴 정말 골치 아픈 곳이야. 불쌍한 메리 키스는 지금 죽어 가고 있어. 앞으로 두 아이들은 어찌 될지, 원. 브리티시 컬럼비아 주에 메리의 오라버니 한 분이 사는데, 메리가 아이들 문제로 편지를 보냈지만 아직 답장이 없다는 구나.”

"아이들은 어때요? 몇 살인데요?"

"여섯 살이 넘었지…… 둘이 쌍둥이야."

앤은 남의 일 같지 않아 간절히 물었다.

"아, 저는 해먼드 아주머니가 그렇게 많은 쌍둥이를 낳은 뒤부터 특히 쌍둥이한테 관심이 많았어요. 애들은 예뻐요?"

"안됐지만…… 별로야. 너무 지저분해. 데이비가 진흙 장난을 하러 나가 있어서 도라가 부르러 갔더니, 데이비 녀석이 도라를 진흙탕에 거꾸로 처넣어 버리더라고. 도라가 마구 울어 대니까 데이비 녀석은 그게 별것 아니라는 걸 보여 주려고 저도 진흙탕 속에 냅다 뛰어들어 뒹굴지 뭐야. 메리 말이 도라는 착하고 얌전한데 데이비 녀석은 못 말리는 장난꾸러기래. 하긴 데이비는 보살핌을 전혀 받지 못했다고 할 수 있지. 데이비가 갓난아기였을 때에 남편이 죽은 후로 메리까지 죽 앓아 누워 있었으니 말이다."

앤은 사뭇 진지했다.

"저는 보살핌을 받지 못하고 자라는 아이들을 보면 늘 마음이 아파요. 저 역시 아주머니께서 맡아 주시기 전까진 아무도 없었다는 거 아시죠? 그애들 외삼촌이 꼭 돌봐 줬으면 좋겠네요. 아줌만 메리 키스 아주머니와 어떤 사이예요?"

"메리하고? 아무 상관도 없어. 메리의 남편이 우리 먼 친척뻘일 뿐이야. 저기 린드 부인이 마당에 들어서고 있구나. 메리 소식이 궁금해서 오는 것 같아."

앤이 간청하듯이 말했다.

"린드 아주머니한테 해리슨 아저씨와 젖소 얘긴 하지 말아 주세요."

마릴라는 그러겠다고 했지만 약속은 곧 허사가 되고 말았다. 레이첼 린드 부인은 자리에 앉자마자 그 얘기부터 꺼냈던 것이다.

"오늘 카모디에서 돌아오는 길에 해리슨 씨가 이 집 젖소를 자기네 귀리밭에서 쫓아내는 걸 봤어요. 뭐, 거의 미친 것 같더군요. 해리슨 씨가 꽤 소란을 피웠죠?"

앤과 마릴라는 싱긋 의미 있는 미소를 주고받았다. 에이번리에서 일어나는 일이라면 별 시시콜콜한 것까지도 린드 부인의 시야를 벗어날 수 없었다. 바로 오늘 아침에 앤이 "아주머니가 자정에 방에 들어가서 문을 걸어 잠그고 블라인드까지 끌어내린 다음 재채기만 해도, 린드 아주머니는 다음 날 '감기 좀 어떠세요?' 하고 물어 볼 거예요"라는 말을 했었던 것이다.

마릴라는 고개를 끄덕였다.

"그랬을 거예요. 나는 집에 없었는데, 해리슨 씨가 앤한테 잔소리를 퍼부었대요."

앤은 빨간 머리 운운한 얘기가 떠올라 다시금 분개해서 불쑥 내뱉었다.

"그 아저씬 정말 기분 나쁜 사람이에요."

린드 부인이 짐짓 점잔을 빼며 말했다.

"앤, 좀더 본질적인 얘기를 해야지. 나는 로버트 벨 씨가 자기 밭을 그 뉴브런즈윅 사람한테 팔았을 때부터 문제가 생길 줄 알았어. 바로 그거야. 갑자기 다른 지방 사람들이 이렇게 많이 몰려드니 앞으로 에이번리가 어찌 되려는지, 원. 이제 머지않아 우리 잠자리조차 불안해질 거야."

마릴라가 물었다.

"그럼 다른 지방 사람들이 더 들어오고 있단 말인가요?"

"아니, 아직 못 들었어요? 자, 먼저 돈넬 가족이 있어요. 돈넬 가족은 피터 슬론의 낡은 집을 빌렸대요. 피터가 제분소를 운영하려고 돈넬을 고용했거든요. 돈넬네는 동부 출신이라는데, 다들 그것밖엔 모른대요. 다음으로 쓸모 없는 티머시 코튼네가 화이트샌즈에서 이사 올 예정인데, 그 집 식구들은 이웃한테 그저 짐만 될 뿐이에요. 티머시는 폐인이나 돼야 도둑질을 그만둘 위인이니까요. 어디 그뿐인가요, 아내는 손가락 하나 까딱 안 할 만큼 게을러터진 사람이죠. 그 여자는 그릇도 앉아서 씻는다니까요. 또 조지 파이 부인은 고아가 된 남편의 조카 앤서니 파이를 데려왔어요. 앤, 그애는 너희 학교에 다니게 될 거야. 한바탕 난리가 날지도 몰라. 아무렴, 여부가 있겠어. 새 학생이 또 있다, 앤. 폴 어빙이 자기 할머니와 같이 살려고 미국에서 온단다. 마릴라, 스티븐 어빙이라는 그애 아버지 기억나세요? 스티븐 어빙은 그래프턴의 라벤더 루이스를 차 버렸잖아요."

"스티븐이 라벤더를 찼다고는 생각되지 않아요. 둘이 다툰 거겠죠.

난 양쪽 다 잘못이 있다고 봐요."

"글쎄, 어쨌든 스티븐 어빙은 라벤더 루이스와 결혼하지 않았죠. 소문에는 라벤더 루이스가 스스로 '메아리 오두막집'이라고 이름붙인 작은 돌집에서 혼자 아주 별나게 살고 있대요. 스티븐은 미국으로 건너가서 자기 삼촌과 사업을 하다가 양키 여자랑 결혼했어요. 그 뒤론 한 번도 집에 오지 않았고, 스티븐의 어머니만 아들을 보러 한두 번 미국에 다녀왔죠. 스티븐은 2년 전에 아내가 죽어서, 한동안 어머니한테 아들 폴을 맡아 달라고 보내는 거래요. 폴은 열 살인데 모범생인지 어떤지는 모르겠어요. 마릴라, 당신은 양키들이 어떤지 몰라요."

린드 부인은 불행히도 프린스에드워드 섬이 아닌 다른 곳에서 태어났거나 자란 모든 사람들을 '나사렛 같은 보잘것없는 곳에서 무슨 선한 것이 날 수 있느냐'는 단호한 태도로 바라보았다. 물론 이주민들이 좋은 사람들일 수도 있다. 그러나 일단 의심하는 게 안전하다. 레이첼 린드 부인은 '양키들'에 대해 심한 편견을 가지고 있었다. 린드 부인의 남편이 한때 보스턴에서 일할 때 고용주에게 10달러나 사기당한 적이 있었는데, 천사는 물론이고 군주나 지배자조차 그 일을 미국 전체의 책임으로 볼 수는 없다는 사실을 레이첼 린드 부인에게 설득시킬 수 없었다.

마릴라가 쌀쌀맞게 말했다.

"어린 전학생들 때문에 에이번리 학교가 더 나빠지진 않을 거예요. 또 폴 어빙이 제 아버지를 조금이라도 닮았다면 괜찮은 아이일 거고요. 스티븐더러 거만하다는 사람들도 있었지만, 이 마을에서 누구보다도 훌륭한 젊은이였잖아요. 어빙 부인은 손자와 살게 되어 여간 기뻐하지 않겠네요. 남편이 죽은 뒤로 몹시 외롭게 살았잖아요."

린드 부인이 그 문제를 매듭이라도 짓듯이 말했다.

"그래요, 폴은 분명 괜찮은 아이겠죠. 하지만 에이번리 아이들하곤 다를 거라고요."

레이첼 린드 부인은 어떤 사람이나 어떤 장소, 어떤 일에 대해서도 자기 의견을 굽히려 들지 않는 사람이었다.

"앤, 네가 지역 개선 협회를 만들 거라던데, 그게 뭐니?"

앤이 얼굴을 붉히며 말했다.

"지난 번 토론 클럽에서 그저 몇몇 젊은이들과 같이 지역 개선 협회 얘기를 나눴을 뿐이에요. 친구들은 괜찮은 생각이라고 했고, 앨런 목사님 부부도 동의했어요. 지금 많은 마을에 지역 개선 협회가 있거든요."

"음, 그 일을 맡으면 넌 끝도 없는 어려움에 처할 거야. 앤, 그만두는 편이 나을 거다, 낫고말고. 사람들은 변화를 좋아하지 않는단다."

"저희는 사람들을 개선시키려는 게 아녜요. 에이번리 마을을 개선시키려는 거죠. 좀더 나아지기 위해 했어야 할 일들이 제법 많아요. 이를테면 우리가 레비 볼터 아저씨를 설득해서 그 댁 윗녘 농장의 으스스한 옛집을 헐어 낸다면, 그런 게 개선 아니겠어요?"

린드 부인도 인정했다.

"그 폐가는 여러 해 동안 마을 사람들에게 눈엣가시였지. 만일 너희 '개선론자'들이 레비 볼터 씨를 설득해서 마을을 위해 자기한테 아무 소득도 없는 일을 하게 한다면 나도 개선 과정을 지켜볼 거다. 아무렴, 그래야지. 앤, 비록 어떤 쓰레기 같은 양키 잡지에서 얻은 생각 같긴 하지만, 네게도 뭔가 생각이 있는 모양이니 말리지는 않겠다. 하지만 너는 학교 일만 해도 눈코 뜰 새 없을 거야. 거기에다 개선 협회 일로 더 성가시게 될까 봐 이웃으로서 충고하는 거란다. 단지 그뿐이야. 하지만 네가 그 일에 마음을 쓰기로 했다면 무슨 일이 있어도 밀고 나가리란 걸 알지. 너는 늘 어떻게든 일을 성취해 왔으니까 말이야."

린드 부인의 이러한 평가가 결코 틀리지 않다는 사실은 앤의 굳게 다문 입술 선이 말해 주고 있었다. 앤의 마음은 온통 개선 협회를 구성하는 문제에 쏠려 있었다. 화이트샌즈에서 아이들을 가르칠 예정이지만 금요일 저녁부터 월요일 아침까지는 항상 집에 있게 될 길버트 블라이드는 지역 개선 협회에 대해 열광적이었다. 또 마을 젊은이들 대부분도 임시 회의와 그에 따르는 자잘한 '재미'에 끼고 싶어했다. 앤과 길버트를 제외하고는 누구도 '개선'이 무엇을 뜻하는지 명확히 알지는 못했다. 앤과 길버트는 개선에 대해 토론하면서 이상적인 에이번리가 바로 자신들 마음 속에 단단히 새겨질 때까지 계획을 짰다.

레이첼 린드 부인에게는 또 다른 소식이 있었다.

"프리실라 그랜트가 카모디 학교로 온다는구나. 앤, 혹시 그애와 퀸스 전문 학교에 같이 다니지 않았니?"

앤이 소리쳤다.

"네, 맞아요! 어머, 프리실라가 카모디에서 가르치는군요! 너무너무 기뻐요!"

앤의 잿빛 눈동자는 저녁 별처럼 반짝거렸다. 린드 부인은 앤 셜리가 정말 예쁜 아가씨인지 아닌지 언제쯤 제대로 알 수 있을까 하는 의문에 새삼 사로잡혔다.

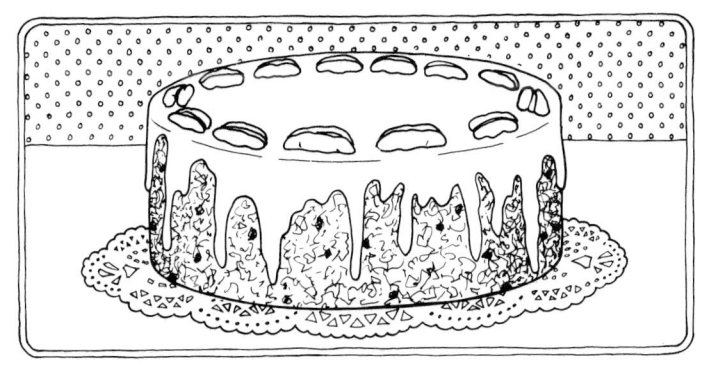

2. 성급한 매매와 때늦은 후회

다음 날 오후, 앤은 다이애나 배리와 함께 물건을 사러 마차를 타고 카모디에 갔다. 다이애나 역시 지역 개선 협회 회원이어서, 둘은 카모디에 갔다 오는 길에 줄곧 협회 이야기만 나누었다.

마차가 에이번리 마을 회관을 지나고 있었다. 에이번리 마을 회관은 사방에 가문비나무가 빽빽이 우거진 골짜기에 자리잡은 초라한 건물이었다. 그때 다이애나가 말했다.

"맨 먼저 해야 할 일은 마을 회관에 페인트칠을 하는 거야. 너무 불명예스러워 보이잖아. 그리고 우리가 집을 부술 수 있게 해 달라고 레비 볼터 아저씨를 조르기 전에 먼저 여기에 모여서 힘을 모아야 해. 우리 아버지께서 그러시는데, 그 일은 아마 어림도 없을 거래. 그 아저씨는 너무 인색한 사람이라 그런 일로 시간을 허비하진 않을 거라셨어."

그러나 앤은 희망을 갖고 말했다.

"남자 애들이 볼터 아저씨를 위해 판자를 뜯어 내어 땔감으로 쪼개 드리겠다고 한다면, 아저씨도 기꺼이 집을 헐라고 하실 거야. 우리는 최선을 다해야겠지만 처음엔 천천히 해 나가야겠지. 모든 게 한꺼번에 개선되길 바랄 순 없잖아. 물론 우선 여론을 모아야 해."

다이애나는 여론을 모은다는 말이 무엇을 뜻하는지 정확히 알지 못했으나 왠지 그럴싸하게 들려 그런 목적을 가진 협회에 속한 것이 더욱 자랑스러웠다.

"어젯밤에 우리가 할 수 있는 일이 무엇인가 곰곰이 생각해 봤어, 앤. 카모디와 뉴브리지와 화이트샌즈에서 나오는 길이 만나는 곳에 삼각 구획지 한 군데가 있는 걸 알고 있지? 어린 가문비나무들이 울창한 그곳에 그 나무들을 다 쳐내고 자작나무 두세 그루만 남겨 둔다면 멋있지 않겠니?"

"어머, 멋지다! 그리고 자작나무 아래에 마을 사람들이 앉아 쉴 수 있는 벤치를 만들자. 또 봄이 오면 가운데에 화단을 꾸며 제라늄도 키우는 거야."

다이애나가 웃으며 말했다.

"그래, 다만 우린 하이럼 슬론 부인이 길가에 젖소를 풀어놓지 못하게 무슨 수를 써야 할 거야. 안 그러면 그 젖소가 제라늄을 다 먹어 치울걸. 앤, 이제 여론을 모은다는 말뜻을 알 것 같아. 저기 볼터 아저씨네 낡은 집이 보인다. 저렇게 빈민굴 같은 집을 본 적이 있니? 그것도 길가 바로 근처에 말야. 난 창문이 떨어져 나간 낡은 집을 보면 눈알이 뽑힌 채 죽어 있는 뭔가가 생각나."

그러나 앤은 꿈을 꾸듯 중얼거렸다.

"난 버려진 낡은 집이 무척 슬퍼 보여. 늘 저 집의 과거가 떠오르고 한때는 즐거웠을 옛 시절이 가슴 아프게 다가오곤 해. 마릴라 아주머니 말씀이 오래 전엔 저 낡은 집에도 대가족이 살았는데 언제나 어린 아이들의 웃음소리와 노랫소리가 넘쳐흘렀대. 그때는 예쁜 뜰도 있고 집 전체가 덩굴장미로 뒤덮인 아름다운 집이었다지. 그런데 지금은 텅 빈 채 휑하니 바람만 떠돌고 있잖아. 얼마나 외롭고 애처로운 느낌이 드는지! 달 밝은 밤이면 오래 전 저 곳에 살았던 어린아이들의 유령과 장미와 흥겨운 노랫소리가 돌아올지도 몰라. 그러면 저 낡은 집은 잠시라도 다시금 새롭고 즐거운 곳이라고 꿈꿀 수 있겠지."

다이애나는 고개를 저었다.

"그렇게는 상상하기 힘들어, 앤. 우리가 유령의 숲에 유령이 있다고 상상했을 때, 우리 어머니와 마릴라 아주머니가 얼마나 꾸짖으셨는지 기억 안 나니? 지금도 난 날이 어두워지면 마음 편히 그 숲을 지나갈 수가 없어. 볼터 아저씨네 낡은 집도 그렇게 상상한다면 겁이 나서 도저히 지나갈 수 없을 거야. 더군다나 그 아이들은 죽지도 않았잖아. 다들 커서 잘살고 있는데, 뭐. 그 중 한 사람은 푸줏간 주인이고 말야. 꽃과 노래도 유령이 될 수는 없잖아."

앤은 낮은 한숨 소리를 얼른 삼켜 버렸다. 진심으로 사랑하는 다이애나와는 변함없이 절친한 친구였지만, 상상의 세계 속에 빠져 들면 언제나 혼자여야 한다는 사실을 앤은 이미 오래 전에 터득했다. 상상에 사로잡히는 것은 가장 친한 친구조차 함께 할 수 없는 일이었다.

앤과 다이애나가 카모디에서 물건을 살 때부터 천둥이 치며 소나기가 내리기 시작했다. 그러나 비는 금세 그치고, 빗방울이 나뭇가지에 걸려 반짝거리는 좁은 길을 따라 흠뻑 젖은 고사리들이 향긋한 냄새를 풍기는 나무가 우거진 자그마한 골짜기를 지나서 집으로 돌아오는 길은 즐거웠다. 그러나 커스버트 샛길로 막 접어들자, 아름다운 경치를 망쳐 놓은 광경이 눈에 들어왔다.

눈앞에는 비에 촉촉히 젖어 더욱 비옥해 보이는 해리슨 씨의 잿빛 나는 푸른 귀리밭이 오른쪽으로 쭉 뻗어 있는데, 바로 그 밭 한복판에 반지르르한 옆구리를 귀리 속에 묻은 채 뻔뻔스레 두 사람을 쳐다보고 있는 저지종 젖소 한 마리가 버티고 서 있지 않은가!

순간 앤은 가슴이 철렁 내려앉아 마차 고삐를 떨어뜨리며, 제멋대로 남의 곡식을 훔쳐 먹고 있는 그 동물한테는 통하지도 않겠지만 입술을 꼭 다문 채 벌떡 일어났다. 앤은 말 한마디 없이 곧장 마차 바퀴를 기어 내려와서 다이애나가 무슨 일이 일어났는지 미처 알아차리기도 전에 울타리를 가로질러 쏜살같이 달려갔다.

다이애나는 사태를 깨닫자마자 새된 목소리로 소리쳤다.

"앤, 돌아와! 저 축축한 밭에 들어가면 옷이 엉망이 된다고! 어휴, 내 말은 듣지도 않네! 어쩌나, 혼자선 도저히 젖소를 몰아 낼 수 없을 텐데. 어서 가서 앤을 도와 줘야 해."

앤은 미친 듯이 귀리를 헤치고 나아갔다. 다이애나도 마차에서 깡충 뛰어내려 말을 말뚝에 단단히 매고 나서, 예쁜 줄무늬 원피스를 어깨까지 들쳐 올리고는 울타리를 넘어가 제정신이 아닌 듯한 친구를 쫓아가기 시작했다. 앤이 흠뻑 젖어 착 달라붙은 치마 때문에 빨리 달릴 수 없는 통에 다이애나는 곧 앤을 따라잡았다.

해리슨 씨가 여기저기 찍힌 발자국으로 짓뭉개진 귀리밭을 보았다면 아마 가슴이 터져 버렸을 것이다.

가엾은 다이애나가 헐떡거렸다.

"앤, 제발 멈춰. 숨차 죽겠어. 너도 흠뻑 젖었잖아."

앤도 가쁜 숨을 몰아쉬었다.

"해리슨 아저씨가…… 젖소를 보기 전에…… 몰아…… 내야 해. 어떻게든…… 그 일을…… 할 수만 있다면…… 나…… 물에 빠져 죽어도…… 좋아."

그러나 저지종 젖소는 도대체 무엇 때문에 이 쾌적한 땅에서 자기를 쫓아 내는지 모르겠다는 표정이었다. 두 사람이 숨이 턱에 찬 채 가까이 다가가자마자 젖소는 엉덩이를 휙 돌려 반대편 구석으로 곧장 뛰어갔다.

앤이 날카롭게 소리를 질렀다.

"젖소를 막아! 뛰어, 다이애나, 뛰라니까!"

다이애나는 정신없이 젖소를 쫓아 뛰었다. 앤도 빨리 뛰려고 갖은 애를 썼다. 그러나 못된 젖소는 자기 밭인 양 귀리밭을 헤집고 뛰어다녔다. 둘은 10분도 넘게 쫓아다니다가 겨우 젖소를 붙잡아 한 모퉁이 틈새를 통해 커스버트 샛길로 몰아냈다.

앤은 바로 그 순간만큼은 그저 하늘로 날아오를 것 같은 마음뿐이었다는 사실을 부인할 수 없었다. 샛길 밖에 멈춰 서 있는 마차를 보았을 때도 그 마음은 전혀 바뀌지 않았다. 마차에는 카모디의 시어러 씨와 그 아들이 느긋하게 앉아 이를 드러내고 웃고 있었다.

시어러 씨가 킥킥거리며 말했다.

"앤, 지난주에 내가 그 젖소를 팔라고 했을 때 팔았었더라면 좋았잖니."

옷이 엉망이 된 채 얼굴이 발갛게 달아오른 앤이 대꾸했다.

"원하신다면 당장이라도 팔겠어요. 지금 막바로 젖소를 가져가셔도 돼요."

"좋아. 전에 제안한 대로 20달러로 쳐서 주지. 여기 우리 아들 짐이 곧장 카모디로 젖소를 몰고 갈 거야. 젖소는 다른 가축들과 함께 오늘 저녁 샬럿타운으로 갈 거다. 브라이턴에 있는 리드 씨가 저지종 젖소를 갖고 싶어하거든."

잠시 후 짐 시어러와 저지종 젖소는 길을 떠났다. 흥분한 앤은 20달러를 가지고 초록 지붕 집 길을 따라 마차를 몰았다.

"마릴라 아주머니가 뭐라고 하지 않을까, 앤?"

"아니, 아주머니는 괜찮아. 돌리는 내 거고, 마릴라 아주머니가 판다고 해도 경매에서 20달러보다 더 받을 것 같진 않으니까. 하지만 맙소사, 젖소가 또다시 자기 귀리밭을 헤집고 다닌 걸 해리슨 아저씨가 안다면……. 다시는 그런 일이 없도록 하겠다고 명예를 걸고 맹세까지 했는데! 아무튼 젖소를 두고 맹세 같은 건 하지 말아야 한다는 교훈을 얻었어. 울타리를 뛰어넘거나 우리를 부수는 젖소란 놈은 믿을 만한 동물이 못 돼."

앤이 집으로 돌아왔을 때, 린드 부인 집에 다녀온 마릴라는 벌써 앤이 젖소를 팔아 치운 일과 젖소가 실려 간 일까지 전부 알고 있었다. 린드 부인이 부엌 창가에 앉아 젖소 파는 장면을 거의 다 보고 나머지 일까지 추측해서 얘기해 준 것이다.

"앤, 어지간히도 급하게 일을 처리했다만 나도 젖소가 없는 편이 낫다고 본다. 그런데 젖소가 어떻게 우리에서 빠져 나왔는지 모르겠구나. 아마 널빤지 몇 장은 뜯어 냈나 보다."

"미처 그 생각은 못했어요, 지금 가서 살펴보고 올게요. 마틴은 아직도 돌아오지 않았죠. 아무래도 숙모 몇 분이 더 돌아가셨나 봐요. 꼭 피터 슬론 아저씨와 팔순네 일 같아요. 어느 날 저녁에 슬론 부인이 신문을 읽다가 슬론 아저씨한테 물었대요. '방금 팔순네 한 사람이 죽었다는 기사를 읽었는데, 팔순네란 무슨 뜻이죠, 여보?' 그러자 아저씨는 '그들의 존재에 대해서는 한 번도 들어 본 적이 없지만 그들은 이미 죽어 가고 있으니까 매우 위독한 사람들이라는 사실밖엔 모르겠어.'라고 말했대요. 마틴네 숙모들도 그런 경우인가 봐요."

마릴라는 넌더리를 내며 말했다.

"마틴은 다른 프랑스인들과 똑같아. 그 사람들은 단 하루도 믿을 수가 없다니까."

마릴라가 앤이 카모디에서 사 온 물건들을 훑어보고 있을 때 뒤뜰에서 날카로운 비명 소리가 들려 왔다. 1분 뒤에 앤은 손을 꽉 쥐고서 부엌으로 뛰어들어왔다.

"앤 셜리, 무슨 일이니?"

"오, 마릴라 아주머니, 어떡하면 좋아요? 정말 끔찍한 일이에요. 다 제 탓이에요. 아, 무모한 일을 하기 전에 잠깐이라도 생각하는 법을 배울 순 없을까요? 린드 아주머니가 입버릇처럼 말씀하셨죠, 언젠가는 제가 엄청난 일을 저지를 거라고. 어떡하면 좋아요, 지금 제가 그런 짓을 저지르고 말았어요!"

"앤, 도대체 왜 이렇게 사람 속을 태우니! 그 엄청난 일이란 게 대체 뭐냐?"

"시어러 아저씨한테 판 그 저지종 젖소는 해리슨 아저씨네 거예요. 벨 아저씨한테 산 그 젖소라고요. 돌리는 지금 우리 속에 있어요!"

"앤 셜리, 너 지금 꿈을 꾸고 있니?"

"그랬으면 얼마나 좋겠어요. 하지만 이 일은 악몽 같을 뿐 꿈은 아니에요. 지금쯤 해리슨 아저씨네 젖소는 샬럿타운에 있을 거예요. 아, 마릴라 아주머니, 저는 궁지에서 가까스로 빠져 나왔다고 생각했는데, 지금 제 생애에서 가장 큰 곤경에 빠지고 말았어요! 어떡하죠?"

"뭘 어떡해? 가서 해리슨 씨한테 솔직하게 말할 수밖에. 해리슨 씨가 돈으로 받고 싶어하지 않는다면 대신 우리 젖소를 줘야지, 뭐. 우리 젖소도 그 집 젖소만큼 좋으니까."

앤은 신음을 토했다.

"하지만 보나마나 아저씨는 불같이 화를 내며 그 제안을 받아들이지 않을 거예요."

"아마 그럴 거다. 원체 화를 잘 내는 사람이니까. 괜찮다면 내가 가서 얘기해 보마."

앤은 절규하듯 큰 소리로 말했다.

"안 돼요, 정말이에요. 전 그렇게 비겁하진 않아요. 모든 게 제 탓인데, 아주머니한테 대신 벌을 받게 할 순 없어요. 제가 갈게요, 지금 바로요. 안 좋은 일일수록 빨리 끝내야 좋잖아요."

가엾은 앤은 모자와 20달러를 집어 들고 밖으로 나오다가 빠끔히 열려 있는 식품 저장실 문틈으로 흘끔 안을 들여다보았다. 테이블 위에는 그날 아침에 앤이 특별히 맛있게 조합한, 분홍색 당의를 입히고 호두로 장식해서 구워 낸 케이크가 놓여 있었다. 금요일 저녁에 에이번리의 젊은이들이 개선 협회를 만들기 위해 초록 지붕 집에서 만나기로 약속했는데, 그날을 위해 미리 준비해 둔 케이크였다. 그러나 당연히 펄펄 뛸 해리슨 씨와 친구들을 어떻게 비교할 수 있겠는가? 앤은 직접 요리를 해서 먹어야 하는 특별한 한 남자의 마음을 이 케이크로 누그러뜨려야겠다고 생각하고는 케이크를 얼른 상자 속에 넣었다. 해리슨 씨한테 화해의 선물로 줄 셈이었다.

앤은 샛길 울타리를 타고 넘어가 꿈을 꾸는 듯한 8월 저녁 별빛 속에 황금빛으로 반짝이는 들판을 가로질러 지름길로 접어들면서 침울하게 혼잣말로 중얼거렸다.

"제발 아저씨가 말할 기회만이라도 주셨으면. 아, 사형장에 끌려가는 사람의 심정을 이제야 알 것 같아."

3. 해리슨 씨 집에서

무척 구식이고 나지막한 처마에다 온통 회칠을 한 해리슨 씨 집은 울창한 가문비나무 숲을 배경으로 서 있었다. 해리슨 씨는 셔츠 바람으로 포도 덩굴 아래 그늘진 베란다에 앉아서 저녁 식사 후의 담배 맛을 즐기고 있다가, 문득 낯익은 사람이 길을 따라 올라오는 것을 보고는 벌떡 일어나 집 안으로 들어가서 문을 닫았다. 해리슨 씨는 그저 너무 놀란 나머지 불편하기도 하고, 또 그 전날 발끈 화를 낸 것에 대해 부끄러운 생각이 들어 그런 것이었다. 그러나 이런 태도는 앤이 품고 온 일말의 용기마저 앗아가 버렸다.

앤은 문을 두드리면서 비참한 기분으로 곰곰이 생각했다.

"아저씨가 아직도 저렇게 흥분해 있는데, 내가 한 일을 들으면 어떻게 나올까?"

그러나 뜻밖에도 해리슨 씨는 유순한 미소를 머금은 채 문을 열어 주고는 약간 흥분하긴 했지만 아주 온화하고 친절한 목소리로 들어오라고 말했다. 해리슨 씨는 파이프를 옆에 내려놓고 겉옷을 걸친 후 정중한 태도로 먼지가 자욱한 의자를 권했다. 새장의 빗장을 통해 짓궂은 금빛 눈을 반짝이는 수다쟁이 앵무새만 없었더라면 앤의 환영식은 충분히 기분 좋게 지나갔을 것이다. 앤이 자리에 앉자마자 앵무새 진저가 재잘거렸다.

"저런, 저 빨간 머리 애송이가 여긴 뭐 하러 왔지?"

해리슨 씨와 앤 중에 누가 더 얼굴이 빨개졌는지는 모른다.

해리슨 씨가 몹시 화난 눈길로 진저를 쏘아보았다.

"저 앵무새는 신경 쓰지 마. 저놈은 항상 허튼 소리만 조잘대거든. 선원인 내 동생한테서 저 앵무새를 얻었지. 선원들이란 워낙 말을 함부로 하는데다 앵무새란 놈은 흉내를 아주 잘 내거든."

가엾은 앤은 불쾌한 감정을 애써 억누르고 자기 볼일을 떠올리며 말했다.

"저도 그렇게 생각해요."

이런 상황에서 해리슨 씨에게 반박한다는 것은 절대 있을 수 없는 일이었다. 주인도 모르는 사이에 허락도 없이 그 사람의 젖소를 팔아 버렸다면, 앵무새가 아무리 무례한 말을 지껄인다 해도 상관해서는 안 된다. 그래도 역시 '빨간 머리 애송이'란 말은 수월하게 참아 넘길 수 있는 것은 아니었다.

앤은 굳게 결심하고 말했다.

"아저씨께 고백할 게 있어서 왔어요. 저…… 저…… 저지종 젖소에 관한 거예요."

해리슨 씨가 신경질적으로 소리쳤다.

"맙소사, 젖소가 튀어나와 또 내 귀리밭을 망쳐 놨구나! 하지만 괜찮아. 어쩔 수 없지, 됐어. 어제는 내가…… 내가 너무 경솔했어, 정말이야. 젖소가 그랬어도 괜찮아."

앤은 한숨을 내쉬며 말했다.

"아, 그뿐이라면 얼마나 좋겠어요. 하지만 그보다 열 배는 더 나쁜 일이에요. 전 말할 수……."

"세상에, 그럼 젖소가 내 밀밭에 들어왔단 말이냐?"

"아니…… 아니에요…… 밀밭이 아니에요. 저……."

"그럼 양배추밭이구나! 내가 박람회에 내놓으려고 기르고 있는 양배추를 망쳐 놨지, 그렇지?"

앤은 깊이 생각한 끝에 결론을 내리듯 말했다.

"양배추밭도 아니에요, 아저씨. 제가 다 말씀드릴게요. 여기 온 이유는 바로 그것 때문이에요. 그러니 제발 제 말을 가로막지 마세요. 그러시면 제가 몹시 초조해져요. 제가 다 말할 수 있도록 아무 말도 하지 말아 주세요. 제 말이 끝나면 하실 말씀이 많으실 거예요."

"음, 더 이상 말하지 않으마."

해리슨 씨는 입을 꾹 다물었다. 그러나 진저만은 그 약속에 아랑곳하지 않고 앤이 정말로 고약한 앵무새라고 느낄 때까지 틈틈이 '빨간 머리 애송이'를 내뱉었다.

"저는 어제 제 젖소를 저희 우리 안에 가둬 놓았어요. 그런데 오늘 아침, 카모디에 갔다가 돌아오는 길에 젖소가 아저씨네 귀리밭에 있는 걸 봤어요. 다이애나와 저는 기를 쓰고 젖소를 몰아 냈지요. 저희가 얼마나 힘들었는지 아저씨는 상상도 못하실 거예요. 그러고 나니까 온몸이 흠뻑 젖고 지쳐서 짜증이 났어요. 그때 마침 시어러 아저씨가 다가와서 그 젖소를 사겠다는 거예요. 저는 그 자리에서 20달러를 받고 젖소를 팔아 치웠죠. 제 잘못이었어요. 당연히 기다렸다가 마릴라 아주머니와 상의해 봤어야 했는데 말예요. 하지만 저는 생각 없이 일을 처리하는 나쁜 버릇이 있거든요. 저를 아는 사람은 누구나 아저씨께 그렇게 말할 거예요. 시어러 아저씨는 젖소를 오후 열차에 실어 보내려고 곧장 끌고 갔어요."

그때에 진저가 경멸에 찬 소리로 다시 주절거렸다.

"빨간 머리 애송이."

이번에는 해리슨 씨가 벌떡 일어나 앵무새가 아니라 다른 어떤 새였더라도 간담이 서늘할 표정으로 새장을 옆방에 처넣고 문을 닫아 버렸다. 진저는 날카롭게 비명을 지르고 한바탕 욕설을 퍼붓고 그 밖의 다른 방법으로 자신의 위치를 지키려 해 보았지만 결국 홀로 남은 것을 알고는 골이 나서 입을 다물어 버렸다.

해리슨 씨가 돌아와 앉으며 말했다.

"미안하구나, 계속하렴. 선원인 내 동생은 저 새한테 예절이라곤 눈곱만치도 가르치지 않았어."

앤은 커다란 잿빛 눈동자로 해리슨 씨의 당황한 얼굴을 호소하듯 그윽이 바라보며, 예전의 어린애 같은 몸짓으로 손을 꼭 쥔 채 몸을 앞으로 내밀었다.
 "저는 집으로 돌아와 차를 마시고 나서 젖소 우리로 갔어요. 그런데 아저씨! 제 젖소는 우리에 그대로 있었어요. 시어러 아저씨한테 판 건 바로 아저씨네 젖소였어요."
 해리슨 씨는 뜻밖의 결말에 화들짝 놀라서 멍하니 소리쳤다.
 "세상에, 어떻게 그런 터무니없는 일이!"
 앤은 한탄하듯 말했다.
 "아, 제 자신과 다른 사람을 궁지에 빠뜨린 건 저로선 전혀 터무니없는 일도 아니에요. 저도 주의는 하고 있어요. 제 나이면 그렇게 생각 없는 행동을 그만둘 때도 됐다고 여기시겠지만, 저는 도무지 그러질 못하는 것 같아요. 3월이면 열일곱 살이 되는데도 말예요. 해리슨 아저씨, 용서를 바라기엔 너무 엄청난 일이죠? 너무 늦어 버려 젖소를 돌려 받지도 못할 것 같아서 여기 젖소 값을 가지고 왔어요. 원하신다면 제 젖소를 대신 가지셔도 좋아요. 제 젖소도 품종이 아주 좋거든요. 제가 이번 일을 얼마나 죄송하게 생각하는지 표현할 길이 없네요."
 해리슨 씨는 기운차게 말했다.
 "쯧쯧, 더 이상 말 안 해도 돼, 아가씨. 그건 중요하지 않아, 조금도 중요하지 않다고. 일이란 늘 터지는 법이지. 나도 때때로 너무 서두르지, 아주 심하게 말이야. 그렇지만 난 내 생각을 그 즉시 다 말하지 않고는 못 참는 성미지. 어쩌다 동네 사람들이 그걸 보면 그저 본 대로 나를 생각해 버리는 거야. 지금 그 젖소가 양배추밭에 있다 해도 상관없어. 하물며 거기 있지도 않은데 뭐가 문제야. 네가 젖소에서 벗어나고 싶어하는 것 같으니 그냥 네 젖소를 갖는 게 좋겠다는 생각이 드는데."

"어머, 고마워요, 아저씨. 아저씨가 화내시지 않아서 너무너무 기뻐요. 제가 얼마나 걱정했는데요."

"여기 와서 말하기가 끔찍했겠지. 내가 어제 그 난리를 피웠으니 말이다, 그렇지? 하지만 이젠 걱정하지 않아도 돼. 나는 그저 좀 심하게 속에 있는 말을 다 해 버리는 늙은이거든, 그게 다야……. 너무 있는 그대로를 내뱉는 버릇이 있어서 탈이지."

앤은 자기도 모르게 불쑥 중얼거렸다.

"린드 아주머니도 그래요."

해리슨 씨가 흥분하며 말했다.

"누구? 레이첼 린드 부인? 나를 그 늙은이 수다쟁이와 같다고 말하지 마라. 절대 그렇지 않아. 한데 그 상자 안에 든 건 뭐지?"

"케이크예요."

앤은 예상치도 못했던 해리슨 씨의 온화함에 마음이 놓여 날아오를 듯 홀가분해진 기분으로 장난스레 대답했다.

"제가 아저씨 드리려고 가져왔어요……. 아저씨는 케이크를 자주 못 드실 것 같아서요."

"그래, 사실이야. 난 케이크를 아주 좋아한단다. 정말 고맙구나. 위쪽이 맛있어 보이는데. 케이크가 다 맛있으면 좋겠다."

앤은 기분이 좋아서 자신 만만하게 말했다.

"다 맛있어요. 혹 앨런 부인이 아저씨께 말씀하셨는지도 모르지만, 전에는 가끔 맛없는 케이크를 만들곤 했어요. 하지만 이 케이크는 잘된 거예요. 지역 개선 협회를 위해 만든 건데, 다시 하나 더 만들면 돼요."

"그럼 이봐, 아가씨, 내가 케이크를 먹을 수 있게 좀 도와 줘. 내가 주전자를 올려놓을 테니 함께 차를 마시자고. 어때?"

앤은 미덥지 않은 눈치로 물었다.

"제가 차를 끓이면 안 될까요?"

해리슨 씨는 싱긋이 웃었다.

"내가 차 끓이는 솜씨를 못 믿겠단 말이지. 잘못 짚었어. 아가씨가 마셔 본 어떤 차보다 더 맛있게 끓일 수 있어. 그래도 아가씨가 하지. 다행히 지난 일요일에 비가 와서 깨끗한 그릇이 많아."

앤은 날 듯이 일어나 차를 끓이러 갔다. 차를 넣기 전에 찻주전자를 물로 여러 번 헹구고 나서 스토브를 깨끗이 청소하고 식탁을 차린 다음 찬장에서 그릇을 꺼냈다. 앤은 찬장의 상태를 보고 적잖이 놀랐지만 현명하게 아무 말도 하지 않았다. 해리슨 씨는 앤에게 빵과 버터와 복숭아 통조림이 어디 있는지 알려 주었다. 앤은 정원에서 꽃을 따 와 식탁을 예쁘게 꾸미며 지저분하게 얼룩진 식탁보는 보지 않으려고 애써 눈길을 돌렸다. 곧 차가 준비되자 앤은 해리슨 씨 맞은편에 앉아 차를 따라 주며 학교와 친구들 얘기며 자기의 여러 가지 계획을 거리낌없이 이야기했다. 앤은 지금 느끼는 이 편안함을 도무지 믿을 수가 없었다.

해리슨 씨는 불쌍한 진저가 외로울 거라며 다시 데려왔다. 앤은 어떤 사람이든 어떤 일이든 모두 용서할 수 있을 것 같은 푸근한 마음으로 진저에게 호두를 건넸다. 그러나 진저는 기분이 몹시 상해서 친해지자는 호의를 싹 거절해 버리고는 횃대에 시무룩이 앉아 깃털을 곤두세웠다. 그 모습이 꼭 초록빛과 황금빛으로 어우러진 공 같았다.

"아저씨는 왜 저 앵무새를 진저(붉은빛이 도는 갈색이라는 뜻:옮긴이)라고 부르세요?"

앤은 적절한 이름을 좋아하는데, 진저란 이름은 그토록 멋지고 화려한 깃털과는 전혀 어울리지 않는 것 같았다.

"선원인 내 동생이 그렇게 지었지. 아마 저 새의 성격과 관계가 있는 것 같아. 하지만 난 저 녀석을 좋아한단다. 내가 저 녀석을 얼마나 좋아하는지 알면 깜짝 놀랄걸. 물론 저 새에게 단점이 있긴 하지. 이런저런 일로 제법 돈도 많이 들어. 어떤 사람들은 저 새가 욕하는 걸 싫어하지. 하지만 버릇을 고칠 수가 없어. 나도 노력해 봤고, 남들도 해 봤을 거야. 또 몇몇 동네 사람들은 앵무새에 대해 편견을 갖고 있어. 어리석지 않니? 나는 앵무새를 좋아해. 진저는 좋은 친구야. 어떤 일이 있어도 저 새를 포기하진 않을 거야. 어떤 일이 있어도 말이야, 아가씨."

해리슨 씨는 마치 앤이 진저를 포기하도록 설득할 속셈이라도 있는 것처럼 마지막 말을 힘주어 말했다. 그러나 앤은 별나고 까다롭고 성 마른 이 키 작은 남자가 좋아지기 시작했고, 케이크를 다 먹기도 전에 둘은 절친한 사이가 되었다. 해리슨 씨는 개선 협회에 대해 이해했고 찬성할 마음이 우러나왔다.

"맞아, 해 봐. 이 지역에는 개선할 거리가 많지. 사람들도 그렇고."

앤은 얼굴을 붉히며 대꾸했다.

"음, 글쎄요."

앤은 자기 자신과 특별한 친구들 앞에서는 에이번리 마을과 주민들이 쉽게 개선될 수 있는 작은 결점들을 가지고 있다고 인정할 수 있었다. 그러나 해리슨 씨처럼 실질적으로 다른 지방에서 온 사람들이 그렇게 말하는 소리를 듣는 것은 완전히 다른 느낌이었다.

"저는 에이번리를 사랑스러운 곳이라고 생각해요. 이곳 사람들 역시 매우 좋고요."

해리슨 씨는 발그레하게 뺨을 붉히며 흥분한 눈빛으로 자기를 바라보는 얼굴을 의식하고는 덧붙였다.

"약간 골이 난 것 같군. 그 머리카락에 썩 잘 어울리는데. 에이번리는 아주 좋은 곳이고, 그래서 나도 여기에 자리잡았지. 하지만 에이번리에 다소 결점이 있다는 건 아가씨도 인정하는 것 같은데, 그렇지?"

앤은 의리를 지키며 말했다.

"저는 에이번리에 결점이 있어서 더 좋아요. 아무 결점도 없는 마을이나 사람들은 별로예요. 정말로 완벽한 사람들한텐 흥미가 없거든요. 밀턴 화이트 부인은 완벽한 사람을 한 번도 만나 보진 못했지만 그런 사람 얘긴 여러 번 들었다고 하더군요. 자기 남편의 첫 부인이 그랬대요. 첫 부인이 완벽한 사람이었던 남자와 결혼하는 건 불편하기 짝이 없는 일 같지 않으세요?"

해리슨 씨는 별안간 설명하기 어려운 격한 목소리로 대꾸했다.

"완벽한 여자와 결혼하는 게 훨씬 불편할 거야."

차를 마시고 나자 앤은 해리슨 씨가 앞으로 몇 주 동안 집안일을 할 시간이 넉넉하다고 큰소리치는데도 극구 그릇을 씻겠다고 우겼다. 물론 바닥까지 깨끗이 쓸어 주고 싶었지만 빗자루도 보이지 않을 뿐더러 아예 없을까 봐 어디 있느냐고 물어 보고 싶지도 않았다.

앤이 돌아가려 하자 해리슨 씨가 넌지시 말을 꺼냈다.

"가끔 건너와서 얘기 좀 해주려무나. 멀지도 않고 서로 이웃답게 지내야지. 난 네가 하는 개선 협회에 상당히 관심이 있단다. 재미있을 것 같아. 맨 먼저 누구하고 맞붙을 생각이냐?"

"우리는 사람들한테 쓸데없는 참견은 하지 않을 거예요. 우리가 개선하려는 건 오로지 마을뿐이에요."

앤은 품위 있게 대답하면서도 해리슨 씨가 그 계획을 조롱하고 있지나 않나 의심스러웠다.

앤이 떠나자 해리슨 씨는 창문 너머로 해질녘 저녁놀이 진 들판을 가로질러 나긋나긋하고 숙녀다운 경쾌한 발걸음으로 걸어가는 뒷모습을 지켜보았다.

"나는 퉁명스럽고 외롭고 까다로운 늙은이야. 하지만 저 조그만 아가씨한테 있는 뭔가가 나를 다시 젊어지게 했어……. 이건 내가 다시 한 번 느끼고 싶었던 즐거운 감정이야."

해리슨 씨가 큰 소리로 혼잣말을 중얼거리자 진저가 조롱하듯 목쉰 소리로 외쳤다.

"빨간 머리 애송이."

해리슨 씨는 앵무새에게 주먹을 쳐들어 보였다.

"이런 심술궂은 새야. 내 동생이 너를 데려왔을 때 차라리 네 목을 비틀어 버렸더라면 좋았을걸. 또 나를 곤경에 빠뜨릴 셈이냐?"

앤은 즐겁게 집으로 달려와 마릴라에게 자신의 모험담을 자세히 들려주었다. 마릴라는 앤이 오랫동안 돌아오지 않아 안절부절못하고 있다가 방금 막 앤을 찾아 나서려던 참이었다.

앤은 행복하게 말을 맺었다.

"정말 좋은 세상이에요, 그렇죠, 마릴라 아주머니? 전에 린드 아주머니는 세상이 별로 좋지 않다고 불평했어요. 즐거운 일을 기대할 땐 언제나 적잖이 실망하게 마련이랬어요. 어떤 것도 우리의 기대에 못 미친다고 말예요. 글쎄요, 아마 맞는 말이겠죠. 하지만 세상엔 역시 좋은 면도 있어요. 안 좋은 일도 우리의 예상과 항상 같지는 않잖아요? 그런 일도 우리가 생각하는 것보다 훨씬 좋게 바뀔 수 있어요. 오늘 밤 해리슨 아저씨네 집에 갈 때까지만 해도 전 지독히 안 좋은 쪽으로만 생각했어요. 그런데 정반대로 해리슨 아저씨는 아주 친절했고 저는 너무너무 유익한 시간을 보냈어요. 서로의 입장을 충분히 이해한다면 우린 정말 좋은 친구가 될 것 같아요. 모든 일이 최고로 바뀌었어요. 어쨌든 마릴라 아주머니, 저는 앞으로 젖소가 누구 것인지 똑똑히 알기 전에는 절대로 팔지 않겠어요. 음, 그리고 전 앵무새가 정말 싫어요!"

4. 견해 차이

    어느 날 해질 무렵에 제인 앤드루스와 길버트 블라이드, 앤 셜리는 부드럽게 살랑거리는 가문비나무 가지들의 그늘 아래 울타리를 따라 느릿느릿 걸어가고 있었다. 자작나무 길이라고 알려진 그 숲길은 큰길과 만난다. 앤은 오후를 함께 보내려고 기다리고 있던 제인과 같이 집으로 걸어가고 있던 중이었다. 그런데 바로 그 울타리 부근에서 길버트를 만난 것이다. 세 사람은 지금 운명적인 내일의 이야기를 나누고 있었다. 드디어 내일은 9월의 첫날

이자 개학날이다. 이제 제인은 뉴브리지, 길버트는 화이트샌즈로 가게 된다.

앤은 한숨을 푹 내쉬었다.

"그래도 너희는 나보다 나아. 너희는 잘 모르는 아이들을 가르치지만, 난 같이 학교에 다니던 아이들을 가르쳐야 하잖아. 린드 아주머니 말씀이 학생들은 낯선 사람을 더 어려워하니까 내가 처음부터 엄하게 하지 않으면 만만하게 볼 거래. 하지만 난 선생님이 꼭 엄해야 한다고 생각진 않아. 아, 책임감 때문에 어깨가 무거워."

제인은 마음 편하게 대꾸했다.

"우린 잘할 거야."

제인은 남을 좋은 방향으로 이끌려는 포부 때문에 고민스러워하진 않았다. 적당히 월급을 받고, 학교 운영 위원회를 만족시키고, 장학사의 우수 교사 명단에 이름이 오르면 그만이었다. 제인은 그 이상의 욕심은 없었다.

"중요한 건 질서를 유지하는 일이니 교사는 좀 엄해야 돼. 난 학생들이 말을 듣지 않으면 벌을 줄 거야."

"어떻게?"

"물론 회초리를 드는 거지."

"어머, 제인, 그러지 마! 그러면 안 돼!"

앤이 깜짝 놀라 소리치자 제인은 딱 잘라 말했다.

"난 맞을 짓을 하는 애는 매로 다스려야 한다고 생각해. 또 그렇게 할 거야."

앤 역시 단호하게 맞섰다.

"난 절대로 아이들을 때리지 않을 거야. 난 그런 말은 전혀 믿지 않

아. 스테이시 선생님은 우리를 한 번도 때리지 않았지만, 다들 말을 잘 들었잖아. 하지만 필립스 선생님은 언제나 매를 드셨지. 그래도 전혀 먹히지 않았어. 그래, 매를 들지 않고는 가르칠 수 없다면 난 차라리 그만두겠어. 아이들을 잘 따르게 할 방법이 있어. 내가 아이들한테 사랑받기 위해 노력하고 또 그렇게 된다면, 아이들은 저절로 날 따르고 싶어할 거야."

현실적인 제인이 되물었다.

"하지만 애들이 너를 좋아하지 않으면 어쩌지?"

"그래도 때리지는 않을 거야. 때리는 건 아무 도움이 안 돼. 제인, 아이들이 무슨 짓을 하건 때리지 마."

"길버트, 네 생각은 어때? 맞아야 정신 차리는 아이들이 간혹 있다고 생각지 않니?"

앤은 얼굴이 상기된 채 심각하게 소리쳤다.

"어떤 아이건 간에 아이들을 때리는 건 잔인하고 야만스런 짓이잖아!"

길버트는 자기 신념과 바람이 앤의 이상에 부합되도록 애쓰며 천천히 말을 꺼냈다.

"글쎄, 둘 다 일리 있는 얘기야. 난 대부분의 아이들한테 매를 들어야 한다고 생각진 않아. 앤, 네 말대로 대개는 아이들을 다룰 수 있는 더 좋은 방법이 있고, 육체적인 징벌은 최후의 수단이어야만 한다고 생각해. 하지만 한편으론 제인 말대로 다른 방법으로는 도저히 어쩔 수 없는 특별한 아이들, 그러니까 때려야만 더 발전하는 아이들도 가끔은 있겠지. 육체적인 징벌은 최후의 수단이라는 게 내 원칙이야."

길버트는 두 사람의 기분을 다 맞춰 주려고 했지만, 이런 경우 흔히 그렇듯이 아무도 만족시키지 못했다.

제인은 고개를 빳빳이 치켜들었다.

"버릇없이 구는 애들은 때려야 돼. 그게 정신 차리게 하는 가장 빠르고 쉬운 방법이야."

앤은 길버트에게 실망스러운 눈길을 던지며 힘주어 말했다.

"난 절대로 안 때릴 거야. 그건 옳지도 않고, 필요하지도 않아."

제인이 물었다.

"네가 한 아이한테 뭘 시켰는데 뒤에서 건방지게 굴면 어쩌겠니?"

"수업이 끝난 뒤에 남으라고 해서 다정하면서도 따끔하게 꾸짖어야지. 좋은 점이란 찾으려고만 하면 누구에게나 있는 거야. 그걸 찾아서 키워 주는 게 선생님의 임무고. 너도 알다시피 그건 퀸스 전문학교에서 교장 선생님이 강의한 내용이잖아. 때리면서 어떻게 아이들의 장점을 찾을 수 있겠니? 레니 교수님 말씀대로, 아이들에게 읽기와 쓰기와 셈을 가르치는 것보다 바르게 자라도록 도와 주는 게 훨씬 중요한 거잖아."

"하지만 장학사는 학생들이 읽기와 쓰기와 셈을 얼마나 잘하는지를 보고 모든 걸 평가해. 더욱이 아이들이 장학사의 기준에 못 미치면 너는 후한 점수를 받을 수 없어."

제인의 반박에 앤은 단호하게 말했다.

"난 장학사의 우수 교사 명단에 이름이 오르는 것보다 아이들한테 사랑받고 오래도록 진정한 친구로 기억되는 선생님이 되고 싶어."

길버트가 물었다.

"아이들이 나쁜 짓을 해도 벌을 주지 않을 거야?"

"그건 아니야. 싫어도 어쩔 수 없이 벌을 줘야 할 경우가 있겠지.

하지만 쉬는 시간에 교실에 남아 있게 한다든지, 복도에 세워 두든지, 쓰기 숙제를 내준다든지 할 수 있잖아."

제인이 장난스레 말했다.

"넌 여자 애를 남자 애 옆에 앉게 하는 벌은 주지 않을걸."

길버트와 앤은 마주 보며 어이없이 웃고 말았다. 예전에 앤은 길버트 옆자리에 앉는 벌을 받고서 몹시 슬프고 비참해한 적이 있었다.

헤어질 때에 제인이 철학자처럼 말했다.

"그래, 어떤 방법이 가장 좋은지는 시간이 말해 줄 거야."

앤은 나뭇잎이 바람에 바스락거리고 고사리 향이 그윽한 그늘진 자작나무 길을 따라 초록 지붕 집으로 향했다. 제비꽃 골짜기를 넘어 전나무 숲 아래로 빛과 어둠이 어우러진 버드나무 연못을 지나가니, 예전에 다이애나와 함께 이름 붙인 연인의 오솔길에 이르렀다. 앤은 숲과 들판의 향내를 맡으며 벌써부터 별이 드문드문 떠오른 여름 황혼을 즐겼다. 그리고는 내일부터 시작될 새로운 일에 대해 진지하게 생각했다. 앤이 초록 지붕 집 뜰에 들어서자, 부엌 창문 틈으로 린드 부인의 단호하고 큰 목소리가 흘러나왔다.

앤은 얼굴을 찡그리며 속으로 중얼거렸다.

"린드 아주머니가 내일 일을 충고하러 오셨군. 하지만 집에 들어가지 않겠어. 아주머니의 충고는 매운 고추 같거든. 도움 될 얘기도 있지만, 한 마디 한 마디가 가슴을 쿡쿡 찔러. 대신 길 건너 해리슨 아저씨한테 가서 마음놓고 수다나 떨어야지."

유명한 젖소 사건 이후로 앤이 해리슨 씨 집에 들러 이야기를 나눈 것은 이번이 처음은 아니었다. 벌써 몇 번인가 찾아갔고, 해리슨 씨가 자랑으로 여기는 솔직함 때문에 앤은 가끔씩 힘들어하긴 했지만 두 사람은 매우 절친한 친구였다. 앵무새 진저는 여전히 미심쩍은 눈초리로 앤을 볼 때마다 '빨간 머리 애송이'라고 놀리는 걸 잊지 않았다. 앤이 나타나기만 하면 '저런, 귀여운 꼬마가 또 오는군.' 하는 말들을 지껄일 때마다 해리슨 씨는 흥분해서 벌떡 일어나 진저의 버릇을 고치려고 애써 보았지만 소용없었다. 오히려 진저는 해리슨 씨의 마음을 꿰뚫어 보면서 비웃기까지 했다. 앤은 해리슨 씨가 뒤에서 얼마나 자기를 칭찬하는지 전혀 알지 못했다. 해리슨 씨는 앤 앞에서는 절대 칭찬을 하지 않았던 것이다.

해리슨 씨가 베란다 계단을 올라오는 앤을 보고 인사를 건넸다.

"내일 쓸 회초리를 구하려고 다시 숲에 온 거냐?"

앤이 발끈했다.

"아니에요."

앤은 항상 무슨 일이든 너무 심각하게 받아들이기 때문에 놀림감이 되곤 했다.

"전 절대로 학생들에게 회초리를 휘두르지 않을 거예요, 해리슨 아저씨. 지휘봉이야 물론 있어야겠지만, 그건 단지 뭔가를 가리킬 때만 쓸 거예요."

"그럼 회초리 대신 채찍을 휘두를 생각이냐? 그래, 네 생각이 옳을지도 모르겠구나. 기를 꺾어 놓기에는 회초리만한 게 없지만, 고통이 오래 가는 데는 채찍이 최고지. 그건 맞아."

"전 그런 거 절대 안 쓸 거예요. 학생들을 때리지 않을 거라고요."

해리슨 씨가 정말로 깜짝 놀라서 물었다.

"맙소사, 그럼 애들을 어떻게 다스릴래?"

"해리슨 아저씨, 전 사랑으로 다스릴 거예요."

"사랑만 갖고는 안 돼. 어림도 없다, 앤. '매를 아끼면 아이 버릇을 그르친다.'는 말도 있잖아? 내가 학교 다닐 때는 말썽을 일으키지 않았는데도 선생님이 일을 꾸미고 있었다면서 하루도 빠짐없이 날 때렸다고."

"해리슨 아저씨, 그 뒤로 교육 방법이 많이 바뀌었어요."

"하지만 천성은 쉽게 바뀌지 않아. 아이들을 벌주려고 매를 준비해 두지 않으면 절대 그 조무래기들을 다스릴 수 없을 게다. 암, 어림도 없지."

"글쎄요, 우선은 제 방식대로 해 볼래요."

앤은 워낙 의지가 강하고 미련스러울 정도로 자기 주장을 굽히지 않는 편이었다.

해리슨 씨는 예의 그 말투로 중얼거렸다.

"이런 고집불통 녀석. 그래, 좋아, 어디 두고 보자. 아이들한테 실컷 당하고 나면, 언젠가는 너도 지금 떠들어대는 맹랑한 이야기 따위 까맣게 잊어버리고 아이들을 마구잡이로 때릴걸. 너처럼 머리칼이 빨간 사람들은 여차하면 기분이 바뀌거든. 아무튼 넌 누굴 가르치기엔 너무 어려. 너무 어리고 철이 없어."

결국 앤은 그날 밤 우울한 기분으로 잠자리에 들었다. 다음 날 아침 식사 때, 마릴라는 잠을 제대로 자지 못해 창백하고 침울한 앤을 보고 깜짝 놀라 뜨거운 생강차를 마시라고 억지로 권했다. 앤은 생강차를 마시면 기분이 나아질 거라고는 생각지 않았지만 참을성 있게 홀짝거렸다. 생강차에 인생의 경험을 넣어 주는 마법의 힘이 있다면, 앤은 기꺼이 단숨에 들이켰을 것이다.

"마릴라 아주머니, 저 실패하면 어쩌죠?"

"애야, 어떤 일이든 하루 만에 실패하는 법은 없어. 시간은 앞으로도 얼마든지 있잖아? 문제는 말이다, 앤, 너는 네가 알고 있는 걸 아이들한테 다 가르쳐서 하루아침에 모든 잘못을 싹 고치길 바란다는 거야. 그러고는 제대로 안 되면 실패했다고 낙담하겠지."

5. 훌륭한 여선생님

그날 아침, 앤은 생전 처음으로 전혀 아름다움을 느끼지 못한 채 자작나무 길을 지나갔다. 학교에 이르렀을 때 교실 안은 쥐죽은 듯이 조용했다. 전임 선생님이 아이들에게 새 선생님이 오면 얌전히 자리에 앉아 있으라고 일러 두었던 것이다. 앤이 교실에 들어서자, '빛나는 아침의 얼굴들'이 책상 줄을 가지런히 맞추고 앉아 호기심에 찬 눈망울을 초롱초롱 빛냈다. 앤은 모자를 걸고 아이들을 마주 보고 섰다. 앤은 자신이 느끼는 것만큼 그렇게 긴

장되고 바보스런 모습으로 보이지 않기를, 또 자신이 얼마나 떨고 있는지 아이들이 눈치채지 않기를 바랐다.

어젯밤 앤은 개학날 아이들에게 할 인사말을 쓰느라 거의 자정까지 잠을 이루지 못했다. 앤은 수도 없이 인사말을 고쳐 쓰고 공들여 다듬고 나서 완벽하게 외워 두었다. 이 훌륭한 인사말에는 특히 서로 돕고 열심히 배워야 한다는 등의 멋진 생각들이 강조되어 있었다. 그런데 문제는 바로 이 순간, 그 인사말을 한마디도 기억할 수 없다는 사실이었다.

10초밖에 안 되었는데 한 일 년쯤 지난 듯한 시간이 흐른 뒤, 앤은 기어 들어가는 목소리로 말했다.

"다들 성경책을 꺼내세요."

곧 책상 뚜껑을 딸그락거리는 소리를 틈타서 앤은 숨을 죽이고 의자에 주저앉았다. 앤은 아이들이 성경을 읽는 동안 떨리는 마음을 진정시키고, 어른의 나라로 가고 있는 어린 순례자의 행렬을 죽 훑어보았다.

물론 대부분은 앤이 잘 알고 있는 아이들이었다. 앤의 동창들은 작년에 졸업했지만, 1학년 아이들과 에이번리로 전학 온 열 명을 빼고는 모두 앤과 함께 학교에 다녔다. 앤은 이미 가능성을 자세히 알고 있는 그 아이들보다는 내심 전학 온 열 명에게 마음이 더 끌렸다. 어쩌면 전학생들도 나머지 아이들과 마찬가지로 평범할지 모른다. 하지만 반대로 그 아이들 중에 아주 뛰어난 아이가 있을 수도 있는 일이다. 앤은 이런 생각에 가슴이 설레었다.

구석 자리에 혼자 앉아 있는 아이는 앤서니 파이였다. 앤서니는 까맣고 작은 얼굴에 부루퉁한 표정을 짓고서 적의를 나타내는 새까만 눈으로 앤을 빤히 쳐다보았다. 앤은 즉시 앤서니가 자기를 좋아하게 만들어서 파이 집안 사람들을 완전히 눌러 버려야겠다고 마음먹었다.

반대편 구석에는 명랑해 보이는 꼬마 아티 슬론이 있고, 그 옆으로 주근깨투성이 얼굴에 들창코인데다 희끄무레한 속눈썹이 덮인 왕방울만한 푸른 눈의 낯선 남자 아이가 앉아 있었다. 아마도 돈넬 씨의 아들 같았다. 그리고 요모조모 닮은 것으로 보아 그 아이의 누이동생인 듯한 여자 아이가 메리 벨과 함께 옆줄에 앉아 있었다. 앤은 어머니가 도대체 어떤 사람이기에 딸을 저렇게 입혀서 학교에 보냈을까 궁금했다. 그 아이는 면 레이스가 잔뜩 달린 연분홍빛 실크 드레스를 입고 실크 스타킹에 더러운 흰 실내화를 신고 있었다. 아이의 옅은 갈색 머리칼은 아주 심하게 곱슬거려 부자연스럽게 똘똘 말린 채 자기 머리보다 더 커다란 화려한 나비 리본으로 고정되어 있었다. 표정으로 보아 자만심이 넘쳐흐르는 아이 같았다.

황갈색 머리카락을 어깨에 찰랑찰랑 늘어뜨린 창백한 꼬마는 아네타 벨인 것 같았다. 뉴브리지 학군에서 살던 아네타는 북쪽으로 45미터 가량 떨어진 곳으로 이사를 하는 바람에 에이번리 학교로 전학을 오게 되었다. 한 의자에 나란히 앉아 있는 핼쑥한 여자 아이 셋은 코튼네 아이들이 분명했다. 그리고 성경책 너머로 잭 길리스에게 살살 눈웃음을 치고 있는 담갈색 눈동자의 긴 머리 꼬마 미인은 의심할 여지없이 프릴리 로저슨이었다. 얼마 전에 재혼한 프릴리의 아버지는 그래프턴에서 할머니와 살고 있던 프릴리를 집으로 데려왔다. 뒷자리에 앉아 있는 볼품 없이 생긴 키 큰 여자 아이는 팔다리가 몇 개나 되는 것처럼 보였는데, 앤은 처음에 그애가 누군지 생각나지 않았다. 나중에야 그애 이름이 바바라 쇼이고 에이번리에서 고모와 살고 있다는 사실을 알아차렸다. 앤은 또 바바라가 서두르다가 자빠지거나 누군가의 발에 걸려 넘어지지 않고 통로를 빠져 나온다면 그것은 에이번리 학생들이 그 일을 축하하기 위해 학교 벽에 써 붙일 정도로 특별한 사건이라는 사실도 알게 되었다.

그러나 앤은 자기 책상 바로 앞에 앉아 있는 아이와 눈이 마주쳤을 때, 마치 천재를 발견하기라도 한 것처럼 온몸에 이상한 전율을 느꼈다. 앤 생각에 이 아이는 폴 어빙이 틀림없었는데, 폴이 에이번리 아이들과는 다를 거라고 했던 레이첼 린드 부인의 예견이 꼭 맞아 떨어졌음을 알았다. 앤은 에이번리뿐 아니라 세상 어디에서도 폴 같은 아이는 찾아보기 힘들 거라고 생각했다. 앤은 열심히 자기를 쳐다보고 있는 폴의 짙푸른 눈동자 속에서 묘하게도 자기와 비슷한 한 영혼이 뚫어지게 바라보고 있음을 깨달았다.

앤은 폴이 열 살이라고 알고 있었지만, 기껏해야 여덟 살 정도로밖에 보이지 않았다. 폴은 여태껏 앤이 보아 온 어떤 아이보다도 아름다운 얼굴이었다. 그 아름답고 섬세하고 순수한 얼굴은 밤색 곱슬머리가 둘러싸고 있었다. 폴의 입은 구김살이 전혀 없어 유쾌해 보였으며, 빨간 입술은 부드러운 곡선을 이루며 겨우 보조개를 면한 곳쯤에서 멋지게 끝나 있었다. 폴은 몸집에 비해 훨씬 성숙한 영혼을 가진 아이처럼 해맑으면서도 진지하고 생각에 잠긴 듯한 표정을 짓고 있었다. 그러나 앤이 살며시 미소를 보내자 그런 표정은 사라지고 거기에 답하듯 미소가 떠올랐다. 폴의 미소는 갑자기 어떤 등불이 그의 내부에 불을 지핀 듯 머리끝부터 발끝까지 환히 빛나는 것이 완전한 존재의 계시 같았다. 무엇보다도 그 미소는 일부러 꾸며 낸 것이 아니라 선하고 따뜻한 폴의 성격에서 너무나 자연스럽게 우러나오는 것이었다. 앤과 폴은 서로 한 마디도 나누어 보지 않았지만 잠깐 주고받은 미소로도 영원한 친구가 된 듯했다.

하루가 꿈같이 지나갔다. 앤은 나중에 그날 일을 제대로 기억하지 못했다. 마치 자기가 아닌 딴 사람이 아이들을 가르친 것 같았다. 앤은 기계적으로 책을 읽히고, 셈을 가르치고, 글씨 쓰기를 시켰다. 아이들이 매우 말을 잘 들어서 벌을 받은 아이는 두 명밖에 없었다. 몰리 앤드루스는 훈련된 귀뚜라미 두 마리를 통로에서 몰고 다니다가 앤에게 들켰다. 앤은 벌로 몰리를 한 시간 동안 교단에 세워 두고 귀뚜라미를 압수했다. 몰리는 벌서는 것보다 귀뚜라미를 뺏긴 데 더욱 가슴 아파했다. 앤은 귀뚜라미를 상자에 넣어 두었다가 학교에서 돌아가는 길에 제비꽃 골짜기에 풀어 주었다. 그러나 몰리는 그 뒤로 내내 앤이 귀뚜라미를 자기 집으로 가지고 가서 혼자만 갖고 논다고 믿었다.

벌을 받은 또 다른 아이는 앤서니 파이였다. 앤서니는 자기의 회색 물병에 남아 있던 물을 오렐리아 클레이의 뒷덜미에 전부 쏟아 부었던 것이다. 쉬는 시간에 앤은 앤서니를 남겨 놓고 신사는 절대로 숙녀의 목에 물을 붓지 않는다고 타이르면서 신사라면 어떻게 행동해야 하는지 이야기해 주었다. 앤은 자기 반 남학생들이 모두 신사가 되기를 바란다고 말했다. 앤의 짧은 가르침은 친절하고 가슴 뭉클한 것이었으나 불행히도 앤서니는 조금도 감동받지 않았다. 앤서니는 예의 부루퉁한 얼굴로 잠자코 듣고 있더니 조롱하듯 휘파람을 불면서 밖으로 나가 버렸다. 앤은 한숨을 쉬고는 로마가 하루아침에 만들어지지 않았듯이 앤서니가 자기를 좋아하는 데도 시간이 걸릴 것이라고 생각하면서 자신을 추슬렀다. 사실 파이 집안 사람들이 사랑받을 만한 가치가 있는지는 의심스러운 일이다. 그러나 앤은 앤서니를 좋게 보고 싶었다. 앤서니의 퉁명스러움 뒤에 숨겨진 속마음은 오히려 착한 아이일지도 모르는 일이었다.

　수업이 모두 끝나고 아이들이 집으로 돌아가자 앤은 힘없이 의자에 주저앉았다. 머리가 지끈지끈 아프고 비참할 정도로 실망감을 느꼈다. 무슨 끔찍한 일이 일어나지는 않았으니 사실 특별히 낙담할 만한 이유도 없었다. 그러나 앤은 너무나 지쳐서, 가르치는 일 같은 건 전혀 좋아하지 않게 될 것 같았다. 좋아하지도 않는 일을 40년 동안 매일같이 해야 한다면 얼마나 끔찍할까? 앤은 지금 이 자리에서 울어 버릴까, 아니면 집으로 돌아가 자기만의 하얀 방에서 마음놓고 울까 망설이고 있었다. 앤이 채 마음을 정하기도 전에 문 쪽에서 또각또각 하는 구두 소리와 실크 치맛자락이 사각사각 바닥에 끌리는 소리가 들렸다. 한 부인이 들어와 앤 앞에 섰는데, 그 부인의 옷차림을 보니 해리슨 씨가 얼마 전에 샬럿타운의 어느 가게에서 보았다는 요란한 차림새를 한 여자 이야기가 생각났다.

　"그 여자는 멋있게 옷을 입는 것과 꼴사나운 것을 분간하지 못하는 것 같아."

　그 부인은 손댈 만한 여지가 있는 부분은 온통 다 부풀리고 주름잡고 프릴을 단 연한 하늘색 실크 여름옷을 사치스럽게 차려 입은 모습이었다. 머리에는 커다란 흰 시폰(비단, 인조견의 직물로 매우 얇고 부드러워 베일, 모자의 장식 등에 쓰임:옮긴이) 모자를 썼는데 모자에 달린 타조 깃털이 길다 못해 축 늘어져 있었다. 검고 큰 점이 잔뜩 박힌 분홍색 시폰 베일은 모자 끝에서 어깨까지 파티복 주름 장식처럼 늘어져, 뒤에 달린 두 개의 가벼운 장식 리본과 함께 나풀거렸다.

그 작은 몸집에 보석을 치렁치렁 매달고, 독한 향수 냄새를 풍기고 있었다.

그 여자가 말했다.

"나는 돈넬 부인이에요. 에이치(H) 비(B) 돈넬이죠. 오늘 우리 딸 클래리스 앨마이러가 학교에서 돌아와 한 말이 사실인지 물어 보러 왔어요. 난 그애 말을 듣고 너무너무 화가 났어요."

앤은 아침에 돈넬네 아이들과 관련하여 무슨 사건이 있었는지 기억하려 애쓰며 우물거렸다.

"무슨 말씀이신지 모르겠군요."

"선생님이 오늘 우리 애들을 부를 때 돈넬이라고 했다면서요? 이 봐요, 셜리 양, 돈넬의 정확한 발음은 '돈넬'이에요. 뒷음절에 악센트를 주면서 돈넬이라고 해야 된다고요. 앞으로 주의해 주세요."

앤은 웃음이 터져 나오려는 것을 간신히 참으며 말했다.

"노력할게요. 누가 자기 이름 철자를 잘못 쓰면 대단히 언짢다는 건 저도 겪어 봐서 압니다. 자기 이름을 이상하게 부르면 무척 기분이 나쁘겠죠."

"물론이죠. 그리고 클래리스 앨마이러가 그러던데 선생님은 또 내 아들을 제이콥이라 불렀다면서요?"

앤이 이유를 설명했다.

"댁의 아드님이 저한테 자기 이름이 제이콥이랬어요."

에이치 비 돈넬 부인은 세상이 얼마나 타락했으면 애들이 눈곱만치도 생각이 없는지 모르겠다는 투로 말했다.

"그랬을 거란 생각은 했어요, 셜리 양. 그앤 취향이 아주 서민적이죠. 그애를 낳고 난 세인트 클레어라고 부르고 싶었어요. 아주 귀족적인 이름이죠, 안 그래요? 하지만 그애 아버지가 자기 삼촌 이름을 따서 제이콥이라 부르겠다고 고집을 부리지 뭐예요. 제이콥 삼촌이 돈 많은 노총각이라서 결국은 내가 양보했죠. 선생님은 어떻게 생각하세요? 아무튼 아무 것도 모르는 우리 애가 다섯 살 되던 해에 제이콥 삼촌이 덜컥 결혼을 해 버리더니 지금은 아들이 셋이나 있어요. 세상에 믿을 사람 하나도 없다더니! 제이콥 삼촌은 뻔뻔스럽게도 결혼식 초대장까지 보냈다고요. 난 조대장을 받자마자 미안한 일이지만 제이콥이란 이름은 이제 사양하겠다고 했지요. 그날로 난 우리 아들을 세인트 클레어라 불렀으니까 남들도 그애를 그렇게 불러야겠죠? 남편이 자꾸 제이콥이라고 불러서 그런지, 그앤 이상하게도 그 촌스런 이름을 더 좋아해요. 하지만 그애 이름은 세인트 클레어고 앞으로도 그럴 거예요. 셜리 양, 제 말 잊지 마세요, 아셨죠? 고마워요. 전 딸애한테 선생님이 잘 몰라서 그랬을 테니 얘길 하면 고쳐질 거라고 했어요. 뒷음절에 악센트를 넣어 돈넬이라고 불러 주시고, 우리 아들을 부를 땐 반드시 제이콥이 아니라 세인트 클레어라고 해야 돼요, 잊지 않으시겠죠? 고마워요."

돈넬 부인이 유유히 교실을 나가자 앤은 교실 문을 잠그고 집으로 돌아갔다. 언덕 기슭에서 앤은 자작나무 길에 서 있는 폴 어빙을 보았다. 폴은 에이번리 아이들이 '쌀백합'이라 부르는 우아하고 작은 야생 난초 다발을 앤에게 내밀며 수줍게 말했다.

"저, 선생님, 라이트 아저씨네 들판에서 이 꽃을 보고 선생님 드리려고 갖고 왔어요. 선생님이 좋아하실 것 같아서요. 그리고……."

폴은 크고 예쁜 눈을 살며시 치켜 떴다.

"전 선생님이 좋아요."

앤은 향기로운 난초를 받아 들며 감격했다.

"어머, 착하기도 하지."

앤은 폴의 말을 들으니 마치 마법사의 주문처럼 방금 전의 좌절감과 피로가 사라지고 솟구치는 분수처럼 마음속에서 희망이 샘솟아 올랐다. 앤은 축복이 가득 담긴 향기로운 야생난을 들고 가벼운 걸음으로 자작나무 길을 걸어갔다.

마릴라가 궁금해했다.

"그래, 잘했니?"

"한 달 뒤에나 대답할 수 있을 것 같아요. 지금은 뭐라 말을 못하겠어요. 전 저 자신을 너무 몰라요. 생각이 온통 흐리멍덩하게 뒤죽박죽이 됐어요. 오늘 제대로 해낸 일은 클리피 라이트한테 에이는 A라고 쓴다고 가르친 것밖에 없어요. 걘 그걸 모르고 있었거든요. 한 영혼을 셰익스피어나 《실락원》(영국의 시인 존 밀턴이 쓴 대서사시:옮긴이)으로 이끄는 길에 첫발을 내딛게 하는 건 정말 멋지잖아요?"

나중에 린드 부인이 앤의 사기를 더욱 북돋워 주는 소식을 가지고 왔다. 그 선량한 부인은 학생들을 자기 집 대문 앞에 불러 세워 놓고 새 선생님이 얼마나 좋으냐고 묻고는 대답을 듣고 온 것이다.

"앤, 앤서니 파이만 빼고 다른 애들은 모두 네가 너무너무 좋다더구나. 난 그애가 싫어한다는 사실을 받아들일 수밖에 없었단다. 그애는 네가 다른 여선생님과 마찬가지로 시시해 보인대. 파이 집안 애들은 하나같이 너만 보면 못 잡아먹어서 안달이구나. 하지만 신경 쓰지 말아라."

"신경 쓰지 않을 거예요. 그리고 앤서니 파이도 조만간 저를 좋아하게 될 거예요. 참고 잘해 주다 보면 언젠가 저를 좋아할 날이 오겠죠."

앤의 조용한 내답에 린드 부인이 조심스럽게 말했다.

"글쎄다, 파이 집안 아이에 대해 그렇게 자신하지는 말아라. 그애들은 두 번에 한 번꼴은 꼭 정반대로 엉뚱하게 행동한단다. 그건 그렇고, 돈넬 부인 이야긴데 말이야, 내 장담하지만 절대로 난 그 여자한테 돈넬이라고 하지 않을 게다. 그 사람들 성은 옛날부터 원래 돈넬이야. 그 여편네, 정말 정신 나갔지. 그 여자 집에 '여왕'이라는 퍼그종의 개가 한 마리 있는데, 글쎄 그 집 식구들이랑 한 식탁에서 밥을 먹는단다. 그것도 그 비싼 도자기 접시에 담아서 말이야. 내가 그 여자라면 하늘이 무서워서라도 그렇게는 못할 거야. 토머스 말로는 돈넬 씨가 분별 있고 성실한 사람이기는 하지만 마누라 고르는 재주는 지지리도 없다고 하더구나."

6. 각양각색의 사람들

9월에 접어든 프린스에드워드 섬에는 모래 언덕을 넘어 상쾌한 바닷바람이 불어왔다. 들판과 숲 사이를 뚫고 구불구불 길게 이어져 있는 붉은 길은 울창한 가문비나무 수풀 한구석을 휘감아 돌아 커다란 이파리를 하늘거리는 고사리 덤불 위에 들어찬 싱그러운 단풍나무 숲을 누비고 지나가 시내가 언뜻 보이는 숲 속의 골짜기 아래로 쭉 내려갔다가 이젠 미역취와 남빛 과꽃의 덤불 사이에서 따뜻한 햇볕을 쬐고 있었다. 여름 언덕에 깃들여 살던 조그만 귀뚜라미들이 떼 지어 흥겹게 노래하는 소리가 대지에 울려 퍼졌다. 살진 갈색 조랑말 한 마리가 그 길을 걸어가고 청춘 시절의 소중한 기쁨으로 가슴이 부푼 두 소녀를 태운 마차가 뒤따르고 있었다.

앤은 행복에 겨운 한숨을 내쉬었다.

"아, 다이애나, 이런 날은 에덴 동산에서나 있을 수 있는 날이야, 그렇지? 바람이 요술을 부리고 있어. 저 단풍든 계곡에 가득한 자줏빛을 봐. 어머, 죽어 가는 전나무 냄새 좀 맡아 봐! 이 냄새는 에벤 라이트 아저씨가 울타리에 쓸 나무를 베고 있는 저 그늘진 골짜기에서 나는 거야. '이런 날 살아 있다는 건 더할 나위 없는 행복이고, 죽어 가는 전나무 향을 맡을 수 있는 곳이 바로 천국이라네.' 앞 구절은 워즈워스가 한 말이고 뒷 구절은 이 앤 셜리가 지어낸 거야. 천국에는 죽어 가는 전나무는 없을 거야, 그치? 하지만 전나무 숲을 거닐면서 죽어 가는 전나무 향을 맡을 수 없는 곳이라면 이상적인 천국은 아니야. 아마 천국에선 죽음 없이도 이런 향기를 맡을 수 있겠지. 그래, 그럴 거야. 저 향긋한 냄새는 틀림없이 전나무의 영혼이겠지. 물론 이 영혼의 향기는 천국에서도 그대로일 거야."

현실적인 다이애나가 말했다.

"나무는 영혼이 없어. 하지만 죽은 전나무 냄새는 정말 향긋해. 베갯잇을 만들어서 전나무 잎으로 속을 꽉 채워야지. 앤, 너도 만들어 두는 게 좋을 거야."

"나도 하나 만들어서 낮잠 잘 때 쓸 생각이야. 그럼 틀림없이 숲이나 나무의 요정이 되는 꿈을 꾸겠지. 하지만 지금 이 순간에는 화창한 날 마차를 몰고 가는 에이번리 학교의 선생님, 앤 셜리라는 사실이 너무나 만족스러워."

다이애나가 한숨을 쉬었다.

"좋은 날이긴 하지만 우리가 지금부터 해야 할 일은 결코 즐거운 일이 아닌걸. 앤, 도대체 왜 뉴브리지 거리를 맡겠다고 한 거야? 에이번리에서 괴팍하다고 소문난 사람들은 거의 다 이 거리에서 산단 말이야. 우린 거지 취급을 당할 거야. 여긴 에이번리에서 가장 인심 사나운 곳이라고."

"그래서 뉴브리지 거리를 택한 거야. 물론 우리가 부탁했으면 길버트와 프레드가 여길 맡았겠지. 하지만 다이애나, 너도 알다시피 에이번리 지역 개선 협회를 만들자고 처음 제안한 사람은 나니까, 내가 책임을 져야지. 그러니 가장 힘든 일은 내가 맡아야 한다는 생각이 들어. 네 생각을 미처 못해서 미안해. 하지만 야박한 집에 가면 넌 한 마디도 안 해도 돼. 린드 아주머니 말씀이 난 말을 잘한다니까 내가 이야기할게. 린드 아주머니는 우리 일을 찬성할지 말지 망설이고 계셔. 앨런 목사님 부부가 우리 생각에 동의한다 싶으면 린드 아주머니도 찬성할 마음이 드실 거야. 하지만 우리 주에서 지역 개선 협회가 최초로 생겼다는 사실이 우리한텐 불리해. 그래서 린드 아주머니는 이렇다 할 얘기 없이 그냥 지켜보고만 계신 거야. 그러다가 우리가 성공하는 걸 두 눈으로 똑똑히 봐야 옳다는 걸 인정하실 거야. 프리실라는 다음 번 회의에서 발표할 보고서를 쓸 거야. 고모가 뛰어난 작가이고, 프리실라 집안 사람들은 글재주가 있으니까 잘됐어. 샬럿이(E) 모건 부인이 프리실라네 고모라는 사실을 알았을 때, 얼마나 가슴이 떨렸는지 절대 잊지 못할 거야. 《숲에서 보낸 나날》과 《장미 정원》을 쓴 작가를 고모로 둔 친구가 있다는 건 굉장한 일이잖아."

"모건 부인은 어디 사셔?"

"토론토에. 프리실라가 그러는데 모건 부인이 다음 여름에 우리 섬에 오신대. 그리고 가능하면 우리가 그분을 만날 수 있도록 말해 보겠대. 너무 멋진 일이라서 믿어지지가 않아. 하지만 잠자리에 들어가 상상하는 일만으로도 즐거워."

드디어 에이번리 지역 개선 협회가 구성되었다. 길버트 블라이드가 회장, 프레드 라이트가 부회장, 앤 셜리가 서기, 다이애나 배리가 회계를 맡았다. 이른바 '개선론자' 라 불리는 이들은 한 주 걸러 한 번씩 회원의 집에서 모임을 갖기로 했다. 개선론자들은 계절이 너무 늦어 버려 많은 사업을 벌일 수 있으리라는 기대는 버려야 했다. 그러나 이들은 내년 여름에 진행시킬 일을 계획하고, 서로 의견을 나누고, 논문을 써서 발표하고, 앤이 말한 대로 널리 알릴 생각이었다.

물론 반대하거나 비웃는 사람들도 있었다. 개선론자들은 자신들의 노력을 비웃는 사람들 때문에 가슴이 아팠다. 엘리샤 라이트는 협회 이름을 '연애 클럽' 이라고 짓지 그랬느냐고 비꼬았다. 하이럼 슬론 부인은 개선론자들이 길섶을 다 갈아엎고 제라늄을 심을 거란 소문을 들었다고 했다. 레비 볼터 씨는 개선론자들이 주민들 집을 모두 부수고 협회에서 정한 대로 다시 지으라고 강요할 거라고 이웃 사람들에게 경고했다. 제임스 스펜서 씨는 개선론자들에게 교회 언덕을 깎아 주면 좋겠다는 전갈을 보냈다. 에벤 라이트 씨는 앤에게 개선론자들이 조시아 슬론 할아버지가 구레나룻을 가지런히 다듬도록 설득해 줄 수 없느냐고 물었다. 로렌스 벨 씨는 개선론자들이 굳이 원한다면 헛간이야 흰색으로 칠하겠지만 외양간 창문에 레이스 커튼은 절대로 치지 않겠다고 했다. 메이저 스펜서 씨는 카모디 치즈 공장으로 우유를 실어 나르는 일을 하는 개선론자 클리프턴 슬론에게 내년 여름에는 주민들 모두가 자기 우유통을 손수 페인트칠 하고 거기에 장식보를 깔아야 되는 게 사실이냐고 물었다.

　인간의 본성은 본래 그런 법이기에 그 모든 것을 무릅쓰고, 사람들의 냉담한 시선 속에서도 협회는 올 가을에 할 수 있을 것이라 여겨지는 단 한 가지 사업을 과감하게 진행시켜 나갔다. 배리 팔러의 집에서 열린 두 번째 모임에서 올리버 슬론은 마을 회관의 지붕을 고치고 페인트칠을 할 기부금을 모으자고 제안했다. 줄리아 벨은 자기가 여자답지 못한 일을 하고 있다는 생각에 꺼림칙했지만, 올리버의 의견에 동의했다. 길버트가 표결에 부친 이 안은 만장일치로 통과되었고 앤이 엄숙하게 회의록에 기록했다. 다음 안건은 그 일을 추진할 소위원회를 구성하는 문제였다. 거티 파이는 줄리아 벨이 모든 영광을 독차지하게 해서는 안 된다는 생각에 과감하게 제인 앤드루스를 소위원회 위원장으로 추천했다. 이 의견 역시 재청을 받고 표결에서 통과되었다. 제인은 답례로 거티를 길버트, 앤, 다이애나, 프레드 라이트와 함께 소위원회의 구성원으로 지목했다. 소위원회는 따로 모여 활동 지역을 나눴다. 그리하여 앤과 다이애나는 뉴브리지를, 길버트와 프레드는 화이트샌즈를, 제인과 거티는 카모디를 맡았다.

　길버트는 앤과 함께 유령의 숲을 지나 집으로 오면서 말했다.

　"카모디에 모여 사는 파이네 사람들은 자기 집안 사람이 부탁하지 않는 한 어림없을 것 같아서 그렇게 했어."

　그 다음 토요일, 앤과 다이애나는 일을 시작했다. 둘은 뉴브리지 거리 끝까지 말을 몰아 '앤드루스 자매'를 제일 먼저 방문하고, 돌아오면서 이 집 저 집에 기부를 해 달라고 부탁했다.

　다이애나가 말했다.

"캐서린 아주머니 혼자 있으면 기부금을 받을 수 있을 거야. 하지만 엘리자 아주머니가 있으면 우린 헛고생하는 거지 뭐."

별로 나다니지 않는 엘리자는 집에 있었는데 평소보다 더 굳은 얼굴이었다. 엘리자는 인생이란 눈물바다요, 소리 내어 웃는 것은 물론이거니와 미소짓는 일조차 비난받을 쓸데없는 짓이라고 여기는 사람 같았다. 앤드루스 자매는 50여 년을 결혼도 하지 않고 여전히 '자매'로 살아왔는데, 아마 삶이 끝나는 순간까지도 그 상태로 지낼 것 같았다. 캐서린은 결혼에 대한 희망을 완전히 버리지 않았지만, 원래 비관론자였던 엘리자는 결코 희망 따위는 품은 적이 없다고들 한다. 두 사람은 마크 앤드루스네 소유의 너도밤나무 숲 한 귀퉁이에 있는 양지바른 곳에 작은 갈색 집을 짓고 살고 있었다. 엘리자는 그 집이 여름에 푹푹 찌는 찜통처럼 덥다고 투덜대는 반면, 캐서린은 겨울이면 따사롭고 포근한 집이라고 입버릇처럼 말했다.

엘리자는 헝겊 조각을 누비고 있었다. 누빈 감이 필요해서가 아니라 캐서린이 코바늘로 뜨개질하고 있는 별것 아닌 레이스에 그저 질투가 났기 때문에 하고 있을 뿐이었다. 앤과 다이애나가 찾아온 이유를 설명하자 엘리자는 잔뜩 찌푸린 얼굴로, 캐서린은 살며시 미소를 지으며 들었다. 예상대로 캐서린은 엘리자가 눈길을 줄 때마다 죄지은 사람마냥 어쩔 줄 몰라 하며 얼굴에서 웃음을 싹 거두었다. 그러나 캐서린의 얼굴에는 이내 다시 미소가 번졌다.

엘리자가 딱 잘라 말했다.

"낭비할 돈이 있으면 태워서 불구경이나 하면서 놀겠네. 난 회관 고치는 일 따위에는 단 한 푼도 낼 수 없어. 회관은 주민들에게 도움 될 게 하나도 없어. 그저 젊은 애들이 집에서 잠을 자도 시원찮을 시간에 재미 볼 장소로나 쓰이겠지."

캐서린이 반박했다.

"그래도 언니, 젊은 사람들은 좀 즐기며 살아야 되잖아."

"그게 무슨 소리야? 캐서린 앤드루스, 우린 젊었을 때 회관 같은 데서 얼쩡거리지 않았어. 이놈의 세상은 갈수록 썩어 간다니까."

캐서린이 단호하게 말했다.

"난 세상이 점점 좋아지고 있다고 생각하는데."

"너나 그렇게 생각하지! 캐서린 앤드루스, 네가 어떻게 생각하는가는 전혀 중요하지 않아. 사실은 사실일 뿐이야."

엘리자가 노골적으로 얕잡아 보며 말했다.

"하지만 언니, 난 항상 좋은 면을 보고 싶어."

"좋은 면은 애당초 있지도 않아."

앤은 엘리자의 말도 안 되는 주장을 듣다못해 소리를 질렀다.

"아녜요, 그렇지 않아요, 세상엔 좋은 점이 얼마나 많은데요. 정말 아름다운 세상이잖아요."

엘리자가 매섭게 쏘아붙였다.

"너도 나만큼 오래 살다 보면 그런 고상한 생각일랑 없어질 거다. 그리고 세상을 더 좋게 만들어 보려고 그렇게 애쓰지도 않을 거다. 다이애나, 어머니는 어떠시냐? 쯧쯧, 요즘 기력이 쇠했더라고. 완전히 약해진 것 같아. 앤, 마릴라는 얼마나 있어야 눈이 아예 멀어 버릴 것 같으냐?"

앤은 더듬거리며 말했다.

"의사 선생님 생각으로는 조심만 하면 더 이상 나빠지지는 않는댔어요."

엘리자가 고개를 절레절레 흔들었다.

"의사들이란 사람들 듣기 좋으라고 늘 그런 식으로 말하지. 내가 마릴라라면 희망을 갖지 않겠다. 최악의 사태에 대비하는 게 최고지."

앤은 애가 탔다.

"최선의 경우를 바라고 살면 안 되나요? 나빠질 가능성만큼 좋아질 가능성도 있잖아요."

엘리자는 쌀쌀맞게 되받았다.

"내 경험으로는 아니야. 너희 둘은 고작해야 열여섯 살이지만 난 쉰일곱 살이다. 그래, 일은 잘되어 가니? 이번에 새로 만든 너희 협회가 에이번리를 더 이상 내리막길로 이끌지 않기를 바란다. 뭐 별로 기대하지도 않지만."

앤과 다이애나는 그 집을 미련 없이 나와 살진 말이 달릴 수 있는 최대의 속도로 마차를 몰았다. 앤과 다이애나가 너도밤나무 숲을 끼고 돌 무렵 앤드루스 자매의 목장에서 어떤 뚱뚱한 사람이 미친 듯이 손을 흔들며 뒤쫓아왔다. 바로 캐서린 앤드루스였다. 캐서린은 숨이 차 말도 제대로 못하면서 앤의 손에 50센트를 쥐여 주었다.

캐서린이 헉헉거리며 말했다.

"회관을 칠하라고 주는 돈이야. 1달러를 내고 싶은데 쌈짓돈이라서 그 이상은 낼 수 없어. 그랬다간 엘리자 언니가 눈치챌 테니까. 난 너희들이 만든 모임에 정말 관심이 많고 좋은 일 많이 하리라 믿고 있단다. 난 낙천적인 사람이야. 언니랑 같이 살려니 낙천가가 될 수밖에. 엘리자 언니가 찾기 전에 어서 돌아가야겠다. 언니는 내가 닭 모이를 주고 있는 줄 알거든. 기부금 많이 걷거라. 그리고 엘리자 언니 말에 너무 낙심하지 말고. 세상은 점점 좋아지고 있어, 그건 틀림없는 사실이지."

그 다음으로 찾아간 곳은 다니엘 블레어 씨 집이었다.

마차가 바퀴 자국이 깊이 팬 좁은 길을 덜컹거리며 가고 있는데, 다이애나가 입을 열었다.

"여기는 블레어 아주머니가 집에 있느냐 없느냐에 달려 있어. 블레어 아주머니가 있으면 우린 기부금을 한 푼도 못 받을 거야. 모두들 블레어 아저씨가 부인 허락 없이는 머리카락 한 올도 자르지 못할 사람이라고 하잖아. 블레어 아주머니는 확실히 꼼꼼한 사람이야, 좋게 말하면 말이야. 블레어 아주머니는 너그럽기 이전에 사리를 따져야 한다고 말하지. 하지만 린드 아주머니는 블레어 아주머니가 사리를 따지다 못해 인정머리라고는 눈곱만치도 없는 사람이래."

그날 저녁 앤은 마릴라에게 블레어 씨 집에서 있었던 일을 이야기해 주었다.

"우린 말을 매어 놓고 부엌문을 두드렸어요. 사람은 그림자도 보이지 않고 문만 활짝 열려 있었는데, 갑자기 식품 저장실에서 누군가가 무섭게 소리치는 소리가 들렸어요. 무슨 말인가 알아들을 수는 없었죠. 다이애나는 말소리를 봐서는 욕하는 소리가 틀림없다고 했어요. 블레어 아저씨는 늘 조용하고 온순한 분이라 난 그분이 욕을 했다는 게 믿어지지 않아요. 하지만 적어도 아저씨가 굉장히 화가 나신 것만은 분명해요. 그 불쌍한 분이 홍당무처럼 얼굴이 빨개져서는 땀을 뻘뻘 흘리며 문가로 나왔을 때, 자기 부인의 커다란 줄무늬 앞치마를 입고 있었어요. 아저씨가 그러시더군요. '이놈의 앞치마를 벗어 버릴 수가 있어야지. 너무 단단하게 묶어서 풀 수가 없어. 그러니까 아가씨들, 이런 차림새를 너그럽게 봐 줘.' 라고요. 우린 괜찮다고 말하고 들어가서 앉았어요. 블레어 아저씨도 앉으셨죠. 아저씨는 앞치마를 뒤로 돌려 돌돌 말아 올리고는 몹시 쑥스러워하시면서, 가엾다고 흉 보지나 않을까 걱정하는 눈치였어요. 그래서 다이애나가 말했죠. 우리가 때를 잘못 맞춰 온 것 같아 미안하다고요. 아주머니도 아시다시피 블레어 아저씨는 아주 예의 바른 분이시잖아요. 그분은 애써 웃으며 '아, 아니야. 케이크 구울 준비를 하느라 좀 바쁠 뿐이지. 마누라가 오늘 몬트리올에서 처제가 온다는 전보를 받고 역으로 마중 나가면서 나더러 찻상에 낼 케이크를 좀 구워 놓으라고 했어. 마누라가 케이크 만드는 법을 써 놓고 설명까지 해줬는데도, 어쩌라는 소리인지 도통 모르겠어. 그래, 여기 '입맛에 따라 향을' 이라고 적혀 있구나. 이게 무슨 뜻이냐? 설명해 줄 수 있겠니? 내 입맛이 다른 사람 입맛에 맞지 않으면 어쩌지? 조그만 레이어 케이크 하나 만드는 데 바닐라를 큰 숟가락으로 하나 정도 넣어도 되니?' 하고 말씀하셨어요.

난 그 아저씨가 너무 안돼 보였어요. 그분은 남편 대접을 전혀 못 받는 것 같았어요. 공처가에 대해서 들어 본 적이 있지만 블레어 아저씨를 보고서야 이런 사람이 바로 공처가구나 싶더라고요. 제 입 안에선 '블레어 아저씨, 회관을 고칠 기부금을 내시면 제가 케이크 반죽을 해드릴게요.' 하는 말이 맴돌았어요. 하지만 그러잖아도 곤경에 빠져 있는 분과 흥정을 한다는 건 이웃으로서 도저히 못할 일이란 생각이 불현듯 들더군요. 그래서 아무 조건 없이 그냥 케이크를 반죽해 드리겠다고 했어요. 블레어 아저씨는 뛸 듯이 좋아했어요. 아저씨는 결혼 전에는 곧잘 빵을 구워 먹었지만 그 실력으로 케이크는 어림도 없다고 했어요. 하지만 아저씨는 아내를 실망시키고 싶지 않았던 거죠. 블레어 아저씨는 제게 앞치마를 하나 가져다주셨어요. 다이애나는 계란을 풀고, 전 반죽을 했어요. 아저씨는 이리저리 뛰어다니며 재료를 챙겨 주셨죠. 아저씨는 앞치마 따윈 까맣게 잊어버렸는데, 아저씨가 뛰어다닐 때마다 앞치마가 뒤에서 나부꼈어요. 다이애나는 그 모습을 보느니 죽는 게 낫다고 생각하고 보지 않았대요. 블레어 아저씨는 케이크 굽는 건 혼자 할 수 있다고 하셨어요. 그런 일엔 익숙하시대요. 그리고는 기부금 걷는 장부를 보여 달라고 하시더니 4달러를 내겠다고 적었어요. 결국 우린 보답을 받은 거죠. 하지만 설령 블레어 아저씨가 한 푼도 내지 않겠다고 해도 그분을 도와 드린 건 기독교인으로서 당연한 도리라는 생각에는 변함이 없어요."

 앤과 다이애나는 다음으로 시어도어 화이트 씨 집을 찾아갔다. 둘은 그 집에는 가 본 적이 없고, 화이트 부인과는 거의 얼굴만 알고 지낼 뿐이었다. 화이트 부인은 사람들과 친하게 지내지 않았다. 뒷문으로 들어가야 할까, 현관으로 들어가야 할까? 앤과 다이애나가 소곤거리며 의논하는데 화이트 부인이 신문지를 한아름 들고 현관으로 나왔다. 화이트 부인은 조심스럽게 현관 바닥과 계단에 신문지를 한 장 한 장 깔더니 낯선 방문객들 앞까지 걸어왔다.

 화이트 부인이 걱정스러워하며 말했다.

 "잔디에 발을 깨끗이 턴 다음 신문지를 밟고 들어오겠니? 방금 집 안을 구석구석 청소했기 때문에 더럽히고 싶지 않거든. 어제 비가 와서 이 길은 진흙투성이야."

 신문지를 밟고 지나가면서 앤이 다이애나에게 귓엣말로 경고했다.

 "웃으면 안 돼. 다이애나 부탁인데, 화이트 부인이 무슨 소리를 해도 절대 나를 쳐다보지 마. 그렇지 않으면 아무렇지도 않은 얼굴로 있을 수 없을 거야."

신문지는 현관을 지나 먼지 하나 없이 깨끗한 응접실까지 깔려 있었다. 앤과 다이애나는 가장 가까이에 있는 의자에 조심스럽게 앉아 용건을 말했다. 화이트 부인은 예의 바르게 듣고 있다가 딱 두 번 이야기를 끊었는데, 한 번은 겁없이 들어온 파리를 쫓아내느라고, 또 한 번은 앤의 옷자락에서 양탄자로 떨어진 실오라기 같은 풀을 줍느라고 그랬다. 앤은 아주 큰 죄를 지은 것 같은 기분이 들었다. 그러나 화이트 부인은 기부금 징수 장부에 2달러를 내겠다고 썼고 그 자리에서 돈을 냈다.

그 집을 나오면서 다이애나가 말했다.

"기부금을 받으러 또 올까 봐 그러는 거야."

화이트 부인은 앤과 다이애나가 매어 놓았던 말을 풀기도 전에 신문을 주워 모았고, 두 사람이 말을 몰아 마당을 지나면서 보니 현관에서 바삐 비질을 하고 있었다.

그 집을 완전히 벗어나자 다이애나는 참았던 웃음을 터뜨리며 말했다.

"세상에서 시어도어 화이트 부인만큼 깔끔한 사람은 없다는 이야기는 익히 들었지만 그 소리가 괜히 나온 게 아니라는 걸 이제야 알겠어."

앤이 정색을 하고 말했다.

"아이가 없어서 정말 다행이야. 엄마가 저러면 아이들은 정말 끔찍할 거야."

스펜서 씨 집에서는 이사벨라 스펜서가 에이번리 사람들 하나하나마다 험담을 늘어놓는 바람에 앤과 다이애나는 비참해졌다. 토머스 볼터 씨는 20년 전 회관을 지을 때 자기가 제안한 터에 짓지 않았다는 이유로 기부금을 내지 않겠다고 했다. 건강하기로 소문난 에스터벨 부인은 반 시간 동안이나 쑤시고 아픈 데를 구구절절이 늘어놓더니, 내년 이맘때 자기는 여기 없을 거라며, 아니 무덤 속에 있을 거라며 처량하게 50센트를 내겠다고 적었다.

그러나 앤과 다이애나가 가장 야박한 대접을 받은 곳은 사이먼 플레처 씨 집이었다. 둘은 그 집 뜰 안으로 말을 몰고 들어가면서 현관 창문 사이로 두 얼굴이 자기들을 유심히 살피는 걸 보았다. 하지만 아무리 문을 두드리고 기다려도 아무도 나오지 않았다. 약이 바짝 올라 화가 머리끝까지 난 두 소녀는 사이먼 플레처 씨 집에서 서둘러 나왔다. 앤마저도 힘이 쭉 빠진다는 사실을 받아들여야 했다. 그러나 그 다음부터 상황이 바뀌었다. 슬론 집안 사람들이 줄줄이 모여 사는 농장을 돌아다니면서 앤과 다이애나는 후한 기부금을 받았고, 딱 한 번 냉대를 받은 것말고는 일이 순조로웠다. 두 사람이 마지막으로 찾아간 곳은 연못의 다리 옆에 있는 로버트 딕슨 씨의 집이었다. 앤과 다이애나는 그곳에서 집이 가까웠지만, 까다롭기로 소문난 딕슨 부인의 성미를 건드리지 않기 위해 차를 내오겠다는 호의를 거절하지 않고 거기에서 차를 마셨다.

앤과 다이애나가 딕슨 씨 집에 머무르는 동안 나이 든 제임스 화이트 부인이 잠시 그 집에 들렀다.

"방금 로렌조네 집에 다녀오는 길인데, 이 순간 에리번리에서 가장 기쁜 사람은 로렌조야. 어떻게 생각해? 사내아이를 낳았더라고. 계집애 일곱을 낳은 뒤에 본 사내아이니 정말 사건이라고 할 수 있지."

앤은 그 이야기를 귀담아들었다가 딕슨 씨네를 나오면서 말했다.

"곧장 로렌조 화이트 아저씨네로 갈 거야."

"하지만 그 아저씨는 화이트샌즈 거리에 살고 있고, 여기서 꽤 멀잖아. 길버트와 프레드가 찾아갈 거야."

그래도 앤은 단호하게 말했다.

"길버트와 프레드는 다음 토요일에나 돌아다닐 텐데 그땐 너무 늦어. 그 집의 흥겨운 기분이 다 사라진다고. 로렌조 화이트 아저씨는 아주 인색하지만 지금이라면 다만 얼마라도 기부할 거야. 다이애나, 이런 절호의 기회를 놓칠 순 없어."

앤의 예상은 적중했다. 화이트 씨는 마당에서 부활절 태양처럼 환한 얼굴로 앤과 다이애나를 맞았다. 앤이 기부금 이야기를 꺼내자 화이트 씨는 기꺼이 받아들였다.

"그래, 그래, 제일 많이 기부한 사람보다 1달러 더 낸다고 적어 두렴."

앤이 조마조마한 마음으로 말했다.

"그럼 5달러를 내셔야 하는데요…… 다니엘 블레어 아저씨가 4달러를 기부하셨거든요."

그러나 로렌조 씨는 눈 하나 깜짝하지 않았다.

"5달러라, 옛다. 이제 우리 집에 들어가자. 집 안에 굉장한 게 있거든. 아직 몇 사람밖에 못 봤단다. 들어가서 너희들 생각을 말해 다오."

신이 난 로렌조 씨를 따라 집으로 들어가면서 다이애나가 걱정스러운 듯이 소곤거렸다.

"아기가 예쁘지 않으면 뭐라고 하지?"

앤이 태평스레 대꾸했다.

"걱정 마, 틀림없이 좋은 말이 생각날 거야. 아기에겐 해줄 말이 많은 법이니까."

그러나 아기는 예뻤다. 화이트 씨는 작고 통통한 새 생명을 보고 진심으로 기뻐하는 두 소녀에게 5달러를 낸 것에 대해 조금도 아까운 생각이 들지 않았다. 그러나 로렌조 씨는 그때가 기부금을 낸 처음이자 마지막이었다.

앤은 좀 피곤하기는 했지만, 여러 사람을 위해 그날 밤 한 번 더 애를 썼다. 들판을 가로질러 해리슨 씨를 만나러 갔더니, 해리슨 씨는 평소처럼 진저를 데리고 베란다에서 담배를 피우고 있었다. 정확히 말하면 해리슨 씨는 카모디 거리에서 산다. 하지만 제인과 거티는 미심쩍은 소문 외에는 해리슨 씨에 대해 아는 거라고는 하나도 없으니 앤더러 해리슨 씨에게 기부금 이야기를 해 보라고 안달복달하며 졸랐던 것이다.

그러나 해리슨 씨는 동전 한 푼 낼 수 없다고 딱 잘라 말했다. 앤이 아무리 설득해도 해리슨 씨는 꿈쩍도 하지 않았다.

앤이 투덜거렸다.

"전 말예요, 해리슨 아저씨, 아저씨가 우리 모임을 좋아하는 줄 알았어요."

"물론 좋아하고말고. 하지만 내 코가 석 자니 어쩌겠니?"

앤은 잠자리에 들면서 자기 방 거울에 비친 얼굴을 보며 중얼거렸다.

"오늘 같은 일을 몇 번만 더 겪고 나면, 나도 엘리자 아주머니 못지않은 비관론자가 되어 있을 거야."

7. 책임감

　　따뜻한 10월의 어느 날 저녁, 앤은 교과서와 과제물이 널려 있는 탁자 앞에서 의자 깊숙이 몸을 기대고 앉아 한숨을 쉬었다. 그러나 앤 앞에 놓여 있는 종이에는 수업이나 학교 업무와는 상관없는 내용들이 빽빽이 씌어 있었다.
　　부엌문에 막 도착해 앤의 한숨 소리를 들은 길버트가 물었다.
　　"무슨 일이야?"
　　앤은 얼굴을 붉히며 아이들이 낸 과제물 밑에 종이를 숨겼다.

"별일 아니야. 해밀턴 교수님이 권하신 대로 생각을 글로 적어 보려는 중이었어. 하지만 막상 써 놓은 걸 읽어 보니 영 형편없어. 글이 너무 딱딱하고 우스꽝스러워서, 그냥 흰 건 종이고 검은 건 잉크구나 싶어. 상상은 마치 그림자 같아서 종잡을 수가 없어. 날갯짓하며 걷잡을 수 없이 날아오르니까. 하지만 계속 노력하면 언젠가는 상상의 세계를 글로 옮기는 비결을 알게 되겠지. 너도 알다시피 난 여가 시간이 별로 없잖아. 애들이 낸 과제물과 작문 검사를 끝낼 때까지는 내 자신의 이야기를 쓰고 싶단 생각도 잘 들지 않아."

길버트가 돌계단에 앉으면서 말했다.

"앤, 넌 학교 일을 훌륭하게 해내고 있어. 아이들 모두 널 좋아하잖아."

"아니, 모두는 아냐. 앤서니 파이는 날 좋아하지도 않고 좋아하려고 하지도 않아. 게다가 그앤 날 존경하지도 않아…… 그래, 존경하지 않아. 그앤 날 경멸할 뿐이야. 너한테 털어놓자면, 난 그런 생각 때문에 비참해져. 앤서니는 아주 못된 애는 아니야. 장난이 심하긴 하지만 다른 애들보다 그렇게 심한 것도 아니야. 앤서니는 대체로 내 말을 듣는 편이야. 하지만 그앤 내 말이 대들 가치도 없으니 참아 주겠다는 식이야. 앤서니의 그런 태도가 딴 아이들에게도 나쁜 영향을 줘. 그애를 꺾으려고 별의별 방법을 다 썼는데 이제는 아주 꺾지 못할까 봐 걱정이 돼. 앤서니가 파이 집안 사람이기는 하지만 아직 귀여운 어린애니까 바로잡아 주고 싶어. 앤서니가 내 마음을 받아 주기만 한다면, 난 그애를 좋아할 수 있어."

"아마 앤서니가 집에서 쓸데없는 소리를 들어서 그럴 거야."

"그래서만은 아니야. 앤서니는 독립심이 강한 녀석이라 자기 나름대로 판단의 기준이 있어. 그앤 전에도 늘 남자 어른들한테 가서 여교사는 별 볼일 없다고 했대. 어쨌든 참고 잘해 주다 보면 어떻게든 결판이 나겠지. 난 어려움을 극복하는 걸 좋아하고 아이들을 가르치는 일은 정말 재미있어. 다른 아이들이 채워 주지 못하는 부분을 폴 어빙이 다 채워 줘. 길버트, 폴은 정말 귀엽고 아주 특별해. 머지않아 세상에 이름을 날릴 아이란 생각이 절로 들어."

앤이 확신에 차서 말을 마치자 길버트가 고개를 끄덕였다.

"나도 가르치는 게 좋아. 우선 가르치면서 내가 많이 배우니까. 글쎄, 지난 몇 년 동안 학교에 다니면서 배운 것보다 몇 주 간 아이들에게 화이트샌즈가 어떤 곳인가를 가르치면서 배운 게 더 많아. 우리 모두 아주 잘하고 있는 것 같아. 뉴브리지 사람들이 제인을 좋아한다는 말을 들었어. 화이트샌즈 주민들은 이 못난 종을 그럭저럭 봐줄 만한가 봐. 앤드루 스펜서 아저씨만 빼고 말이야. 어젯밤 집에 가는 길에 피터 블루엣 아주머니를 만났는데 그분은 스펜서 아저씨가 내 교육 방법을 싫어한다는 사실을 내게 알려 주는 게 도리라고 생각했대."

앤이 자기 경험을 더듬으면서 물었다.

"사람들이 어떤 문제를 너에게 알려 주는 게 자기 도리라고 생각한다고 말할 땐, 기분 나쁜 말을 들을 거라는 사실을 알고 있지? 왜 사람들은 기분 좋은 이야기를 해주는 건 도리로 여기지 않는 걸까? 돈 넬 부인이 어제 또 학교에 와서 하면 앤드루스 부인이 내가 아이들에게 옛날이야기를 들려주는 걸 탐탁찮게 여기고 있고, 로저슨 씨는 프릴리의 산수 실력이 빨리 늘지 않는다고 짜증낸다는 사실을 나에게 알려 주는 게 도리라고 생각했다고 하더군. 석판 너머로 남자 애들한테 눈웃음치는 데 들이는 공을 조금만 아껴도 프릴리는 산수 실력이 훨씬 나아질 거야. 내가 그 현장을 잡을 수는 없다 해도 잭 길리스가 프릴리의 산수 문제를 대신 풀어 주는 건 확실한 것 같아."

"돈넬 부인이 그렇게 애지중지하는 아들은 결국 그 고상한 이름을 받아들이게 됐니?"

앤이 웃으면서 대답했다.

"응, 하지만 정말 힘들었어. 처음엔 세인트 클레어라고 두세 번씩 부를 때까지 이 녀석이 들은 척도 안 하는 거야. 다른 아이가 옆구리를 쿡쿡 찌르면 그제야 뿌루퉁한 얼굴로 쳐다보더라고. 자기를 존이나 찰리라고 부르거나 한 것처럼 자기를 부르는지 몰랐다는 듯이 말이야. 그래서 어느 날 저녁 수업이 끝난 뒤에 세인트 클레어를 붙잡고 다정하게 이야기를 했어. 네 엄마가 널 세인트 클레어라고 부르길 원하시니까 내가 거역할 수 없지 않느냐고 말야. 세인트 클레어는 이해를 잘하는 아이라서 내가 설명을 끝낼 쯤엔 무슨 말인지 알아들었어. 그앤 내가 세인트 클레어라고 부르는 건 괜찮지만 다른 아이가 그러면 '주둥이를 날려 버리겠다.'고 말했어. 물론 나는 그런 상스러운 말을 쓰면 안 된다고 다시 한 번 타일러야 했지. 그 후로 난 그애를 세인트 클레어라고 부르고 아이들은 제이콥이라고 불러. 그 밖에 다른 일은 없었어. 클레어는 내게 목수가 되고 싶다고 했는데, 돈넬 부인은 클레어를 대학 교수로 만들고 말 거래."

대학이란 말에 길버트는 곧 딴 생각에 빠져 들었다. 미래는 무한한 가능성이 펼쳐져 있는 한 번도 경험해 보지 못한 세계지만, 앤과 길버트는 젊은이들이 흔히 그렇듯이 부푼 꿈을 안고 진지하게 자신의 계획과 소망에 대해 한동안 이야기를 나누었다.

요사이 의사가 되기로 마음을 굳힌 길버트는 열심히 설명했다.

"의사는 정말 멋진 직업이야. 사람은 평생 존재하는 모든 것들과 싸워야 해. 전에 누군가가 인간은 투쟁하는 동물이라고 말했지. 난 질병과 고통과 무지와 싸울 거야. 이 세 가지는 서로 연결되어 있는 문제지. 앤, 난 나에게 주어진 숭고한 임무를 완수해서, 역사가 시작된 이래 훌륭한 사람들이 쌓아 온 인류의 지식에 조금이라도 보탬이 되고 싶어. 나보다 먼저 살았던 사람들이 날 위해 많은 것들을 베풀어 줬으니, 나도 후세를 위해 뭔가를 이룩하여 보답하고 싶어. 그것만이 한 인간이 인류에게 입은 은혜를 갚을 수 있는 유일한 길인 것 같아."

앤이 꿈꾸듯이 말했다.

"나는 사람들의 인생에 아름다움을 더해 주고 싶어. 학문적 업적을 남기는 일이 아주 고귀한 포부라는 건 알지만, 난 사람들에게 그저 지식만을 전해 주고 싶지는 않아. 그보다는 사람들이 나로 인해 더욱 기쁘게 살아갈 수 있도록 하고 싶어. 그리고 내가 살아 있지 않았다면 존재하지도 않았을 작은 기쁨이나 행복한 생각들을 간직하고 싶어."

길버트가 존경스러운 눈빛으로 말했다.

"넌 하루하루 그 꿈을 실현시키고 있는 것 같아."

길버트의 말은 옳았다. 앤은 본래부터 밝은 아이였다. 인생길을 걸어오면서 여린 햇살처럼 흩어져 있는 미소와 말을 잃지 않고 살아 온 덕분에. 그 인생의 주인공인 앤은 적어도 현재의 삶을 희망적이고 달콤하고 아름다운 것으로 바라보고 있었다.

마침내 길버트는 아쉬워하며 자리를 털고 일어났다.

"난 이만 맥퍼슨 댁에 가 봐야겠어. 오늘 무디 스퍼전이 안식일을 지키려고 퀸스 전문 학교에서 집으로 돌아온댔거든. 보이드 교수님이 나에게 빌려 주신 책을 무디가 가져오기로 했어."

"난 집에 가서 다과상을 준비해야 해. 마릴라 아주머니가 오늘 저녁 키스 아주머니를 만나러 가셨는데 곧 돌아오실 거야."

마릴라가 돌아왔을 때 앤은 상을 차려 놓았다. 장작불이 탁탁 소리를 내며 활활 타오르고, 서리를 맞아 하얗게 바랜 고사리와 빨간 단풍잎이 꽂힌 꽃병이 식탁을 빛내고 있고, 맛있는 햄 샌드위치 냄새가 집 안 가득 퍼졌다. 그러나 마릴라는 깊이 한숨을 쉬며 의자에 털썩 주저앉았다.

앤이 걱정스러워하며 물었다.

"눈이 아프세요? 두통인가요?"

"아니다, 그냥 좀 피곤해…… 정말 걱정이구나. 메리와 그 자식들 말이다. 메리는 몸이 아주 안 좋아. 얼마 못 살 것 같대나. 그 쌍둥이들은 어찌 될지."

"쌍둥이네 외삼촌한테서는 아직 연락이 없나요?"

"아니, 편지를 받긴 받았대. 그 사람은 벌목장에서 일하는데, 무슨 말인지는 모르겠지만, '거기 처박혀' 있대나. 어쨌거나 그 사람은 봄이 올 때까지 쌍둥이를 데리고 있지 못할 것 같다고 했다는구나. 봄이 오면 결혼을 하고, 아이들과 살 집을 장만하겠단다. 그러니 이번 겨울엔 아이들을 돌봐 줄 만한 이웃을 찾아보라고 했대. 메리는 부탁할 사람이 없다는구나. 이스트그래프턴 사람들과 친하게 지내지 않았거든. 그건 사실이야. 앤, 결국 메리는 내가 그 아이들을 돌봐 주길 바라고 있는 것 같아. 그런 말은 하지 않았지만 얼굴에 그렇게 씌어 있더구나."

앤은 흥분해서 두 손을 꼭 잡았다.

"어머나! 마릴라 아주머니, 물론 아이들을 데려오실 거죠, 그렇죠?"

마릴라는 약간 날카롭게 말했다.

"아직 결정하지 않았어. 난 너처럼 무슨 일에나 앞뒤 가리지 않고 뛰어들지 않아. 팔촌은 꽤 먼 친척이야. 여섯 살짜리 아이 둘을 데리고 있는 것도 보통 일은 아닐 거야, 그것도 쌍둥이를 말이다."

마릴라는 쌍둥이들은 보통 애들보다 훨씬 버릇이 없을 거라고 생각했다.

"쌍둥이가 얼마나 재밌다고요, 한 쌍일 때에는 말예요. 지겨워지는 건 두 쌍, 세 쌍 있을 때죠. 제가 학교에 가고 없을 때도 누군가가 아주머니께 재롱을 떨어 주면 좋잖아요."

"난 별로 좋을 것 같지 않구나. 오히려 근심만 늘고 귀찮아지겠지. 그 아이들의 나이가 네가 처음 왔을 때만큼이나 된다면 또 모르겠다. 도라는 착하고 얌전해 보여 별 걱정이 없는데 데이비라는 애는 말썽꾸러기라서."

아이들을 좋아하는 앤은 키스 부인의 쌍둥이들이 걱정스러웠다. 앤에게는 어느 누구의 보살핌도 받지 못한 어린 시절의 기억이 아직도 생생히 남아 있었다. 앤은 마릴라의 유일한 약점이 자기 일이다 싶으면 무서우리만치 애착을 갖는 점이라는 사실을 알고 있었다. 그래서 그 점을 이용해 교묘하게 자기 생각을 늘어놓았다.

"마릴라 아주머니, 데이비가 말썽꾸러기라면 더욱더 교육을 잘 받아야 하잖아요, 안 그래요? 우리가 그애들을 돌봐 주지 않으면, 어떤 사람이 맡아서 어떤 환경에서 키울지 누가 알겠어요? 키스 아주머니 옆집에 사는 스프러트네가 그애들을 데리고 간다고 생각해 보세요.

린드 아주머니는 헨리 스프러트 씨만큼 교활한 사람은 본 적이 없다며, 그 사람 자식들이 하는 말은 한 마디도 믿지 말라고 하셨어요. 쌍둥이가 그런 걸 배우며 자라야 하다니, 어디 말이나 되는 소리예요? 또 그애들이 위긴스네로 간다고 생각해 보세요. 위긴스 아저씨는 집에 있는 쓸 만한 물건은 몽땅 내다 팔아서 그 집 가족들은 탈지유를 먹고 산대요. 아무리 팔촌이라도 친척인데, 그애들이 굶어 죽는 걸 보고 싶으시진 않죠? 마릴라 아주머니, 그애들은 우리가 데리고 있어야 해요."

마릴라는 마지못해 동의했다.

"그럴 것 같구나. 내일쯤 메리한테 그애들을 데려오겠다고 할까 보다. 앤, 그렇게 좋아할 건 없다. 아이들이 오면 넌 일거리만 늘 뿐이니까. 난 눈이 나빠 바느질도 할 수 없어. 그러니 애들 옷을 만들고 고치는 일은 네가 맡아야 할 거야. 넌 바느질하기를 싫어하잖니?"

앤이 조용히 대꾸했다.

"네, 싫어하죠. 하지만 아주머니가 의무감을 가지고 기꺼이 그 아이들을 데려오신다면, 저도 의무감을 가지고 애들 옷을 꿰맬 수 있어요. 때로는 싫어하는 일도 기꺼이 해야만 할 때가 있거든요, 어느 정도는요."

8. 마릴라가 쌍둥이를 데려오다

레이첼 린드 부인은 몇 년 전의 어느 날 저녁, 매슈 커스버트가 '입양아'를 데리고 마차를 몰아 언덕을 넘어왔을 때와 마찬가지로 침대보를 뜨며 부엌 창가에 앉아 있었다. 그러나 그때는 봄이었고 지금은 늦가을이다. 앙상한 나뭇가지에, 들판은 메말라 갈색 빛을 띠고 있었다. 해가 자줏빛, 금빛 햇살을 뿌리며 에이번리 서쪽 어두운 숲 너머로 뉘엿뉘엿 넘어가고 있을 때, 작은 갈색 조랑말 한 마리가 마차를 끌고 언덕 아래로 한가롭게 내려오고 있었다.

린드 부인은 그 마차를 뚫어져라 쳐다보며 부엌의 긴 의자에 누워 있는 남편에게 말했다.

"마릴라가 장례식에 갔다가 돌아오고 있어요."

요즘 토머스 린드 씨는 전보다 자주 의자에 눕곤 했는데, 자기 집 일보다 남의 일에 눈치가 더 빠른 린드 부인은 아직 그 사실을 알아차리지 못하고 있었다.

"그리고 마릴라가 쌍둥이를 데리고 오네요. 맞아요, 데이비가 흙받이 너머로 몸을 숙여 조랑말 꼬리를 잡으니 마릴라가 애를 잡아끌어 자리에 도로 앉히고 있어요. 도라는 얌전하게 의자에 앉아 있네요. 도라는 언제 봐도 깔끔하고 말쑥해요. 이런, 불쌍한 마릴라는 분명히 올 겨울에 눈코 뜰 새 없이 바쁠 거예요. 하지만 마릴라로서는 이런 상황에서 데려올 수밖에 없다고 봐요. 앤에게 도와 달라고 하겠죠. 앤이 이 사실을 알면 너무 기뻐서 자다가도 벌떡 일어나겠네요. 앤은 정말 애를 잘 봐요. 어쩜, 죽은 매슈가 앤을 데려오고 마릴라가 애를 키운다고 사람들이 모두 비웃던 때가 바로 엊그제 같은데, 이번엔 마릴라가 쌍둥이를 데려오다니. 죽는 날까지 놀랄 일이 아주 없진 않을 거예요."

살진 조랑말이 린드 골짜기에 있는 다리를 건너 초록 지붕 집으로 이어지는 샛길을 터벅터벅 걸어가고 있었다. 마릴라의 얼굴은 약간 일그러진 상태였다. 이스트그래프턴에서 16킬로미터를 오는 동안, 데이비 키스는 무엇에 홀린 아이처럼 잠시도 가만 있지 못했다. 데이비를 얌전히 앉아 있게 하는 것은 마릴라의 능력 밖 일이었다. 마릴라는 돌아오는 길 내내 데이비가 행여 마차 뒤로 굴러 떨어져 목이 부리지지나 않을까, 조랑말 발굽에 차이지나 않을까 조마조마했다. 막막해진 마릴라는 데이비더러 집에 가기만 하면 회초리 맛을 톡톡히 보여 주겠다고 겁을 줬다. 그 말을 들은 데이비는 이제 고삐는 아랑곳하지 않고 마릴라의 무릎에 기어 올라가 통통한 두 팔을 마릴라의 목에 두르고 꼭 껴안았다.

데이비는 마릴라의 쪼글쪼글한 뺨에 다정하게 입을 맞추며 말했다.

"정말? 아주머니는 얌전하게 굴지 않는다고 아이를 마구 때릴 것 같진 않아요. 아주머니도 나만할 땐 가만히 있기가 굉장히 힘들지 않았어요?"

마릴라는 데이비의 다정한 포옹에 마음이 누그러졌지만 애써 딱딱하게 말했다.

"아니, 이야기를 들을 땐 언제나 가만히 있었다."

데이비는 마릴라를 다시 한 번 꼭 껴안고 슬금슬금 자리에 앉으며 대꾸했다.

"하기야 아주머니는 여자니까. 아주머니가 여자 애였다니, 생각만 해도 너무너무 재밌다. 도라는 얌전히 앉아 있을 수 있고 또 재미없어하는 것 같지도 않아요. 하지만 난 여자 애가 되는 건 재미없어. 야, 도라, 내가 재미있게 해줄게."

데이비가 '재미있게' 해주는 방법이란 도라의 머리카락을 손에 잡고서 홱 잡아당기는 것이었다. 도라는 비명을 지르더니 울음을 터뜨렸다.

마릴라가 냅다 호통을 쳤다.

"어쩜 바로 오늘 네 엄마 장례를 치르고도 이렇게 버릇없이 굴 수가 있니?"

데이비는 아무렇지도 않게 대답했다.

"엄만 잘 돌아가신 거예요, 난 알아요, 엄마가 그렇게 말했으니까. 엄마는 아파 누워 계신 게 지긋지긋해진 거야. 엄마가 죽던 날 밤, 우린 한참 동안 이야기했어요. 엄마는 마릴라 아주머니가 도라와 저를 겨울 동안 데리고 있을 거라면서 착한 아이가 되라고 했어요. 착하게 굴게요. 하지만 가만히 앉아 있는 것과 똑같이 뛰어다니는 것도 착할 수는 없나요? 엄만 나한테 항상 도라에게 잘해 주고, 도라 편이 되어야 한다고 했어요. 난 그럴 거예요."

"도라 머리를 잡아당기는 게 잘해 주는 거니?"

데이비는 주먹을 꼭 쥐고 얼굴을 찡그렸다.

"딴 사람이 도라 머리를 잡아당기면 가만두지 않을 거야. 한번 해 보라지. 하지만 난 도라를 아프게 잡아당기지는 않았어요. 도라가 여자 애니까 그냥 우는 거지. 난 남자로 태어난 건 다행스럽지만 쌍둥이로 태어난 건 별로야. 지미 스프라트 아저씨네 여동생이 지미 아저씨에게 말대답을 하면 아저씨는 '내가 오빠니까, 당연히 내가 더 잘 알아.' 하고 말해요. 그럼 그 아주머니는 아무 소리도 못해요. 하지만 난 도라에게 그렇게 말할 수가 없어요. 도라는 나하고 다르게 생각할 수 있으니까. 아주머니, 난 남자니까 잠깐만 말을 몰게 해주세요."

결국 마릴라는 갈색 잎들이 가을 밤바람에 살랑대는 마당으로 접어들고 나서야 한시름 놓았다. 대문까지 마중 나온 앤이 쌍둥이를 마차에서 내려 주었다. 도라는 뽀뽀를 해도 얌전히 있었지만, 데이비는 앤을 와락 껴안더니 의기양양하게 자기를 소개했다.

"난 데이비 키스예요."

저녁 식사 때, 도라는 요조숙녀처럼 굴었지만 데이비는 예의하고는 거리가 멀었다.

마릴라가 야단을 치자 데이비가 대꾸했다.

"난 너무 배가 고파서 얌전하게 못 먹겠어요. 도라는 내 반만큼도 배가 고프지 않을 거야. 내가 여기까지 오면서 했던 일을 생각해 보세요. 이 케이크는 정말 맛있네, 건포도도 잔뜩 들어 있고. 우린 아주 오랫동안 집에서 케이크를 먹어 보지 못했거든요. 엄만 아파서 케이크를 만들 수 없었고, 스프러트 아주머니는 우리한테 빵을 구워 줄 만큼 구워 줬다고 했어요. 그리고 위긴스 아주머니는 절대 케이크에 건포도를 넣지 않아요. 해도 너무해! 하나 더 먹어도 돼요?"

마릴라는 안 된다고 하려 했는데, 앤이 커다랗게 케이크 한 조각을 더 잘라 주었다. 그러면서 앤은 데이비에게 고맙다는 인사를 잊지 말라고 했다. 데이비는 앤을 보고 그냥 씩 웃더니 케이크를 한 입 덥석 물었다. 데이비는 한 조각을 다 먹어 치우고 나서 말했다.

"한 조각 더 주면 고맙다고 할게요."

마릴라는 앤이 익히 들어온, 데이비가 마지막이라는 것을 배우게 될 말투로 말했다.

"안 돼, 넌 이미 먹을 만큼 먹었다."

데이비는 앤에게 눈을 찡긋하더니 식탁 위로 몸을 뻗어 도라가 쥐고 있는 케이크 한 조각을 낚아챘다. 그 케이크는 도라가 이제 겨우 한 입 베어 먹고 나서 손에 쥐고 있던 것이었다. 데이비는 입을 크게 벌리고 도라에게서 뺏은 케이크를 한 입에 다 집어넣었다. 도라의 입술이 바르르 떨렸고, 마릴라는 놀라서 말문이 막혔다. 앤이 교사답게 즉시 타일렀다.

"아니, 데이비, 그건 신사답지 못한 행동이야."

데이비는 입 안에 든 케이크를 삼키기가 무섭게 대꾸했다.
"그건 나도 알지만, 난 신사가 아니야."
앤이 놀라서 물었다.
"그럼 넌 신사가 되고 싶지 않니?"
"물론 되고 싶어. 하지만 어른이 되기 전에는 신사가 될 수 없잖아."
앤은 버릇을 단단히 고쳐 놓을 생각으로 맞받아 말했다.
"아니야, 넌 될 수 있어. 신사는 어릴 때부터 되기 시작하는 거야. 그리고 신사는 절대 숙녀의 음식을 빼앗지 않아. 고맙다고 말하는 것도 잊지 않고, 다른 사람의 머리를 잡아당기지도 않아."
데이비가 솔직하게 말했다.
"그럼 신사는 정말 재미없겠다. 난 어른이 돼서 신사가 될 때까지 그냥 기다릴래."
마릴라는 혀를 내두르며 도라에게 케이크 하나를 다시 잘라 주었다. 마릴라는 그때 데이비를 상대할 기분이 아니었다. 장례식에 다녀오느라 오랫동안 말을 몰았기 때문에 무척이나 고단했다. 그 순간 마릴라는 엘리자 앤드루스처럼 비관적으로 미래를 내다보았다.
도라와 데이비는 쌍둥이지만 서로 똑같이 닮지는 않았다. 도라의 머리칼은 차분하고 윤기가 흐르며 길었다. 데이비는 동글동글한 두상에 헝클어진 노란 곱슬머리였다. 도라의 옅은 갈색 눈동자는 부드럽고 온화해 보였지만, 데이비의 눈동자는 개구쟁이처럼 익살맞게 요리조리 굴러다녔다. 도라는 콧날이 오뚝했지만, 데이비는 누가 보아도 확실한 들창코였다. 도라의 입매는 '다소곳' 했지만, 데이비는 늘 입가에 웃음기가 가시지 않았다. 게다가 데이비는 한 쪽 볼에만 보조개가 있어서 웃을 때는 귀엽고 익살맞고 균형이 잡히지 않은 모습이었다. 데이비의 작은 얼굴은 구석구석 웃음과 장난기가 넘쳐흘렀다.

아이들을 주눅들게 하는 것이 가장 손쉬운 방법이라는 생각에 마릴라가 말했다.

"애들은 일찍 자는 게 좋겠다. 도라는 내가 데리고 잘 테니, 넌 데이비를 서쪽 방에 데리고 가거라. 데이비, 혼자 자도 무섭지 않겠지, 그렇지?"

데이비가 태평스럽게 대답했다.

"무섭지 않아요. 하지만 아직은 자고 싶지 않아요."

"아니, 지금 자야 돼."

기진맥진한 마릴라가 짤막하게 말했지만, 그 목소리에는 데이비조차 꼼짝 못하게 하는 힘이 있었다. 데이비는 앤과 함께 순순히 계단을 올라갔다.

데이비가 앤에게 소곤거렸다.

"내가 어른이 되면 맨 먼저 밤을 꼴딱 새워서, 밤이 어떤 건지 알아볼 테야."

그로부터 몇 년이 흐른 뒤에도, 마릴라는 쌍둥이가 초록 지붕 집에 머물렀던 첫 주를 생각할 때마다 진저리를 쳤다. 첫 주가 다음 몇 주보다 훨씬 끔찍해서라기보다는 첫 주에 겪은 일들이 새로운 것이기 때문이었다. 데이비가 장난을 치거나 제멋대로 굴다가 일을 저지르지 않고 지나간 날은 단 하루도 없었다. 하지만 가장 끔찍한 사건은 데이비가 온 지 이틀째 되는 일요일 아침에 일어났다. 그날은 포근하고 화창한, 9월처럼 아지랑이가 낀 맑은 날이었다. 마릴라가 도라를 챙겨 주는 동안, 앤이 데이비에게 교회에 갈 옷을 입혔다. 처음에 데이비는 세수를 하지 않겠다고 고집을 피웠다.

"마릴라 아주머니가 어제 씻겨 줬어. 위긴스 아주머니도 장례식이라며 따가운 비누로 빡빡 문질러 씻겨 줬고. 그럼 일 주일 치는 다 씻은 거잖아. 난 너무 깨끗한 건 싫어. 더러운 게 훨씬 편하단 말이야."

앤이 꾀를 냈다.

"폴 어빙은 하루에 한 번씩 제 손으로 세수를 한단다."

데이비는 초록 지붕 집에서 고작 이틀밖에 지내지 않았지만 벌써 앤을 잘 따랐다. 그리고 앤이 귀에 못이 박히도록 칭찬하는 폴 어빙을 싫어했다. 폴 어빙이 매일 얼굴을 씻는다고 하기만 하면 문제는 해결되었다. 데이비 키스는 설령 세수를 하면 죽는다 해도 세수를 했을 것이다. 앤은 똑같은 방법으로 데이비가 몸단장하는 일을 하나하나 신경 써서 고분고분 말을 듣게 부추겼다. 다 끝났을 때, 데이비는 정말 말쑥한 꼬마가 되었다. 앤은 데이비를 데리고 교회로 가서 커스버트 집안 지정석에 앉으면서 자랑스러운 기분을 느꼈다.

데이비는 남자 애들을 일일이 흘끗흘끗 두리번거리면서 누가 폴 어빙인지 찾아 내느라 처음엔 그런 대로 점잖은 편이었다. 찬송가 두 곡을 부르고, 성경 구절을 낭송할 때까지도 별 탈 없이 넘어갔다. 사건은 앨런 목사가 기도하고 있을 때 터졌다.

데이비 앞자리에는 로레타 화이트가 앉아 있었다. 금발을 두 갈래로 길게 땋아 늘어뜨린 로레타가 약간 고개를 숙이자, 헐렁한 레이스 위로 탐스러운 하얀 목덜미가 드러났다. 로레타는 차분해 보이는 통통한 여덟 살짜리 여자 아이였다. 생후 여섯 달째 엄마 품에 안겨 교회에 처음 왔을 때부터 교회에서 늘 나무랄 데 없이 행동하는 참한 아이였다.

데이비는 주머니에 손을 넣어 털이 촘촘히 난 꿈틀거리는 쐐기벌레를 꺼냈다. 마릴라가 보고 말렸지만 때는 이미 늦었다. 데이비는 쐐기벌레를 로레타의 목에 떨어뜨리고 말았다.

앨런 목사가 한창 기도를 하고 있는데, 별안간 찢어지는 듯한 비명 소리가 났다. 목사는 깜짝 놀라 기도를 멈추고 눈을 떴다. 신도들도 모두 고개를 들었다. 로레타 화이트가 옷의 뒷자락을 움켜쥐고 자리에서 펄쩍펄쩍 뛰고 있었다.

"꺅…… 엄마…… 엄마…… 으…… 이거 떼 줘…… 으악! 치워 줘……. 으…… 저 못된 놈이 내 목에다 그걸 떨어뜨렸어…… 꺅! 엄마…… 아래로 내려가고 있어…… 으…… 으……으……."

화이트 부인은 굳은 얼굴로 일어나서 미친 듯이 몸부림치는 로레타를 교회 밖으로 데리고 나갔다. 로레타의 비명 소리가 멀어지자, 앨런 목사는 다시 예배를 진행했다. 그러나 모두들 그날 예배는 그것으로 끝장났다고 생각했다. 마릴라는 난생 처음 성경 구절이 눈에 들어오지 않았고, 앤은 창피해서 새빨개진 얼굴로 앉아 있었다.

마릴라는 집으로 돌아오자마자 데이비를 방에 가두고 하루 종일 못 나오게 했다. 마릴라는 데이비에게 저녁 식사를 주지는 않았지만, 빵과 우유로 대충 때우는 것은 허락했다. 앤은 데이비에게 음식을 갖다 주고서 전혀 뉘우치는 기색 없이 음식을 먹고 있는 데이비 옆에 슬픈 표정으로 앉아 있었다. 슬픔에 잠긴 앤의 눈을 보자 데이비는 당혹스러웠다.

데이비는 깊이 생각에 잠겨 말했다.

"폴 어빙이라면 교회에서 여자 애 목덜미에 쐐기벌레를 떨어뜨리지는 않겠지, 응?"

앤이 슬프게 대답했다.

"절대 그러지 않지."

데이비가 고개를 끄덕였다.

"그렇다면 아까 일은 내가 잘못했어. 하지만 쐐기벌레는 굉장히 컸어. 교회에 들어가면서 계단에 내려놓으려고 했는데, 그치만 그냥 버리기엔 너무 아깝잖아. 누나는 그애가 소리지르는 거 재밌지 않았어?"

화요일 오후, 초록 지붕 집에서 지역 개선 협회 모임이 있었다. 앤은 마릴라에게 많은 도움이 필요하다는 사실을 알았기 때문에 학교가 끝나자마자 부리나케 집으로 돌아왔다. 도라는 깨끗하게 다림질한 하얀 원피스에 검은 허리띠를 묶어 말쑥하게 차려 입고서, 협회 회원들과 함께 응접실에 앉아 있었다. 도라는 누가 말을 시키면 얌전하게 대답하고 그렇지 않으면 조용히 앉아 있었기 때문에 어느 모로 보나 착한 아이다웠다. 흙으로 뒤범벅이 된 데이비는 헛간 앞마당에서 진흙 만두를 만들고 있었다.

마릴라가 지긋지긋하다는 듯이 말했다.

"내가 그러라고 했다. 그래야 더 못된 장난을 하지 않을 것 같아서 말이야. 그래 봤자 더러워지기밖에 더 하겠니? 데이비를 불러들이기 전에 어서 차를 내놓자. 도라는 같이 먹어도 되지만, 데이비는 절대로 회원들하고 같은 식탁에 앉아 먹게 할 수가 없어."

회원들에게 차를 권하러 간 앤은 도라가 응접실에 없다는 사실을 알아차렸다. 데이비가 현관문 앞에서 도라를 불러냈다고 제스퍼 벨 부인이 말해 주었다. 마릴라와 앤은 부엌에서 의논을 하여 두 아이 모두 나중에 간식을 주기로 했다.

차를 반쯤 마셨을 때 불쌍한 아이 하나가 부엌에 들이닥쳤다. 회원들은 모두 깜짝 놀랐고 마릴라와 앤은 어이가 없어서 쳐다보고만 있었다. 저게 도라란 말인가? 흠뻑 젖은 몸에서 물을 뚝뚝 떨어뜨려 마릴라가 한 푼 한 푼 모아 산 새 양탄자를 버려 놓은 아이가?

앤은 죄인이나 된 것처럼 가족들이 속을 썩이지 않기로 유명한 제스퍼 벨 부인을 힐끗 바라 보며 소리쳤다.

"도라, 무슨 일이니?"

도라가 엉엉 울면서 말했다.

"데이비가 돼지우리 담 위를 걸으라고 했어요. 하기 싫었지만 자꾸 겁쟁이라고 놀리잖아요. 담 위를 걷다가 그만 돼지우리로 굴러 떨어져서 옷이 더러워졌는데, 돼지들이 마구 덤벼들었어요. 옷이 엉망이 되니까, 데이비가 펌프 밑에 서 있으면 자기가 씻어 준다고 했어요. 그래서 시키는 대로 했어요. 하지만 데이비가 아무리 물을 끼얹어도 옷은 하나도 안 깨끗해지고 예쁜 허리띠랑 구두만 걸레가 돼 버렸어요."

마릴라가 도라를 데리고 이층으로 올라가 전에 입던 낡은 옷으로 갈아입히는 동안, 앤은 식탁에 혼자 앉아 남은 차를 마저 마셨다. 데이비는 마릴라에게 잡혀 밥도 못 먹고 방에 갇혔다. 해질 무렵, 앤은 데이비 방에 가서 야단부터 치지 않고 차분하게 이야기를 건넸다. 앤은 데이비의 행동에 몹시 실망했다고 말했다.

데이비도 잘못했다고 인정했다.

"지금은 잘못했다는 생각이 들어. 하지만 난 말썽을 일으키고 난 후에도 그 일이 별로 잘못했다는 생각이 들지 않는단 말이야. 도라가 옷 버린다고 진흙 만두 만드는 걸 안 도와 주겠다기에 너무너무 화가 났어. 폴 어빙이라면 떨어질 걸 뻔히 알면서 자기 동생한테 돼지우리

담 위를 걷게 하진 않겠지?"

"그래, 폴이라면 그런 일은 꿈도 못 꿀 거야. 폴은 완벽한 꼬마 신사거든."

데이비는 눈을 감고 눈살을 찌푸리더니 잠시 그 문제에 대해 고민하는 것 같았다. 잠시 후 데이비는 앤에게 다가와 목을 끌어안고는 앤의 어깨에 뜨겁게 달아오른 작은 얼굴을 묻었다.

"누나, 내가 폴 어빙처럼 착한 아이가 아니어도 날 조금은 좋아하지?"

앤은 진심으로 대답했다. 어쨌든 앤은 데이비를 좋아하지 않을 수 없었다.

"그야 물론이지. 하지만 그런 못된 장난만 안 하면, 지금보다 훨씬 널 좋아할 거야."

데이비는 울먹이는 소리로 말했다.

"오늘 장난친 게 또 있는데, 누나가 들으면 아주 깜짝 놀랄 일이야. 야단 안 칠 거지, 응? 마릴라 아주머니한테 이르지도 않을 거지?"

"모르겠다, 데이비. 그래도 말씀은 드려야지. 무슨 짓을 했는지 모르겠지만, 다시는 안 그러겠다고 약속하면 나도 마릴라 아주머니한테 얘기 안 한다고 약속할게."

"알겠어, 다신 안 그럴게요. 하여튼 앞으로 이보다 더 재미난 일은 없을 거야. 이건 지하실 계단에서 생각해 낸 거거든."

"데이비, 도대체 무슨 일인데 그러니?"

"마릴라 아주머니 침대에 두꺼비를 넣어 놨어. 하고 싶으면 가서 두꺼비를 꺼내서 던져 버려도 괜찮아. 하지만 두꺼비를 침대에 그냥 놔두면 아주 재밌는 일이 생길 거 같지 않아?"

"아니, 너!"

앤은 찰싹 매달려 있는 데이비를 떼어내고 거실을 지나 급히 마릴라의 방으로 갔다. 마릴라의 침대는 약간 흐트러져 있었다. 앤이 숨을 몰아쉬며 이불을 홱 젖히고 보니, 정말로 두꺼비 한 마리가 베개 아래서 눈을 끔뻑이며 앤을 쳐다보고 있었다.

앤은 몸서리를 치며 신음 소리를 토했다.

"이 징그러운 걸 무슨 수로 떼어 낸담?"

앤은 언뜻 부삽을 생각해 내고는 마릴라가 부엌에서 일하느라 분주한 틈을 타 조심조심 삽으로 두꺼비를 떼어 냈다. 진짜 골치 아픈 일은 두꺼비를 아래층으로 옮기면서 일어났다. 두꺼비는 세 번씩이나 삽에서 뛰어내렸는데, 한 번은 홀에서 두꺼비를 잃어버릴 뻔했다. 앤은 벚나무 과수원에 두꺼비를 던져 버리고 나서야 비로소 마음을 놓을 수 있었다.

"만약 마릴라 아주머니가 이 사실을 알았다면, 돌아가실 때까지 영원히 침대에서 편히 주무시지 못했을 거야. 그 꼬마 죄인이 때맞춰 뉘우쳐 줘서 정말 다행이야. 다이애나가 창문에서 신호를 보내고 있네. 정말 반가워. 학교에서는 앤서니 파이가, 집에서는 데이비 키스가 내 속을 있는 대로 긁어 놓으니 뭔가 다른 일을 바랄 수밖에."

9. 회관 색깔 소동

해리슨 씨가 화가 나서 말했다.
"그 늙은 골칫거리인 레이첼 린드 부인이 오늘 또 여기에 들른다고 했어. 교회 예배실에 깔 양탄자를 살 기부금을 가지고 또 날 성가시게 하려고 말이야. 난 세상에서 그 여자가 제일 싫어. 그 여자는 장황한 설교와 성경 구절과 이러니저러니 온갖 예를 다 들어서 맹렬히 퍼부어 댈 거야."
앤은 베란다 끝에 앉아 꿈꾸는 듯한 얼굴을 어깨 너머로 돌렸다.

앤은 쓸쓸한 11월의 황혼녘에, 뜰 아래 빽빽이 들어찬 전나무 숲에서 야릇한 선율을 울리며 새 개간지를 넘어 불어오는 부드러운 서풍에 취해 있었다.

"문제는 아저씨와 린드 아주머니가 서로 이해하려 들지 않는다는 점이에요. 사람들이 서로 싫어할 때를 보면 십중팔구 그것 때문이라고요. 나도 처음엔 린드 아주머니를 싫어했어요. 하지만 린드 아주머니가 어떤 사람인지 알게 되니까 좋아지더라고요."

해리슨 씨가 투덜거렸다.

"린드 부인도 사람들과 살다 보니까 그런 성향이 생긴 건지도 몰라. 하지만 바나나를 계속 먹으면 바나나를 좋아하게 된다는 말에 계속 바나나를 먹을 순 없어. 그리고 린드 부인으로 말하자면, 남의 일에 간섭하기 좋아하는 사람이란 것쯤은 나도 알고 있다. 린드 부인한테도 그렇게 말했지."

앤은 나무라듯이 말했다.

"아, 린드 아주머니가 그 말을 듣고 얼마나 속상해했을까요. 어떻게 그런 말을 할 수 있어요? 나도 예전에 아주머니한테 아주 끔찍한 말을 퍼부은 적이 있었지만, 그땐 제정신이 아니었어요. 난 일부러 그런 말을 하지는 않아요."

"그건 사실이고, 난 누구한테나 있는 그대로 이야기해야 한다고 생각한다."

앤이 반박했다.

"하지만 아저씨는 모든 사실을 말하는 건 아니잖아요. 단지 마음에 들지 않는 것만 이야기하지요. 보세요, 아저씨는 내가 빨간 머리라는 말은 열 번도 넘게 했으면서도 내 코가 예쁘다는 말은 한 번도 하지 않았잖아요."

해리슨 씨는 낄낄거렸다.

"그거야 말 안 해도 뻔히 알잖아."

"내가 빨간 머리라는 것 역시 잘 알아요. 비록 전보다 훨씬 진해졌지만요. 그러니까 그런 말도 할 필요가 없단 말이에요."

"그래, 그래, 네가 그렇게 신경 쓰니 다시는 입에 담지 않으마. 용서해라, 앤. 난 원체 말을 함부로 하니까 사람들도 신경 쓰지 않더구나."

"하지만 신경 쓸 수밖에 없어요. 그게 아저씨 버릇이라고 해서 문제가 다 풀리지는 않아요. 누가 사람들을 바늘로 콕콕 찌르고 다니면서 '미안하지만 신경 쓰지 마세요. 이건 내 버릇이니까요.' 라고 한다면 어떻겠어요? 아저씨는 그 사람을 보고 미쳤다고 생각하겠죠, 안 그래요? 린드 아주머니가 남의 일에 간섭하기 좋아하는 사람이란 건 사실일지도 모르죠. 하지만 린드 아주머니가 아주 친절한 마음씨를 갖고 있고 언제나 가난한 사람들을 도와 주며, 티머시 코튼 아저씨가 아주머니네 농장에서 상한 버터를 훔쳐다가 아내한테는 린드 아주머니에게 샀다고 했다는 이야기를 듣고도 모르는 척 넘어가 준 사실은 왜 얘기하지 않는 거죠? 코튼 부인이 그 다음에 린드 아주머니를 만났을 때 버터에서 순무 맛이 난다고 하니까, 아주머니는 버터가 그렇게 심하게 상했다니 미안하다고만 하고 말았잖아요."

해리슨이 마지못해 인정했다.

"린드 부인에게도 장점은 있지, 대개의 사람들이 그러니까. 믿지 않을지 모르지만 나한테도 장점은 있어. 어쨌든 나는 양탄자 사는 덴 한 푼도 안 낼 거다. 이곳 사람들은 한도 끝도 없이 돈을 내라고 졸라 대는 것 같아. 그래 회관 페인트칠 작업은 어떻게 돼 가고 있냐?"

"잘 되고 있어요. 지난 금요일 밤에 에이번리 지역 개선 협회 모임이 있었는데, 회관을 칠하고 지붕을 새로 고치려고 모은 기부금이 제법 많더라고요. 아저씨, 대개의 사람들은 흔쾌히 기부금을 냈어요."

앤은 상냥한 아가씨지만, 경우에 따라서는 은근한 독설을 퍼부을 줄도 알았다.

"회관에 어떤 색을 칠할 거냐?"

"아주 진한 초록색을 칠하기로 했어요. 지붕은 물론 빨갛게 칠하고요. 로저 파이 아저씨가 오늘 읍내에서 페인트를 가져올 거예요."

"누가 칠할 건데?"

"카모디의 조슈아 파이 아저씨가요. 조슈아 아저씨는 지붕 일도 거의 끝냈어요. 이번 일은 조슈아 아저씨한테 맡길 수밖에 없었어요. 아저씨도 알다시피 에이번리에는 파이네가 네 집이나 되는데, 하나같이 조슈아 아저씨가 그 일을 하지 않으면 기부금을 낼 수 없다고 으름장을 놓았으니까요. 파이 집안 사람들은 12달러나 냈어요. 우린 그 정도면 양보해도 손해 볼 게 없겠다 싶었죠. 사람들은 절대 파이 집안 사람들이 하자는 대로 끌려 다니지 말라고 했지만요. 린드 아주머니는 그 사람들이 모든 걸 쥐고 흔들려고 한댔어요."

"문제는 조슈아란 사람이 일을 잘하느냐 못하느냐에 달려 있겠지. 그 사람이 일만 잘한다면야 성이 파이건 푸딩이건 무슨 문제겠니."

"그 아저씨는, 일 잘하기로 소문난 사람이에요. 괴짜라는 소리도 있지만요. 그 아저씨는 거의 말이 없어요."

해리슨이 비꼬듯이 말했다.

"그럼 제법 쓸 만한 괴짜겠네, 적어도 여기 사람들이 괴짜라고 부를 정도라니. 난 에이번리에 와서야 비로소 수다쟁이가 무엇인지 알

앉으니까. 그때부터 난 대꾸를 해야 했는데, 안 그랬다간 린드 부인이 내가 벙어린 줄 알고 수화를 가르칠 기부금을 걷으러 다녔을지도 모르지. 앤, 여태 집에 안 가도 되니?"

"가야 해요. 오늘 밤에 도라 옷을 손봐야 하거든요. 게다가 데이비는 어쩌면 지금쯤 새로운 장난을 쳐서 마릴라 아주머니를 까무러치게 했을지도 몰라요. 오늘 아침에 데이비가 일어나서 한 첫마디가 뭔지 아세요? '누나, 어둠은 어디로 가? 알고 싶어.' 였어요. 난 데이비에게 세상의 반대쪽으로 가는 거라고 했지요. 그런데 아침 식사를 하면서 데이비가 내 말이 틀렸다는 거예요…… 어둠은 우물 속으로 들어간다면서요. 마릴라 아주머니 말이 데이비가 오늘 어둠을 잡으려고 우물에 매달려 있는 걸 네 번이나 봤대요."

해리슨이 알겠다는 듯이 말했다.

"개구쟁이로구나, 그 녀석이 어제 여기 와서 내가 헛간에 가고 없는 틈에 진저의 깃털을 여섯 개나 뽑았단다. 가엾은 진저는 그 꼴을 당하고 나서 내내 울적해 있지. 그딴 짓을 하는 녀석이라면 틀림없이 골칫덩어리일 거다."

앤은 데이비가 자기 대신 진저에게 앙갚음을 해준 셈이기 때문에 데이비가 다음에 무슨 잘못을 하더라도 용서해 줘야겠다고 몰래 마음먹으면서 말했다.

"소중한 것은 뭐든지 조금씩 문제가 있어요."

로저 파이 씨가 그날 밤 회관을 칠할 페인트를 사 왔고, 무뚝뚝하고 말없는 조슈아 파이 씨는 그 다음 날부터 칠을 시작했다. 조슈아 씨는 묵묵히 자기 일을 해 나갔다. 회관은 말 그대로 '낮은 지대'에 있었다. 늦가을이면 이곳은 항상 질퍽거리는 진창길이 되었기 때문에 카모디로 가는 사람들은 '높은' 지대의 먼 길로 둘러갔다. 회관은 전나무 숲에 에워싸여 있어 가까이 가지 않으면 보이지 않았다. 조슈아 파이 씨는 별로 사교적이지 않은 자기 마음에 쏙 들도록 한적하고 독립적인 분위기가 나게 회관을 색칠해 나갔다.

금요일 오후에 조슈아 씨는 페인트칠을 끝내고 카모디에 있는 집으로 돌아갔다. 조슈아 씨가 떠난 지 얼마 되지 않아, 새 단장을 한 회관이 어떻게 변했을까 궁금해진 린드 부인이 질퍽질퍽한 저지대의 진창길로 과감하게 말을 몰았다. 가문비나무 골짜기를 돌아가자 바로 회관이 보였다.

린드 부인은 회관을 보고는 완전히 얼이 빠졌다. 린드 부인은 채찍을 떨어뜨리고 손을 번쩍 쳐들며 말했다.

"하느님 맙소사!"

린드 부인은 자기 눈을 믿지 못하겠다는 듯 몇 번씩이나 보고 또 보았다. 잠시 후, 린드 부인은 기가 막힌 듯이 웃어 댔다.

"뭔가 잘못됐어, 틀림없어. 파이네 사람들이 일을 망쳐 놓을 줄 알았다니까."

린드 부인은 집으로 돌아오는 길에 몇 사람을 만나 회관 이야기를 가지고 수다를 떨었다. 그 이야기는 불길처럼 번져 갔다. 집에서 열심히 책을 읽고 있던 길버트 블라이드는, 해질녘에 아버지 밑에서 일하는 아이한테 그 이야기를 전해 듣고는 정신없이 초록 지붕 집으로 달려가다가 프레드 라이트를 만나 함께 뛰어갔다. 길버트와 프레드는 초록 지붕 집에서 다이애나 배리, 제인 앤드루스, 앤 셜리가 잎이 다 진 커다란 버드나무 아래 대문가에 어깨를 축 늘어뜨리고 있는 것을 보았다.

길버트가 소리쳤다.

"앤, 사실이 아니지?"

비극의 여신처럼 보이는 앤이 대답했다.

"사실이야. 린드 아주머니가 카모디에서 돌아오면서 그 소식을 알려 주려고 집에 들렀어. 어쩜, 이렇게 끔찍한 일이! 뭔가 좋게 해 보려고 아무리 애를 써 봐도 무슨 소용이 있어?"

마릴라를 위해 시내에서 상자를 사 가지고 방금 초록 지붕 집에 도착한 올리버 슬론이 물었다.

"뭐가 끔찍하다고?"

제인이 화를 내며 말했다.

"아직도 못 들었단 말이야? 좋아, 간단히 설명해 주지. 조슈아 파이 아저씨가 회관을 초록색이 아니라 파란색으로 칠했대. 손수레를 칠할 때나 쓰는 번쩍번쩍 빛나는 짙은 파란색으로 말이야. 린드 아주머니 말로는, 그 색깔을 건물에 칠해 놓으니 상상도 못할 만큼 추하더래. 특히 지붕이 빨간색이라서 더 심하다는 거야. 난 그 이야기를 듣고 너무 놀라서 한 대 얻어맞은 기분이었어. 가슴이 찢어지는 것 같아. 우리가 얼마나 애를 썼는데."

다이애나가 흐느끼며 말했다.

"세상에 어쩜 그런 실수를 할 수가 있어?"

이 엄청난 재난에 대한 비난은 결국 파이 집안 사람들에게 돌아갔다. 개선론자들은 모턴 해리스표 페인트를 쓰기로 결정했는데, 그 페인트는 색깔 견본 카드에 번호가 매겨져 있었다. 구매자는 견본에서 마음에 드는 색을 골라 거기 적힌 번호대로 주문하면 되었다. 개선론자들이 원하는 색은 147번 초록색이었다. 그런데 마침 그때, 로저 파이 씨가 아들인 존 앤드루 파이 편에 전갈을 보냈는데, 자기가 시내에 가는 길에 페인트를 구해다 주겠다는 것이었다. 전갈을 받은 개선론자들은 존 앤드루에게 147번 페인트를 사 오라고 전했다. 존 앤드루는 들은 대로 아버지한테 전했다며 펄쩍 뛰었는데, 로저 파이 씨는 존 앤드루가 157번이라고 했다는 주장을 끝내 굽히지 않았다. 결국 그날엔 아무 문제도 해결되지 않았다.

그날 밤, 에이번리 개선론자들의 집에는 참담한 분위기가 흘렀다. 초록 지붕 집을 짓누르는 우울한 분위기는 데이비마저 주눅들게 할 정도였다. 앤은 내내 흐느끼며 어쩔 줄 몰라 했다.

"마릴라 아주머니, 아무리 내가 열일곱 살이 다 된 처녀래도 지금은 좀 울어야겠어요. 너무 억울해요. 우리 협회는 이제 끝났어요. 우린 그저 비웃음만 사다가 잊혀지겠죠."

그러나 인생이란 꿈에서처럼 종종 상황이 갑자기 바뀌기도 한다. 에이번리 주민들은 그 일을 비웃기는커녕 오히려 대단히 안타까워했다. 회관을 칠하라고 돈을 낸 사람들은 주민들이었기 때문에, 주민들은 일이 그렇게 된 걸 아주 불만스러워했다. 사람들의 노여움은 파이 집안 사람들에게 집중되었다. 로저 파이 씨와 존 앤드루 파이가 일을 그 지경으로 만든 장본인들이고, 조슈아 파이 씨는 페인트 통을 열어 안에 든 색깔을 보고서도 잘못되었다고 의심하지 않았으니 바보가 틀림없다는 것이었다. 이런 혹평을 들은 조슈아 파이 씨는 에이번리 사람들이 무슨 색을 좋아하는지는 자신의 취향과 상관없지 않느냐고 일축했다. 또 자기는 페인트 색깔에 대해 나불거리라고 고용된 것이 아니라 회관을 칠해 달라는 부탁을 받았으니까 일한 만큼 대가를 받아야 한다고 했다.

개선론자들은 치안 판사인 피터 슬론을 찾아가 의논한 끝에 쓰라린 가슴을 안고 조슈아 파이 씨에게 돈을 지불했다.
피터 판사는 개선론자들에게 말했다.
"당신들은 돈을 지불해야 합니다. 조슈아 파이 씨에게 책임을 물을 수는 없습니다. 조슈아 씨는 페인트 색에 대해 사전에 아무런 통고도 받지 않은 상태에서 페인트 통을 받았고 계속하라는 말만 들었다고 했으니까요. 하지만 사실 그런 주장을 한다는 건 낯부끄러운 일이죠. 그 회관은 아주 흉측해 보이니까요."
운수 사나운 개선론자들은 에이번리 사람들이 협회를 전보다 더 싫어할 거라고 생각했다. 그러나 오히려 대중적인 동정심이 일어 개선론자들을 지지하는 쪽으로 상황을 싹 바꾸어 놓았다. 주민들은 자기네를 위해 땀 흘려 일하던 열성적인 젊은이들의 모임이 아주 고약한 일을 당했다고 생각했다. 린드 부인은 개선론자들에게 하던 일을 끝까지 밀어붙여서 세상에는 일을 망치지 않고 잘 해내는 사람들이 실제로 있다는 사실을 파이 집안 사람들에게 똑똑히 보여 주라고 했다. 메이저 스펜서 씨는 개선론자들에게, 자기네 농장 앞길에 있는 나무 밑동을 죄다 뽑아 내고 자기 돈으로 거기에 잔디 씨를 뿌리겠다는 말을 전해 왔다. 하이럼 슬론 부인은 어느 날 학교에 찾아와서 뜻밖에도 앤을 현관으로 불러내더니, 개선 협회가 봄에 교차로에다 제라늄 화단을 만들고 싶다면 자기 젖소는 걱정 말라고 하면서 제라늄 화단을 망치는 짐승은 화단 근처에 얼씬도 못하게 가둬 둘 생각이라고 했다. 해리슨 씨조차 웃음이 나와도 속으로만 낄낄대면서 겉으로는 몹시 안타까운 척했다.
"앤, 신경 쓰지 말아라. 페인트는 대개 해가 갈수록 구질구질하게

색이 바랜단다. 회관에 칠한 파란색은 애당초 더 이상 보기 싫을 수 없을 정도니까, 시간이 지나면 색이 바래서 더 나아 보일 거다. 게다가 지붕에 널을 얹어서 칠도 잘했잖아. 새지만 않으면 이제부터 사람들이 회관에 모일 수 있을 거야. 아무튼 넌 큰일을 해냈다."

앤은 한숨을 푹 내쉬며 말했다.

"하지만 에이번리의 새파란 회관은 이제부터 이웃 마을 사람들의 웃음거리가 될 거예요."

그리고 사실이 그랬다.

10. 말썽꾸러기 데이비

11월의 어느 날 오후, 앤은 자작나무 길을 지나 학교에서 집으로 돌아오면서 삶이란 아주 멋진 거라는 생각을 새삼 확인했다. 그날은 즐거운 날이었다. 학생들 모두 앤의 작은 천국에서 잘 지냈다. 세인트 클레어 돈넬은 이름 가지고 다른 아이들과 싸우지 않았고, 프릴리 로저슨은 치통으로 얼굴이 퉁퉁 부어 가까이 있는 남자 애들에게 살랑거릴 생각조차 하지 못했다. 바바라 쇼는 양동이에 담긴 물을 교실 바닥에 쏟는 단 하나의 실수밖에 저지르지 않았고, 앤서니 파이는 학교에 오지 않았다.

혼잣말을 중얼거리는 어린 시절의 버릇이 아직도 남아 있는 앤이 말했다.

"이번 11월은 정말 멋진 달이야! 11월은 보통 별로 맘에 들지 않는 달이었는데. 마치 한 해가 늙어간다는 사실을 별안간 깨닫고는 울며 초조해하는 일밖에 할 수 없을 것 같은 생각이 들어서 말이야. 하지만 올해는 흰머리가 성성하고 얼굴이 주름살투성이라도 자기 매력을 아는 기품 있는 노부인처럼 아주 우아하게 저물어 가는 것 같아. 날씨도 화창하고 황혼도 아름다웠지. 지난 두 주일은 너무나도 평화로웠어, 데이비조차 대부분 얌전했으니까. 데이비는 정말 한결 좋아지고 있어. 오늘 숲은 참 조용하다! 산들바람이 나무 꼭대기를 쉭쉭 스치는 소리말고는 바스락거리는 소리조차 들리지 않아. 바람 소리는 마치 멀리 해변에서 부서지는 파도 소리 같아. 숲은 너무 사랑스러워! 아름다운 나무들아! 너희는 모두 나의 좋은 친구들이야."

앤은 걸음을 멈추고, 어리고 가는 자작나무에 손을 뻗어 우윳빛 나무줄기에 입을 맞추었다. 그때 길모퉁이를 막 돌아 나오던 다이애나가 앤을 보고 웃음을 터뜨렸다.

"앤 셜리, 넌 겉으로만 어른일 뿐이야. 혼자 있을 때면 옛날의 조그만 어린아이로 돌아가 버린다니까."

앤이 즐겁게 재잘거렸다.

"세 살 버릇이 여든까지 간다잖아. 너도 알다시피, 난 14년 동안 어린아이였어. 어른이 된 지 고작 3년밖에 안 됐다고. 더군다나 숲에 있으면 언제나 아이이고 싶어. 잠들기 전 30분 말고는 학교에서 집으로 걸어가는 이 시간이 내가 꿈꿀 수 있는 유일한 시간이라고. 난 아이들 가르치고, 내 공부 하고, 마릴라 아주머니를 거들어 쌍둥이를 돌보느라 너무 바빠서 이런 때가 아니면 상상할 틈이 없어. 넌 내가 매일 밤 침대에 누워 그 짧은 시간에 얼마나 엄청난 모험을 하는지 모를 거야. 난 항상 여배우, 적십자 간호사, 여왕과 같은 아주 영리하고 자신 있고 화려한 사람이 되는 상상을 한단다. 어젯밤에 난 여왕이 됐어. 여왕이 된다는 건 생각만 해도 멋진 일이야. 아무 불편 없이 즐겁게 보내다가 싫증나면 언제나 여왕을 그만둘 수 있어, 현실에서는 그럴 수 없지만 말이야. 하지만 이 숲에서는 아주 다른 것을 상상하고 싶어. 난 오래 된 소나무에 사는 숲의 요정이 되거나, 바스락거리는 나뭇잎 뒤에 숨어 사는 조그마한 갈색 나무 요정이 돼. 내가 입 맞추다가 들킨 저 자작나무는 내 여동생이야. 그애와 내가 다른 점은 단 한 가지, 그앤 나무고 난 여자 아이라는 거지만, 그건 그다지 중요하지 않아. 참, 다이애나, 어디 가는 길이었니?"

"딕슨 아저씨네. 앨버타가 새 옷 재단하는 걸 도와 주기로 했거든. 앤, 저녁에 딕슨 아저씨네 집으로 오지 않을래? 그래서 우리 함께 집으로 걸어오자, 응?"

앤이 아무 생각 없는 순진한 표정으로 대꾸했다.

"프레드 라이트가 시내에 가고 없으니까 대신 나라도 갈까?"

다이애나는 얼굴이 빨갛게 달아올라 고개를 숙이더니 계속 걸어갔다. 그러나 화난 것 같지는 않았다.

그날 저녁, 앤은 딕슨 씨 집에 가려고 마음먹었으나 갈 수가 없었다. 집에 돌아와 보니 다른 일은 생각조차 할 수 없는 사건이 일어나 있었던 것이다. 앤은 뜰에서 마릴라와 마주쳤다. 마릴라의 눈에 핏발이 서 있었다.

"앤, 도라가 없어졌어!"
"도라가요? 없어졌다뇨?"
앤은 대문에 매달려 몸을 흔들고 있는 데이비를 보았다. 눈이 재미난 듯이 반짝이는 게 수상했다.
"데이비, 도라가 어디 있는지 아니?"
데이비가 큰 소리로 대답했다.
"몰라요. 하늘에 맹세하는데, 저녁 먹은 다음부터 진짜 한 번도 못 봤어."
마릴라가 말했다.
"한 시 이후에 난 쭉 집에 없었어. 토머스 린드 씨가 갑자기 병이 나서, 레이첼이 허겁지겁 나를 데리러 왔거든. 내가 집을 나설 때 도라는 부엌에서 인형을 가지고 놀고 있었고, 데이비는 헛간 뒤에서 흙장난을 하고 있었어. 30분 전에 겨우 집에 돌아와 보니 도라가 보이지 않더구나. 데이비는 내가 떠난 뒤로 도라를 못 봤다는 거야."
데이비가 진지하게 말했다.
"전 정말로 못 봤어요."
앤이 말했다.
"근처 어딘가에 있겠죠. 도라는 혼자서 멀리 가지 못해요. 그애가 겁이 많은 건 잘 아시잖아요. 어쩌면 어느 방에선가 곯아떨어져 있는지도 모르죠."
마릴라가 고개를 저었다.
"벌써 집 안은 샅샅이 뒤져 봤다. 집 주위 어딘가 다른 데 있는지도 모르겠구나."
이야기를 마치자마자 앤과 마릴라는 도라를 찾으려고 이 잡듯이 집 근처를 뒤졌다. 앤과 마릴라는 각자 집, 마당, 헛간 등을 샅샅이 뒤지고 다녔다. 앤은 도라를 부르며 과수원과 유령의 숲을 돌아다녔다. 마릴라는 양초를 들고 지하실을 살펴보았다. 데이비는 앤과 마릴라를 번갈아 쫓아다니며 도라가 있을 만한 곳을 여기저기 생각해 냈다. 결국 세 사람은 다시 마당에 모였다.

마릴라가 신음 소리를 내며 말했다.

"귀신이 곡할 노릇이구나."

앤이 처량하게 말했다.

"도대체 도라는 어디 있는 거지?"

데이비가 신바람 난 목소리로 넌지시 말했다.

"어쩌면 우물에 빠졌을지도 몰라요."

앤과 마릴라는 화들짝 놀라 서로 얼굴을 쳐다보았다. 두 사람 다 여기저기 찾아다니면서 그런 생각을 하지 않은 것은 아니지만 감히 입 밖에 내지 못했던 것이다.

마릴라가 조용히 말했다.

"도라가, 도라가 혹시······."

기운이 쭉 빠진 앤은 우물로 가서 안을 들여다보았다.

두레박은 안쪽 선반에 놓여 있었다. 우물 바닥 깊이 고인 잔잔한 물이 희미하게 빛났다. 초록 지붕 집 우물은 에이번리에서 가장 깊었다. 만약 도라가····· 하지만 앤은 그런 생각을 쉽게 받아들일 수 없었다. 앤이 몸서리를 치며 뒤로 물러났다.

마릴라가 두 손을 틀어쥐며 말했다.

"어서 가서 해리슨 씨를 불러오거라."

"해리슨 아저씨와 존 헨리는 둘 다 집에 없어요. 오늘 시내에 갔거든요. 배리 아저씨를 불러올게요."

배리 씨가 밧줄을 가지고 앤과 함께 왔다. 밧줄 한쪽 끝에는 갈퀴에 다는 갈고리 모양의 쇠가 달려 있었다. 배리 씨가 우물을 뒤지는 동안, 마릴라와 앤은 입을 꾹 다물고 두려움에 벌벌 떨며 곁에 서 있었다. 데이비는 문에 걸터앉아 재밌어 죽겠다는 표정을 숨김없이 드러내며 우물가에 있는 세 사람을 구경했다.

마침내 배리 씨는 다행이라는 듯이 고개를 저으며 말했다.

"우물 바닥에는 없어요. 하지만 도라가 갈 만한 곳이 어딘지 정말 궁금하군요. 얘, 꼬마야, 너 정말 동생이 어디 있는지 모르겠니?"

데이비가 짜증스럽게 대꾸했다.

"몰라요. 열두 번도 넘게 모른다고 했어요. 어쩌면 수상한 장사꾼이 와서 데려갔을지도 모르죠."

우물 때문에 철렁했던 마음이 다소 진정된 마릴라가 쏘아붙였다.

"쓸데없는 소리! 앤, 도라가 혹시 해리슨 씨네 가다가 길을 잃어버린 건 아닐까? 네가 도라를 데리고 그 집에 갔다 온 뒤부터 걘 항상 해리슨 씨네 앵무새 이야기를 했잖니?"

"도라한테 혼자 거기까지 갈 만한 용기가 있을 것 같진 않지만, 일단 가서 찾아는 볼게요."

그 순간 누군가 데이비를 보았다면, 별안간 데이비의 얼굴색이 바뀌는 것을 볼 수 있었을 것이다. 데이비는 살그머니 대문에서 내려와 있는 힘을 다해 헛간으로 달려갔다.

앤은 별 기대 없이 들판을 지나 해리슨 씨 집으로 걸음을 재촉했다. 문은 잠겨 있고 유리창도 닫혀 있었으며 주변엔 인기척이라곤 전혀 없었다. 앤은 베란다에 서서 큰 소리로 도라를 불러 보았다.

앤의 등 뒤에 있는 부엌에서 갑자기 진저가 꽥꽥거리며 욕을 퍼부어 대는 소리가 들렸다. 하지만 앤은 진저가 소리지르는 와중에서도 해리슨 씨가 연장 창고로 쓰는 뜰 한 켠의 작은 건물에서 흘러나오는 애처로운 울음소리를 들었다. 앤은 급히 연장 창고로 달려가 빗장을 열었다. 거기에는 얼굴이 온통 눈물범벅이 된 아이 하나가 뒤집힌 못통 위에 덩그러니 앉아 있었다.

"아니, 도라! 너 때문에 얼마나 놀랐는지 아니? 왜 여기 있는 거야?"

도라가 흐느꼈다.

"데이비랑 함께 진저를 보러 왔는데, 문이 닫혀 있어서 진저를 볼 수가 없었어요. 데이비가 문을 걷어차는 바람에 진저한테 욕만 먹었어요. 그리고 나서 데이비가 나를 이리로 데려와서는 나만 남겨 놓고 혼자 나가더니 문을 잠가 버렸어요. 그래서 나갈 수가 없어 계속 울기만 했어요. 너무 무섭고, 또 너무 배가 고프고 추웠어요. 앤 언니, 안 오는 줄 알았어요."

"데이비가?"

앤은 더 이상 말을 잇지 못했다. 앤은 무거운 마음으로 도라를 데리고 집으로 왔다. 도라가 별 탈 없이 무사하다는 사실을 알고 기뻐할 틈도 없이, 앤의 마음은 데이비 때문에 몹시 괴로웠다. 도라를 가둔 짓은 쉽게 용서할 수 있다. 그러나 데이비는 거짓말을 했다. 비열하게도 새빨간 거짓말을. 꺼림칙하지만 그것은 틀림없는 사실임이 밝혀졌다. 앤은 너무나 실망스러운 나머지 주저앉아 엉엉 울고 싶었다. 이 일이 있기 전까지는 절실히 깨닫지 못했지만, 앤은 데이비를 사랑하고 있었던 것이다. 그 때문에 데이비가 감쪽같이 거짓말을 했다는 사실에 견딜 수 없이 마음이 쓰라렸다.

마릴라는 잠자코 앤의 이야기를 들었다. 마릴라의 그런 태도는 데이비에게 불호령이 떨어질 징조였다. 배리 씨는 웃음을 터뜨리며 데이비를 따끔하게 혼내 주라고 충고했다. 배리 씨가 돌아간 뒤, 앤은 벌벌 떨면서 흐느끼는 도라를 따뜻하게 달래 주고 저녁을 먹여 침대에 뉘었다. 그리고 나서 앤은 부엌으로 갔다. 바로 그때 마릴라가 마지못해 따라오는 거미줄투성이 데이비를 데리고, 아니 끌고 무서운 표정으로 부엌에 들어왔다. 마릴라는 헛간 속의 어두컴컴한 구석에 숨어 있던 데이비를 지금 막 찾아 낸 것이다.

마릴라는 부엌 바닥 한가운데 있는 양탄자 위로 데이비를 밀어 넣고는 동쪽 창가에 가서 앉았다. 앤은 슬금슬금 서쪽 창가로 가서 앉았다. 앤과 마릴라 사이에는 범인이 서 있었다. 데이비는 마릴라를 등지고 있었는데 뒷모습이 무서움에 떠는 것처럼 보였다. 그러나 앤을 보고 있는 얼굴은 부끄러워하는 빛이 살짝 어려 있기는 해도, 눈은 친구를 보는 듯이 반짝반짝 빛났다. 데이비의 표정은 잘못했으니까 벌은 받겠지만 나중에는 앤과 이 일을 이야기하며 실컷 웃을 수 있을 거라고 생각하는 것 같았다.

그러나 앤은 은밀한 미소가 담긴 눈으로 데이비를 보고 있지 않았다. 앤의 눈빛에는 오직 잘못에 대한 추궁만이 어려 있을 뿐이었다. 그리고 씁쓸해하는 기분 나쁜 표정이 담겨 있었다.

앤이 슬픈 목소리로 물었다.

"데이비, 왜 그랬니?"

데이비가 거북해하며 머뭇머뭇 대답했다.

"그냥 재미로 그랬어요. 한참 동안 집이 너무 조용해서, 사람들을 놀라게 해주면 재미있을 것 같았어. 그리고 아주 재밌었어."

데이비는 무섭기도 하고 찔리는 구석도 있었지만 자기가 했던 일을 생각하니 절로 씩 웃음이 나왔다.

앤은 더욱더 슬픈 목소리로 말했다.

"하지만 데이비, 넌 거짓말을 했어."

데이비는 어리둥절해했다.

"거짓말이 뭔데? 뻥까는 거야?"

"사실이 아닌 얘기를 말하는 거야."

데이비가 솔직하게 시인했다.

"맞아, 난 사실대로 말하지 않았어. 내가 사실대로 말했다면 아무도 놀라지 않을 테니까. 그러니 그렇게 말할 수밖에 없잖아."

앤은 이렇게 놀라워하는 자신과 이제까지의 노력에 대해 회의마저 들었다. 잘못을 뉘우칠 줄 모르는 데이비의 태도는 앤을 막바지까지 몰고 갔다. 앤의 눈에서 커다란 눈물방울이 흘러내렸다.

앤이 떨리는 목소리로 말했다.

"데이비, 어쩌면 그럴 수 있니? 그게 얼마나 나쁜 짓인지 모른단 말이야?"

데이비는 어안이 벙벙했다. 앤 누나가 울고 있다…… 내가 앤 누나를 울렸어! 데이비의 작고 여린 가슴에 후회가 물밀듯이 밀려들었다. 데이비는 앤에게 달려가 무릎 위에 올라가서 앤의 목을 감싸 안고 울음을 터뜨렸다.

데이비가 흐느꼈다.

"난 뻥까는 게 나쁜 건지 몰랐어. 뻥까면 안 된다는 걸 내가 아는 줄 알았어? 스프러트 아저씨네 애들은 만날 뻥을 깠고, 그때마다 가슴에 십자가를 그렸어. 폴 어빙이었다면 뻥까는 짓은 안 하겠지? 난 폴 어빙처럼 착한 아이가 되려고 애써 왔지만, 이제 누난 다시는 날 사랑하지 않을 거지? 하지만 누나가 뻥까는 게 나쁜 일이라고 말해 줬다면 안 그랬을 거야. 누나를 울게 만들다니, 정말 미안해. 다시는 뻥까지 않을게."

데이비는 앤의 어깨에 얼굴을 묻고 엉엉 울었다. 그 순간 앤은 데이비를 이해하게 되었고 다시 마음이 밝아져 데이비를 꼭 껴안고 숱 많은 데이비의 곱슬머리 너머로 마릴라를 바라보았다.

"마릴라 아주머니, 데이비는 거짓말하는 게 잘못인지 몰랐대요. 다시는 거짓말하지 않겠다고 다짐하면 이번엔 용서해 줘야 하지 않을까요?"

데이비는 훌쩍거리며 다짐했다.

"다시는 안 그럴게요. 뻥까는 것이 잘못인지 알았으니까. 내가 한 번만 더 뻥을 까다 들키면 그 땐……."

데이비는 적당한 벌을 찾느라 고심했다.

"누나, 그땐 피가 나도록 때려도 돼."

앤이 학교 선생님답게 말했다.

"데이비, '뻥'이라 하지 말고 '거짓말'이라고 해야지."

눈물을 줄줄 흘리며 앉아 있던 데이비가 호기심이 가득한 얼굴로 앤을 빤히 쳐다보며 캐물었다.

"왜? 뻥까는 거랑 거짓말하는 게 뭐가 다른데? 알고 싶어. 그게 그거잖아."

"그건 상스러운 말이야. 어린애가 상스러운 말을 쓰는 건 나빠."

데이비가 한숨을 쉬며 말했다.

"하면 안 되는 게 굉장히 많네. 난 이렇게 많은 줄은 정말 몰랐어.

뻥…… 아니 거짓말해서 미안해요. 아직 거짓말이란 말이 연습이 안 돼서 그래. 하지만 이제부터 뻥이란 말 다시는 안 쓸게. 거짓말한 벌은 뭐야?"

앤이 애원하듯 마릴라를 바라보았다.

"나도 아이를 심하게 다루고 싶진 않다. 아무도 데이비에게 거짓말 하면 안 된다고 가르쳐 주지 않았어. 또 스프러트네 아이들은 본받을 만한 친구가 아니었지. 불쌍한 메리는 너무 아파서 데이비를 제대로 가르치지 못했고. 내 생각엔 데이비가 처음부터 나쁜 일인지도 모르고 거짓말을 한 것 같구나. 하지만 데이비는 도라를 가둔 데 대해서는 벌을 받아야 한다. 끼니를 굶기고 방에 가둬 두는 것 말고는 생각나는 벌이 없는데, 그 벌은 너무 많이 써먹었어. 앤, 뭐 생각나는 거 없니? 네가 항상 말하는 상상력을 동원해서 생각해 낼 법도 한데 말이다."

앤은 데이비를 부둥켜안으며 말했다.

"벌은 너무 끔찍한 일이라서 늘 즐거운 상상만 하는 제게는 맞지 않아요. 세상은 이미 더 나쁜 일을 상상해 낼 필요가 없을 만큼 나쁜 일이 많으니까요."

결국 데이비는 늘 하던 대로 방에 갇혀 다음 날 정오까지 나오지 못했다. 데이비는 무슨 생각인가를 하고 있는 것 같았다. 앤은 잠시 후 자기 방에 올라가다가 나지막이 자기를 부르는 데이비의 목소리를 들었다. 앤은 데이비가 침대 위에 턱을 괴고 앉아 있는 모습을 보았다.

데이비가 진지하게 물었다.

"앤 누나, 누구든지 뻥…… 아니 거짓말을 하면 나쁜 사람이야? 알고 싶어."

"그럼, 나쁜 사람이고말고."

"어른이 거짓말을 해도?"

"그럼."

데이비가 딱 잘라 말했다.

"그럼 마릴라 아주머니는 나빠. 아주머니는 거짓말을 했어. 아주머니는 나보다 더 나빠. 난 거짓말이 잘못인 줄 몰랐지만 아주머니는 알면서도 거짓말을 했으니까."

앤이 발칵 화를 냈다.

"데이비 키스, 마릴라 아주머니는 평생 한 번도 거짓말을 한 적이 없으셔."

데이비가 볼멘 목소리로 대꾸했다.

"마릴라 아주머니는 거짓말을 했어. 지난주 화요일에 아주머니가 나더러 매일 밤 기도하지 않으면 끔찍한 일이 생길 거라고 했어. 난 일 주일이 넘게 기도도 안 하고 무슨 일이 일어나기만 기다렸지만 아무 일도 안 일어났는걸."

앤은 아이에게 나쁜 영향을 줄지도 모른다는 생각에 간신히 웃음을 참으면서 마릴라의 권위를 세워 주려고 애썼다.

"세상에, 데이비 키스, 오늘 바로 끔찍한 일이 일어났잖아."

데이비는 믿을 수 없다는 표정이었다.

"밥도 못 먹고 방에 갇힌 것 말야? 하지만 그건 하나도 끔찍하지 않아. 물론 이렇게 벌받는 건 싫지만 여기 온 뒤로 방에 갇히는 벌을 너무 많이 받아서 벌써 이골이 났는걸. 뭐. 밥을 못 먹게 하는 것도 아무렇지 않아. 항상 아침밥을 두 배로 먹으니까."

"방에 갇혀 있는 걸 얘기하는 게 아니야. 네가 오늘 거짓말한 일을 두고 하는 말이지. 그리고 데이비……."

앤은 침대 위로 몸을 수그려 어린 죄인을 향해 집게손가락을 흔들었다.

"어린아이가 거짓말을 하는 것만큼 나쁜 일은 없어. 세상에서 제일 나쁜 짓이지. 그럼 이제 마릴라 아주머니가 너한테 사실을 말했다는 걸 알겠지."

데이비가 부루퉁한 목소리로 말했다.

"근데 나쁜 일이 더 재밌네."

"그런 생각이 잘못된 거지, 마릴라 아주머니가 거짓말을 한 건 아니야. 나쁜 짓이 언제나 재미있지는 않아. 그런 짓은 비겁하고 바보스럽게 보일 때가 많아."

데이비가 자기 무릎을 꽉 껴안으며 대꾸했다.

"그래도 마릴라 아주머니와 누나가 우물을 내려다보는 건 진짜 재밌더라."

앤은 아래층으로 내려올 때까지만 해도 딱딱하게 굳은 표정이었는데, 거실에 발을 디디자마자 허리가 끊어져라 웃음을 터뜨렸다.

마릴라가 다소 엄하게 말했다.

"왜 그렇게 웃어 대는지 모르겠구나. 오늘은 그렇게 웃을 만한 일이 없었던 것 같은데."

앤이 장담했다.

"아주머니도 들으시면 분명히 웃을 거예요."

마릴라도 앤의 이야기를 듣고 깔깔 웃었다. 마릴라가 그런 이야기를 듣고도 웃어넘기는 걸 보면, 앤을 입양한 뒤로 마릴라의 교육관이 얼마나 많이 변했는지 알 수 있었다. 하지만 마릴라는 곧 한숨을 쉬었다.

"데이비에게 그런 얘길 하지 말 걸 그랬구나. 목사님이 어떤 아이한테 그런 말을 하는 걸 듣고 해준 얘긴데. 하지만 데이비 때문에 화가 나진 않는구나. 네가 카모디 음악회에 갔을 때, 데이비를 재우면서 그런 말을 했었지. 데이비는 커서 하느님이 소중한 분이라는 걸 알기 전에는 기도의 효력을 믿지 않겠다고 했어. 앤, 난 앞으로 그 아이를 어떻게 키워야 할지 모르겠다. 도저히 그 앨 못 다루겠어. 막막하기만 해."

"마릴라 아주머니, 그런 말씀 마세요. 제가 여기 처음 왔을 때 얼마나 골칫덩어리였는지 생각해 보세요."

"앤, 넌 절대 골칫덩어리가 아니었다. 전혀 그렇지 않았어. 진짜 속 썩이는 애를 보고 나니 이제야 알겠구나. 물론 너도 늘 말썽을 일으키기야 했지. 하지만 넌 늘 좋은 의도를 갖고 있었어. 한데 데이비는 별 생각 없이 그냥 말썽을 피우는 것 같아."

"아니에요, 데이비도 정말 나쁜 맘은 없어요. 그냥 장난일 뿐이지요. 그리고 아시다시피 여긴 너무 심심하잖아요. 같이 놀아 줄 남자애가 없으니 대신 그걸 채울 일을 궁리할 수밖에요. 도라는 새침하고 얌전해서 남자 애 놀이 상대로는 적당하지 않아요. 아주머니, 아이들을 학교에 보내면 어떨까요?"

마릴라가 단호하게 말했다.

"안 돼. 우리 아버지께선 늘 어떤 아이도 일곱 살이 되기 전에는 학교라는 울타리에 갇혀서는 안 된다고 하셨다. 그리고 앨런 목사님도 똑같은 말을 하셨고. 집에서 아무리 가르치기 힘들어도 일곱 살이 되기 전엔 절대 학교에 보내지 않겠다."

앤이 활기차게 말했다.

"그럼 집에서 데이비를 바꾸려고 노력해야겠네요. 데이비는 못된 짓을 많이 하긴 하지만 정말 사랑스러운 꼬마예요. 난 그애를 미워할 수가 없어요. 아주머니, 말씀드리기는 뭐하지만 솔직히 난 도라보다 데이비가 더 좋아요. 도라가 아무리 착하게 굴어도 말이에요."

마릴라도 속마음을 털어놓았다.

"그래, 사실 나도 왜 그런지 모르겠어. 하지만 그건 공평하지 못해. 도라는 말썽을 일으키지 않잖니. 도라보다 착한 애는 세상에 없을 거다. 그앤 너무 조용해서 있는지 없는지도 모를 정도잖아?"

"도라는 너무 얌전해요. 어떻게 하라고 일러 주지 않아도 알아서 척척 잘하고요. 도라는 애초부터 어른스러워서 우리의 도움이 필요하지 않죠. 그리고……."

앤은 핵심을 찌르는 말을 덧붙였다.

"우린 항상 우리를 필요로 하는 사람을 더 좋아하는 것 같아요. 데이비한테는 지긋지긋할 만큼 우리가 필요하잖아요."

마릴라도 동감했다.

"맞아, 데이비는 필요한 게 많은 애다. 린드 부인은 데이비에게 필요한 건 사랑의 매라고 그러더구나."

11. 이상과 현실

앤은 퀸스 전문 학교 시절의 단짝한테 편지를 썼다.

가르치는 일은 정말 즐거워. 제인은 아이들을 가르치는 일이 단조롭다고 하지만 난 그렇게 생각하지 않아. 매일같이 재미있는 사건이 터지고, 아이들은 정말 기발한 말을 해. 제인은 아이들이 엉뚱한 말을 하면 벌을 준대. 그래서 아마 제인은 가르치는 일을 단조롭다고 생각하나 봐. 오늘 오후에는 꼬마 지미 앤드루스가 '점찍

다' 란 단어를 쓰려고 낑낑대다가 끝내는 철자가 틀렸지 뭐야. 마침내 지미가 이렇게 말하더군. "쓰지는 못해도 무슨 뜻인지는 알아요." 내가 물었지. "무슨 뜻인데?" "세인트 클레어 돈넬의 얼굴이란 뜻이에요, 선생님." 세인트 클레어 얼굴에 주근깨가 많은 건 사실이야. 하지만 난 다른 아이들이 그애 주근깨를 보고 놀리지 못하게 하려고 애를 쓴단다. 나도 어렸을 때 아이들이 주근깨투성이라고 놀려 대던 기억이 지금까지 생생하니까. 하지만 세인트 클레어는 주근깨에 대해선 신경 쓰지 않는 것 같아. 세인트 클레어가 학교를 마치고 집에 가는 길에 지미를 두들겨 팬 건, 지미가 그애더러 '세인트 클레어' 라고 불렀기 때문이었어. 나는 치고받는 소리를 듣기는 했지만 수업이 끝난 뒤라서 그냥 모르는 척 넘어가기로 했어.

어제는 로티 라이트한테 덧셈을 가르치느라 진땀을 뺐어. 내가 물었지. "한 손에 사탕 세 개를 가지고 있고 다른 손에 두 개를 가지고 있으면, 네가 가지고 있는 사탕은 모두 몇 개지?" 로티가 대답했어. "한 입요." 그리고 자연 시간에는 아이들에게 왜 두꺼비를 죽이면 안 되느냐고 물었더니 벤지 슬론이 심각하게 이렇게 대답하는 거야. "다음 날 비가 오니까요."

스텔라, 웃음을 참느라고 얼마나 애를 먹는지 몰라. 집에 갈 때까지 웃음을 모두 모아 둬야 하거든. 마릴라 아주머니는 내 방에서 난데없이 자지러지는 웃음소리가 들려 오면 걱정이 된대. 아주머니 말로는, 그래프턴에 어떤 미친 사람이 있는데, 맨 처음 증상이 미친 듯이 웃어 대는 것이었대.

너 토머스 아 베킷(12세기에 영국 캔터베리 대주교와 헨리 2세의 대법관을 지낸 인물로 헨리 2세의 교회 정책에 반대하여 죽임을 당했으며 뒤에 성인으로 추증되었다:옮긴이)이 교회에서 뱀(성인(saint)과 뱀(snake)의 철자를 혼동한 것을 빗대어 하는 이야기이다:옮긴이)으로 시성되었다는 얘기 아니? 로즈 벨은 그 이야기를 하면서 윌리엄 틴들(16세기 영국의 종교 개혁가로 성경을 처음으로 영어로 번역한 사람이다:옮긴이)이 신약 성서를 썼다는 거야(영어로 번역했다는 것을 직접 쓴 것으로 잘못 표현한 것을 빗대어 하는 이야기이다:옮긴이). 또 클로드 화이트는 '빙하'가 창틀을 끼우는 사람이래! (빙하는 영어로 '글래셔(glacier)'라고 하는데, 클로드는 이 말이 유리를 뜻하는 '글래스(glass)'와 발음이 똑같으니까 이 글래스에다 사람을 뜻하는 접미사 어미 er이 붙은 것으로 생각한 것이다:옮긴이)

아이들을 가르치면서 가장 재미있고도 어려운 문제는 사물에 대해 자기 생각을 발표하게 하는 일인 것 같아. 지난주 폭풍우 치던 날 저녁 시간에는 아이들을 주위에 모아 놓고 나를 같은 반 친구라고 생각하고 같이 이야기해 보자고 했어. 난 아이들에게 가장 바라는 게 뭐냐고 물었지. 몇 명은 인형, 조랑말, 스케이트 같은 걸 갖고 싶다고 평범하게 대답했지만 어떤 애들은 아주 기발한 말을 했어. 헤스터 볼터는 '매일 외출복을 입고 거실에서 식사하는 것'이 소원이고, 한나 벨은 '힘들게 일하지 않고도 잘사는'게 꿈이래. 열 살짜리 마저리 화이트는 '과부'가 되고 싶대. 왜냐고 물었더니 결혼하지 않으면 노처녀라고 놀림받고 결혼하면 남편한테 쥐여 살지만, 과부가 되면 두 가지 위험이 모두 없다고 진지하게 말하더라고. 그 중 가장 황당한 것은 샐리 벨 얘기였어. 샐리는 '신혼여행'을 가고 싶대. 샐리더러 신혼여행이 뭔지 아느냐고 물었더니, 멋진 새 자전거인 것 같다는 거야. 몬트리올에 사는 자기 사촌 오빠는 항상 최신형 자전거를 갖고 있었는데, 그 오빠가 결혼을 하고 신혼여행을 갔기 때문이라는 거야!

　또 어떤 날은 아이들에게 자기가 이제까지 했던 일 가운데 가장 나쁜 일을 말해 보라고 했어. 고학년 아이들한테는 별 효과가 없었지만 3학년 아이들은 거리낌없이 얘기하더라고. 엘리자 벨은 자기 고모 공책에 불을 질렀다는 거야. 일부러 그랬느냐고 물으니까 반은 그렇고 반은 아니래. 엘리자는 그냥 공책이 어떻게 타는지 궁금해서 '끝만 살짝' 태우려고 했는데 순식간에 한 권이 다 타 버렸대. 에머슨 길리스는 헌금하라고 준 10센트로 사탕을 사 먹은 일, 아네타 벨은 '묘지에 있는 월귤나무 열매를 따먹은 일'이 가장 잘못한 일이래. 윌리 화이트는 '외출복 바지를 입고 가축우리 지붕에서 몇 번이나 미끄럼 타기'를 한 일을 꼽고는 "하지만 난 여름 내내 주일 학교에 누더기 바지를 입고 가는 벌을 받았어요. 나쁜 짓을 해서 그만한 벌을 받았으니까 반성하지 않아도 돼요."라고 당당하게 말하더군.

　아이들이 쓴 글을 네가 읽어 봤으면 좋겠다 싶어서 최근 작품 몇 편을 적어 보낸다. 지난 주에 4학년 아이들에게 아무 얘기나 좋으니 나한테 편지를 쓰라고 했어. 놀러 갔던 얘기나 재미있는 물건이나 또는 자기가 아는 사람에 대해서 써 보는 것도 괜찮겠다고 넌지시 힌트를 주면서 말이야. 아이들한테 누구의 도움도 받지 말고 종이에 편지를 써서 봉투에 넣어 나한테 부치라고 했어. 지난 금요일 아침에 학교에 가 보니 책상 위에 편지가 수북이 쌓여 있더구나. 그날 저녁에 난 교육은 어려움이 따르지만 즐거움도 있다는 사실을 새삼 깨달았지. 아이들의 글을 읽으면 마음이 뿌듯해져. 이건 네드 클레이가 써 보낸 편지를 하나도 안 고치고 그대로 옮겨 쓴 거야.

프린스에드워드 섬
초록 지붕 집의
설리 선생님께

새

저는 친애하는 선생님께 새에 대해 쓸 꺼에요. 새는 아주 쓸모 있는 동물이에요. 우리 집 고양이는 새를 잡아요. 고양이 이름은 윌리엄인데 아빤 톰이라고 불러요. 우리 고양이가 몸뚱이에 줄이 왕창 그어져 있는데, 저번 겨울에 한쪽 귀가 얼어서 업서졌거던요. 딱 그래서 우리 고양이는 진짜루 잘생겼어요. 우리 삼촌도 고양이 한 마리를 키우고 있어요. 어떤 날 고양이가 삼촌 집에 들어오더니 도망 안 갔는데 삼촌이 고양이가 사람들이 생각하는 것보다 가장 머리가 나쁘다고 해요. 삼촌이 고양이를 삼촌의 흔들의자에서 자라고 했는데, 숙모는 삼촌이 자식보다 고양이를 더 좋아한대요. 그건 나빠요. 우리는 고양이한테 잘해 주어야 하고 새 우유도 주지만, 우리 어린이보다 더 잘해 주면 안 대요. 이제 더 할말이 생각 안 나요.

　　　　　　　　　　　　　　　에드워드 블레이크 클레이.

세인트 클레어 돈넬의 글은 대개 짧고 간결해. 세인트 클레어는 쓸데없는 말은 하지 않는단다. 나는 세인트 클레어가 직접 주제를 정했거나 악의를 갖고 계획적으로 추신을 덧붙였다고는 생각하지 않아. 세인트 클레어는 글재주도 없고 상상력도 빈약한 아이야.

친애하는 셜리 양께

　선생님께서 우리가 본 이상한 것을 써 보라고 하셨습니다. 나는 에이번리 마을 회관에 대해 쓰겠습니다. 회관은 문이 두 개 있는데, 하나는 안에 있고 하나는 밖에 있습니다. 창문이 여섯 개 있고, 굴뚝이 하나 있습니다. 회관은 네모난 건물입니다. 회관은 파란색입니다. 그래서 이상해 보입니다. 회관은 카모디 거리 낮은 곳에 있습니다. 회관은 에이번리에서 세 번째로 중요한 건물입니다. 다른 중요한 건물은 교회와 대장간입니다. 회관에서는 토론회, 강연회, 연주회가 열립니다.

선생님의 제자
제이콥 돈넬.

　추신 : 회관은 아주 새파란 색입니다.

　아네타 벨의 편지는 너무 길어서 깜짝 놀랐단다. 아네타는 수필을 쓰는 데 소질이 없어서 세인트 클레어의 글만큼이나 간단하거든. 아네타는 조용하고 얌전한 아이지만 독창성이 없어. 이건 아네타의 편지야.

　사랑하는 선생님께

　저는 제가 선생님을 얼마나 사랑하는지를 쓰겠습니다. 전 제 온몸과 마음을 다 바쳐 선생님을 사랑해요……. 제 가슴에 있는 모든 사랑을 다해서…… 선생님을 영원히 섬기고 싶습니다. 그것은 저의 가장 고귀한 특권입니다. 그래서 저는 학교에서 얌전하게 지내고 열심히 공부할라고 애쓴답니다.

나의 선생님, 선생님은 정말 아름답습니다. 선생님의 목소리는 음악 같고, 선생님의 눈동자는 이슬 맺힌 팬지 같습니다. 선생님은 키 크고 기품 있는 여왕 같습니다. 선생님의 머리칼은 황금 물결 같습니다. 앤서니 파이는 선생님 머리가 빨갓다고 했지만, 앤서니 말에는 신경 쓰지 마세요.

제가 선생님을 알게 된 지는 얼마 되지 않았지만, 선생님을 모르고 지낸 시간이 있었다는 게 상상이 안 됩니다……. 선생님은 제 인생을 축복해 주고 제 인생을 신성하게 했습니다. 전 언제까지나 선생님이 제 곁에 오신 올해를 제 인생 최고의 해로 기억할 겁니다. 게다가 올해는 제가 뉴브리지에서 에이번리로 이사 온 해이기도 해요. 선생님을 향한 나의 사랑은 인생을 풍요롭게 만들고 저를 불행과 죄악에 빠지지 않게 만들었습니다. 사랑하는 선생님, 이 모든 게 선생님 덕분입니다.

며칠 전에 까만 드레스를 입고 머리에 꽃을 꽂고 있던 선생님의 모습이 얼마나 아름다웠는지 저는 결코 잊지 못할 겁니다. 세월이 흘러 백발이 되어도 전 영원히 선생님을 그렇게 아름다운 분으로 기억할 겁니다. 선생님은 제게 언제까지나 젊고 아름답게 보일 거예요…… 아침에도, 한낮에도, 해질 무렵에도 전 항상 선생님을 생각한답니다. 선생님이 웃을 때도, 시름에 잠길 때도 전 선생님을 사랑합니다…… 오만해 보일 때까지도 말입니다. 앤서니 파이는 선생님이 늘 신경질을 부린다구 하지만 전 선생님이 그러시는 걸 한 번도 본 적이 없어요. 하지만 앤서니는 야단맞을 짓을 하니까 선생님이 앤서니에게 화를 낸다고 생각해요. 어떤 옷에서든 저는 선생님을 사랑합니다…… 새로운 옷을 입을 때마다 먼젓번 옷보다 훨씬 사랑스럽습니다.

사랑하는 선생님, 안녕히 주무세요. 이제 해가 지고 별이 빛나고 있습니다……. 별들은 선생님 눈처럼 밝고 아름답습니다. 나의 사랑, 선생님의 손과 얼굴에 제 입술을 전합니다. 주여, 선생님과 항상 함께 하시어 모든 악에서 구하옵소서.

사랑하는 제자로부터
아네타 벨.

이 희한한 편지를 읽고 난 좀 황당했어. 아네타가 이 편지를 썼다고 믿느니 차라리 하늘을 날아다닌다고 믿는 게 낫겠다 싶었지. 다음 날 학교에 가서 쉬는 시간에 아네타를 데리고 시냇가로 갔어. 그리고 편지에 대해 사실대로 말하라고 했지. 아네타는 엉엉 울다가 사실을 털어놨어. 아네타는 편지에 무슨 이야기를 어떻게 써야 할지 모르겠더래. 그런데 엄마 옷장 맨 위 서랍을 열어 보니 엄마의 옛날 애인이 보낸 편지 묶음이 있더라는 거야. 아네타는 울먹이며 말했어. "그 사람은 우리 아빠는 아니예요. 성직자가 되려고 공부하던 사람이었죠. 그래서 그렇게 아름다운 편지를 쓸 수 있었죠. 하지만 엄마는 결국 그 사람과 결혼하지 않았어요. 엄마는 그때 그 사람이 하려고 했던 일을 반도 이해할 수 없었대요. 하지만 전 편지 내용이 아주 근사하니까 여기저기서 조금씩 베껴 써야겠다고 생각했어요. 전 그 사람이 '아가씨'라고 쓴 곳은 '선생님'이라고 썼고, 생각나는 게 있으면 제 생각도 쓰고, 단어 몇 개도 바꾸었어요. '분위기'라는 말 대신 '옷'이라고 썼죠. '분위기'가 무슨 뜻인지는 잘 모르지만 '옷'과 관계가 있을 것 같았거든요. 난 선생님이 모르실 거라고 생각했어요. 선생님은 어떻게 그 편지를 제가 쓰지 않았다는 걸 아셨어요? 선생님은 정말 머리가 너무 좋아요."

난 아네타에게 다른 사람의 편지를 베껴서 자기가 쓴 것처럼 꾸며서 보내는 건 아주 나쁜 일이라고 꾸짖었어. 하지만 아네타가 자기 잘못을 깨닫기나 했는지 모르겠다.

아네타는 울면서 말했거든. "하지만 전 진짜로 선생님을 사랑해요. 목사님이 쓴 편지를 베끼기는 했지만 거기 있는 말은 다 사실이에요. 전 정말 진심으로 선생님을 사랑해요."

그런 상황에서 아이를 야단치기는 너무 어려운 일이야.

이건 바바라 쇼가 보낸 편지야. 원본에 배어 있는 잉크 얼룩까지는 베끼지 못했어.

친애하는 선생님께

선생님께서는 놀러 갔던 곳을 써도 된다고 하셨죠? 전 어디 놀러 간 게 딱 한 번밖에 없어요. 지난 겨울에 저는 메리 고모 집에 갔었어요. 메리 고모는 매우 특별한 여자이자 훌륭한 주부예요. 그 집에 간 첫날 밤, 우리는 차를 마셨어요. 전 사기 주전자를 뒤집어엎어 깨뜨리고 말았어요. 메리 고모는 그 주전자를 결혼하고 나서 쭉 갖고 있었는데, 드디어 제가 그 주전자를 깬 거래요. 다같이 식탁에서 일어나는데 제가 고모 치맛자락을 밟아서 치마 주름이 모두 뜯어져 버렸어요. 다음 날 아침에는 물주전자를 양동이에 부딪혀서 둘 다 찌그러뜨렸고, 아침 식사를 하면서 식탁보에 차를 엎질렀어요. 고모가 저녁 설거지하는 걸 도와 드리다가 그만 중국제 접시를 떨어뜨려 박살을 내 버렸지요. 그리고 그날 저녁, 계단에서 굴러 발목을 삐는 바람에 저는 일 주일 동안 침대에 누워 있어야 했어요. 메리 고모가 조셉 아저씨더러 차라리 다행이라면서 만약 안 다쳤으면 집 안에 있는 걸 몽땅 박살냈을 거라고 얘기하는 소릴 들었어요. 저는 발목이 다 낫고 나서 집으로 돌아왔죠. 저는 어디 가는 걸 별로 좋아하지 않아요. 학교 다니는 게 훨씬 좋아요. 특히 에이번리에 전학 온 다음부터는요.

선생님을 존경하는
바바라 쇼.

이번엔 윌리 화이트의 편지야.

존경하는 선생님께

전 무척 용감한 우리 고모 이야기를 해드리고 싶어요. 고모는 온타리오에서 사세요. 어느 날 고모는 헛간에 가다가 마당에서 개 한 마리를 발견했어요. 고모는 개가 거기 있으면 안 된다고 생각하고 작대기로 개를 쫓아 헛간으로 몰아넣고 문을 잠가 버렸어요. 금방 어떤 사람이 서커스단에서 도망친 상상의 사자(윌리는 순회 동물원의 사자를 얘기한 걸까?)를 찾으러 왔어요. 그래서 그 개가 사자라는 사실을 알게 되었죠. 용감한 우리 고모가 작대기로 사자를 헛간에 몰아넣었던 거예요. 무서워하지도 않고 그렇게 용감한 행동을 하다니 정말 신기해요. 에머슨 길리스는 우리 고모가 그게 개인 줄 알고 진짜 개한테 하듯이 똑같이 한 거니까 하나도 용감하지 않다고 했어요. 하지만 에머슨은, 자기는 삼촌만 있지 용감한 고모가 없으니까 샘이 나서 그런 거예요.

끝으로 가장 훌륭한 편지를 적는다. 내가 폴을 천재라고 생각한다면 넌 비웃을지도 모르겠구나. 하지만 폴이 쓴 편지를 읽고 나면 너도 그애가 보통 아이가 아니라는 확신을 갖게 되리라 믿어. 폴은 멀리 떨어져 있는 해변에서 할머니와 산단다. 그애는 놀이 친구가 하나도 없어, 진짜 친구 말이야. 퀸스 학교 교장 선생님이 교사들은 학생들 중에서 누구 한 사람을 편애해서는 안 된다고 했던 말 기억하지? 하지만 난 폴을 제일 예뻐하지 않을 수 없어. 특별히 그애를 좋아해서 나쁠 건 없다고 생각해. 다들 폴을 좋아하니까. 린드 아주머니까지도 폴을 귀여워한단다. 린드 아주머니는 자기가 미국인을 좋아하게 되다니 믿을 수 없는 일이라고 하셨어. 다른 아이들 역시 폴을 좋아해. 폴은 꿈과 환상의 세계에서 살지만, 결코 나약하거나 계집애 같진 않아. 폴은 무척 씩씩해서 누구하고 싸워도 지지 않을 거야. 얼마 전에 세인트 클레어가 영국기는 미국기와 비교도 안 될 만큼 세다고 했다가 폴과 싸움이 붙었어. 결국 무승부로 끝나서 둘이 모두 앞으로 서로의 애국심을 존중하기로 약속했지. 세인트 클레어가 자기는 매서운 한 방이 특기고 폴은 빠른 주먹이 특기래. 폴의 편지야.

사랑하는 선생님께

선생님께서는 우리가 아는 재미있는 사람에 대해 써도 된다고 하셨죠? 제가 알고 있는 가장 재미있는 사람들은 바위 사람들인 것 같아요. 선생님께 바위 사람들 이야기를 해드리고 싶어요. 전 할머니와 아빠를 빼고는 아무한테도 바위 사람들 이야기를 한 적이 없어요. 하지만 선생님은 이해를 잘하시니까 그 이야기를 하고 싶어요. 이해를 못하는 사람들이 너무 많아서 그런 사람들한테는 말해 줘도 소용이 없어요.

바위 사람들은 해변에서 살아요. 전 겨울이 오기 전에는 거의 매일 저녁 그 사람들을 찾아갔어요. 지금은 봄이 올 때까지 갈 수 없지만,

그래도 바위 사람들은 해변에 있어요. 바위 사람들은 변함이 없는 것을 좋아하니까요. 그게 바로 바위 사람들의 훌륭한 점이에요. 노라는 제가 처음으로 알게 된 바위 사람이에요. 그래서 제가 노라를 제일 좋아하나 봐요. 노라는 앤드루스 만에서 사는데 머리카락도 까맣고 눈동자도 까만색이에요. 노라는 인어와 물의 요정에 대해서라면 뭐든 다 알아요. 언제 한번 노라가 들려주는 이야기를 들어 보세요. 바위 사람들은 노라말고도 쌍둥이 선원도 있어요. 쌍둥이 선원은 집도 없이 언제나 바다를 떠돌아다니죠. 하지만 그 선원들은 해변에 와서 자주 내게 말을 걸어요. 이 유쾌한 선원들은 세상에 있는 모든 것을 보았고 또 세상 밖에 있는 것도 보았어요. 한 번은 동생 쌍둥이 선원에게 어떤 일이 일어났는지 아세요? 그 선원은 항해를 하다가 달숲에 이르렀대요. 달숲은 보름달이 바다에 떠오를 때 물 위를 지나면서 만든 흔적이라는 거 선생님도 아시죠? 아무튼 그 동생 선원은 달자리를 따라 달에 다다를 때까지 항해를 했어요. 달에는 작은 황금 문이 있어서 선원은 그 문을 열고 달 속을 지나며 항해했어요. 동생 선원은 달에서 신기한 모험을 했어요. 하지만 그 모험담까지 이야기하면 편지가 너무 길어지겠죠.

　이제 동굴에 사는 황금 부인 이야기를 들려드릴게요. 어느 날 저는 해변에서 멀리 떨어진 곳에서 큰 동굴을 발견하고 안으로 들어갔다가 황금 부인을 만났답니다. 그 부인은 금빛 머리카락이 발까지 늘어져 있었고, 드레스는 살아 있는 황금처럼 반짝반짝 빛났어요. 그리고 그 부인은 황금 하프를 갖고서 하루 종일 연주했어요. 해변을 거닐면서 귀를 기울여 보면 언제나 그 선율을 들을 수 있어요. 하지만 사람들 대부분은 그 소리가 바위틈에서 나는 바람 소리라고만 생각하죠.

저는 노라한테 황금 부인 이야기를 해 본 적이 없어요. 황금 부인 이야기를 하면 노라가 마음 아파할까 봐 걱정스럽거든요. 쌍둥이 선원 이야기를 오래 늘어놓아도 노라는 마음 아파해요.

저는 언제나 쌍둥이 선원을 줄무늬 바위에서 만나요. 동생은 아주 착하지만 형은 가끔 아주 사나워 보여요. 그 형은 수상쩍은 데가 많아요. 어쩌면 해적일지도 몰라요. 참 알 수 없는 사람이에요. 한번은 그 사람이 상스러운 말을 하는 걸 들었어요. 그래서 제가 그랬죠. 난 우리 할머니한테 욕쟁이하고는 절대로 사귀지 않겠다고 약속했으니까 다시 욕을 하려거든 해변에 오지 말라고 했어요. 그 사람은 깜짝 놀라서 자기를 용서해 주면 해가 지는 곳으로 저를 데려가 주겠다며 사정했어요. 다음 날 저녁에 제가 줄무늬 바위에 앉아 있을 때, 그 사람이 마법의 배를 몰고 바다를 건너와서 저를 배에 태웠어요. 그 배는 마치 조개 껍데기의 속처럼 온통 진줏빛과 무지갯빛으로 반짝거렸어요. 마법의 배는 달빛처럼 부드럽게 항해를 했어요. 이렇게 우리는 해지는 곳에 이르렀어요. 선생님, 제가 해지는 곳에 있다고 상상해 보세요. 그곳이 어땠을 것 같아요? 해지는 곳은 커다란 정원처럼 꽃이 만발해 있었어요. 그리고 구름은 꽃들의 침대였고요. 황금빛 항구로 들어가 장미만큼 큰 미나리아재비가 가득 피어 있는 넓은 풀밭에 내렸어요. 저는 거기서 아주 오래 있었어요. 한 일 년쯤 지난 줄 알았는데 쌍둥이 형이 겨우 몇 분밖에 지나지 않았다고 했어요. 아시다시피, 해지는 나라는 시간이 여기보다 훨씬 느리잖아요.

선생님을 사랑하는 제자로부터
폴 어빙.

추신 : 선생님, 물론 이 이야기는 사실이 아니에요.

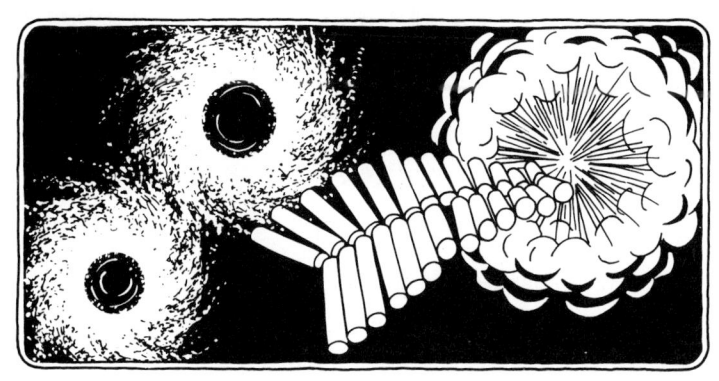

12. 불길한 하루

　　불길한 하루는 사실 쿡쿡 쑤셔 대는 치통으로 밤새 제대로 잠을 이루지 못하고 끙끙거리던 전날 밤에 이미 시작되었다. 잔뜩 흐리고 쌀쌀한 겨울 아침, 잠자리에서 일어난 앤은 인생이 따분하고 시들하고 아무 쓸모 없는 것처럼 여겨졌다.
　앤은 언짢은 기분으로 학교에 갔다. 치통 때문에 볼이 퉁퉁 부어올라 얼굴이 온통 쑤시고 아팠다. 교실 안은 난롯불이 잘 타지 않아 연기만 자욱하고 추웠다. 아이들은 와들와들 떨며 떼지어 난롯가에 모여서 웅성거리고 있었다. 앤은 전에 없이 신경질적인 목소리로 아이들에게 각자 자리에 앉으라고 했다. 앤서니 파이는 평소처럼 거드름을 피우며 으스대는 걸음걸이로 자리에 가 앉더니 제 짝과 무슨 말인가를 소곤거리다가 씩 웃으며 앤을 쳐다보았다.

그날 아침만큼 끽끽거리는 연필 소리가 많이 난 적도 없는 것 같았다. 바바라 쇼는 수학 문제를 가지고 앤의 책상으로 걸어오다가 석탄통에 걸려 우당탕 넘어졌다. 결국 교실 곳곳에 석탄이 나뒹굴고, 바바라의 석판은 산산조각이 났다. 바바라가 석탄 가루를 뒤집어쓴 채 거뭇거뭇해진 얼굴로 일어나자, 사내아이들이 웃음을 터뜨렸다.

앤은 2학년 읽기반 아이들이 책 읽는 것을 듣고 있다가 돌아서면서 쌀쌀맞게 말했다.

"아니, 바바라. 넘어지지 않고 다닐 자신이 없으면 자리에 꼼짝 말고 앉아 있는 게 낫잖니. 나이도 먹을 만큼 먹은 여자 애가 그렇게 덜렁대다니 참 한심하구나."

가엾은 바바라는 비틀거리며 자기 자리로 돌아갔다. 얼굴은 온통 재투성이에다 눈물로 뒤범벅이 되어 정말로 괴기스런 모습이었다. 다정하고 소중한 선생님은 한 번도 그런 말투나 표정으로 바바라를 꾸짖은 적이 없었다. 바바라는 비탄에 잠겼다. 앤은 양심의 가책을 느꼈지만 그 때문에 더욱 화가 치밀어 오를 뿐이었다. 2학년 읽기반 아이들이 아직도 그 수업을 기억하고 있는 것은 그 뒤에 계속된 잔인한 수학의 고통 때문만은 아니었다. 앤이 딱딱거리며 수학 문제를 풀고 있던 바로 그때, 세인트 클레어 돈넬이 헉헉대며 들어왔다.

앤이 차갑게 말했다.

"세인트 클레어, 30분 지각이다. 왜 늦었니?"

세인트 클레어는 한껏 공손함을 담아 얘기했지만 다른 아이들을 웃기려고 작정한 말투였다.

"죄송합니다, 선생님. 오늘 저녁 집에 손님이 오시는데 클래리스 앨마이러가 아파서 엄마가 푸딩 만드는 일을 도와 드려야 했거든요."

"벌로 네 자리에 가서 수학책 84쪽에 있는 여섯 문제를 다 풀도록."

세인트 클레어는 앤의 말투에 조금 놀란 듯했지만 얌전히 자리에 가서 석판을 꺼냈다. 그리고는 옆줄에 앉은 조 슬론에게 작은 꾸러미 하나를 슬쩍 건넸다. 그 모습을 눈치챈 앤은 그 꾸러미에 대해 돌이킬 수 없는 성급한 판단을 내렸다.

요즘 하이럼 슬론 부인은 가난한 살림에 보태 쓰려고 '도넛'을 만들어 내다 파는 일을 시작했다. 도넛은 특히 남자 아이들에게 인기가 있었다. 지난 몇 주 동안 앤은 도넛 때문에 이만저만 애를 먹은 게 아니었다. 아이들은 등교 길에 용돈으로 도넛을 사서 학교로 가져와서는 어떻게 해서든 수업 시간에 친구들과 나누어 먹었다. 앤은 아이들에게 한 번만 더 교실에 도넛을 사 들고 오면 압수해 버리겠다고 경고했다. 그런데 뻔뻔스럽게도 세인트 클레어 돈넬은 지금 앤의 눈앞에서 하이럼 슬론 부인이 쓰는 파랗고 하얀 줄무늬 종이에 싸인 물건을 돌리고 있는 것이다.

앤이 나지막이 말했다.

"조, 그거 갖고 와."

깜짝 놀라 당황한 조는 고분고분 말을 들었다. 통통한 개구쟁이 조는 놀라면 얼굴이 빨개지고 말을 더듬는 버릇이 있었다. 그 순간 불쌍한 조는 세상에서 가장 나쁜 짓을 하다가 들킨 아이 같았다.

앤이 말했다.

"그거 불 속에 던져."

조는 멍한 표정을 지었다.

"서…… 선생님, 제…… 제, 제발."

"조, 시키는 대로 해. 아무 소리 말고."

조는 어쩔 줄 몰라 하며 헐떡거렸다.

"하…… 하지만 서…… 선생님…… 이, 이, 이건……."

앤이 소리쳤다.

"조, 시키는 대로 할 거야, 안 할 거야?"

조 슬론보다 더 대담하고 침착한 아이라도 앤의 매서운 눈초리와 그 목소리에는 위압당하여 꼼짝을 못했을 것이다. 지금 눈앞에 서 있는 앤은 아이들이 이제까지 한 번도 본 적이 없는 낯선 사람이었다. 조는 고통스런 얼굴로 세인트 클레어를 흘끗 바라보고는 난롯가로 가서 커다란 사각 문을 열고, 벌떡 튕겨 일어난 세인트 클레어가 무슨 말을 하기도 전에 파랗고 하얀 줄무늬 종이에 싸인 꾸러미를 불 속에 던져 넣었다. 그리고 나서 조는 재빨리 뒤로 물러났다.

바로 그 순간 겁에 질린 에이번리 학교 아이들은 무슨 일이 일어났는지 알 수가 없었다. 지진이 일어난 건지, 화산이 폭발한 건지. 앤이 하이럼 슬론 부인이 파는 도넛이라고 성급하게 판단했던 그 죄 없는 꾸러미에는 사실 세인트 클레어 돈넬의 아버지가 그날 저녁 시내에서 생일 잔치를 가질 워런 슬론에게 보내는 폭죽과 회전 불꽃 세트가 들어 있었다. 폭죽들은 연달아 퓽, 쾅쾅 하는 우렛소리를 내며 터졌고, 난로에서는 회전 불꽃들이 튀어나와 타다닥, 쉭쉭거리며 미친 듯이 돌아다녔다. 앤은 당황하여 하얗게 질린 채 의자에 털썩 주저앉았고, 여자 아이들은 비명을 지르며 책상 위로 기어 올라갔다. 조 슬론은 난장판이 된 교실 한복판에 얼어붙은 듯 서 있었고, 세인트 클레어는 웃음을 참지 못해 통로에서 앞뒤로 몸을 흔들어 댔다. 프릴리 로저슨은 까무러쳤고, 아네타 벨은 정신이 나간 아이처럼 날뛰었다.

회전 불꽃이 다 타서 사그라들 때까지 실제로는 몇 분밖에 지나지 않았지만 아주 오랜 시간처럼 느껴졌다. 마침내 정신을 차린 앤은 급히 교실 문과 창문을 열어 젖히고 교실에 자욱한 가스와 연기를 밖으로 내보냈다. 그리고는 여자 애들과 함께 의식을 잃은 프릴리를 현관으로 옮겼다. 현관으로 나가자마자 바바라 쇼는 말릴 겨를도 없이 살얼음이 낀 물 한 양동이를 프릴리의 얼굴에 냅다 끼얹었다.

꼬박 한 시간이 지나고 나서야 교실은 평온을 되찾았다. 그러나 그것은 그렇게 느껴질 뿐이었다. 아이들 모두 선생님이 그 난리를 겪고 나서도 마음이 누그러지지 않았음을 알았다. 앤서니 파이만 제외하고는 아무도 감히 입을 열지 못했다. 수학 문제를 풀다가 무심코 끽끽 하는 연필 소리를 내는 바람에 앤의 눈에 띈 네드 클레이는 쥐구멍에라도 들어가고 싶은 심정이었다. 지리 수업을 받는 아이들은 앤이 머리가 핑핑 돌 정도로 빠르게 설명하는 통에 한 대륙이 순식간에 휙 지나갔다. 문법 수업을 받는 아이들은 문장 해석과 문법 설명을 듣느라 초죽음이 되었다. '향기로운'을 '항기로운'이라고 잘못 읽은 체스터 슬론은 그때 느낀 수치심을 죽을 때까지 잊을 수 없을 거라고 생각했다.

앤은 스스로 남의 비웃음을 살 짓을 자초했으니, 그날 밤 이 집 저 집에서 차를 마시며 입에 오르내릴 웃음거리가 되리라는 것을 알았으나 그런 생각이 들수록 더욱 화가 났다. 마음이 안정된 때였다면 가볍게 웃어넘길 수도 있는 일이었지만 지금은 도저히 불가능했기 때문에 앤은 애써 차갑게 오만을 떨며 무시하고 있었다.

점심 후 앤이 교실로 돌아갔을 때, 앤서니 파이를 제외한 나머지 아이들은 모두 평소처럼 자리에 앉아 고개를 숙이고 열심히 공부하고 있었다. 앤서니 파이는 호기심과 조롱이 섞인 까만 눈을 빛내며 책 너머로 앤을 엿보고 있었다. 앤이 분필을 찾으려고 책상 서랍을 열자 별안간 그 안에서 생쥐 한 마리가 튀어 올라와 책상 위를 쏜살같이 가로질러 바닥으로 폴짝 뛰어내렸다.

앤은 뱀이라도 본 양 날카롭게 비명을 지르며 화들짝 뒤로 물러났고, 앤서니 파이는 큰 소리로 웃음을 터뜨렸다.

그리고 잠시 소름 끼치는 거북한 침묵이 흘렀다. 아네타 벨은 쥐가 어디로 갔는지 몰라 다시 날뛰어야 할지 말아야 할지 정신이 없었다. 그러나 아네타는 가만히 있기로 했다. 얼굴이 백지장처럼 하얗게 질린 채 눈빛을 이글거리며 서 있는 선생님 앞에서 어느 누가 자기 하고 싶은 대로 행동할 수 있겠는가?

"내 서랍 안에 쥐를 넣은 게 누구지?"

앤의 목소리는 아주 낮았지만 그 소리를 들은 폴 어빙은 등골이 오싹해졌다.

조 슬론은 앤과 눈이 마주치자 머리끝에서 발끝까지 온몸으로 책임감을 느낀 나머지 더욱 심하게 말을 더듬었다.

"나, 나, 나, 난…… 아, 아, 아니에요. 서, 서, 선생님…… 나, 나, 난…… 아, 아녜요."

앤은 불쌍한 조한테서 고개를 돌려 이번에는 앤서니 파이를 노려보았다. 앤서니 파이는 얼굴색 하나 변하지 않고 뻔뻔스럽게 앤을 똑바로 쳐다보았다.

"앤서니, 너니?"

"네, 저예요."

앤서니가 무례하게 대답했다.

앤은 책상에서 지휘봉을 꺼냈다. 단단한 나무로 만든 지휘봉은 길고 무거웠다.

"앤서니, 이리 나와."

앤서니 파이는 한 번도 호된 벌을 받아 본 적이 없었다. 그때까지 앤은 아무리 화가 치밀어도 아이들을 인정사정없이 벌을 주지 못했다. 그러나 지금 앤의 지휘봉은 사정없이 앤서니를 내리쳤고, 마침내 앤서니가 멋모르고 허세를 부리던 시절은 막을 내렸다. 앤서니는 움찔하더니 곧 눈물을 흘렸다.

앤은 양심의 가책을 느끼며 지휘봉을 떨어뜨리고는 앤서니에게 가서 자리에 앉으라고 말했다. 앤은 자기 자리에 앉아 부끄럽고도 후회스러운 마음에 몹시 가슴이 쓰라렸다. 한순간 울컥했던 노여움은 온데간데없이 사라져 버렸고, 눈물로 지울 수 있는 일이라면 며칠이라도 울고 싶었다. 앤의 긍지는 이렇게 끝이 났다. 결국 자기 학생들 가운데 한 아이에게 매질을 하고 만 것이다. 제인이 얼마나 의기 양양해할까! 해리슨 씨는 얼마나 비웃을까! 그러나 이런 생각들보다 앤을 훨씬 괴롭힌 것은 앤서니 파이와 친해질 기회를 영영 잃어버렸다는 점이었다. 앤서니 파이는 이제 절대로 앤을 좋아하지 않을 것이다.

'뼈를 깎는 듯한 노력'을 기울인 끝에 앤은 그날 밤 집에 돌아갈 때까지 눈물을 참았다. 집에 돌아온 앤은 자기 방에 틀어박혀 베개에 얼굴을 묻고 참회의 눈물을 흘렸다. 앤이 하염없이 울자 깜짝 놀란 마릴라가 방으로 뛰어 올라와 무슨 일인지 말하라고 다그쳤다.

앤이 훌쩍이며 말했다.

"양심의 가책을 느껴서 그래요. 아, 마릴라 아주머니, 오늘은 정말 힘겨운 하루였어요. 전 제 자신이 부끄러워서 죽고만 싶어요. 자기 분을 못 참아 앤서니 파이를 때렸어요."

마릴라가 힘주어 말했다.

"그 이야기를 들으니 내 속이 다 후련하구나. 벌써 오래 전에 해야 했던 일이야."

"오, 아니에요, 마릴라 아주머니. 전 다시 아이들을 볼 낯이 없어요. 그 일을 생각하면 너무 창피해요. 제가 얼마나 심술궂고 밉살맞고 무자비하게 굴었는지 모르실 거예요. 전 폴 어빙의 눈빛을 잊을 수가 없어요. 그앤 너무나 놀라고 실망하는 눈치였어요. 아, 마릴라 아주머니, 앤서니와 친해지려고 그렇게 참고 노력했는데 이제 모두 헛수고가 되고 말았어요."

마릴라는 일을 많이 해서 거칠고 단단해진 손을 내밀어 헝클어진 앤의 보드라운 머리를 다정하게 어루만졌다. 앤의 흐느낌이 점점 잦아들자 마릴라는 상냥하게 말했다.

"넌 마음에 담아 두는 일이 너무 많아, 앤. 누구나 실수는 하는 법이란다. 하지만 사람들은 금방 잊어버리지. 힘겨운 날은 누구에게나 오는 거야. 앤서니 파이가 너를 좋아하건 말건 그게 무슨 문제니? 널 싫어하는 애는 그애밖에 없잖아."

"전 그럴 수 없어요. 모두가 저를 좋아했으면 좋겠어요. 한 사람이라도 저를 좋아하지 않으면 마음이 아파요. 앤서니는 이제 절대로 나를 좋아하지 않을 거예요. 오, 마릴라 아주머니, 전 오늘 정말 바보같은 짓을 저질렀어요. 제 얘기 좀 들어 보세요."

마릴라는 이야기의 전말을 귀기울여 듣다가 이따금 살짝살짝 미소를 지었지만 앤은 알아채지 못했다. 앤의 이야기를 다 듣고 나서 마릴라는 시원시원하게 말했다.

"저런, 걱정 말아라. 네가 항상 얘기하듯이 오늘은 다 지나갔고 아직 실수를 저지르지 않은 내일이 오잖니. 자, 훌훌 털어 버리고 내려가서 저녁이나 먹자. 따뜻한 차 한 잔에 오늘 구운 건포도 케이크를 먹고 나면 기분이 풀릴 테니 두고 보렴."

앤이 허탈하게 말했다.

"건포도 케이크를 먹는다고 마음의 병이 낫진 않을 거예요."

그러나 마릴라는 앤이 그런 말을 한다는 것 자체가 기분이 한결 나아진 증거라고 생각했다.

앤은 아래층으로 내려가서 밝은 얼굴로 앉아 있는 쌍둥이와 함께 마릴라가 만든 세상에서 가장 맛있는 건포도 케이크를 먹었다. 데이비는 네 조각이나 먹어 치웠다. 앤은 결국 마릴라의 말대로 '용기를 얻었다.' 앤은 그날 밤 푹 잠들었다. 다음 날 아침 깨어난 순간 앤은 자기 자신과 온 세상이 달라졌음을 알았다. 어둠의 시간 속에서 부드러운 눈이 수북이 쌓여 싸늘한 아침 햇살 아래 아름답게 반짝이며 마치 자비로운 망토처럼 지나간 모든 잘못과 부끄러움들을 덮어 주고 있는 것 같았다.

앤은 옷을 입으며 노래했다.

아침마다 새로운 하루가 시작되고
아침마다 세상은 새로워지네.

눈 때문에 앤은 길을 돌아서 학교에 가야 했다. 초록 지붕 집에서 막 나와 샛길을 벗어날 때쯤인데 앤서니 파이가 눈길을 헤치고 걸어오는 것이 보였다. 순간 앤은 이 모두가 운명의 장난 같다는 생각이 들면서 입장이 바뀐 것처럼 죄책감을 느꼈다. 그런데 아주 놀랍게도 앤서니는 모자를 벗고는 아무 일도 없었다는 듯이 인사까지 건넸다. 앤서니가 모자를 벗은 것은 이번이 처음이었다.

"걷기 힘드시죠? 제가 대신 책을 들어 드릴까요, 선생님?"

앤서니에게 책을 넘겨 주면서도 앤은 이게 꿈인지 생시인지 알 수가 없었다. 앤서니는 학교까지 묵묵히 걸어갔다. 그러나 앤서니에게 줬던 책을 다시 받으면서 앤은 미소를 지어 보였다. 그전처럼 판에 박은 '친절한' 미소가 아니라 절친한 친구에게 보내는 꾸밈없는 미소였다. 앤서니도 방긋 웃었다. 아니, 사실 앤서니는 앤을 보며 이빨을 드러내고 씩 웃었다. 그런 웃음은 대개 예의 바른 것이라고 생각하진 않지만, 지금 앤은 앤서니에게 얻어낸 것이 사랑이 아니라면 다른 어떤 것, 바로 존경을 얻은 것이라는 생각이 얼핏 들었다.

그 다음주 토요일에 들른 레이첼 린드 부인이 확신에 찬 목소리로 말했다.

"앤, 어쨌든 네가 앤서니 파이를 제압한 것 같더구나. 앤서니 말이 네가 여자긴 하지만 이제는 그런 대로 괜찮다고 했단다. 너한테 맞을 때 남자 선생님한테 맞는 것처럼 아팠다면서 말이야."

앤은 자신의 이상이 잘못된 쪽으로 흐르는 것 같아 후회하듯이 말했다.

"하지만 앤서니를 때려서 제압하고 싶지는 않았어요. 애들을 때리는 건 옳지 않아요. 친절해야 한다는 원칙이 옳다는 걸 전 확신해요."

레이첼 부인이 확고하게 말했다.

"그래, 하지만 파이네 집안 사람들은 원칙이란 걸 무시하고 사는 사람들이지."

학교에서 있었던 사건을 전해 들은 해리슨 씨는 "그럴 줄 알았다."고 했고, 제인은 귀에 못이 박힐 정도로 두고두고 그 얘기를 들먹였다.

13. 즐거운 소풍

앤은 비탈 과수원집으로 가는 길에, 유령의 숲 아래로 흐르는 시냇물 위에 걸린 이끼 낀 통나무 다리에서 마침 그쪽으로 오던 다이애나와 만났다. 둘은 조그만 고사리들이 낮잠에서 막 깨어난 곱슬머리의 초록색 꼬마 요정들처럼 펼쳐져 있는 드루아스 샘가에 앉았다.

앤이 반갑게 말했다.

"토요일의 내 생일 파티에 너를 초대하러 가는 길이었어."

"생일이라고? 네 생일은 지난 3월이었잖아!"

앤이 깔깔거렸다.

"그건 내 탓이 아냐. 부모님이 나랑 의논했더라면 난 3월에 태어나지 않았을 거야. 당연히 봄에 태어나고 싶다고 했을 테니까(캐나다는 아한대 기후로 겨울은 몹시 춥고 오랫동안 계속 눈이 내리는데, 3월은 아직 겨울 기후이다:옮긴이). 제비꽃과 갖가지 봄꽃이 필 때 세상에 태어난다는 건 참으로 기쁜 일일 거야. 봄에 피는 꽃들이 언제나 친자매처럼 친근하겠지. 하지만 난 어차피 봄에 못 태어났으니까 그 대신 봄에 생일 파티를 하기로 했어. 프리실라와 제인도 토요일에 온댔어. 넷이서 숲에 놀러 가서 마음껏 봄을 즐기며 멋진 하루를 보내자. 우리 모두 아직 봄이 어디서 시작되는지 제대로 모르지만 다른 데서는 봄을 만날 수 없으니까 우리가 숲으로 마중 나가는 거야. 아무튼 난 들판과 한적한 곳은 다 돌아다니고 싶어. 누구나 그냥 보고 지나칠 뿐 아무도 눈여겨보지 않는 구석진 아름다운 곳이 많을 거야. 바람과 하늘과 태양과 친구처럼 놀다가 가슴 가득 봄을 안고 집으로 돌아오는 거야."

다이애나는 속으로 앤의 꿈에 젖은 말을 미심쩍어하면서 말했다.

"정말 멋진 생각이긴 해. 하지만 아직 축축한 곳이 있지 않을까?"

앤은 현실적인 문제를 어느 정도 수긍하면서 대꾸했다.

"아, 그럼 덧신(비 올 때 신발 위에 덧신는 방수용 신발:옮긴이)을 신지 뭐. 그리고 토요일 아침 일찍 와서 점심 준비 좀 도와 줘. 가능하면 아주 운치 있는 것들로 준비하려고 해. 물론 봄에 잘 어울리는 것들이야. 조그만 젤리 파이, 분홍색과 노란색 당의를 입힌 쿠키랑 미나리아재비 케이크 같은 것 말이야. 그리고 운치는 없지만 샌드위치도 준비해야지."

 토요일은 소풍 가기에 딱 좋은 날씨였다. 목장과 과수원에서 상쾌한 바람이 불어오고 하늘은 푸르렀으며 따스한 햇살이 비치는 날이었다. 양지바른 고지대와 들판은 꽃들이 점점이 박혀 있는 연한 초록빛이었다.

 초로의 나이에 접어든 해리슨 씨의 마음에조차 누가 마술을 부렸는지 봄이 찾아들었다. 해리슨 씨는 살랑대는 봄 기운을 느끼며 농장 뒤꼍에서 쟁기질을 하고 있다가 바구니를 들고 자작나무와 전나무 숲과 맞닿은 자기 밭둑 가장자리를 가로질러 사뿐사뿐 걸어가는 네 소녀를 보았다. 소녀들이 명랑하게 웃고 떠드는 소리가 해리슨 씨에게도 들렸다.

 앤은 과연 앤다운 철학을 가지고 재잘거렸다.

 "오늘 같은 날은 누구나 행복할 것 같지 않니? 얘들아, 오늘을 언제라도 기쁘게 돌이켜 볼 수 있는 정말 멋진 날로 만들자. 다른 것은 쳐다보지도 말고 오직 아름다움만을 찾아다니는 거야. '물러가라, 지겨운 걱정거리들!' 제인, 어제 학교에서 있었던 안 좋은 일을 생각하고 있지?"

 제인은 화들짝 놀라며 물었다.

 "아니, 어떻게 알았어?"

 "그야 표정을 보고 알았지. 나도 자주 그런 표정을 짓는걸. 하지만 '그까짓 것' 하면서 털어 버려. 아니면 월요일까지 묻어 두든지. 아예 걱정거리가 없어진다면 더욱 잘된 일이고. 어머, 얘들아, 저 제비꽃들 좀 봐! 저 모습은 내 가슴 속에 그림처럼 남을 거야. 내가 여든 살이 되어도, 만약 여든 살까지 산다면 말이야, 눈을 감으면 지금 눈앞에 있는 저 제비꽃들이 생생하게 떠오를 거야. 제비꽃은 오늘 얻은 첫 선물이야."

프리실라가 말했다.

"만약 입맞춤이 눈에 보이는 거라면 아마 제비꽃을 닮았을 거야."

앤이 흥분하여 말했다.

"네가 그걸 혼자 속으로만 생각지 않고 말로 나타내다니 정말 기뻐, 프리실라. 어쨌거나 지금도 재미있는 세상이지만 사람들이 자기 속마음을 거리낌없이 말한다면 이 세상은 훨씬 더 재미있는 곳이 될 텐데."

제인이 사려 깊게 지적했다.

"낯뜨거운 얘기를 하는 사람도 있겠지."

"그럴 수도 있지만 역겨운 것을 생각하는 건 자기들 탓이지. 아무튼 오늘 우린 아름다운 생각만 할 거니까 진심을 털어놓을 수 있잖아. 다들 머릿속에 떠오르는 것을 말하는 거야. 그거야말로 진짜 대화잖아. 여기에 전엔 본 적이 없는 작은 길이 있네. 한번 가 보자."

그 길은 꾸불꾸불하고 좁아서 한 줄로 서서 걸어도 전나무 가지가 얼굴에 스쳤다. 전나무 아래는 부드러운 이끼가 자라나 있고 조금 더 들어가자 나무들의 키가 작아지고 듬성듬성해지면서 땅에는 갖가지 초록 식물들이 무성했다.

다이애나가 탄성을 질렀다.

"야! 코끼리 귀(잎이 코끼리 귀 모양으로 생긴 식물로 베고니아라고 한다:옮긴이)가 한창이네. 너무 예쁘다. 꺾어서 꽃다발을 만들어야지."

프리실라가 물었다.

149

"저렇게 깃털처럼 우아한 꽃에 어쩌다 그런 기분 나쁜 이름이 붙었을까?"

앤이 대답했다.

"맨 처음 이름을 붙인 사람이 상상력이 빈약했거나 너무 지나쳤나 보지. 아, 얘들아, 저것 좀 봐!"

'저것'은 그 작은 길이 끝난 자그마한 공터 한가운데에 있는 얕은 물 웅덩이였다. 머지않아 웅덩이는 말라 버리고 그 자리에 고사리들이 무성하게 자랄 것이다. 그러나 지금 잔잔하게 반짝이는 그곳은 쟁반같이 둥글고 수정처럼 맑았다. 가늘고 여린 자작나무들이 웅덩이를 빙 둘러 서 있고 조그만 고사리들이 그 둘레를 장식하고 있었다.

제인이 감탄했다.

"어쩜 저렇게 예쁠까!"

앤은 바구니를 떨어뜨리고 손을 내밀며 소리쳤다.

"우리, 숲 속의 요정처럼 물웅덩이를 돌며 춤을 춰 보자."

그러나 땅이 너무 질퍽하고 제인의 덧신이 벗겨지는 바람에 춤은 뜻대로 되지 않았다.

"덧신을 신고 숲 속의 요정이 되는 건 꿈도 못 꾸겠다."

제인이 결론을 내리자 앤은 하는 수 없이 말했다.

"그럼 떠나기 전에 이곳에 이름을 지어 주자. 모두 한 가지씩 말해서 제비를 뽑는 거야. 자, 먼저 다이애나?"

다이애나가 즉시 제안했다.

"자작나무 연못."

이번에는 제인이 말했다.

"수정 호수."

앤은 다이애나와 제인 뒤에 서서 프리실라에게 너만이라도 그런 이름은 말하지 말라는 눈빛을 애절하게 보냈고, 그 순간 프리실라는 기지를 발휘해 '빛나는 거울'을 내놓았다.

앤의 선택은 '요정의 거울'이었다.

교사인 제인이 자작나무 껍질에 펜으로 그 이름들을 써서 앤의 모자 속에 넣었다. 그러자 프리실라가 눈을 감고 하나를 뽑았다. 제인이 여봐란 듯이 으스대며 "수정 호수"라고 읽었다. 그렇게 해서 그 연못은 수정 호수가 되었다. 앤은 이것이 연못에게는 짓궂은 운명의 장난이라는 생각이 들었지만 입 밖에 내지는 않았다.

소녀들은 덤불을 헤치고 가다가 파릇파릇한 새싹이 돋아나는 외진 사일러스 슬론 씨의 뒷목장으로 나가게 되었다. 그곳을 지나다가 숲으로 나 있는 오솔길을 발견하고는 따라가 보기로 했다. 길을 따라가다가 소녀들은 잇따라 나타나는 아름다운 광경을 보고 깜짝 놀랐다. 처음에 본 것은 슬론 씨 목장을 에워싸고 있는 양벚나무가 활짝 핀 아치 길이었다. 소녀들은 모자를 팔에 걸고 탐스러운 우윳빛 꽃들을 엮어 머리에 썼다. 그 길에서 오른쪽으로 방향을 틀자 가문비나무 숲이 나타났는데 숲이 너무나 울창해서 하늘 한 조각, 햇살 한 줄기도 보이지 않았다. 소녀들은 저녁 어스름 같은 어둠 속을 걸어갔다.

앤이 속삭였다.

"여기가 못된 숲의 요정이 사는 곳이야. 못된 요정은 장난꾸러기에다 심술쟁이지만 우릴 해칠 순 없어. 봄에는 나쁜 짓을 못하게 돼 있거든. 저 말라비틀어진 전나무 근처에서 누군가 우릴 엿보고 있어. 우리가 방금 지나쳐 온 저 커다랗고 얼룩덜룩한 버섯 위에 못된 요정들이 있는 게 보이지 않니? 착한 요정들은 항상 햇살이 비치는 곳에서 살아."
제인이 말했다.
"정말로 요정이 있으면 좋겠다. 요정이 세 가지, 아니 한 가지 소원이라도 들어 준다면 멋지지 않겠니? 얘들아, 만약 한 가지 소원을 들어 주겠다고 하면 너희들은 어떤 소원을 빌 거니? 난 부자이면서 아름답고 똑똑해지고 싶어."
다이애나가 말했다.
"난 키가 크고 날씬해졌으면 좋겠어."
프리실라가 말했다.
"난 유명해지게 해 달라고 하겠어."
앤은 문득 머리카락 색깔을 떠올렸으나 이내 하찮은 것이다 싶어 그 생각을 떨쳐 버리고는 말했다.
"난 사람들의 마음과 우리 모두의 인생이 항상 봄이라면 좋겠어."
프리실라가 말했다.
"근데 그건 이 세상이 천국 같아지길 바라는 거잖아."
"천국의 일부와 같을 뿐이지. 천국의 다른 곳은 여름이거나 가을일 수도 있어…… 그래, 겨울일 수도 있고. 난 가끔 천국에도 반짝반짝 빛나는 눈발과 흰 서리가 있었으면 해. 넌 안 그러니, 제인?"
제인은 난처한 듯이 대꾸했다.
"난…… 난 잘 모르겠어."
제인은 착한 아가씨이자 교회 신자였고 자신의 신앙에 부끄럽지 않게 살려고 애쓰면서 자기가 배운 모든 것을 믿었다. 그런데도 제인은 필요 이상으로 천국에 대해 생각하지 않았다.
다이애나가 웃으며 말했다.

"언젠가, 미니 메이가 천국에 가면 매일매일 제일 좋은 옷만 입느냐고 묻는 거야."

앤이 물었다.

"그래서 그럴 거라고 말하지 않았니?"

"어머나, 안 그랬어! 난 미니 메이에게 천국에선 옷 같은 데 신경도 안 쓴다고 했어."

앤이 진지하게 말했다.

"난 조금은 신경 쓸 거라고 생각해. 영원히 사니까 중요한 것들을 소홀히 하지 않고도 옷에 신경 쓸 시간이 많을 거야. 내 생각엔 아름다운 드레스를 입을 것 같아. 옷이 아니라 의상이라고 하는 게 낫겠다. 난 처음 몇백 년 동안은 분홍색 의상만 입을 거야. 분홍색 의상에 싫증이 나려면 그 정도는 입어야지. 난 분홍색을 정말 좋아하는데 이 세상에선 입을 수 없거든."

오솔길은 가문비나무 숲을 지나 내리막길이 되어 양지바른 조그만 공터로 이어졌다. 그곳에 통나무 다리 아래로 시냇물이 흐르고 있었다. 곧 이어 싱싱하고 푸른 잎사귀를 지닌 너도밤나무가 투명한 황금빛 포도주 같은 대기 속에서 눈부신 자태를 드러내고 있었고, 그 나무 밑동 주위로 찬란한 햇살이 다양한 무늬를 만들며 일렁거렸다. 다음으로 양벚나무 몇 그루와 날씬한 전나무들이 있는 골짜기가 이어졌고, 계속 가다 보니 언덕이 하나 나타났는데 너무 가파른 길이라 소녀들은 숨을 헐떡거리며 올라갔다. 꼭대기에 이르러 탁 트인 곳으로 나오자 이제까지 본 적이 없는 놀랄 만큼 아름다운 광경이 눈앞에 펼쳐졌다.

카모디 도로 위쪽으로 뻗어 있는 농장들의 '뒷밭'이 저 너머에 보였다. 뒷밭 바로 앞에는 남쪽만 트이고 선체가 너도밤나무와 전나무로 둘러싸인 외딴곳이 있는데 그 안에 정원이 있었다. 아니 한때 정원이었던 곳이 있었다. 이끼와 잡초만이 무성하게 자라 곧 무너질 것 같은 돌담이 정원 주위를 둘러싼 채 눈송이처럼 하얀 벚나무가 동쪽 면을 따라 줄줄이 늘어서 있었다. 그곳에는 아직도 옛 길의 자취가 남아 있고 정원 한가운데까지 장미 덤불이 두 줄로 자라고 있었다. 나머지 공간은 온통 푸른 잔디 위에 노랗고 하얀 수선화가 바람에 하늘거리며 우아한 자태로 흐드러지게 피어 있었다.

"아, 이렇게 아름다울 수가!"

세 소녀는 동시에 감탄의 소리를 내질렀다.

앤은 치밀어오르는 감동을 어쩌지 못하고 지그시 바라보기만 했다.

프리실라가 놀라움에 가득 차서 말했다.

"세상에, 어쩜, 이런 곳에 정원이 다 있었을까?"

다이애나가 말했다.

"틀림없이 헤스터 그레이의 정원일 거야. 엄마가 하시는 말씀을 듣긴 했지만 본 적은 없었어. 그래서 아직 정원이 남아 있을 거라곤 생각도 못했어. 앤, 너도 그 얘기 들었지?"

"아니, 근데 이름은 들어 본 것 같아."

"아, 묘지에서 봤을 거야. 헤스터는 포플러나무 아래 구석에 묻혔지. 너도 '헤스터 그레이를 기념하여, 당시 스물두 살'이라고 새겨진 갈색 비석을 알지? 조던 그레이도 바로 헤스터 곁에 묻혔지만 비석은 없어. 마릴라 아주머니가 그 얘길 안 해주셨다니 뜻밖이구나, 앤. 하기야 30년 전 일이라 모두들 잊어버렸을 거야."

앤이 말했다.

"그래, 그런 이야기라면 들어야지. 여기 수선화 사이에 앉아 다이애나 얘길 듣자. 얘들아, 어떠니? 수선화가 온 사방에 피었잖아. 이건 마치 달빛과 햇빛으로 짠 융단을 깔아 놓은 정원 같아. 정말 발견할 만한 가치가 있는 곳이야. 6년 동안이나 코앞에서 살았는데 한 번도 이 정원을 보지 못했다니, 참! 자, 다이애나, 얘기해 줘."

다이애나가 이야기를 꺼냈다.

"옛날에 이 농장은 데이비드 그레이라는 노인 거였대. 그레이 노인은 농사를 지어 먹고 산 건 아니었지만, 지금 사일러스 슬론 아저씨가 사는 곳에서 살았대. 그 노인에겐 조던이라는 외아들이 있었는데, 어느 해 겨울 조던은 보스턴으로 일하러 갔다가 헤스터 머레이라는 아가씨와 사랑에 빠졌대. 헤스터는 가게에서 일했는데 그 일을 싫어했대. 헤스터는 시골에서 자라서 항상 시골로 돌아가고 싶어했는데, 때마침 조던이 청혼을 하자 나무와 들판이 있는 조용한 곳으로 데려가 줄 수만 있다면 결혼하겠다고 했대. 그래서 조던은 헤스터를 데리고 에이번리로 온 거야. 린드 아주머니는 조던이 양키와 결혼하는 위험천만한 짓을 했다고 떠벌리고 다니셨대. 헤스터는 몸도 연약하고 집안일도 잘하지 못했나 봐. 하지만 엄마 말로는, 헤스터는 몹시 아름답고 상냥했대. 조던은 헤스터가 걷는 땅까지 숭배할 정도로 사랑했고. 어쨌든 그레이 노인이 조던에게 이 농장을 물려줘서 조던은 여기에 작은 집을 짓고 헤스터와 4년 동안 살았대. 헤스터는 별로 밖으로 돌아다니질 않았고 우리 엄마와 린드 아주머니를 빼고는 찾아오는 사람도 없었대. 조던이 이 정원을 만들어 주자 헤스터는 무척 좋아하며 정원에서 거의 살다시피 했대. 헤스터는 살림하는 건 시원찮았지만 꽃을 가꾸는 데는 재주가 있었다나 봐. 그러다가 헤스터는 시름시름 앓기 시작했는데, 엄마 말로는 에이번리에 오기 전부터 폐결핵을 앓았었대. 헤스터는 몸져눕지는 않았지만 갈수록 허약해졌지. 조던은 다른 사람에게 헤스터를 맡기지 않고 직접 돌봤대. 혼자 모든 간호를 도맡아 했는데, 조던이 여자 못지않게 부드럽고 온화하게 헤스터를 돌봐 주었대. 조던은 날마다 헤스터를 숄로 감싸서 정원에 데리고 나갔고 헤스터는 매우 행복해하며 벤치에 누워 있곤 했대. 사람들 말로는 아침저녁으로 조던은 헤스터의 부탁에 따라 그녀 곁에 무릎을 꿇고서, 때가 되면 헤스터가 정원에서 숨을 거두게 해 달라고 함께 기도했다고 해. 그리고 하느님은 헤스터의 기도를 들어 주셨지. 어느 날 조던은 헤스터를 정원 벤치에 눕히고 장미를 몽땅 꺾어 몸 위에 덮어 주었대. 헤스터는 조던을 올려다보며 가만히 미소짓고는…… 조용히 눈을 감았대…… 그게 끝이야."

다이애나는 조용히 말을 마쳤다.

"아, 정말 애절한 사랑 얘기구나."

앤은 눈물을 훔치며 한숨을 쉬었다.

프리실라가 물었다.

"조던은 어떻게 됐어?"

"조던은 헤스터가 죽자 농장을 팔고 보스턴으로 갔대. 자베즈 슬론 아저씨가 그 농장을 사서 헤스터와 조던이 살던 작은 집을 도로 쪽으로 끌어낸 거야. 조던은 10년 후에 죽었고 고향으로 옮겨져 헤스터 곁에 묻혔지."

제인이 말했다.

"난 헤스터가 왜 모든 것을 버리고 여기서 살고 싶어했는지 모르겠어."

앤이 생각에 잠겨서 말했다.

"난 충분히 이해가 돼. 나라면 단조로운 생활을 바라진 않겠지. 들판도 좋고 숲도 좋지만 사람들이랑 지내는 것도 좋거든. 하지만 헤스터를 이해할 수는 있어. 헤스터는 대도시의 소음과 자기에게 관심도 없이 오가며 북적대는 사람들에게 지쳐서 죽을 맞이었을 거야. 헤스터는 그 모든 것에서 벗어나 쉴 수 있는 조용하고 푸르고 인정 많은 곳으로 도망치고 싶었겠지. 그리고 헤스터는 자기가 바라던 것을 얻었어. 자기가 바라는 걸 얻는 사람은 드물지만 말야. 헤스터는 죽기 전 4년 동안 더할 나위 없이 행복하고 아름다운 삶을 살았던 거야. 그래서 난 헤스터가 불쌍하다기보다는 부러워. 더군다나 세상에서 가장 사랑하는 사람이 미소를 지으며 내려다보는 가운데 눈을 감고 장미에 파묻혀 영원히 잠들다니…… 아, 정말 아름다워!"

다이애나가 말했다.

"헤스터는 저쪽에 벚나무를 심었어. 헤스터가 우리 엄마한테 그랬대. 자기는 그 벚나무에 열매가 열릴 때까지 살진 못하겠지만 자기가 심은 것들은 앞으로 영원히 남아서 세상을 아름답게 만들 거라 생각하고 싶다고."

앤이 눈빛을 반짝이며 말했다.

"이리로 온 건 참 잘한 일이야. 너희들도 알다시피 오늘은 내가 정한 생일인데, 이 정원과 정원에 얽힌 이야기가 바로 생일 선물이 됐으니 말이야. 다이애나, 너네 엄마께서 헤스터 그레이가 어떻게 생겼는지는 얘기 안 하셨니?"

"아니, 그냥 아름다운 분이었다고만 했어."

"차라리 잘됐다. 사실에 구애받지 않고 헤스터의 모습을 마음껏 상상해 볼 수 있잖아. 헤스터는 곱슬거리는 부드러운 검은 머리에 겁먹은 듯한 크고 아름다운 갈색 눈동자와 애절하고 창백한 얼굴을 한 가냘프고 자그마한 여자였을 거야."

소녀들은 헤스터의 정원에 바구니를 놓아 두고 주위의 숲과 들판을 돌아다니며 오후를 보내다가 경치가 좋은 외진 곳과 오솔길을 여러 군데 발견했다. 그러다 시장기가 돌자 경치가 가장 좋은 곳에서 점심을 먹었다. 그곳은 하얀 자작나무가 들어선 긴 수풀이 우거진 곳으로 시내가 졸졸 흐르는 가파른 제방 위였다. 모두들 나무 밑동에 앉아 앤이 싸 온 음식을 실컷 먹었다. 신선한 공기를 마시며 돌아다녀 왕성해진 식욕 덕분에 운치 없는 샌드위치까지 맛있었다. 앤은 친구들을 위해 레모네이드와 컵을 가져왔지만 자기는 자작나무 껍질로 만든 컵으로 시원한 시냇물을 떠서 마셨다. 나무껍질 컵에서 물이 새고 봄이면 으레 그렇듯이 시냇물에서는 흙냄새가 풍겨 나왔지만 이런 때는 레모네이드보다 시냇물을 마시는 게 제격이라고 앤은 생각했다.

앤이 갑자기 손가락질하며 말했다.

"애들아, 저기 시가 보이니?"

"어디?"

제인과 다이애나는 자작나무에 옛날 북유럽의 시라도 적혀 있나 하고 유심히 살폈다.

"저기…… 저 아래 시냇물이 살랑살랑 잔물결을 일으키며 이끼 낀 푸른 통나무 위로 흘러가고, 한 줄기 햇살이 통나무를 비껴 깊은 물속으로 떨어지는 모습 말이야. 아, 정말 이렇게 아름다운 시는 본 적이 없어."

"한 폭의 그림이라고 해야 되지 않을까? 시는 행과 연으로 되어 있잖아."

제인의 말에 앤은 벚꽃 화관을 쓴 머리를 단호하게 흔들어 댔다.

"아이 참, 아니야. 행과 연은 시가 걸친 의상에 불과해. 제인, 네 옷에 달린 주름 장식이 너 자신이 아닌 것과 마찬가지지. 진정한 시는 행과 연에 깃들인 영혼이고, 그 아름다운 단편들이 바로 아직 씌어지지 않은 시의 영혼이야. 영혼이 깃들인 시를 보는 건 흔한 일이 아니야."

프리실라가 꿈꾸듯 말했다.

"인간의 영혼은 어떻게 생겼을까?"

앤이 자작나무 사이로 흘러 들어가는 눈부신 햇살을 가리키며 대답했다.

"저것처럼 생겼을 거야, 물론 형태만 그렇지. 난 영혼이 빛으로 이루어져 있다고 상상하는 게 좋아. 어떤 영혼은 파르르 떨리는 장밋빛 방울들이 아롱거리고, 어떤 것은 바다를 비추는 달빛처럼 은은하게 빛나고, 어떤 것은 새벽 안개처럼 어슴푸레하게 비쳐 보일 거야."

프리실라가 말했다.

"어느 책에선가 영혼은 꽃과 같다고 했어."

앤이 말했다.

"그럼 네 영혼은 황금빛 수선화고 다이애나의 영혼은 붉은 장미야. 제인의 영혼은 건강해 보이는 사랑스러운 분홍 사과꽃이지."

"그리고 앤의 영혼은 한가운데 자줏빛 줄무늬가 있는 하얀 제비꽃이야."

프리실라가 마무리를 지었다.

제인은 다이애나에게 앤과 프리실라가 무슨 말을 하고 있는지 모르겠다고 귀엣말을 했다. 사실 제인은 이해할 수 없을 것이다.

소녀들은 고요한 황금빛 노을과 함께 헤스터의 정원에서 꺾은 수선화를 바구니에 가득 담아 집으로 돌아왔다. 다음 날 앤은 공동묘지에 가서 헤스터의 무덤 앞에 수선화를 바쳤다. 전나무 숲에서 울새가 음유 시인처럼 노래하고 늪지대에서는 개구리가 울어 댔다. 둔덕 사이에 있는 웅덩이마다 노랑과 에메랄드빛이 넘치고 있었다.

다이애나는 출발할 때는 아무 기대도 하지 않았다는 듯이 말했다.

"아, 오늘 정말 즐거웠어."

프리실라가 말했다.

"그래, 정말 멋진 날이었어."

제인도 한마디했다.

"숲은 너무너무 좋은 곳이야."

앤은 아무 말도 하지 않고 멀리 서쪽 하늘을 바라보며 헤스터 그레이를 생각했다.

14. 위험을 모면하다

 앤은 어느 금요일 저녁 우체국에 갔다 오는 길에 린드 부인을 만났다. 린드 부인은 여전히 교회와 나라일 등 온갖 세상일에 대한 걱정거리로 골머리를 썩고 있었다.

린드 부인이 말했다.

"방금 티머시 코튼네에 가서 앨리스 루이스가 며칠 동안만 날 도와줄 수 있는지 알아보고 오는 길이란다. 지난 주에도 그 여자에게 일을 시켰거든. 앨리스가 느려 터지긴 해도 아무도 없는 것보다는 나으니까. 근데 앨리스가 아파서 못 온다는구나. 티머시도 앉아서 기침을 해대며 투덜투덜 불평을 늘어놓고 있더라고. 티머시는 10년 전부터 아파서 오늘내일 했는데 앞으로도 10년은 더 그럴 것 같아. 그런 사람들은 죽을 수도 없고 무언가를 끝낼 수도 없어. 그들은 무슨 일이든 끝까지 버텨 낼만한 끈기가 없으니까. 심지어 아픈 것조차 그것을 끝내기에 충분할 만큼 오랫동안 참아 내지를 못한다니까. 정말 대책 없는 게으른 집안이라 앞으로 어찌 될지 모르겠어. 어쩌면 신의 섭리인지도 모르지."

린드 부인은 신의 섭리에 그런 것까지 포함되는지 의심스럽다는 듯이 한숨을 쉬었다.

"마릴라가 화요일에는 눈 때문에 다시 병원에 갔다면서? 의사가 뭐래?"

앤이 밝게 대답했다.

"의사 선생님은 매우 다행이라고 하셨어요. 눈이 많이 나아져서 이제 시력을 잃어버릴 위험은 없대요. 그래도 책을 많이 보거나 꼼꼼하게 손으로 하는 일은 못하신대요. 자선 바자회 준비는 잘돼 가요?"

부녀 봉사회에서는 바자회와 저녁 식사를 준비하고 있었고 린드 부인은 그 일의 책임자이자 간판 인물이었다.

"아주 잘되고 있어, 그러니까 생각나네. 앨런 부인이 옛날식 부엌 같은 노점을 차려서 구운 콩이나 도넛, 파이 같은 것들을 저녁 식사로 내놓으면 멋질 거라고 하더라. 그래서 우린 여기저기서 구식 물건들을 모으고 있어. 사이먼 플레처 부인은 자기 어머니가 쓰던 양탄자를 빌려 준댔고 레비 볼터 부인은 낡은 의자를, 메리 쇼 아주머니는 찬장을 빌려 주기로 했어. 마릴라가 놋쇠 촛대를 빌려 줄 수 있을까?

또 될 수 있는 대로 접시도 많이 필요해. 앨런 부인은 구할 수만 있다면 진짜 푸른색 버드나무 접시를 쓰겠다는데 아무도 그런 접시가 없나 봐. 누구한테 있는지 아니?"

"조세핀 배리 할머니한테 있어요. 편지로 바자회 때 쓸 접시를 빌려 주실 수 있는지 여쭤 볼게요."

"그래, 그래 주면 좋겠구나. 바자회는 2주일 쯤 뒤에나 열게 될 것 같아. 에이브 앤드루스 아저씨는 그때쯤 폭풍우가 올 거라고 하더라. 그러니 날씨가 좋을 건 확실해."

지금 말한 '에이브 아저씨'는 마을에 어느 정도 알려져 있다는 점에서는 다른 점쟁이들과 다를 바가 없었다. 그러나 사실 에이브 아저씨는 동네에서 웃음거리였다. 에이브 아저씨의 일기 예보는 한 번도 맞은 적이 없었다. 자기가 마을에서 가장 똑똑하다고 자부하는 엘리샤 라이트 씨는 에이번리 사람들 누구도 샬럿타운 신문에서 일기 예보를 볼 생각조차 하지 않는다고 말하곤 했다. 하지만 마을 사람들은 에이브 아저씨에게 내일 날씨를 물어 보고 그 반대로 예상하곤 했다. 에이브 아저씨는 조금도 꺾이지 않고 계속 일기 예보를 했다.

린드 부인의 말이 이어졌다.

"우린 선거 전에 바자회를 열려고 해. 후보자들이 와서 돈을 많이 쓸 테니까. 토리 당원들은 닥치는 대로 돈을 뿌리고 있으니 한 번쯤 좋은 일로 돈 쓸 기회를 주는 것도 괜찮은 일일 거야."

매슈의 영향을 받아 앤은 열렬한 보수당 지지자였지만 아무 말도 하지 않았다. 앤은 린드 부인에게는 정치 이야기를 꺼낼 구실을 주지 않아야 한다는 정도는 알고 있었던 것이다.

앤은 마릴라 앞으로 온 브리티시 컬럼비아 우체국 소인이 찍힌 편시를 가지고 있었다.

집에 도착하자 앤은 흥분에 들떠 말했다.

"아이들 외삼촌한테서 온 편지일 거예요. 마릴라 아주머니, 편지에 아이들에 대해 뭐라고 씌어 있는지 궁금해 죽겠어요."

"편지를 뜯어서 읽어 보면 되잖니."

자세히 들여다보면 마릴라 역시 흥분하고 있다는 것을 알 수 있겠지만 마릴라는 그런 내색은 전혀 하지 않은 채 무뚝뚝하게 말했다.

앤은 편지를 뜯어 다소 엉성하게 쓴 편지를 훑어보았다.

"애들 삼촌은 이번 봄에 아이들을 데려갈 수 없대요. 겨울 내내 앓는 바람에 결혼식도 연기됐대요. 가을이면 아이들을 데려갈 수 있을 테니까 그때까지 우리가 좀 맡아 줄 수 있는지 알고 싶대요. 물론 우리가 맡아야죠, 그렇죠?"

마릴라는 속으로 가슴을 쓸어 내렸지만 별로 내키지 않는다는 듯 대꾸했다.

"할 수 없잖니, 어쨌든 그 녀석들이 예전만큼 말썽을 부리는 건 아니니까. 어쩌면 우리가 그애들한테 익숙해진 건지도 모르지. 데이비는 참 많이 좋아졌어."

앤은 데이비의 품행에 대해 뭐라고 말할 처지가 못 된다는 듯이 조심스럽게 말했다.

"데이비의 태도가 훨씬 예의 발라졌어요."

앤이 전날 밤 학교에서 돌아와 보니 마릴라는 봉사회 모임에 가고 없었다. 도라는 부엌 소파에서 잠이 들었고 데이비는 거실 벽장 속에서 마릴라의 유명한 노란 자두 통조림을 맛있게 먹고 있었다. 데이비는 그것을 '손님용 통조림'이라고 불렀는데 마릴라는 그 통조림에 손도 못 대게 했다. 앤이 갑자기 나타나서 벽장 밖으로 쫓아 내자 데이비는 몹시 죄스러운 표정을 지었다.

"데이비 키스, 저 벽장 안에 있는 건 어떤 것도 절대 손대지 않겠다고 하고서도 그 통조림을 먹다니 네가 얼마나 잘못한 건지 모르겠니?"

데이비는 겨우 인정했다.

"내가 잘못했다는 건 알아. 하지만 앤 누나, 자두 통조림은 너무 맛있어. 그냥 들여다보기만 했는데 어찌나 먹음직스러워 보이는지 조금 맛만 보려고 했어. 손가락 끝에 살짝 찍어 봤을 뿐이란 말야."

앤은 신음 소리를 냈다. 데이비는 계속 설명했다.

"그리고 손가락을 깨끗이 핥아먹었어. 근데 생각보다 훨씬 더 맛있어서 숟가락으로 막 퍼먹기 시작했지."

앤은 데이비에게 자두 통조림을 훔쳐 먹은 죄에 대해 진지하게 얘기를 해주었다. 결국 데이비는 양심의 가책을 받고 다시는 그러지 않겠다고 약속하며 참회의 입맞춤을 했다.

데이비가 흐뭇해하며 말했다.

"아무튼 천국엔 통조림이 많다니, 너무 좋아."

앤은 웃음을 참으며 말했다.

"우리가 바라면 그럴지도 모르지. 근데 왜 그렇게 생각하지?"

"교리 문답서에 나오잖아."

"오, 아냐, 데이비, 교리 문답서엔 그런 얘기는 없어."

데이비가 우겼다.

"분명히 있어. 마릴라 아주머니가 저번 일요일에 가르쳐 준 문답에서 나왔단 말야. '우리는 하느님을 왜 사랑해야 합니까?' 답은 '하느님은 우리에게 보존 식품을 주시고, 우리를 구원해 주시기 때문입니다.' 였어. 보존 식품이란 통조림을 점잖게 말한 것뿐이잖아."

앤은 허둥대며 말했다.

"물 좀 마시고 올게."

앤은 곧 돌아와서 단어 하나로 문장의 의미가 크게 바뀐다는 사실을 데이비에게 설명하느라 한동안 진땀을 흘렸다(프리저브(preserve)란 영어 단어에는 지키다, 보호하다란 뜻과 보존 식품이란 두 가지 뜻이 있는데, 데이비는 후자의 뜻만 알고 있어 문장을 잘못 이해한 것이다:옮긴이).

데이비는 결국 앤의 설명에 실망스러운 한숨을 내쉬었다.

"어쩐지 너무 좋다 했어. 게다가 찬송가에 나오는 것처럼 안식일이 끝없이 계속되면 하느님이 통조림 만들 시간이나 있을지 모르겠더라고. 이젠 천국에 가고 싶지 않아. 누나, 천국에도 토요일이 있을까?"

"그럼, 토요일뿐만 아니라 다른 멋진 날도 있어. 천국에서 지내는 하루하루는 그 전날보다 훨씬 아름다울 거야."

앤은 마릴라가 옆에 있다가 충격 받지 않은 게 다행이라고 생각했다. 두말할 필요도 없이 마릴라는 쌍둥이에게 안전한 구식 방법으로 신학을 가르치며 멋대로 공상하지 못하게 했다. 마릴라는 일요일마다 쌍둥이에게 찬송가 하나, 교리 문답 한 대목, 성서 두 구절을 가르쳤다. 도라는 얌전히 배우며 마치 작은 기계처럼 모두 다 이해하고 관심이 있는 것처럼 암송했다. 반대로 데이비는 왕성한 호기심을 가지고 있어 마릴라가 데이비의 장래를 우려할 만한 질문을 해댔다.

"체스터 슬론이 그러는데 천국에 가면 하얀 드레스를 입고 걸어 다니면서 하프를 켜기만 하면 된대. 그래서 체스터는 노인이 돼서나 천국에 가고 싶대. 그때쯤이면 그러는 걸 더 좋아할지도 모르니까. 게

다가 하얀 드레스를 입고 다닐 걸 생각하면 끔찍하대. 나도 그런 게 싫어. 누나, 남자 천사는 바지 입으면 왜 안 되는 거야? 체스터는 그런 것들에 관심이 많아. 식구들이 걔를 목사로 만들려고 하기 때문이야. 할머니가 체스터를 위해 대학에 보낼 돈을 남기셨는데 목사가 안 되면 그 돈을 받을 수 없으니까 꼭 목사가 되어야 한대. 걔네 할머니는 집안에 목사가 있는 걸 대단히 자랑스러운 일로 생각한대. 체스터는 대장장이가 되고 싶지만 목사도 그리 싫진 않대. 하지만 목사가 되면 재미있는 일이 별로 없을 테니까 목사 수업을 받기 전에 마음껏 놀 거래. 난 블레어 아저씨 같은 상점 주인이 돼서 사탕이랑 바나나를 가득 쌓아 둘 거야. 그렇지만 하프 대신 하모니카를 불어도 된다면 누나가 말한 천국에 가는 게 더 좋아. 천사들이 허락해 줄까?"

"그럼, 네가 바란다면 그렇게 해줄 거야."

이것이 앤이 자신 있게 대답할 수 있는 전부였다.

그날 저녁 하면 앤드루스 씨 집에서 에이번리 지역 개선 협회 모임이 열렸는데 중요한 문제를 의논할 예정이어서 모두 빠짐없이 참석해 달라고 요청했다. 지역 개선 협회는 사업이 잘되어 이미 대단한 일들을 이루었다. 초봄에 메이저 스펜서 씨는 약속대로 자기 농장 앞의 모든 길에 나무 그루터기를 파내고 땅을 골라 거기에 씨를 뿌렸다. 또 다른 남자들 열두 명도 마찬가지였다. 어떤 사람은 스펜서 씨보다 잘해 보려고, 또 어떤 사람들은 아내의 성화에 못 이겨 스펜서 씨를 따라 했다. 그 결과 눈에 거슬리는 덤불과 잡목만 무성하던 곳에 부드러운 잔디밭이 길게 쭉 뻗었다. 앞길에 잔디를 깔지 않은 농장들은 그와 대조적으로 무척 흉해 보여서 그 농장 주인들은 속으로 부끄러워하며 다음 해 봄에 무슨 일을 하는지 보라고 벼르고 있었다.

교차로에 있는 삼각 구획지도 정리되어 씨가 뿌려졌고, 다행히 소가 짓밟지 않은 앤의 제라늄 화단이 그 가운데에 놓였다.

　레비 볼터 씨같이 자기네 앞 농장에 있는 낡은 집을 헐라고 개선 협회에서 아무리 구슬리고 설득해도 그런 일에 끼어들고 싶지 않다고 퉁명스럽게 말하는 사람도 있었지만, 대체로 개선론자들은 일이 훌륭하게 진척되고 있다고 생각했다.

　이번 특별 모임에서는 운동장 주위에 울타리를 세우자는 학교 운영 위원회에 제출할 진정서를 작성하기로 했다. 그리고 협회 기금에 여유가 생기면 교회 주변에 관상용 나무를 심을 것도 의논하기로 했다. 앤의 말대로 회관이 계속 파란색인 한 다시 기부금 모금을 시작해도 소용이 없었기 때문이다. 회원들은 앤드루스 씨네 응접실에 모였다. 제인은 교회에 심을 나무의 가격을 알아내서 보고할 위원을 임명하자는 제안을 하려고 일어섰다. 그런데 그때 거티 파이가 앞머리를 있는 대로 높이 올리고 주름 장식이 잔뜩 달린 옷자락을 끌며 들어왔다. 거티는 항상 늦게 나타나곤 해서 심통 사나운 사람들은 그것을 '남의 눈을 끌려는 수작' 이라고 했다. 이번 거티의 출현은 확실히 인상적이었다. 거티는 극적으로 마루 한가운데에 우뚝 서더니 손을 쳐들고 눈을 두리번거리며 외쳐 댔다.

　"기가 막힌 소식을 들었어요. 주드슨 파커 씨가 자기 농장 길가에 있는 담장을 제약 회사에서 광고를 그리는 데 빌려 주겠답니다. 다들 어떻게 생각하세요?"

　거티 파이는 바라던 대로 난생 처음 대단한 화제를 몰고 왔다. 거티가 희희낙락하고 있는 개선론자들에게 폭탄을 던졌다 해도 그런 파란은 일으키지 못했을 것이다.

"그럴 리가 없어."

앤이 딱 잘라 말했다.

그래도 거티는 신이 나서 말했다.

"내가 처음 듣고 말하는 거라니까. 주드슨 파커 씨가 그럴 사람이 아니라고 나도 그랬어. 하지만 오늘 오후 아버지가 파커 씨를 만나서 물어 봤더니 사실이라고 했대. 상상해 봐! 뉴브리지 길가에 있는 파커 씨 농장을 따라 온갖 약 광고가 쭉 늘어서 있는 꼴이란 얼마나 끔찍하겠니? 무슨 말인지 알겠어?"

개선론자들은 너무나 잘 알고 있었다. 아무리 상상력이 없는 사람이라도 8백 미터 정도나 되는 담장을 따라 약 광고가 그려져 있는 모습이란 무척 해괴해 보일 거라는 것은 상상할 수 있었다. 이 새로운 위험 때문에 교회니, 학교 운동장이니 하는 문제들은 모두 사라져 버렸다. 회의 규칙이나 규정들도 자취를 감추었고 앤은 낙심하여 회의록을 쓸 생각도 못했다. 모든 사람들이 한꺼번에 떠드는 바람에 분위기는 온통 시끌벅적했다.

앤은 그 중 가장 흥분해 있었는데도 사람들에게 호소했다.

"다들 진정해, 그리고 막을 방법을 생각해 보자."

제인이 비통하게 소리쳤다.

"그 일을 무슨 수로 막겠어? 다들 주드슨 파커 씨가 어떤 사람인지 알고 있잖아. 파커 씨는 돈이라면 무슨 짓이든 하는 사람이야. 그 사람은 공동체 정신이나 미적 감각이라곤 눈곱만치도 없어."

전망은 불투명해 보였다. 주드슨 파커 씨와 그 누이 마사 파커는 에이번리에 다른 친척이 없었기 때문에 인척 관계를 빌미로 압력을 넣을 수도 없었다. 마사 파커는 젊은이를, 특히나 개선론자들을 마땅찮게 생각하는 꼭 그만한 연배의 여자였다. 주드슨 씨는 명랑하고 말주변이 좋고 친절하고 상냥해서 친구가 얼마 없다는 것이 오히려 이상한 일이었다. 아마 너무나 많은 사업 거래에서 성공을 거두었기 때문에 별 인심을 얻지 못한 탓일 것이다. 주드슨 씨는 빈틈없기로 유명했고 지조가 없는 사람이라는 게 대부분의 의견이었다.

프레드 라이트가 단언했다.

"주드슨 파커 씨는 자기 식의 '정직하게 돈 버는' 기회를 잡으면 절대 놓치지 않을 거야."

앤은 낙담하여 말했다.

"누구든 파커 씨 마음을 바꿀 수 있을 만한 사람이 없을까?"

캐리 슬론이 제안했다.

"파커 씨는 화이트샌즈에 사는 루이자 스펜서를 만나러 다니는데, 루이자라면 담장을 빌려 주지 못하게 설득할 수 있을지도 몰라."

길버트가 단호하게 말했다.

"안 돼, 난 그 여자를 잘 알아. 그 여잔 개선 협회 따윈 믿지도 않아. 돈만 믿는다구. 오히려 주드슨 씨를 부추길 거야."

줄리아 벨이 말했다.

"주드슨 씨를 찾아가 항의할 소위원회를 만드는 수밖에 없겠어. 그리고 반드시 여자를 보내야 해. 그 사람은 남자 애들에겐 함부로 대하거든. 하지만 난 안 갈 거니까 날 지명하지는 마."

올리버 슬론이 제안했다.

"앤이 가는 게 좋겠어. 주드슨 씨와 얘기할 수 있는 사람은 앤뿐이야."

앤은 기꺼이 가서 얘기를 나눌 수는 있지만 '옆에서 거들' 사람이 필요하다고 제기했다. 그래서 다이애나와 제인이 앤을 거들기로 하고, 개선론자들은 분개하여 성난 벌처럼 웅성거리다가 해산했다. 앤은 걱정이 되어 새벽까지 잠을 이루지 못하고 뒤척이다가 학교 운영 위원회가 학교에 담장을 두르고 거기에다 '피부약을 먹어 보세요' 라는 글씨로 가득 메우는 꿈을 꾸었다.

소위원회 위원들은 다음 날 오후 주드슨 파커 씨를 방문했다. 앤은 파커 씨에게 악독한 계획을 그만둬 달라고 사정했고 제인과 다이애나도 든든하게 거들어 주었다. 파커 씨는 말솜씨 좋고 친절하고 비위를 잘 맞추는 사람이었다. 방문객들에게 해바라기처럼 우아하다고 몇 마디 칭찬을 늘어놓다가 매력적인 숙녀분들의 제의를 거절하다니 정말 유감이지만, 사업은 사업이니 요즘 같은 불경기에는 감정에 얽매일 여유가 없다고 말했다.

파커 씨는 경박스러운 눈을 빛내며 덧붙였다.

"하지만 한 가지는 얘기하지. 담당자에게 빨간색이나 노란색처럼 고상한 색깔을 사용하라고 말이야. 절대 파란색 같은 건 쓰지 말라고."

퇴짜를 맞은 위원들은 부아가 치밀었지만 아무 말도 못하고 돌아왔다.

제인이 자기도 모르게 린드 부인의 말투로 말했다.

"할 만큼 했으니 나머지는 신의 섭리에 맡기는 수밖에."

다이애나가 곰곰이 생각하더니 말했다.

"앨런 목사님이 도와 줄 수 없을까?"

앤이 고개를 저었다.

"아니야, 특히 지금은 목사님네 아기가 몹시 아픈데 이런 일로 걱정시켜 드릴 수는 없어. 파커 씨는 우리에게 한 것처럼 앨런 목사님을 교묘하게 따돌릴 거야. 요즘 들어 착실히 교회에 다니는 모양인데, 그건 단지 루이자 스펜서의 아버지가 워낙 연세가 많고 그런 일에 까다로운 사람이기 때문이야."

제인이 불끈 화가 치밀어 말했다.

"주드슨 파커 씨는 에이번리에서 담장을 빌려 줄 생각을 하는 유일한 사람일 거야. 레비 볼터 아저씨나 로렌조 화이트 아저씨는 구두쇠라고는 해도 그런 창피스런 짓은 하지 않아. 그분들은 여론을 아주 존중하니까."

그 사실이 알려지자 주드슨 파커 씨에 대한 여론은 확실히 나빠졌지만 그렇다 해도 실제 일에는 아무런 도움도 주지 못했다. 파커 씨는 혼자 낄낄거리며 무시했고 개선론자들은 뉴브리지에서 가장 아름다운 길이 광고 때문에 꼴사나운 거리가 되리라는 사실을 담담하게 받아들이려고 애썼다. 그러던 참에 그 다음 모임에서 회장이 소위원회 보고를 요구하자 앤은 조용히 일어났다. 그리고 앤은 주드슨 파커 씨가 제약 회사에 농장 담장을 빌려 주지 않겠다고 개선 협회에 전해 달라고 자기에게 알려 왔음을 발표했다.

제인과 다이애나는 잘못 들었나 자기 귀를 의심하며 눈을 휘둥그레 떴다. 하지만 개선 협회에서 엄격하게 시행되는 회의 때 예절 때문에 궁금해도 그 당장 물어 볼 수가 없었다. 회의가 끝나자 사람들이 설명을 들으려고 앤을 에워쌌다. 앤은 설명해 줄 말이 없었다. 전날 주드슨 파커 씨가 길 가던 앤을 따라와서 개선 협회가 제약 회사 광고에 대해 갖고 있는 유별난 편견에 자신도 따르기로 했다고 말했다. 그 당시나 그 후로도 앤은 더 이상 자세히 말하려 하지 않았다. 그러나 제인 앤드루스는 집에 가던 길에 올리버 슬론에게 자기가 보기엔 주드슨 파커 씨가 결심을 바꾼 데에는 앤 셜리가 말한 것보다 더 많은 우여곡절이 있을 거라고 말했다. 제인의 말은 사실이었다.

그 전날 저녁 앤은 해변에 있는 어빙 부인 집에 갔다가 지름길을 따라 집으로 돌아오고 있었다. 앤은 낮은 해변 기슭의 들판을 지나 로버트 디킨슨 집 아래에 있는 너도밤나무 숲을 거쳐 작은 오솔길로 갔다. 그 오솔길은 상상력이 없는 사람들에게는 배리 연못으로 알려져 있는 반짝이는 호수 바로 위의 큰길로 이어져 있었다.

오솔길이 시작되는 길목에서 두 남자가 한켠에 마차를 세워 놓고 앉아 있었다. 한 사람은 주드슨 파커 씨고 다른 사람은 제리 코코런 씨였다. 코코런 씨는 린드 부인이 장황하게 강조한 것처럼 한 번도 뒤가 구린 일이 드러난 적이 없는 뉴브리지 사람이었다. 농기구 대리점을 운영하고 있는 코코런 씨는 매우 정치적인 인물로 온갖 정치 문제에 관여하고 있었다. 캐나다에서 총선이 있기 직전 코코런 씨는 자기 당 후보 선거 운동을 하느라고 몇 주 동안 바쁘게 돌아다녔다. 앤은 우연히 너도밤나무 가지가 늘어져 있는 곳 아래를 지나다가 코코런 씨의 말을 듣게 되었다.

"이봐, 파커, 자네가 만약 아메스베리한테 투표한다면…… 지난 봄에 샀던 쟁기 한 벌 값을 쳐 주지. 그 돈을 돌려받는 게 싫진 않겠지?"

파커 씨는 씩 웃고 거드름을 피우며 느릿느릿 말했다.

"뭐, 정 그러시다면 그렇게 하는 게 좋을 것 같군요. 요즘같이 어려운 시기에는 누구나 제 잇속은 차려야죠."

그 순간 두 사람은 앤을 보았고 하던 말을 뚝 그쳤다. 앤은 쌀쌀맞게 인사를 하고 평소보다 더 턱을 높이 쳐들고 계속 걸어갔다. 곧 주드슨 파커 씨가 앤을 뒤따라와서 상냥하게 물었다.

"태워다 줄까, 앤?"

"고맙지만, 됐어요."

앤은 예의 바르게 대답했지만 그 목소리에서 느껴지는 따가운 경멸은 주드슨 파커 씨의 무딘 양심을 파고들었다. 파커 씨는 화가 나서 시뻘게진 얼굴로 고삐를 잡아당겼다. 그러나 다음 순간 신중하게 자신을 추슬렀다. 파커 씨는 똑바로 앞만 보면서 차분히 걸어가는 앤을 꺼림칙하게 바라보았다. 만약 앤이 속이 빤히 보이는 코코런의 제의를 내가 허락하는 소리를 들었다면? 빌어먹을, 코코런 녀석! 내가 미지근한 말로 표현했기에 망정이지 두고두고 곤란할 뻔했어. 그리고 하필 너도밤나무 숲에서 몰래 엿보기나 하는 버릇없는 저 빨간 머리 여선생도 지옥에나 가라. 주드슨 파커 씨는 속담에도 있듯이 앤을 자기 잣대로 판단하고, 정직하지 못한 사람들이 흔히 그렇듯이 자기 꾀에 넘어가 앤이 여기저기 떠벌리고 다닐 거라고 지레 짐작했다. 파커 씨는 여태껏 그래 왔듯이 마을 사람들의 평판에 대해서는 그다지 신경 쓰지 않았지만 뇌물을 받아 먹었다고 알려지는 것은 불쾌한 일이었다. 게다가 그 소문이 아이작 스펜서의 귀에까지 들어간다면 부유한 농부의 상속녀로서 안락한 미래가 보장되어 있는 루이자 제인과 결혼할 희망은 영영 사라질 것이다. 파커 씨는 스펜서 씨가 자기를 미심쩍어한다는 사실을 알고 있었기 때문에 모험을 할 생각은 없었다.

"저, 그러니까…… 앤, 요전에 우리가 의논했던 문제로 좀 만나려던 참이었어. 제약 회사에 담장을 빌려 주지 않기로 했거든. 너희들 같은 뜻을 가진 그런 단체는 밀어 줘야 돼."

앤은 다소 마음이 누그러져서 대꾸했다.

"고마워요."

"그리고, 저…… 제리와…… 나 사이에 있었던 하찮은 대화 따윈 들먹일 필요가 없겠지."

앤은 차갑게 쏘아붙였다.

"어떤 경우든 그런 일을 입에 담을 생각은 전혀 없어요."

앤은 자기 투표권을 팔아먹으려는 사내와 부끄럽게 흥정을 하느니 에이번리의 모든 담장이 광고로 뒤덮이는 걸 보는 게 더 낫겠다고 생각했다.

파커 씨는 서로를 깨끗하게 이해했다고 생각하고는 맞장구를 쳤다.

"바로 그거야, 그래야지. 난 네가 말하지 않을 거라고 생각했어. 물론 난 제리를 속이고 있었던 거지. 제리는 자기가 굉장히 영리하고 똑똑한 줄 알아. 하지만 난 아메스베리한테 표를 던질 생각은 없어. 선거가 끝나면 알게 되겠지만 난 늘 해 온 대로 그랜트를 찍을 거야. 난 그저 제리의 뜻이 분명한지 떠본 것뿐이야. 담장에 대해선 걱정하지 마라. 개선론자들에게 그렇게 말해 줘."

앤은 그날 밤 집에 돌아와 거울에 비친 자신을 들여다보며 중얼거렸다.

"하나의 세상을 이루기 위해선 별별 사람이 다 필요하다고 들었지만 그래도 쓸모 없는 사람이 있는 것 같아. 어쨌든 영혼을 더럽히는 일은 입에 담지 않을 거야. 그래야 내 양심이 떳떳하니까. 이번 일은 누구에게 감사하고 무엇을 감사해야 하는 건지 정말 모르겠어. 난 아무런 노력도 하지 않았으니까. 그리고 주드슨 파커나 제리 코코런이 지지하는 그런 정치가들이 활동하는 게 신의 섭리라고는 생각되지 않아."

15. 방학이 시작되다

　학교 운동장을 둘러싼 가문비나무들 사이로 바람이 기분 좋게 살랑거리고 나무 그림자가 한가로이 길게 드리워진 황혼녘에 앤은 조용히 교실 문을 잠갔다. 앤은 만족스런 한숨을 토해 내고는 열쇠를 주머니에 넣었다. 마침내 한 학기가 끝났고 앤은 다음 학기에도 가르치게 되었다. 하먼 앤드루스 씨만이 앤에게 더 자주 회초리를 들어야 한다고 했을 뿐 모두들 만족해하는 가운데 이제 가슴 설레는 두 달간의 즐거운 방학이 손짓하며 기다리고 있었다. 앤은 평온한 마음으로 꽃바구니를 들고 언덕을 내려갔다. 첫 봄꽃이 핀 이후로 앤은 일 주일에 한 번씩 꼬박꼬박 매슈의 무덤을 찾아갔다. 마릴라를 제외하고 에이번리 사람들은 모두 말이 없고 수줍음 잘 타고 평범했던 매슈 커스버트를 벌써 잊어버렸지만, 매슈에 대한 추억은 아직도 앤의 가슴에 생생히 남아 있었고 앞으로도 그럴 것이다. 앤은 사랑에 굶주린 어린 시절에 그토록 갈망하던 사랑과 연민을 처음으로 자기에게 베풀어 준 그 자상한 노인을 잊을 수 없었다.

언덕 아래에 이르니 한 남자 아이가 가문비나무 곁에 앉아 있었다. 꿈을 꾸는 듯한 커다란 눈에 아름답고 예민해 보이는 얼굴을 한 아이는 앤을 보자 웃으며 줄달음질쳐 왔다. 그러나 아이의 뺨에는 눈물 자국이 나 있었다.

아이는 살며시 앤의 손을 잡으며 말했다.

"전 선생님이 묘지에 가실 거라는 걸 알고 기다렸어요. 저도 거기 가거든요. 할머니 부탁으로 이 제라늄 꽃다발을 할아버지 묘에 꽂아 놓으려고요. 보세요, 선생님. 이 백장미 다발은 우리 엄마를 생각하며 할아버지 묘 옆에 바칠 거예요. 엄마 무덤에는 꽃을 바치러 갈 수 없거든요. 그래도 엄마는 다 아시겠죠?"

"그럼, 아시고말고, 폴."

"선생님도 아시겠지만, 엄마가 돌아가신 지 꼭 3년째예요. 그렇게 오래 됐는데도 그때나 지금이나 똑같이 마음이 아프고 엄마가 보고 싶어요. 가끔 너무나 마음이 아파서 참을 수가 없어요."

폴은 울먹울먹하며 입술을 파르르 떨고는 눈물이 그렁그렁한 얼굴을 보이지 않으려고 괜히 장미 꽃다발을 내려다보았다.

앤이 부드럽게 달랬다.

"아직은 마음이 아프지 않기를 바라선 안 돼. 설령 네가 엄마를 잊을 수 있을 때에도 잊어버리려 해선 안 되는 거야."

"네, 절대로 잊지 않겠어요…… 전 그냥 느낌이 그렇다는 거예요. 선생님은 잘 이해하시네요. 할머니조차 제 마음을 잘 몰라요. 제게 무척 잘해 주시긴 하지만요. 아빠는 잘 이해해 주시지만 엄마 얘길 하면 여전히 괴로워하시니까 많이 할 수 없어요. 아빠가 손으로 얼굴을 감싸면 전 애길 그만 해야 한다는 걸 알아요. 가엾은 아빠, 아빠는 제가 없어서 무척 외로우실 거예요. 그래도 아빠는 가정부밖에 없는 집에서 가정부 손에 어린아이를 맡기는 건 좋은 일이 아니라고 생각하세요. 특히 아빠가 사업 때문에 얼마간 집을 비우실 때는 더 그렇죠. 엄마 다음으로 할머니가 낫잖아요. 언젠가 제가 다 크면 아빠한테 돌아가서 다시는 헤어지지 않고 함께 살 거예요."

폴이 부모님 이야기를 수도 없이 해주어서 앤은 원래부터 알고 지낸 듯한 느낌이 들었다. 앤이 보기에 폴은 성격이나 기질이 자기 어머니를 꼭 닮은 듯했고, 아버지인 스티븐 어빙은 깊고 다정한 성품을 남에게 잘 드러내지 않는 과묵한 남자인 것 같았다.

언젠가 폴이 이런 말을 했다.

"아빠와 친해지기는 쉽지 않아요. 저도 엄마가 돌아가신 후에야 친해졌어요. 그렇지만 선생님도 아빠를 알게 되면 멋진 분이란 걸 아실 거예요. 전 아빠가 이 세상에서 가장 좋고 다음엔 할머니, 그 다음엔 선생님이 좋아요. 할머니가 그렇게 잘해 주시니 저도 할머니를 많이 사랑해야 하지만, 그것만 아니라면 아빠 다음으로 선생님을 좋아할 거라는 거 아시죠? 전 잠이 들 때까지 등잔을 제 방에 그대로 뒀으면 좋겠는데 할머니는 겁쟁이가 되면 안 된다면서 이불을 덮어 주고는 바로 등잔을 들고 나가세요. 겁나는 게 아니라 저는 불빛이 있는 게 좋아요. 엄마는 언제나 제가 잠들 때까지 옆에 앉아 내 손을 잡아 주시곤 했어요. 엄마가 제 버릇을 잘못 들였나 봐요. 선생님도 아시다시피 엄마들은 가끔 그러잖아요?"

아니, 앤은 상상은 해 보았지만 이런 일은 잘 알지 못했다. 앤은 자기 '엄마'를 슬프게 떠올렸다. 엄마는 앤이 '완벽하게 예쁜' 아기라고 생각했고 아주 오래 전에 죽어서 젊은 남편 옆에, 아무도 찾아오지 않는 무덤 곁에 묻혔다. 앤은 엄마를 기억조차 할 수 없었기 때문에 폴이 부러울 지경이었다.

6월의 햇살 아래 몸을 드러내 놓고 있는 불그스름한 긴 언덕길을 올라가면서 폴이 말했다.

"다음 주가 제 생일이에요. 그래서 아빠는 내가 가장 좋아할 만한 것을 보내겠다는 편지를 보내셨어요. 그게 벌써 도착한 것 같아요. 할머니가 책장 서랍을 잠그셨는데 그건 새로운 게 있다는 뜻이거든요. 제가 할머니께 왜 잠갔느냐고 물으니까 이상야릇한 표정으로 어린애들은 호기심이 너무 많아선 안 된다고만 하셨어요. 생일을 맞는 건 정말 신나는 일이에요, 그렇죠? 전 이제 열한 살이 돼요. 선생님도 제가 열한 살짜리 같아 보이진 않죠? 할머니는 제가 나이에 비해 몸집이 작은 건 포리즈(오트밀이나 녹말을 물이나 우유로 걸쭉하게 쑨 죽:옮긴이)를 잘 먹지 않아서래요. 전 열심히 먹지만 할머니가 너무 많이 퍼 주시는 것 같아요. 할머니께 나쁜 뜻은 없겠지만, 전 다 먹기가 힘들어요. 주일 학교에서 집으로 돌아오는 길에 선생님이랑 기도에 대해 얘기한 적이 있죠? 선생님은 어려운 일이 생기면 뭐든지 기도해야 한다고 하셨어요. 그 다음부턴 아침마다 할머니가 담아 주시는 포리즈를 다 먹을 수 있게 은총을 베풀어 달라고 매일 밤 기도했어요. 하지만 아직도 다 먹지 못해요. 제가 하느님의 은총을 받지 못한 건지, 포리즈가 너무 많은 탓인지 정말 모르겠어요. 할머니는 아빠도 그 포리즈를 먹고 자랐고 확실히 효과를 봤대요. 선생님도 우리 아빠 어깨를 보셔야 해요. 그렇지만 가끔 전 포리즈 때문에 죽을 것만 같아요."

폴은 한숨을 푹 내쉬며 생각에 잠겼다.

앤은 폴이 자기를 보지 않는 사이에 살며시 미소를 지었다. 에이번리 사람들은 어빙 부인이 옛날식으로 손자를 키운다는 사실을 다 알고 있었다.

앤이 명랑하게 말했다.

"포리즈 때문에 괴롭지 않았으면 좋겠구나. 그래, 네 바위 사람들은 잘 지내고 있니? 쌍둥이 형은 여전히 얌전하니?"

"당연히 그래야죠. 얌전히 굴지 않으면 제가 안 놀아 줄 걸 아니까요. 제 생각에 그 녀석은 정말로 심술이 가득해요."

"노라는 아직 황금 부인에 대해 모르니?"

"네, 하지만 짐작은 하고 있는 것 같아요. 지난 번에 제가 동굴에 갔을 때 노라가 절 봤어요. 노라가 알아도 상관없어요. 노라가 모르기를 바라는 건 다 노라를 위해서거든요. 기분을 상하지 않게 하려고요. 하지만 자기가 상처받을 일을 굳이 알려고 한다면야 어쩔 수 없는 거죠."

"너랑 밤에 바닷가에 가면 나도 너의 바위 사람들을 볼 수 있을까?"

폴은 심각하게 고개를 흔들었다.

"아뇨, 선생님은 제 바위 사람들을 볼 수 없어요. 저만 볼 수 있어요. 하지만 선생님은 선생님의 바위 사람들을 볼 수 있을 거예요. 선생님은 그럴 수 있는 분이세요. 우린 둘 다 그럴 수 있어요."

폴은 친밀하게 앤의 손을 꼭 잡으며 덧붙였다.

"있잖아요, 선생님, 그럴 수 있는 사람이라는 건 멋지지 않아요?"

앤은 반짝이는 잿빛 눈으로 파랗게 빛나는 눈동자를 내려다보며 고개를 끄덕였다.

"멋지고말고."

앤과 폴은 둘 다 '상상력의 왕국이 얼마나 아름답게 환히 펼쳐져 있는가'를 잘 알고 있었고 그 행복한 나라로 가는 방법도 알고 있었던 것이다. 산골짜기와 시냇가에 영원히 시들지 않는 환희의 장미꽃이 피어 있고, 구름이 가린 적 없는 태양이 빛나는 하늘, 아름다운 종소리가 울려 퍼지고 마음이 맞는 사람들이 가득한 곳. '해의 동쪽, 달의 서쪽'에 있는 그 나라의 위치를 안다는 것은 값을 매길 수 없는 귀중한 지식이며 시장에서 돈 주고 살 수도 없는 것이다. 그것은 태어날 때 마음씨 좋은 요정이 준 선물이며, 세월이 흘러도 기억 속에서 지워지거나 잃어버릴 수 없는 것이다. 상상의 나라를 마음에 품고 다락방에서 사는 것이 상상 없이 궁전에 사는 것보다 더 낫다.

오래 전부터 에이번리 공동묘지는 늘 잡초로 뒤덮인 쓸쓸한 곳이었다. 개선론자들이 그 공동묘지를 눈여겨보고 있는 가운데 프리실라 그랜트는 지난 번 협회 모임이 있기 전에 공동묘지에 관한 서류를 읽었던 게 분명했다. 앞으로 개선론자들은 이끼가 잔뜩 끼고 흔들거리는 판자 울타리 대신 산뜻한 철조망을 두르고, 잡초도 베고 기울어진 비석들도 똑바로 세울 작정이었다.

앤은 매슈의 무덤 앞에 꽃을 놓고 헤스터 그레이가 잠들어 있는 그 늘진 포플러나무 쪽으로 갔다. 앤은 봄소풍 간 날 이후로 매슈의 무덤을 찾을 때마다 헤스터의 무덤에도 꽃을 놓았다. 그 전날 저녁에 앤은 미리 숲 속에 있는 작고 황량한 정원에 가서 헤스터의 흰장미를 꺾어 왔다.

앤이 무덤에 대고 부드러운 목소리로 말했다.

"다른 어떤 꽃보다 당신 정원에 피어 있는 꽃을 가장 원할 거라고 생각했어요."

앤은 땅거미가 질 때까지 풀밭 위에 조용히 앉아 있다가 묘지를 찾아온 앨런 부인을 만났다. 두 사람은 함께 집을 향해 걸어갔다.

앨런 부인은 이제 5년 전 앨런 목사가 에이번리로 데려온 앳된 신부의 얼굴이 아니었다. 건강미와 아가씨다운 몸매는 사라지고 눈과 입 주위로 고난을 견디느라 생긴 자잘한 주름이 나 있었다. 주름 중 일부는 바로 그 공동묘지에 있는 조그만 무덤 때문에 생긴 것이고, 새로 난 주름은 지금은 다행히 나았지만 근래에 병치레를 한 막내아들 때문일 것이다. 그러나 앨런 부인의 보조개는 예나 지금이나 아름다웠고 눈동자도 여전히 맑고 밝게 빛나며 진실했다. 얼굴에 아가씨다운 아름다움은 없지만 연륜으로 얻은 온화함과 강인함은 그것을 보충하고도 남았다.

"앤, 방학을 무척 기다렸지?"

묘지를 나오면서 앨런 부인이 물었다.

"네. 혀로 사탕을 굴리고 있는 것처럼 즐겁게 말할 수 있어요. 이번 여름은 멋질 것 같아요. 우선 모건 부인이 6월에 섬에 오시는데 프리실라가 여기로 모시고 올 거래요. 생각만 해도 가슴이 설레요."

"재미있게 보내렴, 앤. 올 한 해는 정말 열심히 일했고 참 잘 해냈어."

"아, 잘 모르겠어요. 부족한 점이 너무 많은걸요. 작년 가을 처음 가르치기 시작했을 때에 하려고 마음먹은 대로 해내지 못했어요. 제 이상에 따라 살지 못했어요."

앨런 부인은 한숨을 내쉬었다.

"아무도 그렇게 살지 못해. 하지만 앤, 로웰이 한 말 알지? '실패 없는 낮은 목표는 범죄다' 라는 말 말야. 썩 잘 해내진 못해도 이상을 갖고 거기에 맞춰 살려고 애써야지. 이상이 없다면 인생은 정말 구차한 거야. 이상을 가진 인생은 위대하고 장엄하지. 앤, 네 이상을 꼭 간직해라."

앤은 살짝 웃으며 말했다.

"노력할게요. 하지만 제 이론들은 많이 포기했어요. 교사 생활을 시작할 때만 해도 훌륭한 이론들을 갖고 있었지만 궁지에 몰릴 때마다 그 이론들을 하나씩 포기하게 되네요."

"아이들을 때려서는 안 된다는 생각도 말이지?"

앤은 얼굴이 붉어졌다.

"앤서니를 제 손으로 때린 일은 영원히 용서할 수 없을 거예요."

"말도 안 돼, 그 아인 맞을 짓을 했어. 합당한 벌이었지. 그 뒤로 그 애 때문에 골치 아픈 일도 없고 앤서니 본인도 너처럼 좋은 선생님은 없다는 사실을 깨닫게 되었잖니. 네가 친절했기 때문에 '여자란 아무 짝에도 쓸모 없다' 는 고집 센 앤서니의 생각도 바뀌고 너는 그 아이의 애정을 얻어 낸 거야."

"앤서니가 맞을 짓을 했다 해도 중요한 건 그게 아니에요. 제가 벌을 주는 게 마땅하다고 생각해서 냉정하고 사려 깊게 앤서니를 때리기로 마음먹었다면 전 지금처럼 괴롭진 않을 거예요. 그런데 사실 전화가 치밀어서 앤서니를 때린 거예요. 그게 옳은지 그른지도 생각지 않았어요. 앤서니가 맞을 만한 짓을 저지르지 않았더라도 똑같이 행동했을 거예요. 제가 부끄럽게 생각하는 건 바로 그 점이에요."

"그래, 누구나 실수를 하는 법이지. 그러니 이제 잊어버리렴. 실수를 뉘우치고 거기에서 교훈을 얻어야겠지만 언제까지나 마음에 담아둬선 안 되지. 저기 길버트 블라이드가 자전거를 타고 가네. 방학이 돼서 집에 가는가 보다. 너희들 공부는 잘돼 가니?"

"아주 잘되고 있어요. 우린 오늘 밤 베르길리우스를 끝낼 거예요. 스무 줄밖에 안 남았거든요. 그러고 나면 9월까지는 공부를 쉴 거예요."

"네 생각엔 대학에 갈 수 있을 것 같니?"

앤은 저 멀리 푸르스름한 수평선을 꿈꾸듯이 바라보았다.

"아, 잘 모르겠어요. 마릴라 아주머니의 눈이 더 나빠지지 않은 데 감사해야겠지만 지금보다 더 나아지지도 않을 것 같아요. 게다가 쌍둥이도 데리고 있잖아요. 아무래도 그애들 외삼촌이 데려갈 것 같지가 않아요. 어쩌면 대학이 길모퉁이쯤에 있을지도 모르지만 전 아직 그 모퉁이까지도 못 갔고, 괜히 불만만 더 커질 수도 있으니까 그 생각은 많이 하지 않으려 해요."

"글쎄다, 앤, 난 네가 대학에 가는 걸 보고 싶은데. 하지만 못 가더라도 불만스러워하진 말아라. 우리가 어디에 있든지 결국 자신의 길을 가는 거야. 대학이란 그 길을 쉽게 가도록 도와 줄 뿐이지. 그 길은 우리가 무엇을 얻어 내느냐가 아니라 어떤 의미를 부여하느냐에 따라 넓어질 수도 좁아질 수도 있어. 인생은 어디서나 풍요롭고 충만하지. 우리가 그 풍요로움과 충만함에 온 가슴을 여는 법을 깨닫기만

한다면 말이야."

앤은 생각에 잠겨 말했다.

"무슨 말씀인지 알겠어요. 그리고 전 저의 일과 폴 어빙, 귀여운 쌍둥이와 모든 친구들이 얼마나 고마운 줄도 알아요. 사모님, 제가 우정을 무척 감사히 여긴다는 걸 아시죠? 우정이야말로 인생을 아름답게 만드는 것이에요."

"진정한 우정은 정말 도움이 되지. 우리는 고귀한 우정을 잊지 말고 조금이라도 진실하거나 성실치 않은 행동으로 우정을 더럽혀서는 안 돼. 우정이라는 말이 가끔 진정한 우정이 아닌 그저 친밀한 사이 정도로 타락하는 게 두려운 일이지."

"맞아요, 거티 파이와 줄리아 벨처럼요. 둘은 매우 친해서 어디든 붙어 다니지만, 거티는 항상 뒤에서 줄리아 험담을 하죠. 거티는 누가 줄리아를 욕하면 아주 고소해하기 때문에 다들 거티가 줄리아를 시기한다고 생각해요. 그 따위를 우정이라고 한다면 그건 우정에 대한 모독이에요. 친구를 사귄다면 그 친구의 가장 좋은 점을 찾아 내고 우리 마음속에 있는 가장 훌륭한 것들을 줘야 하지 않아요? 그러면 우정은 세상에서 가장 아름다운 것이 될 거예요."

앨런 부인이 미소를 지었다.

"우정은 정말 아름다운 것이지, 하지만 언젠가는……."

앨런 부인은 갑자기 말을 멈추었다. 솔직한 눈과 풍부한 표정이 깃들인 섬세한 앤의 얼굴은 여인이라기보다는 아직도 어린아이였다. 앤의 마음은 오로지 우정과 포부의 꿈을 품고 있었다. 앨런 부인은 달콤한 공상에 빠져 자기도 모르게 홍조를 띤 앤을 방해하고 싶지 않아 하려던 말을 몇 년 뒤로 미루었다.

16. 가장 소망하는 것

데이비는 초록 지붕 집 부엌에 있는 반들거리는 가죽 소파 위에서 뒹굴다가 편지를 읽고 있는 앤에게 하소연했다.
"누나, 누나, 나 배고파 죽겠어. 얼마나 고픈지 상상도 못할 거야."
앤이 멍하니 대꾸했다.
"금방 빵이랑 버터를 갖다 줄게."
읽고 있던 편지에 흥미로운 소식이 적혀 있는 게 분명했다. 앤의 뺨은 바깥에 핀 덤불 속 장미처럼 발그레했고 두 눈은 앤 특유의 초롱초롱함으로 반짝이고 있었다.

데이비는 넌더리난다는 듯 말했다.

"난 버터 바른 빵은 싫어, 자두 케이크가 먹고 싶단 말이야. 그것 때문에 배가 고픈 거라고."

앤은 편지를 내려놓고 웃으며 데이비를 껴안으려고 팔을 뻗었다.

"그래서 배가 고프다면야 쉽게 참을 수 있어, 데이비. 마릴라 아주머니가 간식으로 버터 바른 빵만 먹으라고 하신 거 기억나지?"

"음, 그럼 한 조각만 줘…… 주세요."

데이비는 드디어 '주세요'라고 말하는 것을 배웠지만 대부분 나중에야 갖다 붙이기 일쑤였다. 앤이 버터를 듬뿍 발라 갖다 주자 데이비는 만족스럽게 빵을 바라보았다.

"누나는 항상 버터를 듬뿍 발라 준다니까. 마릴라 아주머니는 너무 얇게 발라 주는데. 이렇게 버터를 많이 발라야 입에서 살살 잘 넘어가."

빵 조각이 게눈 감추듯 사라지는 것으로 보아 꽤 잘 넘어가는 모양이었다. 데이비는 소파에서 거꾸로 미끄러져 내려와 양탄자 위로 두 번 공중제비를 넘더니 똑바로 앉아서 야무지게 말했다.

"누나, 천국에 대해 맘을 정했어. 난 천국엔 가고 싶지 않아."

"왜?"

앤이 심각하게 물었다.

"천국은 사이먼 플레처 아저씨네 집 다락에 있으니까. 난 사이먼 아저씨는 싫어."

앤은 놀라서 숨이 막힐 지경이었다. 웃음조차 나오지 않았다.

"천국이…… 사이먼 플레처 아저씨네 집 다락에 있다고? 데이비 키스, 도대체 누가 그런 엉터리 같은 소릴 한 거야?"

"밀티 볼터가 그랬어. 지난주 일요일, 주일 학교 때. 엘리야와 엘리샤(둘 다 구약 성서에 나오는 이스라엘 예언자로 엘리샤는 스승인 엘리야로부터 예언자의 의식용 겉옷을 물려받는다:옮긴이)에 대해 배웠는데, 내가 일어나서 로저슨 선생님에게 천국은 어디에 있느냐고 물었어. 로저슨 선생님은 굉장히 화가 난 것 같았어. 선생님이 엘리야가 천국에 갈 때 엘리샤에게 무엇을 남겼느냐고 물으니까 밀티 볼터가 '자기가 입던 옷요.' 하고 대답했는데 우리가 생각해 보지도 않고 막 웃었거든. 그래서 선생님은 화가 났나 봐. 누나는 무슨 일을 하기 전에 먼저 생각해 보길 바라. 그러면 그런 행동은 안 할 테니까. 하지만 밀티가 버릇없이 굴려고 그런 건 아냐. 그냥 그 물건의 이름이 생각나지 않았던 거야. 로저슨 선생님은 하느님이 계신 곳이 바로 천국이라고 하시면서 나더러 그런 질문을 해서는 안 된다고 하셨어. 그때 밀티가 팔꿈치로 나를 쿡쿡 찌르더니 귓속말을 하는 거야. '천국은 사이먼 아저씨네 다락에 있어. 이따가 집에 가는 길에 얘기해 줄게.' 그리고 집에 오는 길에 밀티가 말해 줬어. 밀티의 말솜씨는 진짜 대단해. 밀티는 잘 모르는 것도 이것저것 꾸며서 얘기해 주는데 그래도 걔 말을 들으면 설명이 다 된 것 같거든. 밀티는 자기 엄마와 함께 사촌인 제인 엘런의 장례식에 갔대. 사이먼 아주머니의 딸 말이야. 밀티네 엄마는 사이먼 아주머니의 동생이거든. 그런데 제인이 밀티 눈앞에 놓인 관에 누워 있는데도 목사님은 제인이 천국에 갔다고 하셨대. 하지만 밀티는 나중에 관을 다락에 올려놓을 거라고 생각했대. 그래서 장례식이 끝나고 엄마의 모자를 가지러 이층에 올라가다가 엄마한테 제인 엘런이 갔다는 그 천국이 어디 있느냐고 물어 봤대. 그랬더니 엄마가 바로 천장을 가리키며 '저 위에 있지.' 했다는 거야. 천장 위에는 다락밖에 없잖아. 그렇게 해서 밀티는 드디어 알아낸 거야. 그 뒤로 밀티는 사이먼 아저씨네 집에 가는 게 아주 겁이 난대."

앤은 데이비를 무릎에 앉히고 이 말도 안 되는 이야기를 바로잡아 주려고 안간힘을 썼다. 이런 일에는 앤이 마릴라보다 훨씬 나았다. 앤은 자기의 어린 시절을 기억하고 있으며, 그래서 어른들에게는 아주 분명하고 간단한 문제도 일곱 살짜리 어린아이는 얼마나 우스꽝스럽게 받아들이는지 직감적으로 이해하고 있기 때문이다. 앤이 데이비에게 천국은 사이먼 플레처 씨네 다락에 있는 것이 아니라는 사실을 막 납득시키고 나자, 마릴라가 뜰에서 도라와 함께 완두콩을 따가지고 들어왔다. 도라는 그 오동통한 손으로 할 수 있는 자질구레한 일을 '거들' 때 가장 즐거워하는 부지런한 꼬마였다. 닭 모이를 주고 나뭇조각을 줍고 접시를 닦고 심부름을 도맡아 하는 도라는 깔끔하고 성실하고 말 잘 듣는 아이였다. 그래서 한 번만 가르쳐 주면 알아서 척척 해냈고 자기가 해야 할 일들을 잊어버리는 법이 없었다. 반대로 데이비는 조심성 없고 무엇이든 잘 잊어버렸다. 그러나 데이비는 날 때부터 사람을 끄는 성향을 타고나서 앤은 물론이고 마릴라까지도 데이비를 더 좋아했다.

도라는 자랑스럽게 완두콩을 까고 데이비는 콩깍지 위에 성냥개비로 돛대를 세우고 종이로 돛을 달며 배를 만드는 동안, 앤은 마릴라에게 근사한 편지 내용을 들려주었다.

"아, 마릴라 아주머니, 어떻게 생각하세요. 프리실라한테서 편지를 받았어요. 모건 부인이 이 섬에 있는데 날씨가 좋으면 목요일에 에이번리로 오겠대요. 열두 시쯤엔 우리 집에 도착할 텐데. 오후는 우리와 보내고 저녁때쯤엔 모건 여사의 미국인 친구들이 머물고 있는 화이트샌즈 호텔로 갈 거래요. 아, 마릴라 아주머니, 멋지죠? 이게 꿈인지 생신지 모르겠어요."

"아무리 모건 부인이라도 보통 사람들과 그리 다르진 않을 게다."

마릴라도 약간 설레는 감이 없지 않았지만 무덤덤하게 말했다.

모건 부인은 유명인이라 그런 부인이 이곳을 방문한다는 것은 보통 일이 아니었다.

"그럼 여기서 점심을 들겠구나."

"그럼요. 아 참, 마릴라 아주머니, 제가 점심 준비를 다 하면 안 될까요?《장미 정원》의 작가를 위하여 뭔가를 할 수 있다는 기분을 느끼고 싶어요. 겨우 점심 한 끼 대접하는 일이지만요, 괜찮죠?"

"아이고, 난 7월에 뜨거운 불가에서 스튜를 만드는 것은 딱 질색이라 다른 사람을 시키려고 했는데, 네가 해준다면야 좋지."

앤은 마릴라가 커다란 은혜라도 베푼 것처럼 기뻐했다.

"정말 고마워요. 오늘 밤에 당장 식단을 짜야겠어요."

마릴라는 '식단'이라는 말이 너무 거창해서 주의를 주었다.

"지나치게 멋 부리려고 하지 마라. 그러다 후회하게 될 테니까."

"멋 부릴 생각은 조금도 없어요. 축제날 같은 때도 감히 먹어 보지 못하는 그런 음식을 만들진 않을 테니 걱정하지 마세요. 그런 건 겉치레일 뿐이에요. 저는 열일곱 먹은 아가씨나 선생님답게 분별 있고 의젓하진 못해도 허세를 부릴 만큼 어리석진 않아요. 하지만 되도록 훌륭하고 맛있는 음식을 대접하고 싶어요. 데이비, 콩깍지를 뒷계단에 버려 두지 마라. 그러다 누가 미끄러지겠다. 일단 간단한 수프를 만들래요. 제가 양파 수프 하나는 잘 만들잖아요. 그리고 닭 두 마리를 통째로 구울 거예요. 하얀 수탉 두 마리를 쓰겠어요. 회색 암탉이 솜털이 보송보송한 노란 병아리를 부화할 때부터 그 두 놈은 쭉 제 귀염둥이였고, 꽤 정이 들었는데. 하지만 어차피 희생물이 될 테니 이렇게 뜻 깊은 날 쓰는 게 좋겠죠. 아, 마릴라 아주머니, 그래도 제 손으론 못 잡겠어요. 아무리 모건 부인을 대접하기 위한 거라도 말예요. 존 헨리 카터에게 대신 해 달라고 할래요."

데이비가 나섰다.

"내가 할게. 마릴라 아주머니가 다리만 잡아 주면 돼. 도끼를 들려면 두 손 다 필요하니까. 닭이 목이 잘려서도 깡충깡충 뛰어다니는 게 얼마나 재밌다고."

앤은 다시 이야기를 계속했다.

"그리고 완두콩과 콩 요리에다 크림 얹은 감자 요리를 하고 야채로는 양상추 샐러드를 만들 거예요. 후식은 휘핑 크림(세게 저어서 잘게 거품이 나게 한 크림:옮긴이)을 얹은 레몬 파이와 커피, 치즈, 레이디 핑거(스펀지 케이크용 반죽을 손가락 모양으로 만들어서 구운 과자:옮긴이)로 하겠어요. 내일 파이와 레이디 핑거를 만들고 흰 모슬린 드레스를 빨아야지. 오늘 밤에 다이애나에게 알려 줘야겠어요. 다이애나도 깨끗한 옷을 준비해 둬야 하니까요. 모건 부인의 소설에 나오는 여주인공은 항상 하얀 모슬린 옷만 입어요. 그래서 다이애나와 저는 언젠가 모건 부인을 만나면 꼭 하얀 모슬린 옷을 입기로 했어요. 그럼 아주 세심하게 경의를 표하는 것 같지 않겠어요? 데이비, 얘, 바닥 틈새에 콩깍지를 쑤셔 넣으면 안 돼. 앨런 목사님 부부와 스테이시 선생님도 점심 식사에 초대하겠어요. 그분들도 모건 부인을 무척 만나고 싶어했거든요. 스테이시 선생님이 여기에 계실 때 모건 부인이 오시게 되어 정말 잘됐어요. 데이비, 콩깍지 좀 양동이 물에 띄우지 마라. 나가서 여물통에다나 띄워. 아, 목요일에 날씨가 좋아야 할 텐데, 날씨는 좋겠죠. 에이브 아저씨가 어젯밤 해리슨 아저씨한테 와서 이번 주엔 비가 자주 온다고 했다니까요."

마릴라도 고개를 끄덕였다.

"좋은 징조로구나."

앤은 그날 저녁 비탈 과수원집에 가서 다이애나에게 그 소식을 알렸다. 다이애나도 매우 흥분해서 둘은 배리네 정원 버드나무에 매달린 해먹(기둥 사이나 나무 그늘 아래 달아매어 침대로 쓰는 그물:옮긴이)에 앉아 그 일을 의논했다.

"앤, 나도 식사 준비를 거들면 안 될까? 내가 양상추 샐러드를 잘 만드는 건 너도 알잖아."

다이애나가 간청하자 앤은 아무 사심 없이 말했다.

"그래, 같이 하자. 집 안 꾸미는 것도 도와 줘. 난 응접실을 온통 꽃으로 꾸밀 거야, 식탁은 들장미로 치장하고. 아, 다 잘 됐으면 좋겠어. 모건 부인의 여주인공들은 곤경에 빠지거나 안 좋은 일을 당하는 법이 없잖아. 그리고 그 여인들은 항상 침착하고 훌륭한 주부들이야. 정말 타고난 살림꾼 같아. 《숲에서 보낸 나날》에 나오는 거트루드가 여덟 살 때부터 아빠를 위해 집안일을 돌봤다는 거 너도 기억하지? 내가 여덟 살 땐 애 키우는 일밖에 할 줄 몰랐는데. 여자들을 소재로 그렇게 많은 글을 쓴 걸 보면 모건 부인은 틀림없이 여자에 대해 잘 알고 있을 거야. 모건 부인이 우리를 좋게 봤으면 해. 난 모건 부인이 어떻게 생겼는지, 무슨 말을 할지, 나는 또 무슨 말을 어떻게 할 것인지 열두 가지 경우나 상상해 봤단다. 그런데 코가 너무 걱정이 돼. 여기 주근깨가 일곱 개나 있는 게 보이지? 에이번리 지역 개선 협회에서 소풍 갔을 때 생긴 거야. 그때 모자도 안 쓰고 돌아다녔거든. 하기야 콧등의 주근깨를 걱정하는 건 주제넘은 짓일지도 몰라. 옛날처럼 주근깨가 온 얼굴을 뒤덮지 않은 것만도 고마운 일이지 뭐. 그래도 이젠 주근깨가 안 생기면 좋겠어. 모건 부인의 여주인공들은 모두 완벽한 피부를 가졌잖아. 주근깨 난 주인공은 하나도 없었던 것 같아."

다이애나가 위로했다.

"그렇게 눈에 띄지 않아. 오늘 밤에 레몬 즙을 좀 발라 봐."

이튿날 앤은 파이와 레이디 핑거를 만들고 모슬린 드레스를 빨았다. 그리고 방방을 돌아다니며 온 집 안을 쓸고 닦았다. 초록 지붕 집은 언제나 마릴라의 마음에 들게 질서 정연히 정돈되어 있어서 굳이 대청소를 할 필요가 없는데도 말이다. 그러나 앤은 샬럿 이(E) 모건 부인의 방문을 받는 영예로운 집에는 먼지 한 톨이라도 있어서는 안 된다고 생각했다. 앤은 모건 부인이 그 안을 들여다볼 일이 전혀 없을, 계단 아래 '잡동사니' 창고까지도 다 청소했다.

앤이 마릴라에게 말했다.

"모건 부인이 보지 않더라도 완벽하게 정리해 놓고 싶어요. 모건 부인의 작품 《황금 열쇠》에 나오는 주인공 앨리스와 루이자는 롱펠로의 시를 자신들의 좌우명으로 삼았죠.

일을 처음 배웠을 때
목수들은 성심껏 일했다네

순간순간, 그리고 보이지 않는 곳까지
신은 무엇이든 보시기 때문이라네.

그래서 두 주인공은 지하실 계단을 빡빡 문지르고 침대 밑까지 쓸어 내는 걸 잊지 않았어요. 모건 부인이 집에 왔을 때 이 창고가 지저분하면 전 죄책감을 느낄 거예요. 다이애나와 저도 지난 4월에 《황금 열쇠》를 읽고 나서는 이 시를 좌우명으로 정했거든요."

그날 밤 존 헨리 카터와 데이비는 하얀 수탉 두 마리를 잡느라고 애를 썼다. 앤은 닭 두 마리를 깨끗이 다듬었다. 보통 때는 내키지 않는 일이었으나 이번만큼은 포동포동한 닭들의 용도를 생각하니 두 눈이 영광으로 빛났다.

앤이 마릴라에게 말했다.

"닭털을 뽑는 건 정말 싫어요. 그래도 손이 하는 일에 온 정신을 다 쏟지 않아도 된다는 건 참 다행스럽지 않아요? 저는 지금 손으로는 닭털을 뽑고 있지만 머릿속으론 은하수를 산책하고 있으니까 말이에요."

"어쩐지 다른 때보다 마룻바닥에 깃털을 더 많이 흘린다 했더니."

마릴라가 주의를 주었다.

일을 다 마치고 앤은 데이비를 재우며 내일 얌전하게 행동하겠다는 다짐을 받아 냈다.

데이비가 물었다.

"내일 하루 종일 착하게 굴면 그 다음 날엔 내 마음대로 해도 돼?"

앤이 신중하게 말했다.

"그럴 순 없어. 하지만 도라와 너를 데리고 연못으로 가서 뗏목을 타고 연못을 구석구석 돌며 뱃놀이를 할 생각이야. 그리고 모래 언덕 기슭에 닿으면 거기에 올라가 소풍을 즐기자."

"야, 좋아라! 그럼 얌전히 굴게. 금요일엔 해리슨 아저씨 집에 가서 새 딱총으로 진저에게 완두콩을 쏘며 놀려고 했는데 다른 날 해도 되지, 뭐. 내일은 일요일처럼 재미없는 날이 될 줄 알았는데 다음 날 모래 언덕 기슭으로 소풍을 가니까 참을 만하겠네."

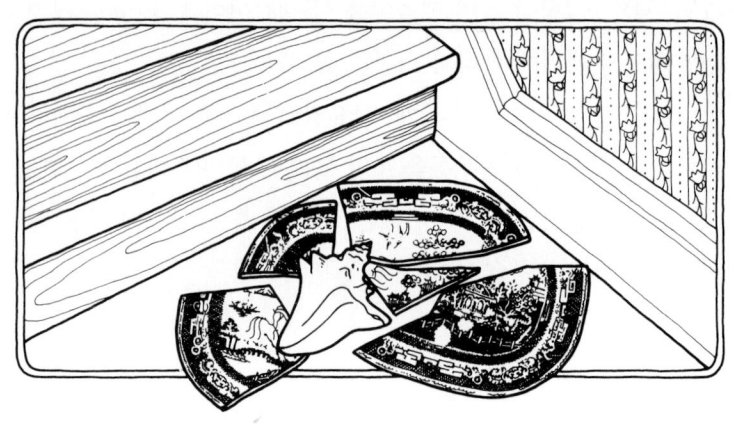

17. 불행한 사건이 잇따라 생기다

앤은 밤중에 세 번씩이나 깨어 에이브 아저씨의 일기 예보가 맞지 않는 게 확실한지 알아보려고 창가를 왔다갔다 했다. 마침내 은빛으로 반짝거리는 하늘에서 진주 같은 빛을 발하며 아침이 밝아 왔고, 멋진 하루가 시작되었다.

다이애나는 아침을 먹자마자 꽃바구니와 흰 모슬린 드레스를 들고 달려왔다. 점심 식사 준비를 마치기 전까지는 모슬린 드레스를 입으면 안 되기 때문이었다. 그 동안 다이애나는 오후에 입는 분홍색 옷을 입고 주름 장식이 근사하게 잡힌 얇은 앞치마를 두르고 있어서 깔끔하고 예쁘고 건강해 보였다.

"정말 예쁘구나."

앤이 감탄하자 다이애나는 한숨을 쉬었다.

"근데 또 한바탕 옷을 늘려야 해. 7월보다 2킬로그램이나 늘었어. 앤, 살이 안 찌는 수는 없을까? 모건 부인의 여주인공들은 모두 키가 크고 날씬하잖아."

앤이 명랑하게 말했다.

"자, 골칫거리는 잊어버리고 좋은 일만 생각하자. 앨런 사모님은 시련이 닥쳤다 싶으면 그걸 이겨 낼 수 있는 멋진 일을 생각하랬어. 네가 좀 포동포동해졌다 해도 넌 예쁜 보조개를 가졌잖아. 또 내 코엔 주근깨가 있긴 하지만 모양은 괜찮잖아. 레몬즙 효과가 있는 것 같아?"

다이애나는 꼼꼼히 살펴보고 말했다.

"효과 만점인데?"

앤은 무척이나 기뻐하며 시원한 그늘과 일렁이는 황금빛 햇살이 가득한 뜰로 나갔다.

"응접실부터 꾸미자. 시간은 많아. 프리실라가 열두 시나 늦어도 열두 시 반까지는 온다고 했으니까 한 시에 식사를 하면 될 것 같아."

캐나다나 미국에서 그 순간의 이들보다 더 행복하고 가슴 부푼 소녀들이 있었을지 의심스럽다. 장미와 작약과 초롱꽃을 딸 때 싹둑거리는 가위 소리는 '오늘 모건 부인이 오신다네.' 하고 지저귀는 새들의 소리처럼 경쾌했다. 앤은 해리슨 씨가 길 건너 들판에서 아무 일도 없는 것처럼 무심하게 건초를 벨 수 있다는 게 이상스러울 정도였다.

초록 지붕 집의 응접실은 나소 간소하고 칙칙한 분위기였다. 딱딱한 말총으로 채운 소파에다 뻣뻣한 레이스 커튼, 그리고 하얀 의자 등받이 커버는 재수 없이 사람들의 단추에 걸리지 않는 한 항상 그 자리에 바로 놓여 있었다. 마릴라가 어떤 변화도 원치 않았기 때문에 앤조차도 그 방을 좀더 세련되게 꾸밀 엄두를 내지 못했다. 그러나 만약 기회가 주어진다면 그 방을 꽃으로 훌륭하게 바꿀 수 있다. 앤과 다이애나가 방을 다 꾸몄을 때 그 방은 알아보기 힘들 만큼 멋지게 탈바꿈했다.

반짝반짝 윤이 나는 탁자 위로 커다랗고 푸른 눈송이 같은 꽃들이 한 가득 넘쳐흐르고, 번들거리는 까만 벽난로 선반에는 장미와 고사리들이 수북이 쌓여 있었다. 장식장에는 칸칸이 초롱꽃 다발이 놓였고, 벽난로의 그늘진 양쪽 구석에는 타오르는 듯한 자줏빛 작약이 가득 담긴 단지가 눈길을 끌었다. 벽난로는 노란 양귀비꽃으로 환하게 빛났다. 꽃잎들이 창가의 인동 덩굴 사이로 쏟아져 들어오는 햇살과 어우러져 벽과 마루에 춤추는 그림자를 드리우자 응접실은 온갖 다채로운 빛깔과 눈부신 광휘로 가득했다. 그래서 작고 어둠침침했던 이 응접실은 앤이 꿈꿨던 진짜 응접실처럼 보였다. 마릴라마저 트집을 잡으러 왔다가 감탄하며 잘했다고 칭찬하고 말았다.

앤은 신에게 경건한 의식을 드리는 성직자처럼 말했다.

"자, 이제 식탁을 꾸미자. 가운데에 큰 꽃병 가득 들장미를 꽂아 놓고 모든 사람들의 접시 앞에 장미 한 송이씩을 놓는 거야. 그리고 모건 부인 옆에는 특별히 《장미 정원》을 암시하는 장미 꽃다발을 놓는 거야."

마릴라가 가장 아끼는 식탁보와 도자기, 유리 그릇과 은제품으로 꾸민 식탁은 거실에 놓았다. 각각의 조목별로 알맞게 놓인 그릇들은 모두 잘 닦이고 윤이 나서 더할 나위 없이 완벽했다.

그 다음에 앤과 다이애나는 가벼운 발걸음으로 부엌으로 갔다. 부엌은 오븐에서 풍겨 나오는 입맛 돋우는 냄새로 가득했다. 오븐 안에는 닭이 지글지글하며 먹음직스럽게 구워지고 있었다. 앤은 감자 요리를, 다이애나는 완두콩과 콩 요리를 준비했다. 다음엔 다이애나가 식품 저장실에서 양상추 샐러드를 만드는 동안, 이미 화로가 내뿜는 열기와 흥분으로 뺨이 새빨갛게 달아오른 앤이 닭 요리에 쓸 빵가루 소스와 수프에 넣을 잘게 썬 양파, 마지막으로 레몬 파이에 얹을 휘핑 크림을 준비했다.

그럼 그 동안 데이비는 무엇을 하고 있었을까? 데이비는 얌전히 굴기로 한 약속을 지키는 중일까? 사실 그랬다. 데이비는 굳이 부엌에 있겠다고 우겼다. 호기심에 차서 무엇을 준비하고 있는지 모두 보고 싶었던 것이다. 데이비는 지난 번 바닷가에 가서 가져온 청어잡이 그물 조각의 매듭을 푸느라 한구석에 조용히 앉아 있었기 때문에 아무도 뭐라고 하지 않았다.

열한 시 반이 되자 양상추 샐러드도 다 만들고 노르스름한 둥근 파이에 휘핑 크림도 얹었으며, 지글지글 구워지고 부글부글 끓어올라야 하는 모든 요리도 잘 되어 가고 있었다.

앤이 말했다.

"이제 가서 옷을 갈아입자. 손님들이 혹시 열두 시 전에 올지도 모르니까. 정각 한 시에 식사를 하자. 수프는 막 끓었을 때 먹어야 제맛이 나거든."

이내 초록 지붕 집의 동쪽 방에서는 정말로 진지한 몸단장이 거행

되었다. 앤은 초조하게 코를 들여다보며 레몬 즙과 뺨이 발그레해진 덕분에 주근깨가 전혀 두드러져 보이지 않는다며 기뻐했다. 둘은 몸단장을 마치자 '모건 부인의 여주인공' 못지않게 사랑스럽고 말쑥하고 여자다워 보였다.

다이애나가 걱정스레 말했다.

"난 벙어리처럼 앉아 있지 않고 가끔 가다 한 마디씩이라도 할 수 있었으면 좋겠어. 모건 부인의 여주인공들은 모두 말솜씨가 좋잖아. 그런데 난 바보같이 말 한마디 못할까 봐 걱정이야. 게다가 아무래도 '알겠다'라고 흥하게 말할 것 같아. 스테이시 선생님이 일러 준 뒤로는 자주 실수하진 않지만 흥분하면 꼭 튀어나오거든. 앤, 혹시라도 모건 부인 앞에서 '알겠다'라고 말한다면 난 창피해서 죽어 버릴 거야. 그건 아무 말도 안 하느니만 못하니까."

"나도 걱정스러운 게 많지만 말이 나오지 않을 거라는 걱정은 안 해."

사실 그럴 걱정은 없었다.

앤은 멋진 하얀 모슬린 드레스에 커다란 앞치마를 두르고 수프를 살피러 아래층으로 내려갔다. 마릴라와 쌍둥이도 옷을 차려 입었다. 마릴라는 그 어느 때보다도 흥분한 기색이었다. 열두 시 반에 앨런 부부와 스테이시 선생님이 왔다. 모든 일이 순조로웠지만 앤은 조금씩 초조해지기 시작했다. 그때쯤이면 프리실라와 모건 부인이 도착해야 할 시간이었다. 앤은 문 앞까지 몇 번이나 왔다갔다하며 '푸른 수염의 사나이(프랑스 작가 샤를 페로의 동화에서 여섯 번이나 아내를 죽인 주인공의 별명:옮긴이)'에 나오는 같은 이름의 앤이라는 여자가 탑 창문을 내다보는 것처럼 걱정스럽게 길가를 내다보았다.

앤이 애처롭게 말했다.

"아예 안 오는 거 아닐까?"

"그런 생각 하지 마. 너무 성급한 판단이야."

말로는 이렇게 위로했지만 다이애나도 슬슬 걱정이 되기 시작했다. 마릴라가 응접실에서 나오며 말했다.

"앤, 스테이시 선생님이 배리 할머니의 버드나무 접시가 보고 싶으시단다."

앤은 접시를 가지러 거실 벽장으로 급히 갔다. 앤은 린드 부인과의 약속대로 샬럿타운에 사는 조세핀 배리 할머니에게 편지를 써서 그 접시를 빌려 달라고 부탁했었다. 배리 할머니는 앤의 오랜 친구여서 20달러나 들여 산 것이니 조심해서 써 달라는 당부 편지와 함께 곧장 접시를 보내 주었다. 그 접시는 자선 바자회에서 제 몫을 다 하고 초록 지붕 집의 벽장으로 돌아왔다. 앤은 자신이 직접 배리 할머니에게 돌려주지 않고는 안심이 되지 않았던 것이다.

앤은 접시를 들고 조심스럽게 현관으로 가져갔다. 거기서 손님들은 시냇가에서 불어오는 시원한 바람을 쐬고 있었다. 모두들 그 접시를 보고 칭찬해 마지않았다. 그리고 앤이 접시를 다시 갖다 놓으려고 다시 집어 든 순간 식품 저장실에서 우당탕 하는 소리가 들려 왔다. 마릴라와 다이애나가 곧 달려갔다. 앤도 두 번째 계단에 그 귀중한 접시를 내려놓느라 잠깐 망설인 후 곧바로 뛰어갔다.

세 사람이 식품 저장실에 가 보니 정말 비참한 광경이 펼쳐져 있었다. 조그만 남자 아이가 주눅든 표정으로 식탁에서 기어 내려오는데 아이의 깨끗한 블라우스에는 노란 얼룩이 덕지덕지 묻어 있고, 탁자 위에는 모양 좋게 크림을 얹어 놓았던 레몬 파이 두 개가 짓이겨져 있었다.

조금 전에 데이비는 청어잡이 그물을 다 풀고 나서 친친 감아 공을 만들었다. 그리고는 탁자 위 선반에 올려놓으려고 식품 저장실로 갔다. 그 선반에는 이미 전에 올려놓았던 그와 비슷한 공들이 스무 개 정도는 있었다. 그 공들은 들킬 때까지 갖고 있다는 기쁨말고는 아무 짝에도 쓸모 없는 것들이었다. 데이비는 탁자에 올라가 선반을 향해 팔을 아슬아슬하게 뻗었다. 전에도 그러다가 한 번 다친 일이 있었기 때문에 마릴라는 데이비에게 탁자에 올라가지 못하게 했다. 이번 일의 결과는 끔찍했다. 데이비는 미끄러져 레몬 파이 위에 정면으로 쭉 뻗어 버렸다. 블라우스는 빨면 되지만 파이는 완전히 망쳐 버린 것이다. 그러나 누구에게도 득이 되지 않는 바람은 불지 않는 법이다. 결국 운이 없는 데이비 때문에 돼지만 먹을 게 생긴 셈이었다.
　마릴라가 데이비의 어깨를 흔들었다.
　"데이비 키스, 내가 저 탁자 위에 올라가지 말라고 했지, 응?"
　데이비가 훌쩍이며 말했다.
　"깜박했어요. 아주머니가 하지 말라고 하신 게 하도 많아서 다 기억할 수가 없었어요."
　"자, 이층에 올라가서 식사가 끝날 때까지 꼼짝 말고 있어라. 그때쯤이면 내가 하지 말라고 했던 일들이 차근차근 생각날 거다. 아니다, 앤, 저 녀석을 변명해 주려고 하지 마라. 데이비가 파이를 망쳐서 벌을 주는 게 아니야. 그건 우연한 사고일 뿐이니까. 저 녀석이 말을 안 들었으니까 벌주는 거야. 데이비, 올라가라고 했다."
　데이비가 구슬프게 울먹거렸다.
　"저한테 점심도 안 줄 거예요?"
　"다른 사람들 식사가 끝나면 부엌에 내려와서 먹어라."

데이비는 다소 위로가 되어 말했다.

"아, 좋아요. 앤 누나가 닭고기의 맛있는 부분을 남겨 놓을 거예요. 그렇지, 누나? 누나는 내가 일부러 파이에 떨어진 게 아닌 걸 아니까. 누나, 이왕 파이는 못 쓰게 됐으니 이층에 갈 때 좀 가져가면 안 될까?"

마릴라가 데이비를 복도로 밀어내면서 말했다.

"안 돼, 레몬 파이는 꿈도 꾸지 마, 데이비 도련님."

앤이 엉망이 되어 뭉개져 버린 파이를 안타깝게 바라보며 물었다.

"후식으로 뭘 먹죠?"

마릴라가 위로했다.

"가서 딸기 통조림 단지를 가져오면 돼. 휘핑 크림은 아직 많이 남아 있으니까."

한 시가 되어도 프리실라와 모건 부인은 오지 않았다. 앤은 슬픔에 잠겼다. 모든 것이 완벽하게 준비되었고 수프도 제대로 되었는데 이대로 기다릴 수만은 없었다.

마릴라가 화가 나서 말했다.

"아무래도 그 사람들 안 올 것 같다."

앤과 다이애나는 눈짓을 주고받으며 서로를 위로했다.

한 시 반에 마릴라가 다시 응접실에서 나왔다.

"애들아, 우리도 점심을 먹어야지. 다들 시장한데 더 기다려 봐야 소용없어. 프리실라와 모건 부인은 오지 않을 게 뻔하니 기다린다고 해서 뾰족한 수가 생기진 않아."

앤과 다이애나는 맥이 탁 풀려 음식을 나르기 시작했다.

다이애나가 우울하게 말했다.

"입맛이 하나도 없어."

앤도 만사가 내키지 않는 듯 말했다.

"나도 그래. 그렇지만 스테이시 선생님과 앨런 목사님 부부를 봐서라도 음식이 맛있어야 할 텐데."

다이애나는 완두콩 요리를 접시에 담아 맛을 보더니 아주 괴상한 표정을 지었다.

"앤, 네가 이 완두콩에다 설탕 넣었니?"

앤은 마지못해 하는 것처럼 감자를 으깨면서 대답했다.

"응, 한 숟가락 넣었어. 늘 그렇게 하거든. 왜, 싫으니?"

"근데 불에 올릴 때 나도 한 숟가락 넣었거든."

앤은 감자를 으깨다 말고 완두콩 맛을 보고는 이내 얼굴을 찡그렸다.

"윽! 네가 설탕을 넣으리라곤 생각도 못했어. 너네 엄마는 절대 설탕을 안 넣으시잖아. 나도 항상 설탕 넣는 걸 잊어버렸는데 신기하게도 생각이 나더라고. 그래서 한 숟갈 넣었어."

마릴라가 찔리는 표정으로 이야기를 듣고 있다가 끼어들었다.

"아마 요리사가 너무 많은 탓일 게다. 앤, 난 네가 설탕 넣는 걸 잊어버렸을 줄 알았어. 넌 설탕 넣는 걸 잊지 않은 적이 한 번도 없었잖니. 그래서 나도 한 숟갈 넣었단다."

응접실에 있던 손님들은 부엌에서 연달아 터져 나오는 웃음소리를 들었지만 무슨 일 때문인지는 몰랐다. 그날 식탁에 완두콩 요리는 오르지 않았다.

다시 냉정을 되찾은 앤은 아직도 오지 않은 모건 부인과 프리실라가 생각나 한숨을 쉬었다.

"자, 샐러드도 있고 콩 요리도 별 탈 없지. 안으로 날라다 식탁을 차리자."

그날 점심 식사가 즐거웠다고는 할 수 없다. 앨런 부부와 스테이시 선생님은 어떻게든 분위기를 살리려고 애썼고, 마릴라도 평소의 침착함을 그런 대로 유지하고 있었다. 그러나 앤과 다이애나는 오전에 들떴던 마음만큼 실망도 커서 먹지도 못하고 말도 하지 못했다. 앤은 손님들을 봐서라도 이야기를 하려고 무진 애를 썼지만 내내 시들해 있었다. 앤은 앨런 부부와 스테이시 선생님을 좋아하긴 했지만 그래도 손님들이 얼른 돌아가고 자기 방의 베개에 피로와 실망을 묻어 버릴 수 있으면 얼마나 좋을까 하는 생각이 절로 들었다.

때때로 정말 잘 들어맞는 속담이 있다. 바로 '비가 오면 으레 억수같이 퍼붓는다'는 속담이다. 그날의 시련은 아직 다 끝나지 않았다. 앨런 목사가 막 식사 잘했다고 인사를 하는데 계단에서 이상하고 불길한 소리가 났다. 무엇인가 단단하고 무거운 것이 계단으로 굴러 떨어지더니 바닥에서 큰 소리를 내며 깨졌다. 모두들 복도로 달려나갔다. 앤은 놀라서 날카롭게 비명을 질렀다.

계단 밑에는 조세핀 배리 할머니의 접시가 박살이 나 있었는데, 그 한가운데에는 커다란 분홍빛 조개 껍데기가 떨어져 있었다. 계단 꼭대기에서는 데이비가 놀라서 눈을 크게 뜨고 그 난장판을 바라보고 있었다.

마릴라가 험악하게 말했다.

"데이비, 일부러 저 조개 껍데기를 던졌지?"

데이비가 흐느껴 울며 더듬거렸다.

"절대로 아니에요. 난 손님들이 언제 가는지 보려고 여기에 아주 조용히 무릎 꿇고 앉아 있었어요. 그러다가 조가비가 발에 채어 떨어졌어요……. 난 너무 배가 고파서…… 벌주실 때는요, 차라리 매를 때리고 끝내 주세요. 재미있는 일도 못하게 이층에 가둬 두지 마시고요."

앤은 떨리는 손으로 접시 조각들을 주워 모으며 말했다.

"데이비를 나무라지 마세요. 제 잘못이에요. 여기다 접시를 놔두고 까맣게 잊어버렸어요. 마땅히 제가 부주의한 벌을 받아야죠. 하지만 아, 배리 할머니가 뭐라고 하실까?"

곁에서 다이애나가 위로했다.

"괜찮아, 그 접시는 산 거니까 가보 같은 건 아니야."

손님들은 가는 게 도와 주는 일이라 생각하고 이내 돌아갔다. 앤과 다이애나는 평소와는 달리 묵묵히 설거지를 했다. 그리고 다이애나는 두통이 나서 집으로 돌아갔고 앤도 지끈거리는 머리를 안고 자기 방으로 올라갔다. 해질 무렵 마릴라가 그 전날 프리실라가 쓴 편지를 우체국에서 가져왔을 때까지 앤은 그 방에 있었다. 모건 부인은 발목을 심하게 삐어서 돌아다닐 수가 없었던 것이다.

프리실라는 이렇게 썼다.

그래서 앤, 정말 미안하지만 지금으로선 초록 지붕 집에 갈 수가 없을 것 같아. 고모는 발목이 낫는 대로 곧 토론토로 돌아가야 한대. 꼭 정해진 날짜까진 돌아가야 한대.

어둑어둑한 하늘에서 땅거미가 내려앉는 동안 앤은 내내 뒤 현관의 붉은 사암 계단에 앉아 있다가 편지를 다 읽어 보고는 한숨을 내쉬었다.

"그래요, 모건 부인이 정말 온다니 실현되기엔 너무 기쁜 일이라고 생각했어요. 하지만 이 말은 엘리자 앤드루스 아주머니의 비관적인 넋두리나 마찬가지니 부끄러워할 수밖에요. 결국 너무 기쁜 일이라서 일어나지 않은 것은 아녜요. 제겐 언제나 그보다 더 즐겁고 좋은 일들만 찾아올 테니까요. 게다가 오늘 일어난 사건들은 재미있는 면도 있었어요. 아마 다이애나와 제가 나이가 들어 머리가 희끗희끗해질 때쯤이면 이 일을 가지고 웃을 수도 있을 거예요. 하지만 그전에는 그렇게 웃어넘길 수 없을 것 같아요. 이번 일은 정말 실망이 너무 커요."

마릴라는 진심으로 위로의 말을 찾아 고심하다가 말했다.

"앤, 인생을 살아가다 보면 더 쓰라린 실망도 수없이 겪게 될 거야. 넌 말야, 뭔가에 한창 열중하다가 그것을 얻지 못하면 절망 속으로 빠져 드는 버릇은 좀처럼 버리지 못할 것 같구나."

앤은 애처롭게 고개를 끄덕였다.

"그런 경향이 심하다는 건 저도 알아요. 뭔가 멋진 일이 일어날 것 같으면 그 기대의 날개를 타고 날아오르는 것 같아요. 그러고는 곧 쿵 하고 땅에 떨어지는 기분을 느껴요. 하지만 마릴라 아주머니, 기대에 부풀어 날아다니는 동안은 얼마나 멋진데요. 마치 저녁놀 사이로 높이 날아오르는 것 같아요. 그건 나중에 쿵 하고 떨어지는 것을 충분히 감수할 만한 거예요."

"그럴지도 모르지. 나 같으면 날아올랐다 떨어져 엉덩방아를 찧는 것보다는 차분하게 걸어다니겠다. 하지만 누구나 자기 식대로 사는 거지. 예전엔 오직 한 가지만 바른길이라고 생각했단다. 너나 쌍둥이를 키우다 보니 이젠 꼭 그렇다는 생각은 들지 않는구나. 배리 할머니의 접시는 어떻게 할 거냐?"

"할머니가 사셨던 가격대로 20달러를 물어야죠. 돈으로 보상할 수 없는 귀중한 가보가 아니어서 천만 다행이에요."

"똑같은 걸 사다가 돌려줄 수도 있을 거야."

"그러긴 힘들 것 같아요. 그 접시는 나온 지 오래 돼서 흔하지가 않아요. 린드 아주머니가 만찬에 쓰려고 아무리 구해 봐도 없었대요. 그래도 구할 수 있기를 바랄 뿐이에요. 똑같은 접시가 있기만 하면 빨리 사서 돌려드릴 수 있을 테니까요. 마릴라 아주머니, 해리슨 아저씨네 단풍나무 숲 위에 뜬 저 큰 별 좀 보세요. 은빛 하늘이 저 별 주위를 경건한 분위기로 말없이 감싸고 있잖아요. 마치 기도하는 것 같은 느낌이에요. 저런 하늘과 별을 바라보면 사소한 실망과 사건들은 그다지 의미가 없어져요, 그렇죠?"

마릴라는 무심하게 별을 힐끗 보고는 말했다.

"데이비는 어딨니?"

"자고 있어요. 내일 도라와 데이비를 데리고 연못으로 소풍 가기로 했어요. 물론 데이비가 오늘 얌전히 구는 조건으로 약속한 거예요. 데이비도 나름대로 애썼는데 실망시킬 수는 없어요."

마릴라가 못마땅하다는 듯이 말했다.

"그런 뗏목을 타고 연못에서 노를 저어 다니다간 너나 쌍둥이나 물에 빠져 죽기 십상이다. 나는 여기서 육십 년을 살았지만 아직 한 번도 그 연못에 가 본 적이 없다."

앤은 짓궂게 말했다.

"그럼, 지금 마음을 고쳐도 늦지 않아요. 내일 아주머니도 같이 가요. 초록 지붕 집 문을 닫고 세상일이야 어떻게 되든 온종일 물가에서 즐기다 와요."

마릴라는 말도 안 된다는 듯이 힘주어 말했다.

"난 생각 없다. 뗏목을 타고 노를 젓는다고? 보나마나 웃음거리가 되고 말 거다. 레이첼이 거기에 대해 입방아를 찧는 게 벌써 들리는 것 같구나. 해리슨 씨가 마차를 몰고 어딘지 가는 것 같구나. 해리슨 씨가 이자벨라 앤드루스를 만나러 간다는 소문이 사실이냐?"

"아뇨, 사실이 아니에요. 해리슨 아저씨는 그저 하면 앤드루스 아저씨에게 볼일이 있어서 그날 저녁에 들른 것뿐이에요. 해리슨 아저씨가 양복을 입고 온 걸 린드 아주머니가 보고 아저씨가 청혼하러 온 거라고 소문을 낸 거예요. 해리슨 아저씨는 결혼 안 할 것 같아요. 결혼에 대해 선입견이 있나 봐요."

"글쎄다, 넌 노총각들에 대해 이러쿵저러쿵 말할 수 없어. 해리슨 씨가 양복을 입고 나타났다면 레이첼이 말한 것처럼 뭔가 낌새가 있는 거야. 해리슨 씨가 양복을 입은 적은 한 번도 없잖니."

"하면 앤드루스 아저씨와의 일을 마무리짓고 싶어서 양복을 입은 것 같아요. 해리슨 아저씨 말로는 남자가 외모에 특별히 신경 써야 될 때는 바로 사업상 거래를 할 때래요. 돈이 많아 보여야 상대방이 속임수를 쓸 마음을 갖지 않기 때문이래요. 해리슨 아저씨는 참 안됐어요. 자신의 삶에 만족하지 못하는 것 같아요. 앵무새말고는 사랑할 것이 아무 것도 없다는 사실은 무척 외로운 일이잖아요? 하지만 아저씨는 동정 받는 걸 싫어해요. 하기야 누구도 동정 받는 걸 좋아하진 않겠지만 말예요."

마릴라가 말했다.

"저기 길버트가 오는구나. 길버트가 연못으로 배 타러 가자고 하면 넌 외투와 덧신을 꼭 챙겨 가거라. 오늘 밤엔 이슬이 많이 내릴 거야."

18. 토리 도로에서의 모험

데이비가 침대에서 일어나 앉아 손에 턱을 괴고 물었다.
"앤 누나, 잠은 어디 있는 거야? 사람들은 밤마다 잠자러 가잖아. 물론 내가 꿈을 꾸는 곳이라는 건 알아. 그래도 잠이 어디에 있으며 잠에 대해 아는 게 전혀 없는데도 어떻게 그 곳에 갔다 올 수 있는지 모르겠어. 게다가 잠옷 바람으로 갔다 오잖아. 잠은 어디에 있어?"

앤은 서쪽 방 창가에서 무릎을 꿇고 앉아 노랗게 타오르는 꽃술과

크로커스 꽃잎이 달린 거대한 꽃처럼 저물어 가는 하늘을 바라보고 있다가 데이비를 돌아보며 꿈꾸듯이 대답했다.

"달이 뜬 산 너머
어둠이 깔린 골짜기 아래로."

폴 어빙이라면 이 말의 의미를 알고 있거나, 설령 모르더라도 앤의 말을 듣고 혼자 깨달았을 것이다. 그러나 앤이 늘 절망적으로 말하곤 하듯 상상력이라고는 눈곱만치도 없는 현실적인 데이비는 골치 아파하며 넌더리를 냈다.
"누나, 그건 말도 안 돼."
"물론 말이 안 돼, 데이비. 하지만 항상 사리에 맞는 말만 하는 사람은 아주 어리석은 사람이란 걸 모르니?"
자존심이 상한 데이비가 볼멘 목소리로 말했다.
"그래도 내가 현명한 질문을 하면 누나도 현명한 대답을 해줘야지."
"아, 너는 아직 어려서 잘 몰라."
그렇지만 앤은 곧 그런 말을 한 자신이 부끄러웠다. 어렸을 적에 자기도 그와 비슷하게 수없이 무시당한 기억이 아직도 생생했다. 그래서 아이들에게는 어려서 잘 모른다는 말은 절대 하지 않기로 엄숙히 맹세했었는데 자신이 지금 그런 행동을 하다니, 때때로 이론과 현실은 얼마나 큰 차이가 있는가.
"그래, 나도 빨리 크려고 해. 하지만 누나가 재촉한다고 빨리 클 수 있는 건 아니잖아. 마릴라 아주머니가 통조림 가지고 그렇게 인색하지만 않아도 난 아주 쑥쑥 자랄 텐데."

앤이 정색을 하고 말했다.

"마릴라 아주머니는 인색하지 않아, 데이비. 그런 소릴 하다니 고마운 줄을 모르는구나."

데이비는 얼굴을 잔뜩 찌푸렸다.

"같은 뜻으로 좀더 그럴듯한 말이 있던데 기억이 안 나네. 며칠 전에 마릴라 아주머니가 아주머니 자신한테 그런 말을 하는 걸 듣긴 했는데."

"검소하다는 말을 들었나 본데, 그건 인색한 것과는 아주 다른 말이야. 검소하다는 건 사람의 훌륭한 점이야. 마릴라 아주머니가 인색한 사람이었다면 너희 엄마가 돌아가셨을 때 너희들을 맡지도 않으셨을 거야. 넌 위긴스 아주머니와 살면 좋았겠니?"

데이비는 힘주어 말했다.

"절대로 아냐! 그리고 리처드 외삼촌한테도 가고 싶지 않아. 마릴라 아주머니가 통조림에 대해서, 그 뭐냐 아까 그거라 해도 누나가 있으니까 꼭 여기서 살고 싶어. 있잖아, 누나, 잠들 때까지 얘기 좀 해주라. 요정 이야기는 싫어. 그런 건 계집애들이나 좋아하는 거라고. 그러니까 총 싸움 하고 죽이고 집에 불이 난다거나 뭐 그런 재미있고 신나는 얘기 말이야."

그때 다행스럽게도 마릴라가 앤의 방에서 큰 소리로 외쳤다.

"앤, 다이애나가 급하게 신호를 보내고 있구나. 무슨 신호인지 좀 보렴."

앤이 동쪽 방으로 가 보니 저녁 어스름 사이로 다이애나의 창문에서 불빛이 다섯 번씩 깜빡거렸다. 어렸을 때 앤과 다이애나가 만든 규칙에 따르면 그것은 '중요한 일을 알려 줄 테니 빨리 와.' 라는 뜻이었다. 앤은 머리에 하얀 숄을 두르고 유령의 숲을 지나 벨 씨의 방목장 모퉁이를 가로질러 비탈 과수원집으로 걸음을 재촉했다.

다이애나가 말했다.

"좋은 소식이 있어, 앤. 지금 막 엄마랑 카모디에 갔다 왔는데 블레어 씨 가게에서 스펜서베일에 사는 메리 센트너를 만났어. 메리 말로는 토리 도로에 사는 늙은 코프 자매가 버드나무 무늬의 도자기 접시를 갖고 있는데 우리가 바자회 만찬 때 쓴 거랑 똑같은 거래. 그리고 코프 자매가 그 접시를 팔 것 같다고 귀띔해 줬어. 마사 코프는 팔 수 있는 거라면 뭐든지 파는 사람이래. 코프 자매가 팔지 않겠다면 스펜서베일의 웨슬리 키슨네 집에도 그런 접시가 있대. 아마 그 집에서도 팔겠다고 하겠지만 조세핀 할머니 것과 똑같은 것인지는 확실히 모르겠대."

앤은 단호하게 말했다.

"내일 당장 스펜서베일에 가야겠어. 너도 같이 가자. 이제야 한시름 놓았어. 모레 시내에 가야 하는데 그 접시도 없이 어떻게 조세핀 할머니의 얼굴을 볼 수 있겠니? 손님방 침대로 뛰어든 잘못을 고백해야 했을 때보다 더 못할 짓이잖아."

두 소녀는 옛 추억을 떠올리며 웃음을 터뜨렸다. 이 사건을 모르거나 궁금한 분들은 앤의 어린 시절 이야기를 찾아보기 바란다.

다음 날 오후 두 소녀는 접시를 찾아 여행길에 나섰다. 스펜서베일까지는 16킬로미터나 되었고 여행하기에 그다지 유쾌한 날씨도 아니었다. 바람 한 점 없이 후텁지근한데다 6주 동안이나 비가 오지 않아 예상대로 길가에는 먼지가 풀썩거렸다.

앤이 한숨을 내쉬었다.

"아, 어서 비가 왔으면 좋겠어. 모든 것이 바싹 말라붙었잖아. 메마른 들판은 너무 애처로워 보여. 나무들도 비를 내려 달라고 간청하듯이 손을 내뻗고 있는 것 같아. 정원은 또 어떻고. 난 정원에 들어갈 때마다 마음이 찢어지는 것 같아. 하긴 농작물이 그렇게 피해를 보고 있는데 정원을 가지고 우는 소릴 해서는 안 되겠지. 해리슨 아저씨가 그러는데 아저씨네 방목장은 다 말라 버려서 가엾은 소들이 먹을 풀 한 포기도 찾아보기 힘들대. 그래서 소들과 눈이 마주칠 때마다 너무 잔인한 것 같아 죄책감까지 느끼신다는 거야."

두 소녀는 피곤한 여행 끝에 마침내 스펜서베일에 도착하여 토리 도로로 접어들었다. 토리 도로는 마차 바퀴 자국 사이에 난 풀들로 보아 사람이 잘 다니지 않는 곳임을 금방 알 수 있는 풀이 무성하고 호젓한 길이었다. 그 길을 따라 잎이 무성한 어린 전나무가 쭉 자라고 있었고, 드문드문 스펜서베일 농장 뒤쪽 울타리나 잡초와 미역취가 가득 자란 그루터기가 눈에 띄었다.

앤이 물었다.

"왜 여길 토리 도로라고 할까?"

"앨런 목사님 말로는 나무가 없는 곳을 작은 숲이라고 부르는 것과 마찬가지래. 이 길가에는 코프 자매와 저편 끝에 자유당 지지자인 마틴 보비어 할아버지밖에 살고 있지 않거든. 토리당 정부는 집권기에 그저 뭐라도 하고 있다는 생색을 내려고 이 길을 뚫었대."

다이애나의 아버지는 자유당 지지자였고 그 때문에 앤과 다이애나는 정치에 대해 토론하는 일이 없었다. 초록 지붕 집 사람들은 항상 보수당 지지자였던 것이다.

드디어 두 소녀는 오래 된 코프네 농장에 도착했다. 그 곳은 외관상 너무나 깔끔해서 초록 지붕 집조차 비교도 안 될 정도였다. 집은 비탈에 자리잡은 탓으로 지하층 한쪽 끝을 돌로 받쳐 놓고 지은 구식 건물이었다. 본채와 별채는 모두 눈부실 정도로 하얗게 회칠이 되어 있고, 하얀 울짱이 둘러쳐진 말끔한 채소밭에는 잡초 하나 보이지 않았다.

다이애나가 침울하게 말했다.

"차양이 모두 내려져 있는 걸 보니 집에 아무도 없나 봐."

집에는 정말로 아무도 없었다. 두 소녀는 당혹스러워 서로 얼굴만 쳐다보았다.

앤이 말했다.

"어떻게 해야 할지 모르겠어. 코프 자매가 가지고 있는 접시가 우리가 찾는 게 확실하다면 돌아올 때까지 기다리는 건 문제도 아냐. 하지만 같은 종류가 아니라면 나중에 웨슬리 키슨 씨네 갈 시간이 없을 거야."

다이애나는 지하층 위쪽에 나 있는 조그만 창문을 바라보았다.

"저건 틀림없이 식품 저장실 창문일 거야. 이 집은 뉴브리지에 사는 찰스 아저씨 집과 똑같이 생겼거든. 그 집 식품 저장실 창문이 바로 저기에 있었어. 차양이 내려져 있지 않으니까 별채인 저 작은 집 지붕 위로 올라가서 식품 저장실을 들여다보면 그 접시를 볼 수 있을지도 몰라. 근데 나쁜 일은 아닐까?"

충분히 생각한 끝에 앤이 결심했다.

"아니, 그렇지 않아. 쓸데없는 호기심 때문에 그러는 게 아니니까."

윤리적으로 중요한 문제가 해결되자 앤은 방금 말한 '작은 집'으로 기어오를 마음의 준비를 했다. 그 집은 지붕 끝이 뾰족하고 윗가지

(지붕이나 벽에 흙을 바르기 위해 엮어 넣는 가느다란 나뭇가지:옮긴이)로 지은 건물인데 예전에는 집오리 축사로 쓰이던 곳이었다. 코프 자매가 '오리들이 너무 지저분한 새'라고 더 이상 키우지 않아서 그 건물은 암탉이 알을 품는 장소로만 쓰일 뿐 몇 년 동안 버려져 있었다. 비록 회칠은 꼼꼼하게 되어 있었지만 집이 조금씩 흔들거렸기 때문에 앤은 상자 위에 놓인 나무통을 밟고 기어 올라가면서도 약간 미심쩍은 기분이 들었다.

앤은 지붕 위로 조심조심 발을 내디디며 말했다.

"이게 내 몸무게를 지탱해 줄 수 있을지 걱정이야."

"창턱에 기대 봐."

앤은 다이애나의 충고에 따라 창턱에 몸을 기댔다. 그리고는 유리창을 통해 들여다보니 기쁘기 한량없게도 그토록 찾고 있던 것과 똑같은 접시가 창문 앞 선반 위에 놓여 있지 않은가. 그러나 접시를 확인한 것도 잠시, 곧 뜻하지 않은 일이 일어났다. 앤은 너무나 기쁜 나머지 발판이 불안정하다는 사실도 잊어버린 채 무심코 창턱에서 몸을 떼고 자기도 모르게 폴짝폴짝 뛰었다. 다음 순간 와르르 지붕이 부서져 앤은 지붕을 뚫고 떨어지다가 겨드랑이가 지붕에 끼여 나오지도 들어가지도 못하고 대롱대롱 매달렸다. 다이애나는 오리 축사로 뛰어들어가 운 사나운 친구의 허리를 붙들고 아래로 끌어내리려고 애썼다.

가련한 앤이 비명을 질렀다.

"아, 아야, 그만 해. 뾰족한 나뭇조각이 찌른단 말이야. 뭔가 내 발 밑에 놓을 만한 것을 찾아봐. 그러면 내가 몸을 위로 빼 볼 테니까."

다이애나는 서둘러 아까 앤이 딛고 올라갔던 나무통을 끌어다 주었다. 앤이 나무통을 디녀 보니 그저 자기 발을 안전하게 둘 수 있는 높이밖에 되지 않아 거기서 빠져 나올 수가 없었다.

다이애나가 말했다.

"내가 지붕으로 기어 올라가서 끌어올려 볼까?"

앤은 힘없이 고개를 저었다.

"아니, 나뭇조각이 너무 아프게 찔러 대고 있어. 도끼만 있다면 이 나무를 쪼개고 나를 빼낼 수 있을 텐데. 아, 다이애나, 난 정말 불운한 별을 타고났나 봐."

다이애나가 구석구석 찾아보았지만 도끼는 어디에도 없었다.

다이애나는 꼼짝없이 갇혀 있는 앤에게 돌아와서 말했다.

"아무래도 사람을 부르러 가야겠어."

앤이 펄쩍 뛰었다.

"안 돼, 절대로 그러지 마. 네가 이 이야기를 하면 소문이 다 퍼져서 난 창피해서 얼굴도 못 들고 다닐 거야. 코프 자매가 돌아와 비밀을 지키겠다는 다짐을 받을 때까지 기다려야 해. 그 사람들은 도끼가 어디 있는지 알 테니까 날 꺼내 줄 수 있을 거야. 가만히 있기만 하면 그다지 불편하진 않아. 몸은 견딜만하다는 소리야. 코프 자매는 이 집 값으로 얼마나 달라고 할까. 내가 못 쓰게 부숴 놓았으니 물어 줘야겠지만 식품 저장실 창문을 들여다본 이유를 코프 자매가 이해해 주기만 한다면 그쯤은 대수롭지 않아. 지금 내게 유일한 위안은 그 접시가 내가 찾던 것과 똑같은 접시라는 사실이야. 코프 자매가 그 접시를 팔기만 한다면 난 무슨 일이 일어났든 기꺼이 잊어버릴 수 있어."

다이애나가 넌지시 말했다.

"코프 자매가 밤늦게까지, 혹 내일까지도 돌아오지 않으면 어떻게 하지?"

앤은 마지못해 말했다.

"코프 자매가 해질녘까지 안 오면 네가 도움을 청하러 가야겠지. 하지만 그때까지는 가선 안 돼. 오, 다이애나, 이건 정말 끔찍한 일이야. 만약 모건 부인의 소설에 나오는 여주인공처럼 내 불행이 낭만적이라면 이렇게 싫진 않을 거야. 하지만 내가 겪는 불행은 그저 우스꽝스러운 것들뿐이야. 코프 자매가 마당으로 들어오다가 어떤 소녀의 머리와 어깨가 자기 집 별채 지붕 밖으로 삐죽 나와 있는 꼴을 본다고 생각해 봐! 아, 가만, 마차 소린가? 아니, 다이애나, 천둥소린 것 같아."

그건 의심할 여지없이 천둥소리였다. 다이애나는 황급히 집 주위를 둘러보고 와서는 북서쪽에서 시커먼 먹장구름이 몰려오고 있다고 당황한 목소리로 외쳤다.

"심한 소나기가 쏟아질 것 같아. 오, 앤, 어떻게 하지?"

앤은 차분하게 대꾸했다.

"대비를 해야지."

소나기쯤은 이제껏 일어난 일에 비하면 아무 것도 아닌 것 같았다.

"말과 마차를 저 헛간 안에 들여놓는 게 좋겠다. 다행히 마차 안에 내 양산이 있어. 너는 여기 내 모자를 써. 마릴라 아주머니가 나더러 토리 도로에 가면서 제일 좋은 모자를 쓰고 가는 건 바보 같은 짓이라고 했는데, 항상 그렇듯 아주머니 말씀이 맞았어."

다이애나가 마차에서 조랑말을 풀어 헛간에 몰아넣자마자 굵은 빗방울이 떨어지기 시작했다. 다이애나는 헛간에 앉아 쏟아지는 비를 바라보았다. 모자도 쓰지 않은 채 굳건하게 양산을 받치고 있는 앤의 모습은 장내 같은 빗줄기에 가려 거의 보이지 않았다. 그 뒤로 천둥은 많이 잦아들었지만 비는 한 시간 동안이나 줄기차게 쏟아졌다. 가끔 앤은 양산을 뒤로 젖히고 친구에게 손을 흔들어 격려했다. 그러나 둘은 꽤 떨어져 있고 상황이 이러하다 보니 대화를 나누기는 불가능했다. 마침내 비가 그치고 해가 다시 얼굴을 내밀자 다이애나는 마당에 생긴 웅덩이를 대담하게 건너뛰어 왔다.

"많이 젖었니?"

다이애나가 걱정스럽게 묻자 앤은 명랑하게 대답했다.

"아, 아니야. 머리랑 어깨는 말짱해. 비가 윗가지 사이로 뚫고 들어와 치마만 좀 젖었을 뿐이야. 다이애나, 날 불쌍하게 생각하지 마, 아무렇지도 않으니까. 난 비가 와서 얼마나 다행스러운지 모르겠어. 정원은 얼마나 기뻐했을까, 빗방울이 떨어질 때 꽃과 봉오리들은 무슨 생각을 했을까 상상했어. 난 과꽃과 스위트 피, 라일락 덤불에 앉아 있는 야생 카나리아와 정원의 수호 요정이 나누는 재미있는 대화를 상상해 봤어. 집에 돌아가면 글로 적어 놓을 거야. 근데 아무래도 집에 도착하기도 전에 잊어버릴 것만 같아 지금 써 놨으면 좋겠는데."

충실한 친구 다이애나는 마침 연필을 가지고 있었고 마차에 있는 상자에서 포장지를 찾아냈다. 앤은 빗방울이 뚝뚝 떨어지는 양산을 접고 모자를 쓴 다음 다이애나가 올려 준 널빤지에 포장지를 깔고 문학 작품을 쓰기에 알맞은 조건이라 할 수 없는 상황에서 자기 정원에 대한 전원시를 썼다. 그럼에도 불구하고 그 시는 아주 아름다워서 앤이 읽어 주자 다이애나는 '도취되어' 넋을 잃었다.

"오, 앤, 정말 아름다워. 그 캐나다 부인에게 꼭 보내라."

앤은 고개를 저었다.

"안 돼, 보낼 만한 게 못 돼. 너도 알다시피 줄거리가 없잖아. 이건 단지 상상을 길게 이어 놓은 것뿐이야. 난 이런 것들을 쓰는 게 좋지만 책으로 출판하기엔 적당하지 않아. 프리실라도 말했듯이 편집자들은 줄거리를 고집할 테니까. 아, 저기 사라 코프 아주머니가 온다. 부탁이야, 다이애나, 가서 사정 좀 이야기해 줘."

사라 코프는 체구가 작은 사람으로 쓸데없는 장식보다는 실용성을 따져서 고른 모자를 쓰고 허름한 검은 옷을 입고 있었다. 예상대로 사라 코프는 마당에서 벌어진 진풍경을 보고 깜짝 놀라는 기색이었지만 다이애나가 사정 이야기를 하자 동정을 금치 못했다. 사라 코프가 급히 뒷문 자물쇠를 열고 도끼를 꺼내 와 숙련된 도끼질 몇 번 만에 앤을 거기에서 해방시켜 주었다. 막바지에 지치고 몸이 뻐근해진 앤은 갇혀 있던 곳으로 쑥 들어가더니 다행히 다시 자유의 세계로 나왔다.

앤은 진심으로 말했다.

"코프 아주머니, 저는 단지 버드나무 무늬 도자기 접시가 있는지 보려고 식품 저장실 창문을 들여다보았다는 걸 꼭 알아주셨으면 합니다. 다른 것은 보지 않았어요. 결코 다른 것은 쳐다보지도 않았어요."

사라 코프가 상냥하게 말했다.

"가엾게도, 괜찮아. 피해를 준 게 없으니 걱정하지 마라. 우리 자매는 남에게 내보여도 부끄럽지 않을 만큼 늘 식품 저장실을 정리해 두니까 누가 들여다보든 신경 쓰지 않거든. 저 낡은 오리 축사도 부서져서 오히려 난 속이 시원하구나. 마사 언니도 이제 저 집을 허무는 데 동의할 테니까. 마사 언니는 언젠가 오리 축사를 쓸 일이 있을까 봐 도무지 헐려고 하지 않아 내가 봄마다 회칠을 해야 했거든. 마사 언니를 설득하느니 차라리 말뚝한테 사정하는 게 나을 거야. 마사 언니는 오늘 시내에 갔어. 내가 역까지 태워다 줬지. 가만있자, 접시를 사겠다고? 음, 얼마를 낼 건데?"

"20달러요."

앤은 사라 코프와 장사 수완을 겨룰 생각은 전혀 없었다. 그렇지 않았다면 처음부터 자기가 생각한 가격을 제시하지 않았을 것이다.

사라 코프가 신중하게 말했다.

"음, 알겠어. 저 접시는 다행히 내 거야. 아니면 감히 마사 언니가 없을 때 팔 엄두도 못 냈을 거야. 언니가 있었으면 야단법석을 부렸을 테니까. 사실 마사 언니가 이 집의 왕초거든. 난 언니한테 꼼짝 못 하고 억눌려 사는 게 이제 지긋지긋해. 자, 들어와, 어서 들어와. 몹시 피곤하고 배고프겠다. 미리 말해 두는데 차는 가장 좋은 종류로 줄 수 있지만 버터 바른 빵과 오이 외에 다른 건 기대하지 마라. 마사 언니가 떠나기 전에 케이크와 치즈, 통조림을 모조리 치워 버렸단다. 손님이 오면 내가 항상 너무 터무니없이 내놓는다고."

앤과 다이애나는 어떤 음식이라도 맛있게 먹을 만큼 배가 고팠던 터라 사라 코프가 내놓은 훌륭한 버터 바른 빵과 '오이'를 깨끗이 먹어 치웠다.

식사가 끝나자 사라 코프가 말했다.

"접시를 팔 생각이 없는 건 아니지만 25달러는 내야 해. 그건 아주 오래 된 접시니까."

다이애나는 '아직 동의하지 마. 더 버티면 20달러에 줄 거야.' 하는 뜻으로 탁자 밑에서 앤의 발을 살짝 건드렸다. 그러나 앤은 그 귀중한 접시를 두고 어떤 모험도 할 생각이 없었다. 앤이 그 자리에서 25

달러를 주겠다고 동의하자 사라 코프는 30달러를 부를걸 하고 아쉬워하는 표정이었다.

"그럼, 접시를 가져가렴. 난 지금 긁어모을 수 있는 대로 돈을 모아야만 해. 사실은……."

사라 코프는 야윈 뺨을 붉히며 자랑스러운 듯 고개를 쳐들었다.

"난 루서 월리스 씨와 결혼하기로 했어. 루서는 20년 전부터 나를 원해 왔어. 나도 그 사람을 정말 좋아했지만 당시에 너무 가난하다고 우리 아버지가 쫓아 내고 말았지. 그렇게 순순히 그 사람을 떠나 보내지 말았어야 했는데. 하지만 난 겁이 많고 아버지를 무척 무서워했지. 게다가 남자들이 그렇게 소심한지 몰랐거든."

다이애나는 마차를 몰고 앤은 무릎 위에 그토록 갈망하던 접시를 조심스레 올려놓은 채 무사히 집으로 돌아가는 길이었다. 비를 맞아 더욱 푸르고 촉촉하게 되살아난 한적한 토리 도로는 두 소녀의 웃음소리로 활기를 띠었다.

"내일 시내에 가면 오늘 오후에 있었던 '희한한 우여 곡절'을 얘기하며 조세핀 할머니를 즐겁게 해드릴 거야. 우린 좀 힘든 일을 겪었지만 이젠 다 끝났어. 접시도 구했고 비가 와서 먼지도 멋지게 다 가라앉았잖아. 그러니까 끝이 좋으면 '다' 좋은 거야."

다이애나는 다소 비관적으로 말했다.

"우린 아직 집에 다 온 게 아니야. 지금 우리 앞에 또 무슨 일이 닥칠지 모르잖아. 앤, 너에겐 정말 희한한 사건이 많이 일어나."

앤이 차분하게 대꾸했다.

"모험을 즐기는 것이 어떤 사람들에겐 자연스러운 일이지. 모험심을 타고났거나 아니거나의 문제지."

19. 즐거운 하루

언젠가 앤은 마릴라에게 이렇게 말했다.
"결국 정말로 즐겁고 행복한 나날이란 굉장히 멋지고 놀랍고 신나는 일이 일어나는 날이 아니라, 진주알들이 하나하나 한 줄로 꿰어지듯이 소박하고 자잘한 기쁨들이 조용히 이어지는 그런 날들인 것 같아요."

초록 지붕 집의 생활은 바로 그런 날들로 채워져 있었다. 앤의 모험이나 불행한 사건들도 다른 사람들과 마찬가지로 갑자기 한꺼번에

길버트는 드루아스 샘가에 앉아 친근한 눈길로 앤을 바라보았다.

일어나는 게 아니라, 일과 꿈과 웃음과 교훈으로 가득 찬 별 탈 없이 이어지는 행복한 나날 속에서 드문드문 흩어져 빛나는 것이었다. 그런 날이 8월 느지막이 찾아왔다. 오전에 앤과 다이애나는 즐거워하는 쌍둥이와 함께 배를 저어 연못에서 모래 기슭까지 내려가서 '진들피'를 따고 바람이 태곳적부터 부르던 옛 서정시를 하프에 맞춰 읊조리듯 살랑대는 물결 속에서 철벅철벅 물장구를 치며 놀았다.

오후에 앤은 폴을 만나러 어빙 부인 집으로 걸어 내려갔다. 그 집 북쪽을 둘러싼 빽빽한 전나무 숲 옆에는 풀이 무성한 둔덕이 있었는데, 앤은 그 위에 벌렁 누워 동화책에 빠져 있는 폴을 찾아냈다. 폴은 앤을 보자마자 환한 얼굴로 발딱 일어났다.

폴은 진심으로 기뻐했다.

"오, 선생님, 와 주셔서 정말 기뻐요. 할머니도 안 계시거든요. 저랑 차 마시면서 놀다 가세요, 네? 혼자 차 마시는 건 너무 쓸쓸해요. 선생님은 아실 거예요. 집에서 일하는 메리 조 누나한테 같이 차 마시자고 해 볼까 진지하게 생각해 봤지만 할머니가 허락하지 않을 것 같았어요. 할머니는 프랑스인이란 제 분수를 지켜야 한다고 하셨어요. 그리고 어쨌든 메리 조 누나랑 얘기하기는 힘들어요. 메리 조 누나는 웃기만 하면서 이러죠. '그래, 넌 내가 본 애들 중에서 제일 똑똑해.' 하지만 그런 건 제가 나누고 싶은 대화가 아니거든요."

"그럼, 당연히 차를 마셔야지. 네가 그 말을 하길 얼마나 기다렸는데. 전에 여기서 차를 대접받은 후로 네 할머니가 만드신 맛있는 쇼트브레드(버터 등의 쇼트닝을 듬뿍 넣어 구운 파삭파삭한 쿠키:옮긴이)만 생각하면 군침이 돌았거든."

앤이 명랑하게 말하자 폴은 매우 심각한 표정을 지었다.

호주머니에 손을 찔러 넣고 앤 앞에 서 있던 폴의 아름답고 조그만 얼굴이 갑작스레 어두워졌다.

"선생님, 쇼트브레드를 대접하는 게 제 맘대로 된다면 기꺼이 그러겠어요. 하지만 그건 메리 조한테 달려 있어요. 할머니가 나가시기 전에 메리 조 누나에게 그 쇼트브레드는 어린애가 먹기에 너무 기름기가 많으니 주지 말라고 당부하는 얘기를 들었거든요. 그래도 저만 안 먹겠다고 약속하면 메리 조 누나가 선생님께는 드릴지도 몰라요. 잘되기만 바라야죠."

앤은 이런 낙천적인 성격이 마음에 꼭 들어 맞장구를 쳤다.

"그러자꾸나, 만약 메리 조 누나가 인정머리 없이 한 조각도 안 준다 해도 아무 상관없으니까 걱정하지는 마."

폴이 걱정스레 물었다.

"그래도 정말 괜찮아요?"

"그럼, 괜찮고말고."

폴은 그제야 안도의 한숨을 내쉬었다.

"그럼 걱정 안 할게요. 사실 메리 조 누나한테는 말이 통할 것 같아요. 메리 조 누나는 원래 꽉 막힌 사람이 아닌데 살다 보니 할머니의 명령을 어겨선 좋을 게 없다는 걸 터득한 거예요. 할머니는 훌륭한 분이지만 사람들이 할머니 말에 따라야 직성이 풀리시죠. 할머니는 오늘 아침 제가 드디어 포리지 한 그릇을 전부 비우는 걸 보시고 매우 기뻐하셨어요. 무척 힘들었지만 결국 해낸 거예요. 할머니는 머지않아 절 남자답게 만들 거라고 하셨어요. 근데 선생님, 중요한 문제를 물어 보고 싶은데요. 사실대로 대답해 주시겠어요?"

"그럴게."

앤이 약속했다.

폴은 자기의 존재가 앤의 대답에 달려 있는 듯이 물었다.

"제 머리가 이상하다고 생각하세요?"

앤은 놀라서 소리를 질렀다.

"맙소사, 아니야, 폴. 절대로 그렇지 않아. 왜 그런 생각을 하게 됐지?"

"메리 조 누나가…… 하지만 메리 조 누나는 제가 그 말을 들은 줄 몰라요. 어젯밤에 피터 슬론 아주머니의 하녀 베로니카 누나가 메리 조 누나한테 놀러 왔는데, 홀을 지나다가 부엌에서 두 사람이 하는 얘기를 들었어요. 그때 메리 조 누나가 이런 말을 했어요. '저, 폴 말야, 좀 이상한 애야. 이상한 말만 해. 아무래도 머리가 돌았나 봐.' 라고요. 전 그 말이 맞는 건가 생각하느라 어젯밤 한참 동안 잠을 이루지 못했어요. 할머니한텐 차마 여쭤 볼 수가 없어서 선생님께 물어 보기로 결심한 거예요. 제 머리가 멀쩡하다고 생각하시니 정말 기뻐요."

앤은 속으로 어빙 부인에게 메리 조의 입단속이 필요하다고 살짝 귀띔해 주어야겠다고 작정하며 분개하여 말했다.

"물론 너는 정상이야. 메리 조는 어리석고 무지한 여자니까 그 여자 말엔 조금도 신경 쓸 거 없어."

"후유, 이제야 안심이다. 전 지금 정말 행복해요, 선생님, 고마워요. 머리가 좀 이상한 게 좋은 일은 아니죠? 메리 조 누나가 그렇게 생각하는 건 제가 가끔 제 생각을 털어놓았기 때문이에요."

"그래, 그건 좀 위험한 짓이야."

앤은 자기 경험에 비추어 그 말을 수긍했다.

"그럼, 제가 메리 조 누나한테 얘기한 생각들을 선생님께 차근차근 말씀드릴 테니 이상한 게 있으면 지적해 주세요. 하지만 어두워질 때까지 기다릴래요. 어두워지면 전 사람들에게 말을 하고 싶어 견딜 수가 없거든요. 그래서 곁에 아무도 없을 땐 메리 조 누나한테 얘기를 할 수밖에 없었어요. 하지만 그것 때문에 내 머리가 이상하다고 생각한다면 이제 메리 조 누나한텐 절대 얘기하지 않을 거예요. 견딜 수 없어도 참아야죠, 뭐."

앤은 아주 진지하게 말했다.

"그래, 정말 말하고 싶을 땐 초록 지붕 집에 와서 나한테 이야기하렴."

이런 진지함 때문에 진심으로 대해 주기를 간절히 바라는 아이들은 앤을 따랐던 것이다.

"네, 그럴게요. 하지만 제가 갔을 때 데이비가 없었으면 좋겠어요. 데이비는 저만 보면 얼굴을 찌푸리거든요. 그앤 아직 어리고 제가 더 크니까 그렇게 신경은 안 쓰지만, 그래도 그런 얼굴로 덤비는 건 썩 기분 좋은 일은 아니잖아요. 게다가 데이비는 아주 심하게 얼굴을 찌푸려요. 가끔 전 그애 얼굴이 다시는 펴지지 않을까 봐 걱정스러울 정도예요. 데이비는 신성한 것만 생각해야 하는 교회 안에서도 저만 보면 얼굴을 찌푸려요. 그래도 도라는 절 좋아하고 저 역시 그애를 좋아해요. 하지만 도라가 미니 메이 배리에게 이다음에 크면 저와 결혼할 거라는 말을 하기 전이 더 좋았어요. 제가 크면 누군가와 결혼을 하겠지만 아직 그런 생각을 하기엔 너무 어리잖아요. 그렇죠, 선생님?"

"그럼 어리고말고."

"결혼 이야기가 나오니까 최근에 절 괴롭힌 다른 문제가 생각이 나네요. 지난주에 린드 아주머니가 여기 와서 할머니랑 차를 드셨어요. 그때 할머니가 저더러 엄마 사진을 보여 드리랬어요. 아빠가 생일 선물로 보내 주신 거예요. 전 린드 아주머니에게 보여 주고 싶진 않았어요. 린드 아주머니는 친절하고 좋은 분이지만 엄마 사진을 보여 주고 싶은 그런 분은 아니잖아요. 선생님도 이해하시죠? 하지만 전 당연히 할머니 말씀을 따랐어요. 린드 아주머니는 엄마 사진을 보고 참 예쁘지만 좀 여배우처럼 생겼고 아빠보다 훨씬 어려 보인다고 하셨어요. 그리고는 이렇게 말씀하시는 거예요. '요즘 너네 아빠는 재혼하실 것 같던데. 새엄마가 생긴다면 어떨 것 같아, 폴 도련님?' 생각만 해도 까무러칠 것 같았지만 린드 아주머니한테 그런 모습을 보이고 싶지는 않았어요. 전 아주머니 얼굴을 이렇게 똑바로 쳐다보고 말했어요. '린드 아주머니, 아빠가 엄마를 선택하신 건 아주 잘한 일이었어요. 전 아빠가 엄마랑 결혼하실 때처럼 재혼할 때도 좋은 분을 선택하시리라 믿어요.' 전 정말 아빠를 믿어요, 선생님. 그렇지만 아빠가 제게 새엄마를 갖게 해주실 생각이라면 너무 늦기 전에 저에게도 새엄마 될 사람이 마음에 드는지 물어 보셨으면 좋겠어요. 저기, 메리 조 누나가 차 마시라고 부르러 오네요. 가서 메리 조 누나와 쇼트브레드에 대해 상담 좀 해 볼게요."

'상담' 결과 메리 조는 메뉴로 쇼트브레드와 덤으로 통조림 한 접시까지 내놓았다. 열린 창 사이로 만에서 산들바람이 불어 드는 어둡고 오래 된 거실에서 앤은 차를 따르고 폴과 함께 아주 즐겁게 과자를 먹었다. 그리고는 둘이 앉아 너무나 '터무니없는' 얘기를 나누는 바람에 메리 조는 아연 실색하여 이튿날 저녁 베로니카에게 '그 학교 선생'도 폴만큼 이상하다고 말했다. 차를 마시고 나서 폴은 엄마 사진을 보여 주겠다며 앤을 자기 방으로 데리고 갔다. 그 사진은 바로 어빙 부인이 책장에 감춰 두고는 폴을 궁금하게 만든 생일 선물이었다. 자그마하고 천장이 낮은 폴의 방은 바다로 뉘엿뉘엿 넘어가는 불그레한 석양빛이 부드럽게 소용돌이쳤고, 네모난 창문 가까이에서 자라는 전나무들이 아른거리는 그림자를 드리우고 있었다. 온화한 어머니의 눈을 가진 아름답고 여성스런 얼굴이 부드러운 석양빛에 반짝이며 침대 끝 벽에 걸려 있었다.

폴은 애정이 가득 담긴 목소리로 말했다.

"이분이 우리 엄마예요. 할머니한테 제가 아침에 눈을 뜨자마자 볼 수 있게 여기에 걸어 달라고 했어요. 이젠 잠자리에 들 때 깜깜해도 상관없어요. 엄마가 바로 제 곁에 있다는 느낌이 들거든요. 아빠는 제게 물어 보시지 않고도 제가 생일 선물로 무엇을 바라는지 알고 계셨어요. 아빠가 제 마음을 그렇게 잘 아신다는 게 참 신기하죠?"

"폴, 네 어머니는 참 아름다운 분이시구나. 넌 어머니를 닮긴 했는데 어머니의 눈과 머리카락 색이 너보다 더 짙은 것 같다."

폴은 창가 의자 위에 쿠션을 쌓느라 왔다갔다하며 말했다.

"제 눈은 아빠와 똑같은 색깔이에요. 하지만 아빠 머리카락은 잿빛이죠. 흰머리가 많긴 해도 잿빛이에요. 선생님도 아시겠지만 아빠는 쉰이 다 되셨거든요. 그 정도면 나이가 지긋하신 거죠? 하지만 겉모습만 늙으셨지 마음은 남들만큼 젊으세요. 선생님, 여기 앉으세요. 저는 선생님 발치에 앉을게요. 선생님 무릎에 머리를 기대도 될까요? 엄마와 저는 늘 이렇게 앉아 있곤 했거든요. 아, 이러면 정말 황홀해요."

앤은 옆에 기댄 더부룩한 곱슬머리를 도닥거려 주었다.

"자, 난 이제 메리 조가 이상하다고 말한 그 생각들을 듣고 싶구나."

폴은 마음이 맞는 사람에게는 구슬리지 않아도 자기 생각을 잘 털어놓는 아이였다.

폴이 꿈꾸듯이 말했다.

"어느 날 밤 전나무 숲에 있다가 생각해 낸 거예요. 물론 그걸 진짜 믿는 게 아니라 상상하는 거죠. 무슨 말인지 선생님은 아시죠? 그러자 누군가에게 그걸 들려주고 싶었는데 메리 조 누나밖엔 아무도 없었어요. 전 식품 저장실에서 빵 반죽을 하고 있던 메리 조 누나 옆에 앉아 말을 걸었죠. '누나, 내가 무슨 생각을 하는지 알아? 난 저녁 서쪽 하늘에 뜨는 금성이 요정 나라의 등대라고 생각해.' 그랬더니 메리 조 누나가 이렇게 말했어요. '글쎄, 넌 좀 이상해. 요정 같은 게 세상에 어딨담?' 저는 무척 화가 났어요. 물론 저도 요정이 없다는 건 알아요. 하지만 있다고 상상하는 걸 막을 필요는 없잖아요. 선생님은 아실 거예요. 어쨌든 전 아주 참을성 있게 다시 말했어요. '그럼 누나, 이런 생각은 어때? 해가 지면 몸집이 크고 키도 큰 하얀 천사가 빛나는 은빛 날개를 접고 세상 위로 걸어와서 꽃과 새들에게 자장가를 불러 주는 거야. 어린아이들도 듣는 법만 안다면 천사의 자장가를 들을 수 있어.' 그러자 메리 조 누나는 온통 밀가루투성이인 손을 들어 올리더니 '아이고, 넌 정말 해괴망측한 꼬마야. 너 때문에 무섭잖아.' 이러잖아요. 메리 조 누나는 진짜로 놀란 것 같았어요. 그래서 전 나가서 미처 다 말하지 못한 제 생각들을 정원에게 속삭여 줬어요. 정원에는 어린 자작나무 한 그루가 있었는데 그만 죽어 버렸어요. 할머니는 소금을 뿌리는 바람에 죽었다고 하시지만 제 생각엔 그 자작나무에 살던 요정이 세상 구경을 하러 돌아다니다가 길을 잃어

버린 바보 같은 요정이었기 때문인 것 같아요. 요정이 떠나 버리자 그 어린 나무는 너무 외로워서 마음이 아파 죽은 거예요."

앤이 말했다.

"그리고 불쌍하고 바보 같은 어린 요정이 세상 구경에 싫증나 자기 나무한테 돌아왔을 때 그 사실을 알면 마음이 찢어지는 것 같을 거야."

폴이 진지하게 말했다.

"그래요. 하지만 요정들도 바보 같은 짓을 하면 자기가 한 일의 결과에 책임을 져야 해요. 진짜 사람들처럼요. 선생님, 제가 초승달에 대해 무슨 생각을 했는지 아세요? 초승달은 꿈을 가득 싣고 가는 조그만 황금 조각배예요."

"그리고 조각배가 구름 위에서 기우뚱거리다가 꿈이 조금 엎질러져 너의 잠 속으로 떨어지지."

"바로 그거예요, 선생님. 아, 선생님도 아시는군요. 또 제비꽃은 천사가 별빛이 비치도록 하늘에 구멍을 낼 때 떨어진 하늘 쪼가리예요. 그리고 노란 꽃이 피는 미나리아재비는 색깔 바랜 햇빛으로 만들어졌고요, 스위트 피는 나비가 되어 천국으로 갈 거예요. 보세요, 선생님, 이런 생각들이 그렇게 이상한가요?"

"아니, 아니란다, 애야. 전혀 이상하지 않아. 그런 것들은 어린아이가 상상할 만한 신기하고 아름다운 것들이지. 그래서 백 년 동안 애를 써도 그런 상상을 할 수 없는 사람들은 그 얘기들을 이상하다고 여기지. 하지만 폴, 그런 상상들을 계속하려무나. 언젠가 넌 꼭 시인이 될 거야."

앤이 집에 돌아오자 폴과는 딴판인 아이가 앤이 재워 주기를 기다리고 있었다. 데이비는 부루퉁해 있다가 앤이 옷을 벗겨 주자 침대로 뛰어들어 베개에 얼굴을 묻었다.

"데이비, 기도드리는 걸 잊어버렸구나."

앤이 나무라듯 말하자 데이비는 반항적으로 툭 내뱉었다.

"잊어버린 게 아냐. 이제부터 기도 같은 건 하지 않을 거야. 내가 아무리 착하게 굴어도 누나는 폴 어빙을 더 좋아할 테니까 더 이상 착해지려고 애쓰지도 않을 거라고. 차라리 못되게 굴면서 재미나 볼래."

앤이 진지하게 말했다.

"폴 어빙을 더 좋아하는 게 아냐. 너도 똑같이 좋아해. 다만 방법이 다를 뿐이야."

데이비는 입을 삐죽 내밀었다.

"그래도 난 누나가 똑같은 식으로 좋아했으면 좋겠어."

"서로 다른 사람을 같은 식으로 좋아할 수는 없단다. 넌 도라와 나를 같은 식으로 좋아하니? 응?"

데이비는 침대에서 일어나 곰곰이 생각하더니 겨우 수긍했다.

"아…… 니. 도라는 내 동생이라 좋아하는 거지만 누나는 바로 누나이기 때문에 좋아한단 말야."

앤이 유쾌하게 말했다.

"그래, 나도 폴은 폴이니까 좋아하고 데이비는 데이비니까 좋아하는 거야."

데이비는 이 말을 이해하고 말했다.

"그럼, 기도드리고 싶다는 생각이 좀 드는데. 하지만 이제 와서 기도하러 침대 밖으로 나가는 건 너무 귀찮아. 누나, 아침에 한꺼번에 기도를 두 번 하면 안 될까? 그래도 어차피 마찬가지 아냐?"

아니, 앤은 그건 마찬가지가 아니라고 정확하게 말해 주었다. 결국 데이비는 침대에서 기어 나와 앤 옆에 무릎을 꿇고 앉았다. 기도를 마치고 나서 데이비는 조그마한 갈색 발뒤꿈치를 들고 서서 앤을 올려다보았다.

"누나, 난 전보다 더 착해졌다."

앤은 믿을 만할 때는 주저하지 않고 믿어 주는 사람이었다.

"그래, 넌 정말 착해졌어, 데이비."

데이비는 자신 만만하게 말했다.

"나도 내가 착해졌다는 걸 알아. 왜 그런지 말해 줄게. 오늘 마릴라 아주머니가 도라와 내게 하나씩 먹으라고 빵 두 조각과 잼을 주셨거든. 그 중 하나는 다른 것보다 훨씬 더 컸는데 아주머니는 어느 게 내 거라는 말씀은 안 하셨어. 그래서 난 큰 걸 도라에게 줬어. 참 잘했지, 누나?"

"아주 잘했어. 정말 사내답구나, 데이비."

데이비는 고개를 끄덕였다.

"물론이야. 도라는 별로 배고프지 않다고 반쪽만 먹고는 나한테 줬어. 하지만 내가 도라한테 큰 빵을 줄 때는 그러리라고 미리 생각하지 않았으니까 난 착한 거지."

황혼 무렵 앤은 산책을 하며 드루아스 샘가로 내려가다가 어둑어둑한 유령의 숲에서 나오는 길버트 블라이드를 보았다. 앤은 새삼스레 길버트가 더 이상 어린 남학생이 아니라는 사실을 깨달았다. 딱 바라진 어깨에 맑고 솔직한 눈을 가진 길버트는 키가 훤칠하고 진솔한 표정의 청년으로 무척 남자다워 보였다. 앤은 길버트가 자기 이상형은 아니지만 참 잘생긴 청년이라고 생각했다. 오래 전에 앤과 다이애나는 어떤 남자를 동경하는지 결론을 내렸는데 둘 다 취향이 비슷했다.

그 남자는 키가 아주 크고 수수께끼 같은 우수 어린 눈동자에 분위기 있고 다정다감한 목소리를 가진 뛰어난 미남자였다. 길버트의 얼굴에는 우수 어린 빛이나 수수께끼 같은 면은 없었다. 그렇지만 그런 점은 물론 길버트와의 우정에 아무 문제도 되지 않았다!

길버트는 드루아스 샘 가장자리에 핀 고사리들 위에 앉아서 친근한 눈길로 앤을 바라보았다. 길버트에게 이상적인 여인상을 말하라고 한다면 그의 묘사는 하나하나 앤과 일치했을 것이다. 심지어 여전히 앤의 마음을 괴롭히는 성가신 존재인 조그마한 주근깨 일곱 개마저도. 길버트는 아직 소년이나 다름없었지만 다른 사람들처럼 꿈을 가지고 있었다. 길버트의 미래는 맑고 큰 잿빛 눈동자와 꽃처럼 섬세하고 우아한 얼굴을 가진 소녀와 늘 함께 했다. 더욱이 길버트는 자신의 미래가 사랑하는 여성에게 어울리는 것이어야 한다고 마음을 굳혔다. 조용한 에이번리에서도 오다가다 보면 사귀자는 유혹이 있었다. 화이트샌즈 젊은이들은 다소 '방종한' 생활을 즐겼고 길버트는 어디에 가든 인기가 있었다. 그러나 길버트는 앤과의 우정, 그리고 언젠가 맺어질 사랑에 부끄럽지 않게 자신을 지키려고 했다. 그래서 마치 앤의 투명한 눈동자가 판결을 내리기라도 하는 듯 자신의 말과 행동과 생각에 빈틈없이 주의를 기울였다. 이상이 높고 순수한 소녀들이 자기 친구에게 무의식적인 영향을 미치는 것처럼 앤도 길버트를 감화시켰던 것이다. 그런 영향력은 앤이 자신의 이상에 충실할 때에만 지속되는 것이며 이상에 불성실하면 곧 잃어버리는 그런 것이었다. 길버트가 보기에 앤의 가장 큰 매력은 대부분의 에이번리 소녀들처럼 사소한 시기심이나 작은 속임수, 경쟁, 호감을 사려는 뻔한 노력과 같은 자질구레한 일상에 눈을 돌리지 않는다는 점이었다. 앤은 이런 사소한 것들에 초연하려고 의식적으로 노력하는 게 아니었다. 단지 그런 것들이 목표와 포부가 수정처럼 맑고, 솔직하고 감성적인 앤의 본성에 어울리지 않았기 때문이다.

그러나 길버트는 자기 생각을 한 번도 말하지 않았다. 앤이 그 어떤 감상적인 시도도 초장에 차갑고 매정하게 꺾어 버릴 것을 너무나 잘 알고 있었던 것이다. 아니면 자신을 비웃을지도 모르는데, 그건 열 배나 더 좋지 않은 일일 것이다.

길버트가 놀리듯이 말했다.

"그 자작나무 아래에 있으니까 정말 요정 같은데."

"난 자작나무가 좋아."

앤은 마음에서 우러나오는 예쁘고 사랑스러운 몸짓으로 비단처럼 매끄럽고 가느다란 우윳빛 자작나무 줄기를 뺨에 갖다 댔다.

길버트가 말했다.

"메이저 스펜서 아저씨가 개선 협회를 격려하기 위해 자기 농장 앞길을 따라 한 줄로 하얀 자작나무를 심겠대. 정말 기쁘잖니? 어제 스펜서 아저씨가 내게 그러더라고. 스펜서 아저씨는 에이번리에서 가장 진취적이고 공공심이 있는 분이야. 게다가 윌리엄 벨 아저씨도 집 앞 도로와 오솔길을 따라 가문비나무를 심어 울타리를 만들겠대. 앤, 우리 개선 협회는 멋지게 해내고 있어. 이제 시험 단계를 거쳐 널리 받아들여지고 있잖아. 나이 드신 분들도 우리에게 관심을 보이기 시작했고, 화이트샌즈 주민들도 이런 개선 협회를 만들려고 의논하고 있대. 엘리샤 라이트 아저씨조차 호텔에 묵던 미국인들이 바닷가로 소풍 온 날 이후부터 마음이 우리에게 돌아섰어. 미국인들이 도로변을 보고 이 섬에서 가장 아름다운 곳이라고 입에 침이 마르도록 칭찬

했거든. 이제 머지않아 다른 농부들도 스펜서 아저씨를 본받아 자기 집 앞길을 나무와 울타리로 꾸민다면 에이번리는 우리 주에서 가장 아름다운 곳이 될 거야."

"부녀 봉사회에서는 공동묘지를 재정비하려는 일을 의논중이야. 그 일을 하려면 기부금이 필요할 테니까 부녀 봉사회에서 맡는 게 좋겠어. 그리고 마을 회관 사건 이후로 개선 협회가 그 일을 추진하는 건 소용이 없을 것 같아. 하지만 개선 협회에서 비공식적으로라도 공동묘지 재정비에 대한 언질을 주지 않았다면 부녀 봉사회는 활동을 개시하지 않았을 거야. 교회 마당에 심은 나무들도 잘 자라고 학교 운영 위원회도 내년에 학교 운동장에 울타리를 만들겠다고 나한테 약속했어. 그렇게만 된다면 식목일을 정해서 모든 학생들이 나무를 심도록 할 거야. 그러면 도로 옆 모퉁이에 정원이 생기는 거야."

"볼터 아저씨네 낡은 집을 없애는 것만 빼고 지금까지 우리 계획은 거의 다 성공했어. 볼터 아저씨한테는 나도 두 손 들었어. 그분은 우릴 약올릴 셈으로 그 집을 헐지 않는 거야. 볼터 가문엔 원래 청개구리 기질이 좀 있는데 그 할아버지한테서 제대로 나타난 거지."

앤이 사려 깊게 말했다.

"줄리아 벨은 볼터 아저씨에게 다른 위원들을 보내려고 하던데, 내 생각엔 그분한테서 완전히 손을 떼는 게 더 나을 것 같아."

길버트가 미소를 지으며 말했다.

"린드 아주머니 말처럼 신의 섭리에 맡기자. 더 이상 위원들을 보내지 않을 거야. 보내 봤자 볼터 아저씨 화만 돋울 뿐이니까. 줄리아 벨은 네가 그 일을 추진할 소위원회만 꾸린다면 못할 게 없다고 생각해. 앤, 내년 봄엔 아름다운 잔디와 운동장을 가꾸는 데 힘써야 돼.

그러니 올 겨울 초에 좋은 씨앗을 뿌려 놓아야지. 내게 잔디와 잔디 가꾸기에 대한 논문이 있으니 곧 그 주제로 보고서를 작성할 거야. 그건 그렇고, 이젠 방학도 끝났구나. 월요일에 개학이야. 루비 길리스는 카모디 학교에 가게 됐니?"

"응, 프리실라가 자기는 고향에 있는 학교에 가게 됐다고 편지에 썼어. 그래서 카모디 학교 운영 위원회에서 루비에게 자리를 준 거야. 프리실라가 돌아오지 못해서 유감이야. 하지만 루비가 학교를 맡게 돼서 기뻐. 토요일에 루비가 집에 돌아오면 제인과 다이애나, 나 이렇게 모두 옛날처럼 다시 모이게 되는 거야."

앤이 돌아왔을 때 방금 린드 부인 집에 갔다 온 마릴라가 뒤 현관 계단에 앉아 있었다.

"레이첼과 난 내일 시내 이곳저곳을 돌아다니기로 했다. 린드 씨가 이번 주엔 몸이 좀 괜찮아졌다는구나. 레이첼은 린드 씨가 다시 병이 도지기 전에 잠깐 시내에 가 보고 싶다는 거야."

앤이 얌전하게 말했다.

"전 내일 아침 특별히 더 일찍 일어나려 해요. 할 일이 무척 많거든요. 우선 낡은 이불 속 깃털을 새 것으로 갈 거예요. 진작 해야 했는데 정말 하기 싫은 일이라서 계속 미루고 있었어요. 싫은 일이라고 미루는 건 좋지 않은 버릇이니 다시는 그러지 않을 작정이에요. 안 그러면 어떻게 학생들에게 할 일을 미루지 말라고 거리낌없이 말할 수 있겠어요? 그건 일관성이 없는 거죠. 그리고 나선 해리슨 아저씨께 케이크를 만들어 드리고, 개선 협회에 낼 정원에 대한 보고서를 끝내야 하고, 스텔라한테 편지를 쓰고, 모슬린 드레스를 빨아서 풀을 먹이고, 도라에게 새 앞치마를 만들어 줄 거예요."

마릴라가 비관적으로 대꾸했다.
"아마 반도 못할 게다. 뭔가 잔뜩 계획을 세우면 꼭 방해물이 생기는 법이거든."

20. 종종 생기는 일

앤은 다음날 아침 일찍 일어나서 기분 좋은 하루를 맞이했다. 진줏빛 밝은 하늘로 태양이 당당히 떠올랐다. 초록지붕 집에는 햇살이 가득했고 버드나무와 포플러나무 그림자가 춤추듯이 어른거렸다. 샛길 너머로는 해리슨 씨의 옅은 황금빛 밀밭이 바람에 일렁이며 드넓게 펼쳐져 있었다. 앤은 세상의 아름다움에 흠뻑 취해, 정원 문가를 이리저리 거닐며 행복한 십여 분을 보냈다.

아침 식사를 마치고 마릴라는 떠날 채비를 했다. 도라도 오래 전에 이 즐거운 일을 약속했기 때문에 마릴라와 함께 가기로 했다.

마릴라가 엄하게 데이비를 타일렀다.

"자, 데이비, 앤을 귀찮게 하지 말고 얌전히 굴어야 한다. 착하게 있으면 올 때 줄무늬 막대 사탕을 사다 주마."

어쩜! 마릴라마저도 뇌물을 써서 말을 듣게 하려는 악습에 빠져 있다니!

데이비는 의아한 표정을 지으며 물었다.

"일부러 나쁜 짓을 하진 않을 거예요. 하지만 모르고 나쁜 짓을 하게 되면요?"

"그러니까 사고를 일으키지 않도록 조심해야지. 앤, 오늘 시어러 씨가 오면 맛있는 불고기와 스테이크용 고기를 사 두어라. 혹시 그 사람이 오지 않으면, 내일 점심때 먹을 닭 한 마리를 잡아야 할 거야."

앤이 고개를 끄덕였다.

"오늘 데이비랑 제가 먹을 음식은 따로 만들지 않을래요. 냉장 햄이면 점심거리가 될 테니까요. 밤에 아주머니가 오시면 그때 스테이크를 해드릴게요."

데이비가 말했다.

"난 해리슨 아저씨를 따라가기로 했어. 아저씨는 오늘 아침에 해초 따러 간다고 했거든. 아저씨가 먼저 가자고 하던걸. 아마 점심도 같이 먹자고 할 거야. 해리슨 아저씨는 정말 친절하고 붙임성 있는 분이거든. 나도 크면 해리슨 아저씨 같은 사람이 될래. 내 말은 아저씨처럼 행동하고 싶다는 뜻이야, 생김새를 닮겠다는 게 아니고. 하긴 아저씨를 닮을 염려야 없지, 린드 아주머니는 나보고 참 잘생겼다고 하니까. 누나 생각에는 내가 계속 그런 얘기를 들을 수 있을 것 같아? 알고 싶어."

앤은 진지하게 대꾸했다.

"아마 그럴 거야. 넌 잘생겼어, 데이비. 하지만 얼굴이 잘생긴 만큼 그에 부끄럽지 않게 행동거지도 점잖고 친절해야 해."

잘생겼다는 말을 듣고 마릴라는 전혀 동의할 수 없다는 표정을 지었다.

데이비가 볼멘소리를 했다.

"언젠가 미니 메이 배리가 다른 애한테 못생겼다고 놀림을 받아 울고 있을 때, 누나는 미니 메이가 친절하고 상냥하고 남을 사랑할 줄 안다면 사람들은 외모를 따지지 않을 거라고 했지. 이 세상에서는 이런저런 이유 때문에 착해지지 않을 수가 없어. 무조건 얌전히 굴어야 한다니까."

"넌 착해지고 싶지 않니?"

마릴라는 무수히 그런 일을 겪어 왔건만, 아직도 그런 질문이 쓸모없다는 사실을 깨닫지 못하고 있었다.

데이비가 조심스럽게 대답했다.

"아니, 착해지고는 싶지만 너무 착한 건 싫어요. 주일 학교 책임자가 될 만큼 그렇게 착해지고 싶진 않아요. 벨 장로님 말이에요, 그 아저씨는 정말 나쁜 사람이에요."

마릴라는 화가 나서 말했다.

"절대 그렇지 않아."

"장로님 입으로 그랬는걸요. 지난주 주일 학교에서 기도하면서 그랬단 말예요. 자기는 벌레같이 타락한 인간이고 가련한 죄인이며 사악한 죄를 저지른 사람이라고요. 마릴라 아주머니, 도대체 그 아저씬 무슨 죄를 저지른 거예요? 사람을 죽였나요? 아니면 헌금한 돈을 훔쳤나요?"

그 순간 다행히도 린드 부인이 샛길로 마차를 몰고 들어오자, 마릴라는 사냥꾼의 덫에서 빠져 나오는 기분을 느끼며 서둘러 자리를 떴다. 마릴라는 벨 장로가 특히나 호기심이 많은 꼬마들이 듣는 데서 기도할 때는 비유적인 표현을 많이 쓰지 않기를 진심으로 바랐다.

앤은 즐거운 기분으로 혼자 남아 열심히 일을 했다. 바닥을 쓸고, 침대를 정돈하고, 닭 모이를 주고, 모슬린 드레스도 빨아서 널었다. 그리고 나서 이불 속 깃털을 갈 채비를 했다. 앤은 다락에 올라가서 손에 잡히는 대로 낡은 옷을 꺼내 입었다. 열네 살 때 입었던 감색 캐시미어 원피스는 확실히 조금 짧은데다, 앤이 초록 지붕 집에 처음 올 때 입었던 그 유명한 면모 교직물 원피스만큼이나 몸에 '꼭 끼었다.' 하지만 이불 속 깃털이 파고들 만큼 천이 상하지는 않았다. 앤은 빨갛고 흰 물방울 무늬가 있는 매슈의 커다란 손수건을 머리에 두르고 몸단장을 마친 후, 부엌방으로 갔다. 아까 마릴라와 함께 깃털 이불을 그곳에다 옮겨 놓았던 것이다. 어느 순간 앤은 재수 없게도 그 방 창가에 걸린 금이 간 거울을 들여다보게 되었다. 콧등에 난 주근깨 일곱 개가 어느 때보다도 선명하게 눈에 띄었다. 어쩌면 볕이 잘 드는 창으로 눈부시게 비쳐 들어오는 햇살 때문에 더욱 그렇게 보였는지도 모른다.

앤은 속으로 생각했다.

"아 참, 어젯밤 그 로션 바르는 걸 잊었네. 지금 당장 식품 저장실에 가서 발라야지."

앤은 주근깨를 없애려고 별의별 수를 다 써 보았다. 어떤 때는 콧등의 피부가 모조리 벗겨져도 주근깨는 고스란히 남아 있기도 했다. 며칠 전에 앤은 잡지에서 주근깨 치료에 효과적인 로션 만드는 법을 보고 재료도 다 있겠다 싶어서 곧장 만들어 보았다. 하지만 하느님이 코에 주근깨를 내려 주었다면 그대로 두는 게 마땅하다고 생각하는 마릴라는 몹시 못마땅해 했다.

앤은 허둥지둥 식품 저장실로 달려갔다. 그 방은 창문 가까이에 커다란 버드나무가 드리워져 있어 늘 어슴푸레한데다 지금은 파리가 들어오지 못하게 차양까지 내렸기 때문에 거의 깜깜했다. 앤은 선반에서 로션이 든 병을 꺼내 가제에 묻혀 듬뿍 코에 발랐다. 이 중대한 임무를 끝내고 앤은 하려던 일을 시작했다. 이불 속 깃털을 바꿔 넣어 본 사람이라면 일을 끝내고 났을 때 앤의 모습이 얼마나 볼만했을지 알 것이다. 앤은 하얀 깃털을 온통 뒤집어쓰고 머릿수건 아래로 비어져 나온 앞 머리카락에는 깃털이 후광처럼 달려 있었다. 한창 일을 하고 있는데 누군가 부엌문을 두드렸다.

"분명히 시어러 아저씨일 거야. 꼴이 말이 아니지만 이대로 뛰어나가야겠군. 그 분은 항상 서두르시거든."

앤은 속으로 중얼거리며 부엌문을 향해 날듯이 달려갔다. 만약 깃털이 덕지덕지 붙은 불쌍한 소녀를 삼킬 만큼 마룻바닥이 관대했다면, 초록 지붕 집 현관 바닥은 그 즉시 앤을 삼켜 버렸을지도 모른다. 문 앞에는 비단옷으로 성장한 금발의 프리실라 그랜트와 트위드(스코틀랜드에서 생산되는 올이 성긴 모직물로 색깔이 곱고 다양하다:옮긴이) 정장을 한 땅딸막한 잿빛 머리의 부인이 서 있었다. 또 곁에는 아름답고 고상한 얼굴에 검은 속눈썹 아래로 커다란 보랏빛 눈동자가 빛나는 부인도 있었는데, 늘씬한 키에 멋들어진 가운을 차려 입은 모습이 위엄 있어 보였다. 앤은 어릴 적부터 늘 말하곤 했듯이, 그 사람이 바로 샬럿 모건 부인이라고 '직감적으로 느꼈다.'

그 당황스런 순간에 앤은 정신이 혼란한 상태에서도 한 가지 생각을 해냈고 물에 빠진 사람이 지푸라기라도 잡는 심정으로 그 생각을 꼭 붙들었다. 모건 부인의 소설에 나오는 여주인공들은 모두 '위급할 때 수완을 발휘하기'로 유명했다. 어떤 곤경에 빠져도 변함없이 재치를 발휘하여 때와 장소를 가리지 않고 덮치는 불행을 극복해 가는 뛰어난 능력을 보여 주곤 했다. 그래서 앤은 위급한 상황에서는 수완을 발휘해야 한다고 생각하고 그렇게 행동했다. 그때 앤의 태도가 얼마나 완벽했던지, 나중에 프리실라는 그 순간만큼 앤 셜리에게 감탄한 적은 없다고 말했을 정도였다. 앤은 어쨌든 속마음은 드러내지 않았다. 앤은 마치 세련된 자줏빛 예복이라도 차려 입은 양 차분하고 침착하게 프리실라에게 인사하고 같이 온 손님들을 소개받았다. 앤이 직감적으로 모건 부인이라고 느꼈던 사람은 생면부지의 펜덱스터 부인이고, 오히려 잿빛 머리의 땅딸막한 사람이 모건 부인이라는 사실을 알게 된 것은 확실히 약간 충격적이었다. 그러나 워낙 큰 충격에 빠져 있던 참이라 그 충격은 곧 가셨다. 앤은 손님들을 손님방으로 맞아들여 응접실로 안내했다. 그리고는 서둘러 나가서 프리실라가 마구를 벗기는 것을 거들었다.

프리실라가 사과했다.

"이렇게 불쑥 찾아와서 너무 놀랐지? 하지만 나도 어젯밤에야 여기 올 걸 알았어. 원래 샬럿 고모는 월요일에 떠날 예정이라 오늘은 시내에 사는 친구와 함께 보내기로 약속했었대. 근데 어젯밤에 그 친한테서 전화가 왔는데, 그곳은 급성 성홍열 때문에 출입을 금하고 있으니 오지 말라고 했다는 거야. 그래서 내가 여기 오자고 했지. 네가 고모를 무척 만나고 싶어했잖아. 오다가 화이트샌즈 호텔에 들러 펜덱스터 부인과 함께 이리로 온 거야. 그분은 뉴욕에 사는 고모 친군데 남편이 백만 장자래. 펜덱스터 부인은 다섯 시까지 호텔에 돌아가야 하니까 오래 머물지는 못할 거야."

말을 다른 곳에 매어 놓다가, 앤은 프리실라가 곤혹스러운 표정으로 자꾸 자기를 훔쳐보는 것을 눈치챘다.

앤은 좀 화가 나서 속으로 중얼거렸다.

"저렇게 쳐다볼 것까진 없는데. 이불의 깃털 바꾸는 일이 어떻다는 걸 모르면 상상이라도 할 수 있잖아."

프리실라는 응접실로 갔다. 그리고 앤이 이층으로 올라가려는데 다이애나가 부엌으로 들어왔다. 앤은 자기 꼴을 보고 깜짝 놀라는 친구의 팔을 잡았다.

"다이애나 배리, 지금 응접실에 누가 있는지 알아? 샬럿 모건 부인이야……. 그리고 뉴욕의 백만 장자 부인도 와 있고……. 근데 난 이런 꼴이야. 게다가 집에는 식사로 대접할 게 냉장 햄밖에 없어, 다이애나!"

그러다가 앤은 다이애나도 프리실라처럼 어쩔 줄 모르는 표정으로 자기를 빤히 쳐다보는 것을 깨달았다. 앤은 무척 난처해졌다.

앤이 간절하게 말했다.

"오, 다이애나, 그렇게 쳐다보지 말아 줘. 아무튼 세상에서 가장 깔끔한 사람이라도 이불 속 깃털을 꺼내 새로 갈아 넣으면서 계속 깔끔하게 있을 순 없어."

다이애나가 머뭇거리며 말을 더듬었다.

"그게…… 그게…… 깃털말고, 네 코 말야."

"내 코? 아, 다이애나, 뭔가 잘못됐구나!"

앤은 개수대 위에 달린 작은 거울 쪽으로 쏜살같이 달려갔다. 곧 가혹한 현실이 드러났다. 앤의 코가 시뻘건 것이었다!

마침내 앤은 용기를 잃고 소파에 털썩 주저앉았다.

"어떻게 된 거야?"

다이애나가 호기심을 참지 못해 체면 불구하고 묻자 자포자기한 대답이 들려 왔다.

"주근깨 로션을 바른 줄 알았는데 마릴라 아주머니가 양탄자에 무늬를 놓을 때 쓰는 빨간 염색약을 발랐나 봐. 어쩌지?"

다이애나가 현실적으로 말했다.

"씻어 내야지, 뭐."

"안 지워질지도 몰라. 처음엔 머리를 염색하더니 이젠 코를 물들이다니. 머리를 염색했을 땐 마릴라 아주머니가 머리카락을 잘라 주셨지만 이번에는 그렇게 하지도 못하잖아. 그래, 이건 허영심에 대한 벌이고 난 벌받아도 마땅해. 그렇다고 위안이 되는 건 아니지만. 운이 나빴다고도 할 수 있지. 린드 아주머니는 모든 게 숙명이지 재수 같은 건 없다고 하지만 말야."

다행히 염색약은 쉽게 지워졌다. 다이애나가 집으로 달려간 사이에 앤은 마음을 가다듬고 자기 방으로 올라가서는 차분히 옷을 갈아입은 뒤 다시 내려왔다. 앤이 그렇게 입고 싶어했던 모슬린 드레스는 빨랫줄에서 펄럭이고 있었기 때문에 앤은 까만 고급 무명옷으로 만족해야 했다. 앤이 불을 피워 차를 끓이고 있을 때 다이애나가 돌아왔다. 다이애나는 그래도 흰 모슬린 드레스를 차려 입고 뚜껑이 덮인 접시를 들고 왔다.

다이애나는 뚜껑을 열고 먹음직스럽게 잘라 놓은 닭고기를 감지덕지하는 앤에게 보여 주며 말했다.

"엄마가 보내신 거야."

닭고기는 맛 좋은 버터와 치즈를 곁들여 갓 구운 빵과 더불어 식탁에 올랐고, 마릴라가 만든 과일 케이크와 여름 햇살을 응고시킨 듯한 황금빛 시럽에 띄운 자두 통조림도 놓였다. 그리고 분홍과 하얀 과꽃 한 아름으로 식탁 주위를 장식했지만, 그래도 차려 놓은 음식이 지난번 모건 부인을 위해 공들여 준비했던 때보다는 아주 빈약했다.

그러나 마침 시장했던 손님들은 차린 게 없다고 생각하지는 않는 것 같았다. 그 간소한 음식을 매우 맛있게 먹었던 것이다. 그래서 앤도 곧 음식에 대해서는 신경 쓰지 않게 되었다. 모건 부인의 외모는 부인의 충실한 숭배자들조차 인정할 수밖에 없었듯이 다소 실망스러울 수도 있었다. 그러나 모건 부인은 아주 유쾌하게 대화를 이끄는 사람으로, 여러 곳을 두루 여행한데다 워낙 훌륭한 이야기꾼이었다. 모건 부인은 많은 사람들을 두루 만났으며 이런 자신의 경험을 듣는 사람들로 하여금 마치 멋있는 책에 나오는 한 등장인물에게 귀기울이고 있는 것처럼 느끼게 하는 재치 있고 간결한 문장과 경구로 들려주었다. 그러나 모건 부인의 번뜩임 그 저변에는 부인의 경탄할 만한 재치만큼이나 쉽게 호감이 가는 참되고 여성스러운 동정심과 상냥한 마음씨가 흐르고 있다는 것이 강하게 느껴졌다. 뿐만 아니라 모건 부인은 대화를 독차지하지 않았다. 말을 잘하는 만큼 능숙하게 다른 사람을 이야기에 끌어들일 줄도 알았다. 그래서 앤과 다이애나도 거리낌없이 모건 부인과 이야기를 나누었다. 펜덱스터 부인은 눈과 입가에 미소를 머금고 있을 뿐 거의 말이 없었다. 그리고 닭고기와 과일 케이크와 통조림을 어찌나 아름답고 우아하게 먹는지 마치 신들이 먹는 음식과 감로수를 맛보고 있는 듯했다. 앤이 나중에 다이애나에게 말했듯이, 펜덱스터 부인처럼 성스러운 아름다움을 가진 사람은 이야기를 할 필요가 없었다. 그저 지켜보고만 있어 주어도 충분했다.

식사를 마친 후 모두들 연인의 오솔길과 제비꽃 골짜기와 자작나무 길을 산책하고 다시 돌아와서 유령의 숲을 지나 드루아스 샘가에 앉아서 반시간 동안 즐겁게 이야기를 나누었다. 모건 부인은 어떻게 유령의 숲이라는 이름이 붙었는지 알고 싶어 했다. 앤에게서 마녀가 돌아다니며 마술을 부린다는 저녁 어스름에 그 숲을 지나갔던 잊을 수 없는 극적인 이야기를 듣고 모건 부인은 눈물이 나오도록 웃었다.

손님들이 돌아가고 다이애나와 둘만 남게 되었을 때 앤이 말했다.

"정말로 지적인 담론과 탁 터놓은 따뜻한 교류였잖니, 그렇지? 모건 부인의 이야기를 듣는 것과 펜덱스터 부인을 바라보는 것 중 뭐가 더 즐거웠는지 모르겠어. 그분들이 올 것을 미리 알고 이것저것 대접하느라 시달렸다면 이보다 즐겁진 않았을 거야. 나랑 차 마시면서 오늘 일에 대해 얘기나 나누자."

"프리실라가 그러는데 펜덱스터 부인 남편의 여동생은 영국 백작과 결혼했대. 그런데도 펜덱스터 부인은 자두 통조림을 두 접시나 먹었어."

다이애나는 그 두 가지 사실이 다소 어울리지 않는다는 투로 말했다.

"아무리 영국 백작이라 해도 마릴라 아주머니의 자두 통조림만은 무시할 수 없을걸."

앤이 자랑스럽게 대꾸했다.

저녁에 앤은 마릴라한테 낮에 있었던 일을 들려주면서도 불운한 코 사건은 이야기하지 않았다. 그러고는 주근깨 로션을 가져다 창 밖에 쏟아 버렸다.

앤은 몰래 굳게 결심했다.

"다시는 예뻐지려다 실수하는 짓 따윈 하지 않겠어. 그런 일은 조심스럽고 꼼꼼한 사람들에게나 맞는 일이지, 나처럼 대책 없이 실수만 저지르는 사람에겐 어울리지 않아. 쓸데없이 그런 일을 하려 드는 건 분수를 모르는 짓이야."

21. 상냥한 라벤더

개학을 하자 앤은 이론보다는 상당한 자신의 경험을 가지고 다시 학교 일을 시작했다. 반에는 눈을 동그랗게 뜨고 그저 신기한 세계로 모험을 온 줄 아는 예닐곱 살짜리 학생 몇몇이 새로 들어왔다. 그 중에는 데이비와 도라도 끼여 있었다. 데이비는 밀티 볼터 옆에 앉았는데 그 아이는 일 년째 학교를 다니고 있었기 때문에 학교 물정에 밝았다. 원래 도라는 지난주 주일 학교에서 릴리 슬론과 같이 앉기로 약속했다. 그러나 릴리 슬론이 첫날 결석했기 때문에 임시로 미라벨 코튼과 앉게 되었다. 미라벨 코튼은 나이가 열 살이라 도라의 눈에는 '아가씨들' 중 하나로 보였다.
그날 밤 데이비가 집에 와서 마릴라에게 말했다.
"학교는 참 재밌어요. 아주머니는 내가 가만히 앉아 있지 못할 거라고 하셨지만 난 잘 앉아 있었어요. 아주머니는 대체로 맞는 말씀만 하시지만요. 책상 아래서 다리를 비비 꼬다 보면 도움이 돼요. 같이 놀 남자 애들이 많아서 정말 좋아요. 전 밀티 볼터와 같이 앉는데, 그 앤 좋은 애예요. 키는 밀티가 더 크지만 몸집은 내가 더 커요. 뒷자리에 앉으면 좋겠는데 의자에 앉았을 때 다리가 바닥에 닿을 만큼 자라야 거기에 앉을 수 있대요. 밀티가 자기 석판에 앤 누나를 그렸는데 지독히 못 그렸어요. 그래서 밀티한테 누나를 그렇게 못생기게 그리면 쉬는 시간에 때려 주겠다고 했죠. 처음엔 밀티를 그려서 뿔과 꼬리를 달아 주려고 생각했는데 밀티가 기분 상해할 것 같더라고요. 앤 누나가 남들의 기분을 상하게 해서는 안 된다고 했거든요. 기분을 상하게 하는 건 몹쓸 짓인 것 같아요. 꼭 혼내 주고 싶다면 기분을 상하게 하는 것보다는 차라리 흠씬 두들겨 주는 게 더 나을 거예요. 밀티는 내가 무서워서가 아니라 나를 봐서 그 그림에 다른 이름을 붙이겠다고 했어요. 그래서 누나 이름을 지우고 거기다 바바라 쇼라고 썼어요. 밀티는 바바라가 자기를 귀여운 꼬마라고 부르는데다 한 번은 자기 머리를 쓰다듬었기 때문에 싫대요."
도라는 새침하게 학교가 좋다고만 말하고는 평소와 다름없이 조용히 있었다. 날이 저물어 마릴라가 이층에 올라가 자라고 하자 도라는 우물쭈물하더니 훌쩍훌쩍 울기 시작했다.
"나…… 난 무서워요. 어두컴컴한데 혼자서 이층에 가기 싫어요."

마릴라가 물었다.

"왜 그런 생각을 하지? 여름 내내 혼자서도 무서워하지 않고 잘 잤잖니."

도라가 울음을 그치지 않자 앤이 토닥거리며 속삭였다.

"자, 나한테 말해 봐, 귀여운 아가. 뭐가 무서운 거야?"

도라는 계속 흐느끼며 털어놓았다.

"미…… 미라벨 코튼네 삼촌요. 오늘 학교에서 미라벨 코튼이 자기 가족 얘기를 다 해줬어요. 걔네 식구들은 거의 다 죽었대요. 할아버지, 할머니, 삼촌, 숙모 모두요. 미라벨 말로는 자기 집 식구는 빨리 죽는 편이래요. 미라벨은 죽은 가족이 많은 걸 매우 자랑스러워하며 무슨 병으로 죽었는지, 또 무슨 말을 했는지, 매장될 때 모습이 어땠는지 전부 얘기했어요. 그리고 미라벨의 삼촌 하나는 무덤에 묻힌 뒤에도 집 주위를 돌아다닌대요. 미라벨 엄마가 봤대요. 다른 건 괜찮은데 그 삼촌이 자꾸 생각이 나요."

앤은 도라를 데리고 이층으로 가서 잠들 때까지 곁에 있어 주었다. 다음날 앤은 쉬는 시간에 미라벨 코튼을 교실에 남으라고 해서는, 무덤에 묻힌 뒤에도 계속해서 집 주위를 돌아다니는 삼촌이 있다는 건 참 유감스러운 일이지만 아직 어린 짝에게 그 괴상한 신사 얘기를 하는 것은 좋은 취미가 아니라고 '부드럽지만 단호하게' 이해시켰다. 미라벨은 앤의 이런 행동을 혹독하다고 생각했다. 코튼네는 자랑거리가 별로 없었다. 미라벨이 자기 가족 중에 유령이 있다는 걸 내세우지 않는다면 친구들 사이에서 어떻게 위신을 세울 수 있겠는가?

9월이 지나가고 황금빛과 다홍빛으로 넘실거리는 10월이 되었다. 어느 금요일 저녁 다이애나가 찾아왔다.

"오늘 엘라 킴볼한테서 편지가 왔어, 앤. 우리더러 시내에서 온 자기 사촌 아이린 트렌트도 볼 겸 내일 오후에 차 마시러 오래. 근데 마차를 끌 말이 없어. 내일 다 쓰거든. 네 조랑말도 다리를 절잖아. 그러니 우린 못 가겠어."

"걸어가면 되잖아. 숲 속으로 쭉 가다 보면 킴볼네 집에서 그리 멀지 않은 웨스트그래프턴 도로가 나와. 작년 겨울에 그 길을 지나가 봐서 알아. 6킬로미터 정도밖에 안 되고 또 돌아올 때는 올리버 킴볼이 우릴 태워다 줄 테니까 걸을 필요가 없잖아. 아마 올리버는 핑곗거리가 생겨 좋아할걸. 캐리 슬론을 만나러 다니는데 아버지가 말을 못 타고 다니게 한대."

마침내 두 사람은 걸어가기로 하고 이튿날 오후에 연인의 오솔길을 지나 커스버트 농장 뒤편으로 갔다. 그곳에서 아련히 보이는 울창한 자작나무와 단풍나무 숲 한가운데로 들어서는 길에 다다르니 주위는 온통 황금빛 불꽃으로 경이롭게 타오르며 자줏빛 정적과 평화가 깃들여 있었다.

앤이 꿈꾸듯이 말했다.

"이건 마치 부드럽고 아름다운 형형색색의 불빛으로 가득 찬 거대한 성당에서 무릎 꿇고 기도드리는 것 같지 않니? 이 숲을 서둘러 지나치는 건 옳지 못한 것 같아. 교회 안에서 뛰어다니는 것처럼 불경스런 짓이야."

다이애나가 시계를 힐끗 보면서 말했다.

"그래도 서둘러야 해. 시간이 그리 많지 않아."

"그럼 빨리 걸을 테니까 말은 걸지 마. 난 이렇게 사랑스러운 날을 들이마시고 싶으니까. 마치 이 숲은 포도주 같은 공기를 내 입술에

들이미는 것 같아. 난 걸을 때마다 한 모금씩 마시며 갈 거야."

두 사람이 갈림길에 이르렀을 때 앤이 왼쪽 길로 들어선 것은 아마도 '들이마시는' 데 너무 열중해 있었기 때문일 것이다. 원래는 오른쪽 길로 가야 했지만, 훗날 앤은 그 실수를 자기 인생에서 가장 운 좋은 실수였다고 여기게 되었다. 두 소녀가 한적하고 풀이 무성한 길에 다다르고 보니 길가에는 어린 가문비나무만 빽빽이 늘어서 있었다.

다이애나가 당황해서 소리쳤다.

"아니, 여기가 어디야? 웨스트그래프턴 도로가 아니잖아."

앤이 약간 부끄러워하며 대꾸했다.

"그래, 여긴 미들그래프턴의 간선 도로야. 아까 갈림길에서 길을 잘못 들었나 봐. 여기가 어딘지 확실히는 모르겠지만 아직도 킴볼네에서 5킬로미터 거리는 될 거야."

다이애나는 시계를 보면서 다 틀렸다는 듯이 말했다.

"그럼 다섯 시까지 그곳에 갈 수 없잖아. 지금 네 시 반이야. 다들 차 마시고 난 뒤에 도착하면 우리 때문에 또다시 차를 내와야 하니 번거로울 텐데."

"그냥 집으로 돌아가는 게 낫겠다."

앤이 한풀 꺾여 말했으나 다이애나는 궁리를 좀 해 보더니 반대했다.

"아니, 여기까지 왔으니까 가서 놀다 오는 게 좋겠어."

조금 더 가자 또 다른 갈림길이 나왔다.

다이애나는 의심스러워하며 물었다.

"어느 길로 가야 돼?"

앤은 고개를 저었다.

"모르겠어, 더 이상 실수하면 곤란해. 이쪽 길은 여기가 숲으로 곧장 이어지는 초입인가 봐. 그러니까 저 길로 가다 보면 틀림없이 인가가 있을 거야. 가서 알아보자."

구불구불 돌아가는 길을 따라 걸으며 다이애나가 말했다.

"이렇게 낭만적인 길이 있었다니!"

그 길은 가지들이 위로 얽혀 올라간 오래 된 아름드리 전나무 아래로 이끼밖에 자랄 수 없을 만큼 짙은 그늘을 이루며 뻗어 있었고, 길 양쪽의 갈색 숲 바닥으로 여기저기 햇빛이 쏟아져 들어왔다. 마치 세상의 걱정 근심은 아득히 먼 곳에 있는 듯 매우 고요하고 외진 곳이었다.

앤이 목소리를 낮추어 속삭였다.

"우린 마법의 삼림 속을 걸어가고 있나 봐. 다이애나, 우리가 다시 바깥 세상으로 돌아갈 길을 찾을 수 있을까? 이제 곧 마법에 걸린 공주님이 사는 궁전이 나올지도 몰라."

다음 모퉁이를 돌자 궁전은 아니지만 고만고만한 농가들만 있는 이 지방에서 궁전이 나타난 것만큼이나 놀라운 작은 집 한 채가 보였다. 이곳 농가들은 같은 씨앗에서 자란 것처럼 전반적으로 특성이 비슷비슷했던 것이다. 앤은 넋을 잃은 나머지 문득 걸음을 멈추었고 다이애나는 탄성을 질렀다.

"아, 이제 여기가 어딘지 알겠다. 저 작은 돌집은 라벤더 루이스 아주머니가 사는 집이야. 그 아주머니는 이 집을 메아리 오두막집이라고 부른대. 얘기는 자주 들었지만 본 적은 없어. 정말 낭만적인 곳이지?"

앤도 기뻐하며 말했다.

"이렇게 아름답고 멋진 곳은 본 적도 없고 상상조차 못해 봤어. 동화책이나 꿈 속에 나오는 집 같아."

그 집은 처마가 낮고 이 섬에서 나는 붉은 사암 벽돌로 지어졌으며, 끝이 뾰족한 작은 지붕 위로 고풍스런 나무 덮개를 씌운 지붕창 두 개와 커다란 굴뚝 두 개가 나 있었다. 가을 서리를 맞아 아주 아름다운 구릿빛과 붉은 포도주빛을 띤 담쟁이덩굴이 자연 그대로의 석조물을 쉽게 타고 올라가 집 전체를 무성하게 뒤덮고 있었다.

집 앞에는 앤과 다이애나가 서 있는 오솔길 입구에서부터 직사각형의 정원이 펼쳐져 있었다. 그 집 한쪽 면은 정원과 경계를 이루고 나머지 삼면은 돌로 쌓아 만든 오래 된 물길로 빙 둘러싸여 있는데 주위에 이끼와 풀과 고사리들이 너무 무성해 마치 높다란 초록색 제방처럼 보였다. 집 양쪽으로는 높이 솟은 거무스레한 가문비나무가 손바닥처럼 생긴 가지를 뻗고 있고, 그 아래로는 푸르른 클로버 목초지가 자그맣게 비탈을 이루며 검푸르게 굽어 들어간 그래프턴 강으로 이어졌다. 부드러운 어린 전나무로 뒤덮인 언덕과 골짜기를 빼고는 다른 집이나 공터는 보이지 않았다.

다이애나는 문을 열고 정원으로 들어서면서 생각에 잠겨 중얼거렸다.

"라벤더 아주머니가 어떤 사람인지 궁금해. 사람들은 그분이 괴짜라던데."

"그렇다면 라벤더 아주머니는 재미있는 사람일 거야. 괴짜들은 다른 면에서는 어떻든 간에 하여튼 재미있는 사람들이거든. 내가 마법의 궁전에 오게 될 거라고 말했지? 작은 요정들이 그 길에 마법을 건 것은 다 까닭이 있었던 거야."

앤이 단정하듯 말하자 다이애나는 웃음을 터뜨렸다.

"하지만 라벤더 아주머니가 마법에 걸린 공주는 아니야. 내가 듣기로 라벤더 아주머니는 마흔다섯 살에 머리가 희끗희끗한 노처녀라고."

앤이 자신 만만하게 장담했다.

"아, 그것도 다 마법에 걸려서 그런 거야. 라벤더 아주머니의 마음은 여전히 젊고 아름다워. 우리가 마법을 푸는 방법만 안다면 라벤더 아주머니는 눈부시게 아름다운 모습으로 다시 변할 거야. 하지만 우린 그 방법을 모르지. 원래 왕자님만이 그 비밀을 알고 있는 법이니까. 그러니까 라벤더 아주머니의 왕자님은 아직 나타나지 않은 거야. 아마 그 왕자님에게 피할 수 없는 불행이 닥쳤는지도 몰라. 비록 옛날이야기와는 다르지만 말야."

"왕자님이 오래 전에 왔다가 가 버린 건 아닐까. 소문에는 젊었을 때 라벤더 아주머니는 폴의 아버지인 스티븐 어빙 아저씨와 약혼한 사이였대. 근데 서로 말다툼하곤 헤어졌다는 거야."

앤이 주의를 주었다.

"쉬, 문이 열려 있어."

두 소녀는 담쟁이덩굴의 덩굴손이 드리워진 현관에서 걸음을 멈추고 문을 두드렸다. 안쪽에서 발소리가 나더니 조그맣고 좀 별나게 생긴 사람이 모습을 드러냈다. 주근깨투성이 얼굴에 들창코이고 마치 '귀 이쪽에서 저쪽까지' 길게 이어진 듯 커다란 입을 가진 열네 살 가량의 소녀였는데 두 갈래로 땋은 금발 머리를 커다란 나비 매듭의 파란 리본으로 묶고 있었다.

"라벤더 아주머니 안 계세요?"

다이애나가 물었다.

"네, 아가씨. 들어오세요, 아가씨. 이쪽으로…… 앉으세요, 아가씨. 라벤더 마님께 오셨다고 말씀드릴게요. 마님은 이층에 계시거든요, 아가씨."

이 조그만 하녀가 휙 사라지자 둘만 남은 소녀들은 서로 즐거운 눈길을 주고받았다. 이 신기한 집의 내부도 외관만큼이나 흥미로웠다.

방은 천장이 낮고 네모진 작은 유리창 두 개는 모슬린 주름 장식 커튼으로 가려져 있었다. 비치된 가구류는 모두 구식이었지만 아주 솜씨 있고 우아하게 배치되어 있어 보기가 좋았다. 그러나 가을 공기를 마시며 6킬로미터나 걸어온 건강한 두 소녀에게 솔직히 가장 마음이 끌린 것은 푸르스름한 도자기와 맛있는 음식이 놓여 있는 식탁이었다. 누릇누릇한 고사리들이 식탁보 위에 흐드러지게 장식되어 앤이 말한 '축제 분위기' 마저 자아내고 있었다.

앤이 속삭였다.

"라벤더 아주머니는 차 마실 손님을 기다리고 있나 봐. 여섯 명분이 차려져 있잖아. 근데 참 별난 여자 애를 데리고 있지 않니. 꼭 꼬마 요정 나라에서 온 심부름꾼 같아. 그 하녀가 우리에게 길을 가르쳐 줬을 거야. 하지만 난 라벤더 아주머니가 자꾸만 더 궁금해. 쉬, 그 분이 오고 있어."

그 말과 동시에 라벤더 루이스가 문간에 모습을 드러냈다. 두 소녀는 너무나 놀라서 예의도 잊은 채 멍청히 바라보기만 했다. 둘은 무의식적으로 이제껏 보아 오던 그런 나이 지긋한 독신 여성일 거라고 생각하고 있었다. 즉 단정하게 빗질한 희끗희끗한 머리에 안경을 끼고 다소 깐깐한 인물 말이다. 그러나 라벤더 루이스는 상상했던 것과는 너무나 달랐다.

라벤더는 아름답게 물결치는 숱 많은 새하얀 머리카락을 공들여 부풀려 동그랗게 말아 올린 자그마한 숙녀였다. 발그레한 볼과 아름다운 입술, 커다랗고 부드러운 갈색 눈동자, 특히나 옴폭 보조개가 들어간 소녀 같은 얼굴이었다. 그리고 그 나이의 사람이 입기에는 우스꽝스럽고 유치해 보일 법한, 옅은 빛깔의 장미 장식이 달린 우아한 모슬린 가운을 입고 있었는데 라벤더에게는 완벽하게 어울려 전혀 우스운 느낌이 들지 않았다.
　라벤더가 외모에 어울리는 목소리로 입을 열었다.
　"네 번째 샬로타가 여러분이 나를 찾아왔다고 하더군요."
　다이애나가 말했다.
　"웨스트그래프턴으로 가는 길을 알고 싶어서요. 저희는 킴볼네 집에 초대를 받아 가는 길이었는데 숲길로 잘못 들어서는 바람에 웨스트그래프턴 도로가 아니라 간선 도로로 나왔거든요. 이 집 대문에서 왼쪽으로 가야 하나요, 오른쪽으로 가야 하나요?"
　라벤더는 주저하는 눈길로 식탁을 힐끗 보더니 대답했다.
　"왼쪽 길이에요."
　그러더니 갑자기 결심한 듯 불쑥 말했다.
　"그런데 아, 가기 전에 차 한 잔 마시고 갈래요? 그렇게 해요. 아가씨들이 도착하기 전에 킴볼네는 차를 마실 거예요. 네 번째 샬로타와 난 아가씨들이 있어 주면 무척 기쁠 텐데."
　다이애나는 앤에게 어떻게 할까 묻는 듯 무언의 눈길을 보냈다.
　앤은 이 놀라운 라벤더에 대해 좀더 알고 싶었기 때문에 재빨리 대답했다.
　"폐가 안 된다면 잠깐 머물렀다 갈게요. 한데 다른 손님을 기다리시는 건 아니었나요?"
　라벤더는 다시 식탁을 쳐다보더니 얼굴을 붉혔다.
　"아가씨들은 날 무척 바보 같다고 생각할 거예요. 맞아요, 난 참 바보 같아요. 그래도 이런 걸 들키면 부끄럽겠지만 들키지만 않으면 부끄럽게 생각진 않아요. 사실 올 손님은 없어요. 손님이 오는 체하고 있는 것뿐이에요. 알겠지만 난 무척 외로워요. 손님이 오는 걸 좋아하지만 이곳이 워낙 외진 곳이라 찾아오는 사람이 별로 없어요. 네 번째 샬로타 역시 외롭죠. 그래서 다과회를 갖는 것처럼 하는 거예요. 다과회를 준비하느라 음식을 만들고 식탁을 꾸미고, 어머니가 결혼식 때 쓴 도자기에 음식을 담아 내놓고 난 옷을 차려 입죠."
　다이애나는 과연 소문대로 라벤더 아주머니는 괴짜구나 생각했다. 마흔다섯 살 된 여자가 어린 여자 아이처럼 다과회 놀이를 한다고 상상해 보라! 그러나 앤은 눈을 반짝이며 기뻐서 소리를 질렀다.
　"아, 아주머니도 상상을 하시는군요!"
　'아주머니도'라는 말에 라벤더는 동질감을 느껴 대담하게 털어놓았다.
　"그래요. 물론 나처럼 나이 든 사람에겐 우스운 일이죠. 하지만 다른 사람에게 해가 되지 않는데 마음 내키는 대로 바보 같은 짓도 못한다면 혼자 사는 노처녀가 무슨 낙이 있겠어요? 사람에겐 보상이 필요하거든요. 가끔씩 이런 흉내를 내지 않고 살아갈 자신은 없어요. 네 번째 샬로타가 이러쿵저러쿵 말하지 않아도 자주 이러는 건 아니에요. 하지만 마침 오늘 다과회를 열려고 했던 게 다행이네요. 아가씨들이 정말로 찾아왔고 차는 이미 다 준비되어 있잖아요. 손님방에 올라가서 모자를 벗을래요? 계단 꼭대기에 있는 하얀 문이에요. 난 얼른 부엌에 가서 네 번째 샬로타가 차를 너무 끓이지나 않나 봐야 겠어요. 네 번째 샬로타는 아주 좋은 아이지만 차를 태우기 일쑤거든요."

라벤더는 반가운 마음에서 부엌으로 신나게 뛰어갔고 두 소녀는 손님방으로 올라갔다. 그 방은 문 색깔과 똑같은 하얀 칠을 한 방이었는데 담쟁이덩굴이 늘어진 지붕창으로 빛이 새어 들어오는, 앤이 말한 대로 행복한 꿈이 자라나는 곳 같았다.

다이애나가 말했다.

"이건 정말 희한한 모험이야, 그렇지? 라벤더 아주머니는 약간 별나긴 해도 참 아름답지 않니? 전혀 노처녀 같지 않아."

"라벤더 아주머니는 음악같이 느껴져."

두 소녀가 내려오자 라벤더는 찻주전자를 들고 들어왔고 그 뒤로 네 번째 샬로타가 갓 구운 비스킷 접시를 들고 굉장히 기뻐하는 표정으로 따라왔다.

"자, 두 분 이름을 말해 주세요. 젊은 아가씨들이라 기뻐요. 아가씨들을 정말 좋아하거든요. 아가씨들과 같이 있으면 나도 젊어지는 느낌이에요. 난 정말……."

라벤더는 말하다가 얼굴을 살짝 찡그렸다.

"내가 늙었다고 믿기 싫어요. 자, 두 분은 누구지요? 다이애나 배리? 그리고 앤 셜리? 내가 두 아가씨를 오랫동안 알고 지냈다고 치고 이제부턴 말을 낮춰도 될까요?"

"네, 그러세요."

둘이 동시에 대답하자 라벤더는 매우 즐거워하며 말했다.

"자, 그럼 편안히 앉아서 맛있게들 들어. 샬로타, 너도 끝자리에 앉아서 닭고기 좀 먹으렴. 스펀지 케이크와 도넛을 만들어 놔서 다행이야. 물론 상상의 손님들을 위해 요리하는 건 바보 같은 짓이지. 네 번째 샬로타가 그렇게 생각한다는 건 나도 알아. 그렇지, 샬로타? 하지만 보다시피 잘됐잖아. 손님이 오지 않는다고 해서 음식을 버리진 않아. 샬로타와 내가 며칠이고 다 먹었을 테니까. 그래도 스펀지 케이크는 오래 두어서 좋을 게 없지."

기억에 남을 만한 즐거운 시간이었다. 차를 마시고 나서 모두들 신비스런 석양이 타오르는 정원으로 나왔다.

다이애나가 감탄을 하며 주위를 둘러보았다.

"정말 멋진 곳에서 사시네요."

"왜 이곳을 메아리 오두막집이라고 부르나요?"

앤이 묻자, 라벤더가 말했다.

"샬로타, 안에 들어가서 시계 선반에 놓인 조그만 호른을 가져오렴."

샬로타가 재빨리 뛰어들어가서 호른을 가지고 나왔다.

"어디 한번 불어 보렴, 샬로타."

그러자 샬로타는 다소 삑삑거리고 귀에 거슬리는 소리로 호른을 불었다. 그러다가 한순간 정적이 흐르더니 강 너머 숲에서 마치 '작은 요정 나라의 호른들'이 한꺼번에 석양에 부딪혀 울리는 것처럼 아름답고 맑은 메아리가 아련히 들려 왔다. 앤과 다이애나는 환호성을 질렀다.

"자, 샬로타, 이제 크게 웃어 보렴."

라벤더가 물구나무서기를 하라고 해도 그대로 따랐을 샬로타는 돌 벤치에 올라가 큰 소리로 마음껏 웃어 젖혔다. 그러자 수많은 장난꾸러기 요정들이 자줏빛 숲과 전나무 기슭에서 샬로타의 웃음소리를 흉내내는 듯이 메아리가 돌아왔다.

라벤더는 메아리가 자기 재산인 양 말했다.

"사람들은 항상 내 메아리에 몹시 감탄하지. 나도 무척 좋아하고. 조금만 상상하면 메아리도 훌륭한 친구가 돼. 조용한 저녁이면 네 번째 샬로타와 나는 여기 나와 앉아 메아리와 놀곤 하지. 샬로타, 호른을 제자리에 갖다 두거라."

이때 다이애나는 불쑥 호기심이 나서 물었다.

"근데 왜 네 번째 샬로타라고 부르세요?"

라벤더가 진지하게 말했다.

"내 머릿속에 있는 다른 샬로타와 헷갈리지 않기 위해서야. 그애들은 너무 닮아서 구별이 안 돼. 저 아이 이름은 사실 샬로타가 아니야. 그러니까…… 뭐더라? 그래, 레오노라…… 맞아, 레오노라야. 자, 그건 이렇게 된 거야. 십 년 전에 어머니가 돌아가시자 난 여기서 혼자 살 수가 없었어. 그렇다고 월급을 줄 만큼 여유도 없었지. 그래서 어린 샬로타 보먼을 데려와서 재워 주고 입혀 주고 같이 살았어. 그 아이 이름이 진짜 샬로타였어. 그애가 첫 번째 샬로타였지. 그때 샬로타는 열세 살이었어. 그애는 열여섯 살까지 나랑 살다가 보스턴으로 떠났어. 그곳이 살기에 더 좋았거든. 그 후로 샬로타의 여동생이 나와 함께 살게 됐지. 그 아이 이름은 줄리에타였어. 보먼 부인은 멋진 이름을 짓는 데는 영 재간이 없었나 봐. 줄리에타가 샬로타와 너무 닮아서 난 계속 샬로타라고 불렀는데 그 아이도 개의치 않았어. 그래서 난 진짜 이름을 굳이 외우려 들지 않았지. 그 아이가 두 번째 샬로타야. 두 번째 샬로타가 떠나자 세 번째 샬로타인 에벌리나가 왔고, 이제 난 네 번째 샬로타와 살고 있어. 저 아이는 지금 열네 살이야. 하지만 열여섯 살이 되면 역시 보스턴으로 가고 싶어할 거야. 그때는 어떻게 지낼지 나도 모르겠어. 네 번째 샬로타는 보면 자매 중 막내인데 제일 나아. 다른 샬로타들은 항상 나를 어리석다고 생각하는 티를 냈지만, 네 번째 샬로타는 속으론 어떻게 생각하든 그런 티를 내지 않아. 난 사람들이 나한테 드러내지만 않으면 어떻게 생각하든 상관 안 해."

다이애나가 저물어 가는 해를 아쉽게 바라보며 말했다.

"저, 어두워지기 전에 킴볼 씨네 도착하려면 지금 가 봐야 할 것 같아요. 아주머니, 정말 즐거웠어요."

라벤더가 간청하듯 말했다.

"다시 놀러 와 주겠니?"

키가 큰 앤이 자그마한 라벤더의 어깨에 팔을 두르며 약속했다.

"꼭 다시 올게요. 이제 아주머니를 알게 됐으니 싫증나실 때까지 자주 들를 거예요. 그럼, 가야겠어요. 폴 어빙이 저희 초록 지붕 집에 올 때마다 하는 말처럼 '어쩔 수 없이 뿌리치고 떠나야겠어요.'"

"폴 어빙? 누구지? 에이번리에 그런 이름을 가진 사람이 있었나?"

라벤더의 목소리가 미묘하게 변했다.

앤은 자기의 경솔함에 당혹스러워졌다. 라벤더의 옛사랑을 깜박 잊어버리고 그만 폴의 이름을 말했던 것이다.

앤이 천천히 설명했다.

"폴 어빙은 제가 가르치는 학생이에요. 작년에 보스턴에서 와서 할머니랑 살고 있어요. 바닷가에 사는 어빙 부인 말예요."

라벤더는 얼굴이 보이지 않도록 라벤더꽃이 피어 있는 꽃밭으로 몸을 숙였다.

"그럼 스티븐 어빙의 아들인가?"

"네."

라벤더는 앤의 대답을 듣지 못한 것처럼 밝게 말했다.

"아가씨들한테 라벤더 한 다발씩 줄게. 참 아름답지 않아? 어머니는 항상 이 꽃을 좋아하셨지. 어머니는 아주 오래 전에 이 꽃을 심었어. 아버지도 무척 좋아하셔서 내 이름을 라벤더라고 지어 주셨지. 아버지는 어머니의 오빠를 따라 이스트그래프턴에 있는 어머니 집에 처음 왔을 때 어머니를 만나셨는데 첫눈에 반하셨대. 그날 손님방에서 주무시는데 이불에서 라벤더 향기가 나서 온 밤을 지새우며 어머니만 생각하셨대. 그 후로 아버지는 라벤더 향을 좋아하셨고 내게 그 이름을 붙여 주신 거야. 잊지 말고 곧 놀러 와, 아가씨들. 네 번째 샬로타와 함께 기다리고 있을 테니."

라벤더는 전나무 아래에 있는 문을 열어 주며 앤과 다이애나를 배웅했다. 갑자기 라벤더의 얼굴에서 환한 빛이 사라지고 늙고 피곤한 기색이 떠올랐다. 헤어질 때 라벤더는 좀 전과 다름없는 젊고 싱싱한 미소를 지었으나, 두 소녀가 오솔길 첫 모퉁이에서 뒤돌아보았을 때는 정원 한가운데에 있는 은빛 포플러나무 아래 돌 벤치에 앉아 지친 듯 손으로 머리를 짚고 있었다.

다이애나가 조용히 말했다.

"외로워 보여. 우리가 자주 놀러 와야겠어."

"라벤더 아주머니의 부모님은 아주머니에게 가장 잘 어울리는 이름을 지어 준 것 같아. 그 분들이 무턱대고 엘리자베스나 넬리, 뮤리얼 같은 이름을 지어 줬다 해도 아주머니는 라벤더라고 불렸을 거야. 라벤더란 이름은 무척 아름답고 고풍스럽고 '비단옷' 같은 느낌이

들어. 그런데 내 이름은 버터 바른 빵이나 잡동사니, 허드렛일 같은 맛이 나잖아."

"아니, 그렇지 않아. 앤이란 이름은 위엄 있고 여왕 같은 느낌을 줘. 하지만 네 이름이 케런해푸치라 해도 난 그 이름을 좋아했을 거야. 이름은 그 사람의 됨됨이에 따라 멋질 수도 추할 수도 있다고 생각해. 지금은 조시나 거티란 이름만 들어도 참을 수가 없지만 내가 파이네 자매들을 알기 전에는 그 이름만 듣고 무척 예쁠 거라고 생각했거든."

앤은 무척 신이 나서 말했다.

"정말 멋진 생각이야, 다이애나. 처음부터 이름이 예쁘지 않더라도 자기 이름을 예쁘게 만들어 가는 거야. 사람들의 마음속에 아름답고 유쾌한 기억을 남겨서 이름 자체로만 기억하지 않도록 말야. 고마워, 다이애나."

22. 잡동사니

다음날 아침 식사를 하면서 마릴라가 말했다.
"그래, 그 돌집에서 라벤더 루이스와 차를 마셨단 말이지? 라벤더는 지금 어떤 모습이든? 라벤더를 본 지도 벌써 15년이 넘었구나. 어느 일요일 그래프턴 교회에서 본 게 마지막이니 참 많이 변했을 게야. 데이비 키스, 손이 닿지 않으면 다른 사람에게 건네 달라고 그러랬지. 그렇게 식탁 위로 몸을 내뻗지 말고, 응? 폴 어빙이 여기서 식사할 때 너처럼 그러는 거 봤니?"

데이비가 투덜거렸다.

"하지만 폴은 나보다 팔이 더 길잖아요. 폴의 팔은 11년이나 자랐지만 내 팔은 7년밖에 안 자랐어요. 게다가 내가 건네 달라고 했는데도 아주머니와 누나는 얘기하느라 신경도 쓰지 않았어요. 또 폴은 차 마시러 오는 거지 식사하러 온 적은 없잖아요. 아침 먹는 것보다 차 마시는 게 훨씬 더 쉽단 말예요. 차 마시는 시간엔 배가 덜 고프니까요. 저녁 먹고 나서 아침 식사 때까지는 너무 길어요. 앤 누나, 이젠 한 숟가락 가득 떠 먹어도 작년같이 많은 것 같지 않아. 난 정말 많이 컸나 봐."

앤은 데이비의 기분을 맞추느라 단풍 당밀을 두 숟가락이나 떠 주고 나서 말했다.

"예전에는 어땠는지 모르지만 라벤더 아주머니는 그리 많이 변했을 것 같진 않아요. 머리는 눈처럼 새하얗지만 얼굴은 생기가 넘치고 소녀나 다름없던데요. 또 정말 아름다운 갈색 눈을 가졌어요. 황금빛으로 반짝이는 나무 빛깔의 예쁜 갈색 눈요. 게다가 아주머니의 목소리를 들으면 하얀 비단과 물방울 소리와 요정의 종소리가 한데 뒤섞인 듯한 느낌이 들어요."

"젊었을 때 라벤더는 대단한 미인이라는 소릴 들었지. 나는 라벤더를 잘 알진 못했지만 내가 아는 한에선 좋아했단다. 그때도 어떤 사람들은 라벤더를 괴짜라고 생각했지. 데이비, 그런 장난을 치는 게 또 한 번 눈에 띄면 다른 사람들이 식사를 다 마칠 때까지 먹지 못하게 할 거야. 프랑스인들처럼 말이다."

마릴라와 앤이 쌍둥이 앞에서 이야기를 나눌 때면 데이비를 꾸짖느라 종종 이야기가 끊기곤 했다. 이 순간 데이비는 한심하게도 얼마

남지 않은 단풍 당밀이 순가락으로 잘 떠지지 않자 접시를 들고 작은 분홍빛 혀로 핥아먹었다. 앤이 기가 막히다는 눈빛으로 데이비를 쳐다보자 이 어린 죄인은 얼굴이 빨개지더니 부끄러워하면서도 반항적인 투로 말했다.

"이렇게 하면 버릴 게 없잖아."

앤이 말했다.

"남과 다른 사람들은 항상 괴짜라고 불리죠. 라벤더 아주머니가 어떤 점에서 다른지 뭐라 말하긴 어렵지만 분명히 남들과 달라요. 아마 라벤더 아주머니는 늙지 않는 사람이기 때문일 거예요."

"자기 또래가 늙어 갈 땐 같이 늙는 게 좋은 법이다. 안 그러면 어디에도 어울리지 못해. 내가 알기로 라벤더는 모든 것에서 떨어져 나간 거야. 라벤더는 모두가 자기를 잊어버릴 때까지 그렇게 외딴곳에서 살아왔어. 그 돌집은 이 섬에서도 가장 오래 된 집이지. 80년 전에 루이스 노인이 영국에서 건너와 곧바로 지은 집이거든. 데이비, 도라 팔꿈치를 흔들지 마라. 아니, 내가 봤어! 괜히 시치미 떼지 마라. 오늘 아침따라 왜 그러는 거니?"

데이비가 넌지시 말했다.

"아마 침대 반대편으로 나왔나 봐요. 밀티 볼터는 아침에 침대에서 반대편으로 나오면 하루 종일 재수가 없대요. 자기 할머니가 그러셨대요. 근데 어느 쪽이 바른쪽이죠? 그리고 침대가 벽에 붙어 있으면 어떻게 해야 돼요? 알고 싶어요."

마릴라는 데이비를 무시하고 하던 이야기를 계속했다.

"난 늘 스티븐 어빙과 라벤더 루이스 사이가 왜 나빠졌는지 궁금했단다. 25년 전에 두 사람은 분명히 약혼했는데 갑자기 곧 파혼했거든. 뭐가 문제였는지 모르지만 무척 심각했던가 봐. 그 후로 스티븐은 미국으로 떠나서 고향에 오지 않았거든."

앤은 경험만으로는 알 수 없는 뛰어난 통찰력으로 말했다.

"아마 그 일도 결국 그렇게 지독한 일은 아니었을 거예요. 인생에는 가끔 큰일보다 사소한 일이 더 문제 되는 경우가 많잖아요. 마릴라 아주머니, 부탁이니 린드 아주머니한테 제가 라벤더 아주머니 집에 갔었다는 얘기는 절대 하지 말아 주세요. 린드 아주머니는 틀림없이 온갖 질문을 퍼부어 댈 테고 어쨌거나 전 그런 게 싫어요. 라벤더 아주머니도 그걸 알면 좋아하지 않을 거예요."

마릴라도 인정했다.

"레이첼은 호기심이 동할 게 뻔해. 전처럼 남들 일을 캐묻고 다닐 시간이 없긴 하지만 말야. 지금은 토머스 때문에 집에 묶여 있으니까. 그리고 레이첼은 무척 낙담하고 있어. 이젠 토머스가 나아질 거라는 희망을 버리기 시작한 것 같아. 토머스에게 무슨 일이 생기면 레이첼은 몹시 외롭게 지내야 할 게야. 시내에 사는 엘리자를 빼고 다른 자식들은 모두 서부에 정착해 살거든. 게다가 엘리자는 자기 남편을 좋아하지 않는데."

마릴라는 엘리자를 비방한 것이다. 사실 엘리자는 자기 남편을 퍽 좋아했다.

"레이첼은 토머스가 기운을 내서 의지력만 가지면 병세가 나아질 거라고 해. 하지만 의지가 약한 사람한테 똑바로 일어나라고 한들 무슨 소용이 있겠니? 토머스 린드는 의지라곤 눈곱만큼도 없는 사람이야. 결혼 전까진 자기 어머니가 하라는 대로 했고 그 뒤론 레이첼이 하자는 대로 했지. 토머스가 레이첼의 허락 없이 아프다는 게 놀랍기

까시 한걸. 그런데 참, 내가 무슨 소릴 하는 거지. 레이첼은 아내 노릇을 잘해 왔어. 토머스는 레이첼이 없었으면 아무 것도 못했을 거야. 워낙 복종하도록 타고났기 때문에 레이첼처럼 능력 있고 영리한 여자 손아귀에 들어간 게 잘된 거지. 토머스는 레이첼이 마음대로 하는 걸 싫어하지 않았어. 오히려 자기로선 귀찮게 어떤 일을 애써 결정할 필요가 없었던 셈이지. 데이비, 뱀장어처럼 그렇게 꼼지락거리지 마라."

"할 일이 없단 말예요. 밥도 다 먹었고 아주머니랑 누나가 식사하는 거나 보는 건 하나도 재미없어요."

"그래? 그럼 도라와 나가서 암탉에게 모이나 주렴. 그리고 흰 수탉 꼬리에서 또 깃털 뽑을 생각일랑 말아라."

데이비는 뚱해져서 대꾸했다.

"인디언 머리쓰개를 만들려면 깃털이 더 있어야 한단 말예요. 밀티 볼터는 자기 엄마가 늙은 흰 칠면조를 잡을 때 준 깃털로 만든 아주 멋진 머리쓰개가 있어요. 깃털 몇 개만 뽑게 해주세요. 그 수탉한테는 깃털이 남아돌잖아요."

앤이 말했다.

"깃털로 만든 헌 먼지떨이가 다락에 있으니까 그걸 쓰렴. 내가 초록, 빨강, 노랑으로 물들여 줄게."

데이비가 환하게 밝은 얼굴로 새침한 도라 뒤를 따라 나가자 마릴라가 말했다.

"넌 저 아이를 너무 버릇없이 만들고 있는 거야."

마릴라는 아이들을 가르치는 데 지난 6년 동안 무척 진보했지만 아직도 어린아이의 응석을 너무 많이 받아 주는 건 좋지 않다는 생각에서 벗어나지 못했다.

앤이 말했다.

"데이비네 반 아이들은 다들 인디언 머리쓰개를 갖고 있어요. 그래서 데이비도 갖고 싶어하는 거예요. 전 그게 어떤 기분인지 알아요. 다른 여자 애들이 모두 퍼프 소매가 달린 옷을 입을 때 나도 얼마나 입고 싶어했는지 결코 잊지 못할 거예요. 그리고 데이비는 버릇이 나빠진 게 아녜요. 데이비가 일 년 전 여기 왔을 때와 얼마나 달라졌는지 생각해 보세요."

"그래, 학교 다니기 시작한 뒤로는 그렇게 심하게 장난치진 않아. 아마 다른 아이들과 노느라 그런 모양이다. 그보다 리처드 키스한테서 소식이 없으니 이상하구나. 작년 5월 이후론 편지 한 줄 없네."

앤은 접시를 치우면서 한숨을 쉬었다.

"전 연락이 올까 봐 걱정이에요. 혹시 쌍둥이를 데려가겠다고 하지 나 않을까 해서 편지가 와도 뜯어보기가 두려울 거예요."

그러던 한 달 후에 편지가 왔다. 그러나 리처드 키스가 보낸 편지는 아니었다. 리처드가 2주일 전에 폐결핵으로 죽었다고 그의 친구가 알려 온 것이다. 편지를 쓴 사람은 리처드의 유언장 집행인이었고, 그 유언장에는 데이비와 도라 키스가 성년이 되거나 결혼할 때까지 마릴라 커스버트에게 총 2천 달러를 맡긴다고 씌어 있었다. 그 사이 돈의 이자는 양육비로 써 달라는 것이었다.

앤이 차분하게 말했다.

"죽음과 관련된 일로 기뻐하다니 좀 심하죠. 키스 씨는 무척 안됐지만 이제 쌍둥이를 키울 수 있게 되어 정말 기뻐요."

마릴라가 현실적으로 말했다.

"그 돈이 있어서 정말 다행이구나. 쌍둥이를 키우고는 싶었지만 아이들이 더 크면 어떻게 살림을 해 나갈지 막막했거든. 농장 임대료라 해 봤자 살림하기에도 빠듯한데다 네 돈은 쌍둥이에게 한 푼도 쓰지 않기로 했거든. 사실 넌 그애들에게 지나치게 잘해 줘. 고양이에게 꼬리가 두 개씩이나 필요하진 않은 것처럼 도라한테 새 모자를 사 줄 필요는 없다. 하지만 이젠 별 걱정 없이 아이들을 키울 수 있게 됐구나."

데이비와 도라는 자기들이 초록 지붕 집에서 '영원히' 살게 되었다는 말을 듣고 기뻐했다. 한 번도 보지 못한 삼촌이 죽었다는 소식은 초록 지붕 집에서 살게 된 기쁨에 비하면 하찮은 것이었다. 하지만 도라는 걱정거리가 생겼다.

도라가 앤에게 귓속말로 물었다.

"리처드 삼촌은 땅 속에 묻혔나요?"

"그래, 당연하지."

도라는 훨씬 더 걱정스러운 목소리로 속삭였다.

"그…… 그…… 삼촌은 미라벨 코튼의 삼촌 같진 않겠죠? 설마 묻힌 뒤에도 집 주위를 돌아다니진 않겠죠, 그렇죠?"

23. 라벤더의 사랑 이야기

 12월 어느 금요일 오후 앤이 말했다.
"오늘 밤 메아리 오두막집에 산책 갔다 올래요."
마릴라가 의심쩍어하며 말했다.
"아무래도 눈이 올 것 같은데."
"전 눈이 오기 전에 도착할 거고 거기서 자고 올 생각이에요. 다이애나는 손님이 있어서 못 간대요. 오늘 밤 라벤더 아주머니는 틀림없이 내가 왔으면 하고 바랄 거예요. 거기 간 지도 꼬박 2주일이나 됐어요."
  10월의 그날 이후로 앤은 메아리 오두막집에 자주 찾아갔다. 때로는 다이애나와 함께 도로를 따라 마차를 몰고 가기도 하고 숲을 지나 걸어가기도 했다. 다이애나와 같이 갈 수 없을 때는 앤 혼자서 갔다. 앤과 라벤더 사이에는 마음과 영혼 속에 싱싱한 젊음을 간직한 여인과 상상력과 직관으로 경험의 부족을 메울 수 있는 소녀에게서만 가능한 뜨겁고 서로를 북돋워 주는 우정이 싹터 올랐다. 앤은 마침내 진정한 '동질감'을 깨달았다. 다이애나와 앤은 자그마한 여인의 외롭고 꿈같은 은둔 생활에 바깥 세상의 건강한 기쁨과 즐거움을 가지고 찾아온 것이다. 그것은 '세상을 잊고 세상 사람에게도 잊혀진' 라벤더에겐 오랫동안 함께 하지 못했던 것이었다. 앤과 다이애나는 이 작은 돌집에 젊음과 현실감을 가져왔다. 네 번째 샬로타는 언제나 싱글벙글 활짝 웃으며 두 소녀를 맞이했다. 사실 샬로타는 웃을 때면 찢어져라 입을 벌렸다. 그것은 앤과 다이애나를 위해서뿐만 아니라 사랑하는 마님을 위한 사랑의 미소였다. 그 해 느릿느릿 지나간 아름다운 가을에 작은 돌집에서 열린 '떠들썩한 만남'만큼 즐거웠던 곳은 없었다. 그때는 11월도 다시 10월로 돌아간 것 같았고 12월에도 한여름 같은 햇살과 아지랑이가 너울거리는 듯했다.
  그러나 12월이 이제는 겨울이라는 것을 기억해 낸 듯이 그날은 갑자기 잔뜩 흐리고 구름이 끼면서 눈이 올 것처럼 바람 한 점 불지 않고 고요했다. 그래도 앤은 울창한 잿빛 너도밤나무 숲의 미로 속을 즐겁게 걸어갔다. 비록 혼자였지만 조금도 외롭지 않았다. 앤은 상상으로 즐거운 길동무들을 만들어 내어 현실의 사람들과 나누는 대화보다 훨씬 더 멋지고 매혹적인 이야기를 나누었다. 실제 생활에서 사람들은 안타깝게도 서슴없이 이야기를 나누지 못한다. 이렇게 '가상의' 모임에 초대받은 모든 이들은 듣고 싶은 이야기와 하고 싶은 이야기를 마음대로 할 수 있다. 앤이 눈에 보이지 않는 길동무들과 숲속을 가로질러 전나무 오솔길에 이르자 솜털 같은 눈이 하늘하늘 떨어지기 시작했다.

첫 번째 모퉁이에서 앤은 가지를 넓게 뻗은 큰 전나무 아래에 서 있는 라벤더를 보았다. 라벤더는 따뜻해 보이는 빨간 가운을 입고 머리와 어깨에 은회색 비단 숄을 두른 모습이었다.

앤이 즐겁게 소리쳤다.

"아주머니는 꼭 전나무 숲 요정들의 여왕 같아요."

라벤더도 앞으로 뛰어나오며 말했다.

"앤, 오늘 밤 네가 올 줄 알았어. 게다가 네 번째 샬로타가 없던 차라 더욱 잘됐지 뭐니. 샬로타는 오늘 어머니가 아파서 집에 갔어. 네가 오지 않았다면 무척 쓸쓸했을 텐데. 꿈이나 메아리 친구로는 부족했을 거야. 아, 앤, 정말 예쁘구나."

라벤더는 볼이 장밋빛으로 발그레 상기된 키 크고 날씬한 소녀를 올려다보며 느닷없이 덧붙였다.

"정말 젊고 예쁘다! 열일곱 살은 무척 좋은 때지, 그렇지? 네가 부럽구나."

앤이 미소를 지으며 말했다.

"하지만 아주머니도 마음은 열일곱 살이잖아요."

라벤더는 한숨을 쉬었다.

"아냐, 나도 나이가 들었어. 아니 이제 중년이지. 중년이라는 말이 더 기분 나빠. 때때로 난 늙지 않은 체하지만 보통 땐 내가 늙었다는 걸 깨닫지. 그러면 다른 여자들처럼 늙었다는 사실을 받아들일 수가 없어. 처음 흰머리를 발견했을 때나 지금이나 똑같이 인정할 수가 없어. 그래, 앤. 이해하려고 애쓰는 것 같은 표정은 짓지 마라. 열일곱 살짜리는 이해할 수 없어. 나도 열일곱 살인 것처럼 생각할래. 네가 여기 있으니까 그렇게 할 수 있어. 넌 언제나 선물처럼 젊음을 갖고 다니지. 오늘 저녁은 즐겁게 보내자. 우선 차를 마시고, 아, 무슨 차를 마실 거니? 뭐든지 다 있어. 뭔가 맛있고 색다른 것으로 골라 봐."

그날 밤 작은 돌집에선 왁자지껄 떠드는 소리가 그치지 않았다. 요리를 해서 성찬을 즐기기도 하고 사탕을 만들고 '상상 놀이'를 하면서 웃고 떠드는 등 라벤더와 앤은 도저히 마흔네 살의 독신녀와 점잖은 학교 선생으로서는 어울리지 않는 행동을 하며 마음껏 즐겼다. 그리고 나서 좀 지치자 두 사람은 응접실에 있는 벽난로 앞 양탄자에 앉았다. 응접실에는 난롯불만 부드럽게 비치고 있었고 벽난로 위의 장미 꽃병에서는 은은한 향기가 풍겨 나왔다. 바람은 점점 거세져 처마 주위에서 윙윙거리며 구슬픈 소리를 냈고 수많은 눈보라 요정들이 문을 두드리는 것처럼 눈송이가 창문에 살포시 부딪혔다.

라벤더가 사탕을 조금씩 깨물어 먹으며 말했다.

"앤, 너랑 같이 있으니까 참 좋다. 네가 없었다면 난 무척 우울했을 거야. 아주 많이. 햇빛이 비치는 대낮에는 꿈 속을 헤매거나 딴 사람이 된 것처럼 연기하는 것도 재미있어. 하지만 날이 어두워지고 눈보라가 칠 때면 그런 것들로는 마음이 차지 않아. 그때는 누구나 실제로 존재하는 것을 원하지. 넌 잘 모를 거야. 열일곱 살짜리는 알 수가 없지. 열일곱 나이에는 앞으로 꿈이 이루어질 거라고 생각하기 때문에 꿈꾸는 것만으로도 만족스러워. 앤, 내가 열일곱 살 땐 꿈 속에 사는 마흔다섯 살짜리 백발의 노처녀가 되어 있을 거라고는 생각도 못했단다."

앤은 생각에 잠긴 갈색 눈동자를 바라보며 미소지었다.

"아주머니는 노처녀가 아녜요. 노처녀는 타고나는 것이지 되는 게 아니에요."

라벤더는 기발하게 앤의 말을 흉내냈다.

"어떤 사람은 타고났고 어떤 사람은 일부러 노처녀가 되지만 어떤 이들은 어쩔 수 없이 노처녀가 되기도 하지."

앤이 웃음을 터뜨렸다.

"그럼 아주머니는 일부러 노처녀가 된 사람이겠군요. 아주머니는 너무나 아름답기 때문에 노처녀들이 모두 아주머니만 같다면 아마 노처녀 되는 게 유행할 거예요."

라벤더는 사색에 잠겨 말했다.

"난 늘 최선을 다하려고 했어. 내가 노처녀가 돼야만 했을 땐 멋진 노처녀가 되기로 마음먹었지. 남들은 날 이상하다고 하지. 하지만 그건 단지 다른 노처녀들이 사는 방식을 따르지 않고 나만의 방식대로 살아가기 때문이야. 앤, 스티븐 어빙과 나에 대한 이야기를 들은 적이 있니?"

"네, 한때 그 분과 약혼한 사이였다고 들었어요."

앤이 솔직하게 말했다.

"그랬지. 25년 전이니 아주 오래 전 일이야. 그리고 그 다음 해에 결혼하기로 했었지. 어머니와 스티븐만 알고 있었던 일이지만 난 손수 내 웨딩 드레스를 만들었어. 어쩌면 우린 거의 평생 동안 약혼 관계에 있는 셈이지. 스티븐이 어린 꼬마였을 때 스티븐의 어머니가 아들을 데리고 우리 어머니를 만나러 왔어. 그리고 두 번째로 우리 집에 왔을 때 스티븐은 아홉 살이고 난 여섯 살이었는데, 정원에서 자기가 어른이 되면 나랑 결혼하기로 굳게 결심했다고 고백했단다. 난 고맙다고 말했지. 스티븐이 가고 나자 난 어머니에게 노처녀가 되는 것보다 더 무서운 일은 없으니 한시름 덜었다고 진지하게 얘기했단다. 불쌍한 우리 어머니가 그때 얼마나 웃으셨던지!"

앤이 숨죽여 물었다.

"그런데 뭐가 잘못됐어요?"

"우린 어리석기 짝이 없는 평범한 말다툼을 했어. 얼마나 사소한 일인지 처음에 어떻게 싸우게 됐는지도 기억이 안 나. 누가 더 잘못했는지 모르겠어. 스티븐이 먼저 시작했지만 내가 어리석은 탓에 스티븐의 화를 돋운 것 같아. 스티븐에게는 경쟁자가 한두 명 있었거든. 난 허영심이 많아서 아양을 떨며 그 사람을 놀리기를 좋아했어. 스티븐은 곧잘 흥분하는 감수성이 예민한 사람이었지. 그래, 우리 둘 다 화가 나서 헤어졌어. 그러나 난 모든 게 잘될 거라고 생각했지. 스티븐이 그렇게 빨리 찾아오지만 않았어도 일이 잘 풀렸을 거야. 앤, 이런 말 하긴 싫지만……."

라벤더는 살인을 좋아하는 사람이라고 고백하기라도 하는 것처럼 목소리를 낮추었다.

"난 아주 골을 잘 내는 사람이야. 아, 웃을 필요 없어. 그건 사실이니까. 난 골이 났어. 그리고 스티븐은 내 맘이 다 풀어지기도 전에 돌아왔지. 난 그 사람 말을 들으려고도 용서하려고도 하지 않았어. 그러자 영원히 떠나 버린 거야. 스티븐은 자존심이 너무 강해서 다시 돌아올 수 없었던 거야. 그때도 난 스티븐이 다시 돌아오지 않아서 또 골이 났지. 내가 연락할 수도 있었는데 그렇게 자존심을 꺾고 싶지 않았거든. 나도 그 사람만큼이나 자존심이 셌으니까. 앤, 골도 잘 내는데다 자존심까지 세면 좋을 게 없단다. 그런데 난 다른 사람을 사랑할 수가 없었고 그러고 싶지도 않았어. 스티븐 어빙이 아닌 다른 사람과 결혼하느니 평생 노처녀로 있는 게 낫다는 걸 깨달았지. 그래, 이젠 모든 게 꿈같아, 정말이야. 앤, 정말 동정 어린 표정이구나. 열일곱 살짜리만이 지을 수 있는 그런 연민의 표정이야. 하지만 지나치게 마음 쓰지 마. 난 상심은 했지만 만족스럽게 살아가는 정말 행복한 사람이란다. 스티븐 어빙이 돌아오지 않을 거라는 사실을 깨닫자 마음이 그렇게 아플 수가 없었어. 하지만 앤, 현실에서의 아픔이란 책에서 보는 것만큼 그렇게 심하지 않단다. 별로 낭만적인 비유는 아니라고 여길 테지만 실연의 고통은 심한 치통과 같은 거야. 때때로 고통이 밀려오면 밤에 잠을 못 이루지만 그런 사이사이에도 마치 아무런 문제도 없다는 듯이 인생과 꿈과 메아리와 땅콩 사탕을 즐기며 살게 되는 거야. 좀 실망한 것 같구나. 내가 늘 겉으로는 미소짓지만 속으로는 가슴 아픈 기억에 괴로워하고 있으리라고 생각했던 조금 전보다 지금은 덜 흥미로울 거야. 그게 현실의 가장 나쁜 점이기도 하고 가장 좋은 점이기도 하단다, 앤. 현실은 널 비참하게 내버려 두질 않아. 계속해서 편안하게 살아가려고 애쓰게 되지. 불행해도 낭만적으로 살겠다고 마음먹더라도 말야. 이 사탕 정말 맛있지 않니? 난 이미 너무 많이 먹었지만 신경 쓰지 않고 더 먹을 거야."

라벤더는 잠시 아무 말 없이 있다가 불쑥 말했다.

"네가 처음 온 날 스티븐에게 아들이 있다는 말을 듣고 좀 놀랐어. 그 뒤론 그 애길 꺼낸 적은 없지만 그 아이에 대해 무척 궁금했단다.

그 아인 어떠니?"

"그앤 제가 알고 있는 애 중에서 가장 사랑스럽고 예뻐요. 게다가 아주머니처럼 그애도 상상하기를 좋아하고요."

라벤더는 혼잣말하듯 나직이 중얼거렸다.

"한번 봤으면 좋겠다. 나랑 살고 있는 내 꿈나라 아들과 닮았는지 알고 싶어."

"폴이 보고 싶으시면 언제 한번 데려올게요."

"그랬으면 좋겠어. 하지만 너무 빨리는 안 돼. 난 마음의 준비를 하고 싶어. 그 아이가 스티븐을 많이 닮았다 해도, 아니 그다지 닮지 않았다 해도 그 아이를 보는 건 기쁘다기보다 고통스러울 거야. 한 달 정도 후에 데려오렴."

그 말대로 한 달 후에 앤과 폴은 숲을 지나 돌집을 향해 걷다가 오솔길에서 라벤더를 만났다. 라벤더는 두 사람이 올 줄 몰랐기 때문에 얼굴이 창백해졌다.

라벤더는 맵시 있는 코트와 모자를 쓰고 예쁜 소년답게 서 있는 폴의 손을 잡고 얼굴을 쳐다보며 낮은 목소리로 말했다.

"그래, 이 애가 스티븐의 아들이구나. 이…… 이 아인 제 아빠를 참 많이 닮았어."

폴이 스스럼없이 말했다.

"다들 제가 아빠를 빼다 박았대요."

이 장면을 지켜보고 있던 앤은 안도의 한숨을 내쉬었다. 앤은 라벤더와 폴이 서로를 '마음에 들어' 하며 서먹서먹해하거나 거북스러워하지 않는 것을 알았다. 라벤더는 자신의 꿈과 낭만을 간직하고 있었지만 그래도 대단히 현명한 사람이었다. 그래서 마음이 흔들린 것도 잠시, 자신의 감정을 숨긴 채 그냥 놀러 온 다른 사람의 아들인 것처럼 기뻐하며 자연스럽게 폴을 맞이했다. 세 사람은 그날 오후를 즐겁게 보냈으며, 기름진 음식들이 가득한 저녁 식사도 함께 했는데 어빙 부인이 그 음식들을 보았다면 폴의 위장이 탈이 날 거라며 기겁을 하고 못 먹게 했을 것이다.

헤어질 때 라벤더는 폴과 악수를 했다.

"또 놀러 오렴."

폴이 진지하게 말했다.

"아주머니만 좋다면 제게 키스하셔도 돼요."

라벤더는 허리를 굽혀 키스하며 속삭였다.

"내가 키스하고 싶어한다는 걸 어떻게 알았니?"

"우리 엄마가 저에게 키스하고 싶어할 때 아주머니와 똑같은 표정으로 절 바라보셨으니까요. 보통 때는 누가 제게 키스하는 걸 싫어해요. 원래 남자 애들은 그렇다는 걸 아주머니도 아시잖아요. 그래도 아주머니가 키스하는 건 괜찮아요. 꼭 다시 놀러 올게요. 아주머니가 싫지 않으시다면 저와 특별한 친구가 됐으면 좋겠어요."

"나…… 나도 좋단다."

라벤더는 급히 뒤돌아서 들어갔다. 그러나 잠시 후에 창가에서 잘 가라는 미소를 지으며 기쁘게 손을 흔들어 댔다.

너도밤나무 숲을 지나다가 폴이 말했다.

"라벤더 아주머니가 맘에 들어요. 아주머니가 나를 바라보는 표정도 좋고 돌집과 네 번째 샬로타도 맘에 들어요. 할머니가 메리 조 누나 대신 샬로타를 썼으면 좋겠어요. 네 번째 샬로타라면 내 생각을 털어놔도 내 머리가 이상하다고 생각하지 않을 거예요. 선생님, 정말 맛있게 차를 마셨죠? 할머니는 남자 애가 먹을 것을 밝혀선 안 된다고 하세요. 하지만 진짜 배가 고플 땐 어쩔 수가 없어요. 라벤더 아주머니는 먹기 싫어하는데도 억지로 아침에 포리지를 먹으라고 할 사람은 아녜요. 아이가 좋아하는 것을 줄 거예요. 하지만 물론……."

역시 폴은 영리한 아이였다.

"먹고 싶어하는 것만 주는 게 아이에게 꼭 바람직하진 않겠죠. 그래도 가끔 이렇게 먹는 건 정말 좋아요. 그렇죠, 선생님?"

24. 우리 마을 일기 예보가

5월 어느 날 에이번리 사람들은 샬럿타운에서 나오는 《데일리 엔터프라이즈》에 '관찰자'라는 이름으로 실린 '에이번리 소식' 때문에 조금 술렁거렸다. 그 기사를 쓴 사람이 찰리 슬론이라는 소문이 돌았는데, 찰리가 예전에도 가끔 비슷한 글을 실은 탓도 있고 이번에 실린 글 중 하나가 길버트 블라이드를 비아냥대는 듯한 내용이었기 때문이다. 에이번리 청년들 모임에서는 길버트 블라이드와 찰리 슬론이 회색 눈동자를 가진 상상력이 풍부한 어느 소녀의 마음을 끌려고 서로 경쟁하고 있다는 말이 돌았다.
　소문이란 원래 그렇듯이 찰리 슬론이 그 글을 쓴 것은 아니었다. 길버트가 앤의 도움을 받아 그 글들을 쓰고 알아보지 못하게 자기에 관한 글을 하나 끼워 넣은 것이다. 기고한 글 중 두 개만이 지금 할 이야기와 관련이 있다.

　데이지가 피기 전에 우리 마을에서 결혼식이 있을 거라는 소문이 있다. 새롭게 등장한 존경받는 시민이 우리 마을에서 가장 인기 있는 숙녀와 결혼 서약을 하게 될 것이다.

　우리 마을의 이름난 일기 예보가인 에이브 아저씨는 5월 23일 정확히 저녁 일곱 시에 천둥 번개를 동반한 무시무시한 폭풍우가 휘몰아칠 거라고 예보했다. 폭풍우는 우리 주 대부분의 지역에 예상된다. 그날 밤에 여행할 사람들은 우산과 비옷을 챙겨 두는 게 좋을 것이다.

　길버트가 말했다.
　"에이브 아저씨는 올 봄에 얼마 동안 폭풍우가 계속될 거라고 말해 왔어. 근데 해리슨 아저씨가 정말로 이자벨라 앤드루스를 만나러 다닌다고 생각하니?"
　앤이 웃으면서 말했다.
　"아니, 해리슨 아저씨는 하먼 앤드루스 아저씨와 체커 놀이를 하러 다니는 것뿐이야. 그런데 린드 아주머니는 이자벨라 앤드루스와 결혼할 게 틀림없다는 거야. 그래서 올 봄에 이자벨라의 기분이 무척 좋대나."
　가엾은 에이브 아저씨는 그 기사를 보고 약간 분개했다. 에이브 아저씨는 그 '관찰자'가 자기를 놀리고 있다고 생각했다. 에이브 아저씨는 폭풍우가 몰아치는 특정한 날짜를 짚지는 않았다고 부인했지만 아무도 믿으려 하지 않았다.
　에이번리 사람들의 생활은 계속 무사하고 평탄했다. 개선론자들이 식목일 행사를 거행하여 '나무 심기'가 시작됐다. 개선론자들은 각자 다섯 그루의 정원수를 심거나 남들에게 심도록 했다. 이제 개선 협회 회원은 총 40명이 되었기 때문에 합쳐서 200그루의 나무를 심을 수 있었다. 겨울 귀리는 황토 들판을 푸르게 물들였고 사과 과수원은 농가 근처에 꽃이 활짝 핀 가지를 드리웠으며, 눈의 여왕은 남편을 맞는 새색시처럼 아름답게 몸단장을 했다. 앤은 잠자리에 들면서 밤새 벚꽃 향기가 자기 머리맡에 머물도록 창문을 열어 두었다. 앤은 그것이 매우 운치 있다고 생각했다. 하지만 마릴라 생각엔 그것은 목숨을 거는 무모한 짓이었다.
　어느 날 저녁 앤은 현관 계단에 앉아 개구리들의 은방울 같은 합창 소리를 듣다가 마릴라에게 말했다.
　"추수 감사절은 봄에 지내야 해요. 모든 것이 죽고 겨울잠이 드는 11월에 지내는 것보다는 훨씬 더 좋을 거예요. 그때는 일부러 감사하는 마음을 가져야 하지만 5월에는 저절로 감사하게 돼요. 다른 이유가 없더라도 그저 살아 있다는 사실만으로도요. 전 에덴 동산에서 쫓겨나기 전의 이브처럼 행복해요. 골짜기에 핀 저 풀들은 녹색인가요, 황금색인가요? 마릴라 아주머니, 꽃이 활짝 피고 바람이 기쁨에 넋이 나가 어디에서 어디로 방향을 바꿔 불어야 할지 모르는 이렇게 소중한 날은 천국 못지않게 아름다워요."

마릴라는 화가 난 표정으로 쌍둥이가 자기가 부르면 들릴 만한 곳에 있는지 알아보려고 주위를 둘러보았다. 그때 쌍둥이는 집 모퉁이를 돌아 나오고 있었다.

데이비가 더러워진 손으로 괭이를 흔들면서 기분 좋게 코를 킁킁거리더니 물었다.

"오늘 저녁엔 냄새가 너무 좋죠?"

데이비는 자기 정원에서 일하고 있었다. 그 해 봄 마릴라는 진흙과 흙 속에서만 노는 데이비가 좀더 쓸모 있는 데에 관심을 쏟도록 도라와 데이비에게 자기 정원을 가꿀 땅 한 귀퉁이씩을 떼어 주었다. 두 아이 모두 나름대로 열심히 정원을 가꾸었다. 도라는 체계적이고 차분하게 씨앗을 심고 잡초를 뽑고 물을 주었다. 그래서 도라의 땅에는 벌써 채소와 일년초들이 깔끔하고 질서 정연하게 자라고 있었다. 그러나 데이비는 신중함보다는 열성만 가지고 덤벼들었다. 구멍을 파고 괭이로 땅을 파헤치고 갈퀴로 긁어 대고 물을 뿌리고 씨를 이리저리 옮겨 심는 통에 데이비의 씨앗들은 미처 자랄 새가 없었다.

앤이 물었다.

"데이비, 정원 일은 잘돼 가니?"

데이비는 한숨을 쉬며 말했다.

"좀 더딘 편이야. 심은 것들이 왜 잘 자라지 않는지 모르겠어. 밀티 볼터는 내가 어두운 달밤에 심었기 때문이래. 그애 말로는 달밤에는 씨를 뿌린다거나 돼지를 잡는다거나 머리카락을 자르는 것같이 중요한 일을 해서는 안 된다는 거야. 누나, 그 말이 사실이야? 알고 싶어."

엄청난 구름이 북서쪽 하늘에서 몰려오더니
별안간 천둥이 치고 동시에 번개가 번쩍이기 시작했다.

마릴라가 코웃음을 치며 말했다.

"네가 하루 걸러 한 번씩 심은 것들을 뽑아 내서는 '땅 밑에서' 어떻게 자라고 있나 들여다보지만 않는다면 아마 잘 자랄 게다."

데이비가 항의했다.

"겨우 여섯 개만 뽑았단 말예요. 뿌리에 땅벌레가 있는지 살펴보려고요. 밀티 볼터는 달 때문이 아니라면 땅벌레 때문이래요. 하지만 땅벌레는 한 마리밖에 못 봤어요. 그건 아주 크고 진득진득하고 꼬불거리는 벌레였어요. 그 놈을 돌 위에 올려놓고 다른 돌로 납작하게 눌러 버렸더니 기분 좋게 '퍽' 소리를 내던데요. 땅벌레가 더 없는 게 아쉬웠어요. 도라의 정원은 나랑 똑같은 시간에 심었는데 잘 자라요. 그러니 달 때문은 아닐 거예요."

데이비는 아주 심사숙고한 투로 결론을 내렸다.

앤이 말했다.

"마릴라 아주머니, 저 사과나무 좀 보세요. 어머, 꼭 사람 같아요. 긴 팔을 뻗어 분홍빛 치맛자락을 예쁘게 살짝 들어 올리면서 우리를 매혹시키잖아요."

마릴라가 차분하게 대꾸했다.

"저 노란 사과나무는 열매가 잘 열리지. 올해에도 듬뿍 열릴 거야. 정말 다행이야. 노란 사과들은 파이 재료로 그만이거든."

그러나 마릴라건 앤이건 어느 누구도 그 해에 노란 사과로 파이를 만들 수 없었다.

5월 23일이 되었다. 그 날은 때아니게 무척 더웠다. 에이번리 학교 교실에서 분수와 문법에 땀을 뻘뻘 흘리고 있는 앤과 작은 벌집처럼 모인 학생들은 이 무더위를 누구보다도 예민하게 느꼈다. 오전에는 산들바람이 불었다. 그러나 오후가 되자 바람은 잦아들고 무거운 정적만이 이어졌다. 세 시 반쯤 앤은 낮은 천둥소리를 들었다. 앤은 폭풍우가 오기 전에 학생들을 집으로 돌려보내려고 곧장 수업을 중단했다.

앤은 아이들을 데리고 운동장으로 나오다가 해는 아직 밝게 비추는데도 그림자와 어둠이 몰려오고 있는 것을 알아챘다. 아네타 벨은 초조하게 앤의 손을 잡았다.

"아, 선생님, 저 엄청난 구름 좀 보세요."

앤은 구름을 보고 깜짝 놀라서 소리를 질렀다. 북서쪽 하늘에서 앤이 여태껏 본 적이 없는 커다란 구름 떼가 아주 빠른 속도로 몰려오고 있었다. 물결치는 가장자리만 살아 움직이는 유령처럼 희끄무레할 뿐 온통 죽음의 검은색이었다. 청명한 하늘에 그 먹구름이 그림자를 드리우자 무언가 말로 표현할 수 없는 위험이 다가오는 것 같았다. 때때로 번갯불이 번쩍하며 무시무시한 천둥소리가 잇따라 우르르 쾅쾅 울렸다. 먹구름이 너무 낮게 드리워져 있어서 언덕 꼭대기에 닿을 듯했다.

하면 앤드루스 씨가 잿빛 말이 끄는 짐마차를 전속력으로 몰면서 언덕으로 올라왔다. 앤드루스 씨는 학교 맞은편에 짐마차를 세웠다.

앤드루스 씨가 소리를 질렀다.

"앤, 에이브 아저씨의 예보가 평생 처음으로 맞으려나 보구나. 그 사람 말보다는 좀 이르긴 하지만 말이다. 저런 구름 본 적 있니? 자, 집이 나와 같은 방향인 아이들은 모두 여기에 타거라. 집까지 4백 미터 이상 거리인 사람은 우체국 방향이 아니더라도 소나기가 그칠 때까지 우체국에서 비를 피해야 할 거야."

앤은 데이비와 도라의 손을 잡고 쌍둥이의 통통한 다리가 뛸 수 있는 한 빨리 자작나무 길과 제비꽃 골짜기와 버드나무 연못을 지나 언덕을 내려왔다. 앤과 쌍둥이는 간신히 제시간에 초록 지붕 집에 도착해 문가에서 마릴라를 만났다. 마릴라는 오리와 닭을 우리에 몰아넣고 있었다. 네 사람이 부엌에 들어선 순간 마치 강한 입김에 촛불이 꺼지는 것처럼 빛이 사라졌다. 엄청난 구름이 태양을 가리고 해질녘 어둠이 온 세상을 뒤덮었다. 동시에 천둥이 치고 눈을 멀게 할 만큼 번개가 번쩍이더니 우박이 맹렬하게 쏟아져 세상을 하얗게 덮어 버렸다.

요란한 폭풍우 때문에 부러진 나뭇가지가 쿵 하며 집에 부딪혔고 유리창이 깨지는 소리가 날카롭게 들려 왔다. 3분쯤 지나자 북쪽과 서쪽에 난 유리창들은 모조리 깨졌고 그 틈으로 우박이 쏟아져 들어왔다. 마룻바닥에는 돌멩이가 널려 있었는데 제일 작은 것조차 달걀만했다. 45분 동안 폭풍우의 기세는 누그러질 줄 몰랐고 그걸 겪은 사람은 누구도 그 폭풍우를 결코 잊지 못했다. 마릴라는 난생 처음으로 엄청난 공포에 냉정을 잃고 부엌 한구석에 있는 흔들의자 옆에 꿇어앉아 귀를 먹먹하게 하는 우렛소리에 숨도 제대로 못 쉬며 흐느꼈다. 앤은 백짓장처럼 하얗게 질린 채 소파를 창가에서 멀찍이 끌어다 놓고 쌍둥이를 양쪽에 끼고 앉았다. 데이비는 처음 쾅 하며 천둥소리가 나자 울부짖었다.

"누나, 누나, 이제 심판의 날이 온 거야? 누나, 누나, 여태껏 일부러 못된 짓 한 건 아니었어."

그러고는 작은 몸을 떨면서 앤의 무릎에 얼굴을 묻었다. 도라는 좀 창백했지만 침착하게 앤의 손을 꼭 잡고 가만히 앉아 있었다. 지진이 난다 해도 도라는 당황할 것 같지 않았다.

그러고 나서 폭풍우는 급작스레 왔듯이 역시 갑자기 그쳤다. 우박도 그치고 천둥은 우르르거리며 동쪽으로 물러갔다. 그러자 해가 나타나 45분도 채 못 되는 사이에 마치 딴 세상처럼 완전히 변해 버린 세상을 화창하게 비추었다.

마릴라는 몸을 떨면서 힘없이 일어나 안락의자에 털썩 주저앉았다. 초췌한 얼굴이 십 년은 더 늙어 보였다.

"우리 모두 살아 남은 거냐?"

마릴라가 진지하게 묻자 데이비는 예전 모습 그대로 명랑하게 불쑥 말했다.

"물론 무사해요. 처음에만 놀랐지 나는 조금도 겁먹지 않았어요. 너무 갑자기 당한 일이라서요. 난 원래 테디 슬론과 월요일에 싸우기로 했는데 재빨리 마음을 고쳐먹었어요. 근데 이젠 다시 싸울 생각이에요. 도라, 너 놀랐니?"

도라가 새침하게 말했다.

"그래, 좀 겁났어. 하지만 언니 손을 꼭 쥐고 계속 기도를 했어."

"나도 생각만 났다면 기도를 했을 거야."

데이비는 의기양양하게 덧붙였다.

"하지만 난 기도도 안 했는데 너처럼 멀쩡하잖아."

앤은 마릴라에게 독한 포도주를 갖다 주었다. 앤에게는 그 술이 얼마나 독한지 어린 시절에 겪어 봐서 잘 알 만한 사연이 있었다. 그러고 나서 앤과 마릴라는 낯설게 변한 바깥 풍경을 보러 나갔다.

우박은 무릎이 빠질 만큼 깊고 하얗게 온 땅을 뒤덮고 처마 아래와 계단에도 무더기로 쌓여 있었다. 3, 4일 후 우박이 녹자 우박 때문에 얼마나 큰 피해를 입었는지 확연히 드러났다. 들판이건 정원이건 거기서 자라던 모든 식물이 다 만신창이가 되었던 것이다. 사과나무는 꽃만 떨어진 게 아니라 커다란 나뭇가지들도 부러져 나갔다. 게다가 개선론자들이 심은 나무 200그루 중 대부분이 부러지거나 갈가리 망가졌다.

앤이 멍하니 물었다.

"이게 한 시간 전과 같은 세상이라니 믿을 수 있는 일이에요? 이런 지경까지 되려면 더 많은 시간이 걸렸어야 할 텐데 말예요."

"프린스에드워드 섬에서 이런 일은 한 번도 없었다. 내가 어렸을 때 심한 폭풍우가 몰아치긴 했지만 이것에 비하면 아무 것도 아냐. 아마 엄청난 피해를 입었다는 소식이 들려 올 게야."

앤이 걱정스럽게 중얼거렸다.

"제발 폭풍우를 피하지 못한 아이들이 없어야 할 텐데."

나중에 밝혀진 바에 따르면 아이들은 모두 무사했다. 집이 먼 아이들은 앤드루스 씨의 훌륭한 충고에 따라 우체국에서 폭풍우를 피했기 때문이다.

마릴라가 말했다.

"저기, 존 헨리 카터가 오는구나."

존 헨리 카터는 약간 겁에 질린 듯한 웃음을 지으며 우박을 헤치고 왔다.

"아, 이것 참 지독한 일이죠, 커스버트 아주머니? 해리슨 아저씨가 이 집 식구들이 무사한지 보고 오라고 해서요."

마릴라가 엄하게 말했다.

"죽은 사람도 없고 벼락 맞은 건물도 없어. 그쪽도 아무 일 없겠지."

"아니오, 아주머니. 우린 그렇지 못해요. 벼락을 맞았거든요. 벼락이 부엌 초인종을 통해서 굴뚝으로 내려와 진저의 새장에 맞고 마루에 구멍을 내고는 밑으로 빠져 나갔죠."

앤이 물었다.

"그럼 진저가 다쳤어?"

"예, 너무 심하게 다쳐서 죽고 말았어요."

나중에 앤은 해리슨 씨를 위로하러 갔다. 해리슨 씨는 탁자 옆에 앉아서 알록달록한 진저의 죽은 몸뚱이를 떨리는 손으로 어루만지고 있었다.

해리슨 씨가 슬픈 목소리로 말했다.

"앤, 불쌍한 진저는 이제 너에게 욕도 못하는구나."

앤은 자기가 진저 때문에 울 거라고는 상상도 못해 봤는데 어느새 눈물이 그렁그렁 맺혔다.

"진저는 내 유일한 친구였어…… 근데 이젠 죽었어. 그래, 그래, 이렇게 마음이 아프다니 나도 참 나이만 먹은 바보지. 이젠 아무렇지도 않은 척할 거야. 내가 말을 멈추면 네가 위로의 말을 할 거라는 걸 알지만 그러지 마라. 네가 위로하면 난 아이처럼 울고 말 거다. 정말 끔찍한 폭풍우였지? 사람들이 다시는 에이브 아저씨의 일기 예보를 비웃지 못하겠구나. 이건 에이브 아저씨가 한평생 예언해도 일어나지 않았던 폭풍우가 한꺼번에 밀어닥친 것 같아. 다른 건 다 그만두고라도 날짜를 그렇게 정확히 맞추었다니. 여기 난장판이 된 꼴을 좀 봐라. 난 마루에 난 구멍에다 붙일 널빤지나 찾아봐야겠다."

에이번리 사람들은 그 다음날 다른 일은 다 관두고 서로를 찾아다니며 피해 상황을 따져 보았다. 길은 우박이 쌓여 마차가 다닐 수 없어서 걷거나 말을 타고 다녀야 했다. 이 지방 도처에서 날아드는 나쁜 소식들 때문에 편지 배달은 늦어졌다. 집들은 벼락을 맞아 부서지고 사람들이 죽고 다쳤다. 전화와 전신망이 모두 망가지고 들판에 있던 어린 가축들은 떼죽음을 당했다.

에이브 아저씨는 이른 아침부터 대장간까지 걸어 나와 하루 종일 그곳에서 보냈다. 에이브 아저씨는 바야흐로 찾아온 승리의 시간을 충분히 만끽했다. 그렇다고 에이브 아저씨가 폭풍우가 몰아친 것을 기뻐했다고 말하는 건 온당치 못한 일이다. 그러나 예정되어 있던 폭풍우를 날짜까지 정확하게 맞추었다는 사실이 만족스러웠던 것이다. 에이브 아저씨는 자기가 날짜를 정확히 말한 게 아니라고 부인했던 일은 잊어버렸다. 시간이 조금 맞지 않은 것쯤은 아무 것도 아니었다.

저녁에 길버트가 초록 지붕 집에 찾아왔다. 앤과 마릴라는 깨진 유리창에 기름 먹인 헝겊을 붙이느라 바쁘게 일하고 있었다.

마릴라가 말했다.

"언제쯤 유리를 구할 수 있을지 아무도 모른대. 배리 씨가 오늘 오후에 카모디에 가서 수단과 방법을 가리지 않고 애썼지만 유리를 한 장도 구할 수가 없더란다. 로손과 블레어 가게는 카모디 사람들이 다 사 가서 열 시쯤에 이미 바닥이 나 버렸다는구나. 길버트, 화이트샌즈도 폭풍우가 심했니?"

"네, 심했어요. 전 아이들과 꼼짝없이 학교에 갇혀 있었는데 몇몇 아이들이 두려워서 경기를 일으킬 뻔했어요. 세 명은 기절했고 두 여자 애는 발작을 일으킨데다 토미 블루엣은 내내 목이 찢어져라 비명을 질러 댔어요."

"난 딱 한 번밖에 안 질렀는데."

데이비는 자랑스럽게 말하다가 곧 슬픔에 잠겨 덧붙였다.

"내 정원은 다 엉망이 됐어."

그러고는 길르앗(우상 숭배가 성행했던 곳:옮긴이)에도 아직 위안거리가 있다는 투로 말했다.

"하지만 도라 것도 그래."

앤이 서쪽 방에 있다가 달려 내려왔다.

"아, 길버트, 그 소식 들었어? 레비 볼터 아저씨네 그 낡은 집이 벼락을 맞아 무너졌대. 이렇게 피해 본 게 많은데도 그 소식을 듣고 기뻐하다니 나도 참 못된 것 같아. 볼터 아저씨는 개선 협회에서 마술을 부려 폭풍우를 몰고 왔다고 했대."

길버트가 웃음을 터뜨리며 말했다.

"그래, 한 가지 확실한 건 '관찰자'가 에이브 아저씨를 일기 예보가로 인정받게 만들었다는 거야. '에이브 아저씨의 폭풍우'는 이 지방의 전설처럼 전해질 거야. 우리가 고른 그날에 폭풍우가 왔다는 건 대단한 우연의 일치야. 사실 내가 '마술을 부려' 폭풍우를 몰고 온 것처럼 어느 정도 죄책감이 들어. 그 낡은 집이 무너진 사실은 기뻐해도 괜찮을 거야. 우리가 심은 나무들에 대해선 기뻐할 만한 게 없으니까. 그 중 열 그루도 살아 남지 못했어."

앤이 철학적으로 말했다.

"아, 그럼 내년 봄에 다시 심어야지. 세상엔 좋은 게 딱 한 가지 있어. 그건 앞으로도 봄이 계속 온다는 사실이야."

25. 에이번리의 떠들썩한 사건

 폭풍우가 몰아친 뒤 2주일이 지난 어느 화창한 6월의 아침, 앤은 시든 하얀 수선화 두 송이를 들고 정원에서 초록 지붕 집 마당으로 천천히 걸어갔다.

마릴라는 초록색 줄무늬 무명천을 머리에 두르고 깃털이 다 뽑힌 닭을 들고 집 안으로 들어가던 중이었다. 앤은 무뚝뚝한 마릴라의 눈앞에 꽃을 들고 서서 슬프게 말했다.

"보세요, 마릴라 아주머니. 이게 폭풍우 속에서 살아 남은 유일한 꽃봉오린데 이것마저 성하지 않아요. 마음이 몹시 아파요. 매슈 아저씨 무덤에 가져가려고 했는데 말예요. 매슈 아저씨는 언제나 6월 백합을 좋아하셨잖아요."

마릴라도 수긍했다.

"나도 마음이 아프구나. 워낙 좋지 않은 일들이 많이 일어나 이젠 이런 사소한 일엔 별로 큰 슬픔을 느끼지 않게 되었는데도 말야. 과일이나 곡식이 모조리 못 쓰게 돼 버렸잖니."

"하지만 다들 다시 귀리를 심고 있어요. 해리슨 아저씨 말씀이, 늦긴 했지만 여름에 날씨만 좋으면 잘 자랄 거라고 했어요. 제 일년초들도 다시 싹이 돋기 시작했어요. 하지만 6월 백합을 대신 하진 못하잖아요. 가여운 헤스터 그레이도 6월 백합을 받지 못할 거예요. 어젯밤 헤스터의 정원에 갔는데 아무리 찾아도 남아 있는 게 없었어요. 헤스터는 분명 몹시 안타까워할 거예요."

마릴라가 엄격하게 말했다.

"그런 소릴 하다니 제정신이 아니구나, 앤. 헤스터 그레이는 죽은 지 30년이나 됐고 바라건대 영혼은 천국에 있을 거다."

"그래요. 하지만 헤스터가 아직도 여기 있는 자기 정원을 사랑하고 그리워할 거라고 믿어요. 전 아무리 천국에서 오래 살아도 이 세상을 내려다보며 누군가 내 무덤에 꽃을 놓는 걸 지켜볼 거예요. 저도 헤스터처럼 정원이 있다면 비록 천국에서 살더라도 이따금씩 밀려드는 향수를 잊으려면 30년은 더 걸릴걸요."

마릴라는 닭을 집으로 들고 가면서 미적지근하게 반박했다.

"쌍둥이가 듣는 데선 그런 소리 하지 마라."

앤은 수선화를 머리에 꽂고 샛길 입구로 가서 토요일 아침에 해야 할 일을 시작하기에 앞서 잠시 눈부신 6월의 햇볕을 쬐고 서 있었다. 세상은 다시 아름다워졌다. 자연의 어머니는 폭풍우가 쓸고 간 흔적을 지우느라 최선을 다했다. 설령 몇 달이 지나도록 그 흔적을 완전히 지울 수는 없다 해도 자연의 힘은 가히 놀라웠다.

앤은 버드나무 가지 위에서 몸을 흔들며 노래하는 파랑새에게 말을 건넸다.

"오늘 하루 종일 빈둥거리며 놀았으면 좋겠다. 하지만 쌍둥이까지 돌봐야 하는 학교 선생님이 게으름을 피울 순 없지. 새야, 작은 새야, 넌 정말 노랫소리가 아름답구나. 넌 나보다 더 훌륭하게 내 마음을 노래에 담아 부르고 있어. 왜, 누가 오니?"

그때 특급 마차 한 대가 앞좌석에 두 사람을 태우고 뒤에 커다란 트렁크를 싣고서 샛길을 달려오고 있었다. 마차가 가까이 오자 앤은 마차를 모는 사람이 브라이트 강 역의 역장 아들이라는 사실을 알았다. 그 사람과 동행한 사람은 낯선 여자였는데 말이 채 멈추기도 전에 재빨리 입구로 뛰어내리는 것이었다. 그 여인은 몸집이 자그마한 미인으로 분명히 사십대보다는 오십대쯤 되어 보였지만, 발그레한 볼에 반짝반짝 빛나는 검은 눈을 하고 윤기 흐르는 검은 머리에는 꽃과 깃털로 장식된 모자를 쓰고 있었다. 먼지가 풀풀 나는 길을 13킬로미터나 달려왔으면서도 그 여자는 막 몸단장을 끝낸 사람처럼 말쑥했다.

그 여자가 활달하게 물었다.

"여기가 제임스 해리슨 씨가 사는 곳입니까?"

앤은 깜짝 놀라 당혹스러워하며 말했다.

"아니오, 해리슨 아저씨는 저 너머에 사시는데요."

작은 여인이 재잘거렸다.

"어쩐지 집이 너무 깔끔하다 했어. 제임스가 크게 변하지 않은 한 그가 살기엔 너무 깔끔하지. 제임스가 이 지역에 사는 어떤 여자와 결혼한다는 게 사실인가요?"

"아니, 아니에요."

앤이 죄지은 사람처럼 얼굴까지 붉히며 큰 소리로 부인하자, 이 낯선 여자는 혹시 앤이 해리슨 씨와 결혼할 당사자가 아닌가 의심하며 호기심 어린 눈초리로 바라보았다.

그래도 아름다운 미지의 여인은 끝까지 물고 늘어졌다.

"하지만 이 섬 신문에서 봤거든요. 친구 하나가 신문 한 부에 표시까지 해서 보내 주었죠. 친구들이란 기꺼이 그런 일을 해주잖아요. 제임스의 이름은 '새롭게 등장한 시민'이라는 데에 나와 있었어요."

앤은 숨도 제대로 못 쉬며 말했다.

"아, 그 기사는 농담일 뿐이에요. 해리슨 아저씨는 누구와도 결혼할 생각이 없으세요. 제가 장담해요."

볼이 발그레한 그 여인은 민첩하게 다시 마차에 올라 자리에 앉으면서 말했다.

"그 말을 들으니 참 기쁘군요. 제임스는 이미 결혼한 몸이거든요. 내가 그 사람 아내예요. 아, 당신이 놀라는 것도 무리는 아니죠. 제임스는 독신인 척하며 여러 여자를 울렸을 거예요. 음, 그래, 제임스."

여인은 들판 너머 길쭉한 하얀 집을 향해 힘차게 고개를 끄덕였다.

"제임스, 재미 보는 것도 이젠 끝났어요. 내가 여기 왔으니까요. 당신이 장난질을 할 거라는 생각만 안 했어도 일부러 여기까지 오진 않았을 테지만."

그러더니 앤을 돌아보며 물었다.

"그 앵무새 녀석, 여전히 욕을 잘하나요?"

그 순간 앤은 자기 이름조차 생각나지 않을 만큼 멍해 있던 터라 숨을 헐떡거리며 말했다.

"그 앵무새는…… 죽었어요…… 그랬을 거예요."

혈색 좋은 여인이 신이 나서 소리쳤다.

"죽었다고! 그럼 다 잘됐군. 그 앵무새 녀석이 없어졌다면 이제 제임스와 잘해 나갈 수 있을 거야."

그 여자가 수수께끼 같은 말을 남기고 기쁜 듯이 갈 길을 가 버리자 앤은 마릴라를 보러 부엌으로 달려갔다.

"앤, 저 여잔 누구냐?"

앤은 진지하지만 흔들리는 눈길로 바라보며 물었다.

"마릴라 아주머니, 제가 미친 것처럼 보여요?"

마릴라는 비꼬려는 생각 없이 대꾸했다.

"평소와 다름없는 정도지, 뭐."

"그러면 제가 꿈을 꾸고 있는 건 아니겠죠?"

"앤, 난데없이 무슨 엉뚱한 소리냐? 그 여자가 누구냐고 물었잖아."

"아주머니, 제가 미친 것도 아니고 꿈을 꾸고 있는 것도 아니라면 그 여잔 꿈에 나타난 게 아니라 실제 인물이었군요. 그래, 그런 모자는 내가 상상할 수도 없었을 거야. 마릴라 아주머니, 그 여자가 자기 입으로 해리슨 아저씨의 아내라고 말했어요."

이번에는 마릴라의 눈이 휘둥그레졌다.

"해리슨의 아내라고! 앤 셜리! 그럼 해리슨 씨가 지금껏 노총각인 척하고 다녔단 말이냐?"

앤은 공정하려고 애쓰면서 말했다.

"사실 해리슨 아저씨가 노총각 행세를 한 건 아니에요. 해리슨 아저씨는 자기가 결혼하지 않았다고 말한 적도 없어요. 다만 사람들이 당연히 결혼하지 않았을 거라고 생각한 것뿐이죠. 아, 마릴라 아주머니, 린드 아주머니가 이 사실을 알면 뭐라고 할까요?"

그날 저녁 린드 부인이 찾아와서 자기 생각이 어떤지 말했다. 린드 부인은 전혀 놀라지 않았다! 린드 부인은 항상 그런 대단한 일이 있을 거라고 예감했다고 했다! 린드 부인은 해리슨 씨에게 뭔가 사연이 있을 거라고 짐작하고 있었다는 것이다!

린드 부인이 분개하며 말했다.

"해리슨 씨가 아내를 버렸다고 생각해 봐! 이건 미국에서나 있을 법한 일이지. 이 에이번리에서 이런 일이 일어나리라고 누가 생각이나 하겠니?"

앤은 친구인 해리슨 씨가 잘못했다는 것이 증명되기 전까지는 결백하다고 믿기로 마음먹고 이의를 제기했다.

"하지만 해리슨 아저씨가 아내를 버렸는지 어쨌는지 확실히 모르잖아요. 우린 제대로 된 사실은 하나도 아는 게 없어요."

사전에 나오는 미묘한 말들을 배운 적이 없는 린드 부인이 말했다.

"음, 곧 알게 되겠지. 당장 그 집에 가 봐야겠어. 그 여자가 온 사실을 전혀 모르는 척하고, 해리슨 씨가 오늘 카모디에서 토머스의 약을 가져다 주기로 했으니까 그럴싸한 구실이 될 거야. 내가 내막을 다 알아내서 돌아가는 길에 들러 얘기해 줄게."

린드 부인은 앤이 찾아가 보기를 두려워하는 해리슨 씨 집으로 달려갔다. 앤은 어떤 구실을 만들어도 해리슨 씨 집에 차마 갈 수 없었을 것이다. 그렇지만 앤도 당연히 특유의 호기심은 갖고 있던 터라, 린드 부인이 그 수수께끼를 풀어 간다는 말을 듣고 내심 좋아했다. 앤과 마릴라는 린드 부인이 돌아오기를 기다렸지만 허사였다. 린드 부인은 그날 밤 초록 지붕 집에 다시 들르지 않았다. 데이비가 아홉 시에 볼터네에서 돌아와 그 이유를 설명해 주었다.

"린드 골짜기에서 린드 아주머니와 처음 보는 아주머니를 만났어요. 세상에, 두 사람이 한꺼번에 말을 하더라고요. 린드 아주머니가 오늘 밤은 너무 늦어서 올 수 없다고 전해 달랬어요. 누나, 배가 너무 고파. 밀티네 집에서 네 시에 차를 마셨는데 밀티 엄마는 참 구두쇠인 것 같아. 통조림이나 케이크도 안 주고 빵도 형편없지 뭐야."

앤은 정색을 하고 말했다.

"데이비, 남의 집에 가서 그 집에서 준 음식에 대해 이러쿵저러쿵해서는 안 돼. 그건 아주 예의 없는 짓이야."

데이비가 활기차게 말했다.

"좋아…… 생각만 하는 건 괜찮겠지. 누나, 저녁 좀 줘."

앤은 자기 뒤를 따라 식품 저장실로 들어와 조심스레 문을 닫는 마릴라를 바라보았다.

"앤, 데이비가 먹을 빵에 잼 좀 얹어 줘라. 레비 볼터네 차 대접이 어떤지 나도 잘 알고 있으니까."

데이비는 한숨을 내쉬며 빵과 잼을 받아 들고는 말을 꺼냈다.

"결국 세상일이란 마음대로 안 돼요. 밀티한테는 발작을 하는 고양이가 있는데요, 3주 동안 날마다 꼬박꼬박 발작을 일으켰대요. 밀티가 그러는데 발작을 일으키는 모습이 참 재미있다고 해서 오늘 구경하러 갔거든요. 근데 그 늙다리는 우리가 온종일 돌아가며 지켜보았는데도 발작을 일으키지 않고 멀쩡하게 있잖아요. 하지만 상관없어요."

데이비는 자두잼을 먹게 되었다는 사실에 자기도 모르게 유쾌해졌다.

"언젠가는 볼 수 있겠죠, 뭐. 항상 발작하던 고양이가 갑자기 안 그럴 리 있겠어요. 이 잼은 정말 맛있어."

데이비에게는 자두잼으로 치료할 수 없는 슬픔이란 없었다.

일요일에는 비가 너무 많이 와서 소문이 쫙 퍼지지 않았지만 월요일에는 모든 사람들이 해리슨 씨에 대한 이야기를 알게 되었다. 학교도 그 문제로 떠들썩해서 데이비는 이것저것 많이 듣고 왔다.

"마릴라 아주머니, 해리슨 아저씨는 새 부인이…… 아니, 꼭 새 부인은 아니지만 부인이 생겼어요. 밀티가 그러는데 그 사람들은 아주 오랫동안 결혼을 그만두고 살았대요. 난 항상 사람이 한번 결혼하면 계속되는 줄 알았어요. 근데 밀티는 그런 게 아니고 서로 싫으면 결혼을 그만두는 방법도 여러 가지래요. 한 가지는 그냥 부인을 내버려두고 떠나는 건데 바로 해리슨 아저씨가 그랬대요. 밀티는 해리슨 아저씨 부인이 딱딱한 물건을 던졌기 때문에 아저씨가 떠난 거라 하고, 아티 슬론은 부인이 담배를 못 피우게 해서 떠난 거래요. 그리고 네드 클레이는 부인이 해리슨 아저씨에게 잔소리를 그치지 않았기 때문이래요. 난 그런 이유로 내 아내를 떠나진 않을 거예요. 난 단호한 태도로 말할 거예요. '데이비 부인, 난 남자니까 내가 하자는 대로 따라야 해.' 그러면 내 아내는 바로 얌전해질 거예요. 하지만 아네타 클레이는 해리슨 아저씨가 문 앞에서 장화의 먼지를 털어 내지 않기 때문에 부인이 아저씨를 떠난 것이었을 거라며 자기도 그 부인이 잘못했다고 생각하진 않는대요. 내가 지금 바로 가서 해리슨 아저씨의 부인이 어떻게 생겼는지 보고 올게요."

잠시 후에 데이비는 좀 실망한 채로 돌아왔다.

"해리슨 아저씨 부인은 집에 없어요. 린드 아주머니랑 응접실에 바를 벽지를 사러 카모디에 갔대요. 해리슨 아저씨가 누나한테 할말이 있다고 좀 와 달래. 근데 마룻바닥이 깨끗하게 닦여 있고 해리슨 아저씨는 면도까지 했어요. 어젠 교회 가는 날도 아니었는데."

해리슨 씨네 부엌은 완전히 달라져 있었다. 마룻바닥은 놀라울 정도로 깨끗하게 청소가 되어 있고 방 안에 있는 가구들도 모두 말끔했다. 난로도 얼굴이 들여다보일 만큼 반짝반짝 닦여 있고 벽은 하얗게 칠해져 있었으며 유리창은 햇빛을 받아 눈부시게 빛났다. 해리슨 씨는 작업복을 입은 채 탁자 옆에 앉아 있었는데, 금요일이면 여기저기 닳아 누더기가 된다고 익히 알려져 있던 그 작업복은 깨끗하게 기워지고, 솔질이 되어 있었다. 해리슨 씨는 깔끔하게 면도를 하고 숱이 얼마 없는 머리도 단정하게 빗어 올린 모습이었다.

해리슨 씨는 에이번리 사람들이 장례식에서 하는 말보다도 더 침울하게 가라앉은 목소리로 말했다.

"앤, 자리에 앉거라, 어서 앉아. 에밀리는 린드 부인과 카모디에 갔다. 에밀리는 벌써 린드 부인과 평생 우정이란 걸 맺었어. 여자들이란 제멋대로여서 알다가도 모르겠다. 앤, 이제 나도 편한 세월은 다 끝났구나. 난 이제 여생을 깔끔하고 단정하게 살아야만 할 거야."

해리슨 씨는 최대한 슬프게 말하려고 애썼지만 눈동자가 빛나는 건 아무래도 감출 수 없었다.

앤은 해리슨 씨를 향해 손가락을 살살 흔들며 큰 소리로 말했다.

"아저씨, 부인이 돌아와 줘서 기쁘시죠? 금방 알 수 있으니 괜히 안 그런 척하지 마세요."

해리슨 씨는 순하게 미소지으며 몸에서 힘을 풀었다.

"음, 그러니까…… 난 익숙해지고 있어. 에밀리를 다시 만난 걸 유감이라 할 순 없지. 이런 마을에서 살려면 남자는 정말 아내라는 보호막이 필요해. 이 마을에서는 이웃집에 체커 놀이를 하러 가기만 해도 그 집 여동생과 결혼할 거라는 소문이 신문에까지 난단 말야."

앤이 정색을 하고 말했다.

"아저씨가 결혼하지 않은 척만 안 하셨어도 이자벨라 앤드루스를 만나러 간다는 소문은 나지 않았을 거예요."

"내가 그런 행세를 한 게 아냐. 누구라도 내게 결혼했냐고 물어 봤다면 했다고 말했을 거야. 하지만 사람들은 당연히 내가 결혼을 안 했다고 생각한 거야. 난 그 문제에 대해 굳이 말하고 싶지 않았어. 너무 가슴 아픈 일이었거든. 아내가 날 떠났다는 사실을 린드 부인이 알았다면 좋은 흥밋거리로 삼았을 거야. 그러지 않았겠니?"

"하지만 어떤 사람들은 아저씨가 부인을 떠났다고 하던데요?"

"앤, 에밀리가 먼저 떠난 거야, 정말이야. 이제 다 얘기해 주지. 네가 나나 에밀리를 괜히 더 나쁜 사람으로 생각하는 건 싫으니까. 베란다로 나가자. 여긴 너무 깨끗해서 나 혼자 살던 시절이 그리워지거든. 좀 지나면 익숙해질 테지만 마당을 보고 얘기하는 게 편해. 에밀리가 시간이 없어서 마당은 아직 청소를 하지 않았거든."

둘이 베란다에 나가 편안히 앉자 해리슨 씨는 슬픈 이야기를 시작했다.

"여기 오기 전에 난 뉴브런즈윅의 스코츠퍼드에서 살았단다. 내 누님은 집안 살림을 하며 나를 편안하게 해주었지. 에밀리는 누님이 적당히 깔끔해서 나를 멋대로 놔두어 내가 이 모양이 됐다고 말하지. 하지만 누님은 3년 전에 돌아가셨어. 죽기 전에 누님은 내가 어떻게 살아갈지 걱정이라며 결혼하겠다는 약속을 하라고 했어. 누님은 에밀리 스콧이 재산도 있고 알뜰한 살림꾼이라며 내게 추천했어. 난 이렇게 말했지. '에밀리 스콧은 날 쳐다보지도 않을 거예요' 라고. 그래도 누님은 한번 청혼을 해 보라는 거였어. 난 누님을 안심시키려고 그렇게 약속했고 에밀리에게 청혼했지. 에밀리는 나와 결혼하겠다고 했어. 앤, 똑똑하고 예쁘고 사랑스러운 여자가 나 같은 늙은 남자에게 시집오겠다니, 내 평생 그때처럼 놀란 적은 없었다. 정말이지, 처음에 난 행운을 잡았다고 생각했지. 그래, 우린 결혼식을 올리고 세인트존으로 2주일 동안 신혼여행을 갔다가 집에 돌아왔지. 우린 밤 열 시에 도착했는데, 앤, 거짓말 하나 안 보태고 딱 삼십 분이 지나자 에밀리는 집 안 청소를 시작하는 거야. 아, 넌 내 집이 참 더러웠나 보다 생각하는 모양이구나. 넌 표정이 풍부해서 얼굴에 생각이 다 씌어 있지. 하지만 내 집은 그다지 지저분하지 않았어. 혼자 살 땐 내가 보기에도 집 안이 뒤죽박죽이었지만 말야. 그래도 난 결혼하기 전에 일하는 여자를 불러서 청소도 시키고 집 안을 새로 칠하고 수리도 적지 않게 했단다. 정말 새로 지은 하얀 대리석 궁전에 데려간다 해도 에밀리는 헌 옷을 얻어 입자마자 청소를 빡빡 해대고 있을 거야. 글쎄, 그날 밤 한 시까지 쓸고 닦고 하더니 이튿날 네 시에 일어나 다시 청소를 시작하는 거야. 에밀리는 내내 그 모양이었지. 난 에밀리가 변하지 않을 거라는 사실을 알 수 있었어. 에밀리는 일요일만 빼고 끊임없이 쓸고 닦고 먼지를 털어 냈어. 그리고 일요일엔 다시 청소할 수 있는 월요일만 목이 빠져라 기다리는 거야. 하지만 에밀리는 청소에서 즐거움을 얻는 여자였고, 나도 에밀리가 내 식대로 살도록 날 내버려 두었다면 그냥 그러려니 하고 살았을 거야. 하지만 에밀리는 그러지 않았어. 날 고치려고 들었고 끊임없이 잔소리를 해댔지. 난 반드시 문가에서 장화를 슬리퍼로 갈아 신어야만 집 안에 들어올 수 있었어. 담배는 꼭 헛간에 가서 피워야 했고. 게다가 난 문법에 딱 맞게 말하질 못했어. 에밀리는 젊었을 때 학교 선생님이었던 터라 내가 틀린 말을 하는 걸 그냥 지나치지 못했지. 그리고 내가 칼로 음식을 집어먹는 걸 끔찍하게 싫어했어. 그래, 늘 바가지 긁고 잔소리하는 게 끊이질 않았어. 하지만 앤, 공평하게 말하자면 나도 심술궂은 사람이었지. 난 마땅히 고쳐야 할 것도 고치려 하지 않고 그저 에밀리가 트집을 잡을 때마다 버럭 화를 내며 괴팍하게 굴었어. 어느 날 난 에밀리에게 내가 청혼할 때는 문법 때문에 불평하지 않았잖느냐고 말했지. 그런 말은 해서 득볼 게 없는데 말야. 여자란 결혼할 때는 그렇게 좋아하더니란 말을 들으니 남편이 자기를 때린 일을 더 쉽게 용서하는 법이거든. 그래, 우린 그렇게 티격태격하며 지냈고, 딱 꼬집어 즐거웠다고만 할 수는 없어도 진저만 없었더라면 서로에게 익숙해져 그럭저럭 잘 지냈을 거야. 그런데 진저 때문에 마침내 우리의 결혼 생활은 끝장이 나고 말았지. 에밀리는 앵무새를 좋아하지 않았고 진저의 상스러운 말버릇을 못 견뎌 했어. 난 선원인 남동생 때문에 그 새에게 정을 주었지. 남동생은 어렸을 때부터 내 귀염을 독차지한 아이야. 그 녀석이 죽을 때 내게 진저를 보내 주었지. 난 앵무새가 하는 욕지거리에 화를 낸다는 걸 이해할 수 없었어. 나도 사람이 욕하는 건 싫어하지만 앵무새로 말하자면, 내가 중국어를 듣는 것처럼 앵무새는 그저 뜻도 모르면서 들은 말을 되풀이하는 것뿐이잖아.

하지만 에밀리는 그렇게 받아들이지 않았어. 여자들이란 논리적이지 않잖아. 에밀리는 진저가 욕을 못하게 하려고 애썼지. 그런데 그건 나한테 '알겠다', '그 새끼들' 같은 말을 못 쓰게 하는 것만큼이나 별다른 효과를 거두지 못했지. 에밀리가 애를 쓰면 쓸수록 진저도 나처럼 더 말을 듣지 않았어. 결정적인 파국이 올 때까지 우리는 서로 삐걱거리며 지냈지. 어느 날 에밀리가 우리 교구의 목사님 내외와 마침 그 목사님 손님으로 온 다른 목사 내외를 초대해서 차를 들기로 했거든. 난 다른 사람이 보지 못하게 진저를 치워 놓겠다고 약속했어. 에밀리는 진저의 새장은 만지려고도 하지 않았고 근처에 얼씬도 하지 않았으니까. 나도 목사님들이 우리 집에서 상스러운 말을 듣는 걸 원치 않았어. 그런데 그만 그걸 깜박 잊어버린 거야. 에밀리가 내 칼라는 깨끗한지, 내가 틀린 말을 하지나 않을지 하도 걱정을 하는 통에 그만 잊어버린 거야. 그래서 난 손님들과 차를 마시려고 자리에 앉을 때까지 불쌍한 앵무새는 생각도 안 하고 있었어. 목사님이 감사 기도를 하고 있는 바로 그때 식당 유리창 밖 베란다에 있던 진저가 목청을 높였어. 마당에 칠면조가 나타났는데 진저는 칠면조만 보면 가만 있질 못했거든. 진저는 평소보다 훨씬 더 심하게 욕을 퍼부어 댔어. 앤, 넌 웃는구나. 그래, 그 뒤로 가끔 그 일을 생각하며 혼자서 웃기도 하지만 그 때는 나도 에밀리만큼이나 모욕을 느꼈어. 내가 나가서 진저를 헛간에 옮겨 놨지. 난 식사도 제대로 할 수 없었단다. 에밀리의 표정을 보고 이제 나와 진저에게 심상치 않은 일이 일어날 거라고 짐작했어. 손님들이 떠나자 난 방목장으로 가는 길에 생각을 좀 했지. 에밀리에게 미안했고 내가 너무 마음을 써 주지 못했다는 사실도 깨달았지. 게다가 목사님들이 진저가 나한테서 욕을 배웠다고 생각할지도 모르는 일이고. 결국엔 진저를 매몰차지 않게 처분해야겠다고 마음먹고 소 떼를 몰고 집에 와서 에밀리에게 그렇게 말하려고 안으로 들어갔지. 하지만 소설책에서 나오는 것처럼 에밀리는 집에 없고 탁자 위에 편지만 남아 있더군. 에밀리는 나더러 진저와 자기 둘 중 하나를 선택하라고 썼어. 그 앵무새를 없애 버리고 올 때까지 친정집에 가 있겠다는 거야. 앤, 난 무척 화가 났단다. 그래서 그런 날을 기다린다면 영원히 기다려야 할 거라고 말하고 실제로 그렇게 했지. 난 에밀리의 물건들을 몽땅 싸서 보냈어. 그러자 말들이 참 많았지. 스코츠퍼드도 에이번리만큼이나 말 많은 동네거든. 다들 에밀리를 동정했어. 난 짜증이 나고 심사가 뒤틀려 그곳을 떠나지 않으면 마음 편하게 못 살 거라고 생각했어. 그래서 이 섬에 오기로 결심했지. 어린 시절에 난 여기서 살았기 때문에 이곳을 좋아했지만, 에밀리는 집 밖에 나갔다가 바다에 빠질지도 몰라서 밤에 잘 돌아다니지도 못하는 그런 곳에선 살고 싶지 않다고 했거든. 그래서 난 일부러 이곳으로 이사 온 거야. 바로 이렇게 된 사연이란다. 그 뒤로 에밀리에게선 소식 한 장 없었고 소문도 못 들었지. 그런데 토요일에 뒷밭에 있다가 집에 와 보니 에밀리가 마룻바닥을 빡빡 닦고 있고 에밀리가 떠난 뒤로는 구경도 못해 본 근사한 식사가 차려져 있는 거야. 에밀리가 식사부터 하자고 해서 좀 있다가 우리는 이야기를 나누었지. 이야기를 하다 보니 에밀리가 그 동안 남과 함께 지내는 법에 대해 많은 교훈을 얻었다는 걸 알 수 있었어. 에밀리는 진저도 죽었고 생각보다 섬도 크다며 여기서 나랑 함께 지내기로 했단다. 저기, 린드 부인과 에밀리가 오는구나. 아니, 가지 마라, 앤. 여기 있다가 에밀리와 낯이나 익히렴. 에밀리는 토요일에 널 보고 나서 옆집에 사는 빨간 머리의 예쁜 아가씨가 누군지 알아야겠다고 벼르고 있단다."

해리슨 부인은 앤을 보고 환한 표정으로 반가워하면서 굳이 차 한 잔 마시고 가라고 붙잡았다.

"제임스가 아가씨 얘길 전부 해주었어요. 얼마나 친절하게 대해 주었는지, 케이크나 음식을 만들어 준 얘기도요. 난 될 수 있는 대로 새 이웃들과 빨리 친해지고 싶어요. 린드 부인은 참 좋은 분이더군요. 정말 상냥해요."

향기로운 6월의 어스름 속에서 앤이 집으로 돌아가는데 해리슨 부인이 반짝이는 반딧불이 비춰 주는 들판을 가로질러 함께 가 주었다.

해리슨 부인이 확신에 차서 말했다.

"제임스가 우리 이야기를 다 했죠?"

"네."

"그럼 난 말할 필요가 없겠네요. 제임스는 공정한 사람이라서 사실대로 이야기했을 테니까요. 그에게만 잘못이 있었던 건 결코 아녜요. 이젠 알겠어요. 나는 집을 떠난 지 한 시간도 안 돼서 내가 너무 성급했구나 생각했지만 지고 들어갈 순 없었어요. 이젠 남편에게 너무나 많은 것을 기대했다는 사실을 깨달았어요. 게다가 남자가 문법이 좀 틀린다고 트집을 잡다니 참 어리석었죠. 사실 식품 저장실을 들락거리며 일 주일에 설탕을 얼마나 쓰는지 꼬치꼬치 참견하지 않고 든든한 가장의 몫을 해내는 남자라면 문법이 좀 틀린다고 문제 될 건 없잖아요. 이제 제임스와 난 행복하게 잘 지낼 거예요. 감사 인사라도 하게 '관찰자'가 누군지 알고 싶어요. 난 그 사람에게 큰 은혜를 입었어요."

앤이 입을 봉하고 있었기 때문에 해리슨 부인은 자기가 그 당사자에게 감사 인사를 하고 있다는 사실을 알지 못했다. 앤은 그 어리석은 '기사들'로 인해 엉뚱한 결과들이 초래된 데에 당황스러웠다. 그 기사 때문에 한 남자는 자기 아내와 화해를 했고, 한 일기 예보가는 명성을 얻었다.

때마침 린드 부인은 초록 지붕 집 부엌에서 마릴라에게 내막을 모조리 얘기해 주고 있던 참이었다.

마릴라가 앤에게 물었다.

"그래, 해리슨 부인은 어떻든?"

"아주 맘에 들어요. 정말 상냥한 분인 것 같아요."

레이첼이 강조하며 나섰다.

"바로 그렇다니까. 내가 마릴라한테 이제껏 말했듯이, 해리슨 부인을 봐서라도 해리슨 씨의 별난 행동은 덮어두고 부인이 편안히 지내도록 우리도 신경 쓰자는 말야. 자, 이제 집에 가 봐야겠어. 토머스가 기다릴 거야. 엘리자가 오고 요 며칠 토머스도 몸이 좋아진 것 같아서 좀 돌아다녔지만 그래도 너무 오래 집을 비우고 싶지 않아. 참, 길버트 블라이드는 화이트샌즈 학교를 그만두었대. 가을에 대학에 갈 것 같더라."

앤의 기색을 살피며 쳐다보았지만 앤은 소파에서 꾸벅꾸벅 졸고 있는 데이비에게 몸을 구부리고 있어서 표정을 읽을 수가 없었다. 앤은 데이비의 노란 곱슬머리에 뺨을 기대며 데이비를 데려갔다. 이층에 올라가자 데이비는 노곤한 팔을 앤에게 두르고 따뜻하게 껴안으며 애정이 담긴 입맞춤을 했다.

"누난 정말 좋아. 밀티 볼터가 오늘 자기 석판에 이런 걸 써서 제니 슬론에게 보여 줬어.

장미처럼 붉고 제비꽃처럼 푸르고
설탕처럼 달콤한 그대여.

이건 바로 누나에 대한 내 심정과 똑같아."

26. 길모퉁이에 서서

토머스 린드는 살아 있을 때처럼 죽을 때도 조용하고 조심스럽게 눈을 감았다. 토머스의 아내는 다정하고 참을성 있고 지칠 줄 모르는 간병인이었다. 때때로 레이첼 린드 부인은 굼뜨고 우유부단한 토머스의 성격 때문에 화가 날 때면 건강 문제로 남편을 들들 볶았다. 그러나 토머스가 병석에 눕자, 린드 부인은 목소리를 한 번도 높이지 않고 부드러우면서도 능숙한 손놀림으로 간호하며 아무 불평 없이 밤을 지새우곤 했다.

언젠가 땅거미가 질 무렵, 린드 부인이 일하느라 굳은살이 박인 손으로 남편의 여위고 쭈글쭈글한 손을 잡고 앉아 있을 때, 토머스가 사심 없이 말했다.

"레이첼, 당신은 나한테 참으로 훌륭한 아내였소. 당신에게 변변한 재산도 물려줄 게 없어 정말 미안하오. 하지만 아이들이 당신을 돌봐줄 거요. 엄마를 닮아 다들 똑똑하고 능력이 있으니 말이오. 당신은 좋은 어머니…… 좋은 여자요……."

그리고 나서 토머스는 잠이 들었다.

다음 날 아침 골짜기의 뾰족한 전나무 위로 새하얗게 동이 터 오를 때, 마릴라가 소리 없이 동쪽 방에 들어와 앤을 깨웠다.

"앤, 토머스 린드가 죽었단다. 그 집에서 일하는 아이가 와서 알려 줬어. 난 이 길로 레이첼한테 가 봐야겠구나."

토머스 린드의 장례식을 치르고 난 이튿날, 마릴라는 이상하게도 뭔가에 정신이 팔린 모습으로 집 안을 돌아다녔다. 이따금 앤을 보고 무슨 말이라도 할 것처럼 하다가 고개를 저으며 입을 닫아 버렸다. 마릴라는 차를 마시고 나서 린드 부인을 만나러 갔다가 돌아와 앤의 방으로 올라왔다. 앤은 학교 과제물을 검사하고 있었다.

"오늘 밤 린드 아주머니는 어떠세요?"

"이젠 좀 침착해지고 안정이 됐단다. 하지만 몹시 외로워하고 있어. 엘리자는 오늘 집에 가야 한대. 자기 아들이 아파서 오래 있을 수가 없다나."

마릴라는 앤의 침대에 앉으며 대답했다. 이런 행동은 마릴라가 뭔가 심상치 않게 흥분해 있다는 표시였다. 마릴라의 생활 규칙에 따르면 이미 정돈해 놓은 침대에 앉는다는 것은 용서받을 수 없는 행동이었던 것이다.

앤이 말했다.

"이 숙제 검사를 끝내고 린드 아주머니한테 가서 얘기 좀 나눠야겠어요. 오늘 밤엔 라틴어 작문을 공부하려고 했는데, 급한 건 아니니까요."

"길버트 블라이드는 이번 가을에 대학에 갈 모양이던데, 너도 대학에 가는 게 어떻겠니, 앤?"

마릴라가 느닷없이 묻자 앤은 깜짝 놀라서 고개를 들었다.

"물론 그러고야 싶죠, 마릴라 아주머니. 하지만 가망이 없어요."

"내 생각엔 가능할 것 같은데. 난 항상 네가 대학에 가야 한다고 생각했단다. 나 때문에 네가 모든 걸 포기하는 게 마음이 편치 않았어."

"하지만 마릴라 아주머니, 전 한 순간도 집에 있는 걸 유감스럽게 생각해 본 적이 없어요. 전 정말 행복하게 지내고 있어요. 지난 두 해는 참으로 즐거웠죠."

"아, 그래, 나도 네가 만족스러워한다는 건 안다. 하지만 만족하고 안 하고의 문제가 아니야. 넌 계속 배워야 해. 레드먼드에서 일 년 정도 지낼 만큼 저축해 놓은 돈도 있고, 유언장에 있는 주식에서 나오는 돈으로 일 년은 더 공부할 수 있을 거야. 그리고 장학금 같은 것도 받을 수 있잖니."

"네, 그래요, 하지만 저는 갈 수 없어요. 물론 아주머니 눈이 좋아지긴 했지만, 아주머니한테만 쌍둥이를 맡겨 둘 순 없어요. 그 애들은 워낙 손이 많이 가잖아요."

"쌍둥이와 나하고만 지낼 생각은 아니란다. 바로 그 문제를 너와 의논하고 싶구나. 오늘 밤에 레이첼과 긴 이야기를 나눴단다. 앤, 레이첼은 지금 여러 가지 문제로 기분이 몹시 좋지 않아. 남은 재산도 그리 많지 않고. 8년 전에 막내아들이 서부에서 일자리를 구할 때 농장을 저당 잡혔나 봐. 그 뒤로는 이자 갚기에도 벅찼던 모양이더라. 게다가 토머스의 병구완하느라 이래저래 돈이 꽤 들어갔지. 아무래도 농장을 팔아야 할 모양인데, 빚을 갚고 나면 남는 게 거의 없다더구나. 레이첼은 엘리자와 함께 살아야 할 텐데, 에이번리를 떠난다는 건 생각만 해도 가슴 아픈 일이라지 뭐냐. 그만한 나이의 여자가 새로 친구를 사귀고 관심거리를 찾기란 쉽지 않지. 그런데 앤, 레이첼과 얘기하다가 문득 나하고 같이 살자고 하면 어떨까 싶더구나. 하지만 레이첼한테 말을 꺼내기 전에 먼저 너하고 의논해 봐야겠다고 생각했어. 만일 레이첼이 나와 같이 살게 된다면, 너는 대학에 갈 수 있을 거야. 어떻게 생각하니?"

앤은 어리둥절한 채 말을 더듬었다.

"제 생각엔…… 마치…… 누가…… 달이라도 따다가 준 것 같아요……. 그런데 잘 모르겠어요…… 딱히…… 어떻게 해야 할지. 하지만 린드 아주머니가 여기서 사는 문제는 아주머니 결정에 따르겠어요. 마릴라 아주머니, 저…… 괜찮으세요…… 정말로요? 린드 아주머니는 좋은 분이고 친절한 이웃이죠. 하지만…… 하지만……."

"하지만 단점도 있다, 그 말이지? 그래, 물론 흠이 있긴 하지. 그렇지만 레이첼이 에이번리를 떠나는 걸 보느니 더 나쁜 흠이라도 참으며 사는 게 낫지. 난 레이첼이 무척 그리울 거야. 레이첼은 내게 하나밖에 없는 절친한 친구야. 레이첼이 없으면 난 무척 갈팡질팡할 거다. 우린 45년 동안 이웃으로 지내면서 한 번도 싸운 적이 없지. 그때 레이첼이 너더러 촌스런 빨간 머리라고 부르는 바람에 네가 덤벼들어서 한 번 싸울 뻔하긴 했다만 말이다. 기억나니, 앤?"

앤이 후회스런 목소리로 말했다.

"기억하죠. 사람들은 그런 일은 잊지 못하잖아요. 그 때 제가 가엾은 린드 아주머니를 얼마나 미워했는데요!"

"그리고 나서는 네가 '사과'를 했지. 그래, 넌 정말 다루기 힘든 아이였어. 난 너에게 어떻게 대해야 할지 몰라 무척 당황하고 쩔쩔맸지. 매슈 오라버니는 너를 잘 이해했는데."

"매슈 아저씨는 뭐든지 이해하셨죠."

앤은 매슈에 대해 말할 때면 항상 그렇듯이 부드럽게 말했다.

"그래, 잘만 하면 나와 레이첼이 서로 부딪칠 일은 별로 없을 거야. 두 여자가 한 집에서 사이좋게 지내지 못하는 건 한 부엌을 쓰면서 서로 멋대로 하려고 하기 때문인 것 같아. 그러니까 레이첼이 여기서 살게 되면, 북쪽 방을 침실로 쓰고 손님방을 부엌으로 쓸 수 있을 거야. 우린 손님방이 필요하지 않거든. 레이첼은 거기다 난로도 갖다 놓고 가구도 마음대로 들여놓으며 편안하게 자기 식대로 살 수 있잖겠니. 물론 레이첼도 자식들이 도와 줄 테니까 먹고 살 돈은 있을 거야. 그러니 나는 레이첼에게 방만 내주는 셈이야. 그래, 앤, 나는 정말 괜찮단다."

앤이 곧바로 말했다.

"그럼 린드 아주머니에게 말씀해 보세요. 저도 린드 아주머니가 떠나시는 걸 보는 건 싫어요."

마릴라가 말을 이었다.

"그리고 레이첼이 여기서 살게 되면, 너도 대학에 갈 수 있을 거야. 레이첼이 내 말동무도 되어 주고 쌍둥이한테도 내가 못하는 몫까지 해줄 테니, 네가 대학에 못 갈 이유가 없지."

앤은 그날 밤 창가에 앉아서 오랫동안 생각에 잠겼다. 앤의 마음 속에선 기쁨과 섭섭함이 한데 뒤섞였다. 마침내 앤은 난데없이 생각지도 못한 길모퉁이에 이른 것이다. 무수한 무지갯빛 희망과 미래를 가진 대학은 바로 그 모퉁이 너머에 있었다. 그렇지만 앤은 그 모퉁이를 돌아가려면 수많은 아름다운 추억들을 뒤에 남겨 두고 가야 한다는 사실도 알고 있었다. 단순한 일과 흥밋거리들은 지난 2년 동안 앤의 마음속에 소중하게 자리잡았고, 앤이 쏟은 열정으로 그것들은 아름답고 기쁜 일이 되었던 것이다. 앤은 학교를 그만두어야 한다. 그 동안 앤은 학생들 모두를 아꼈으며 바보 같고 버릇없는 아이들까지도 사랑했다. 앤은 폴 어빙만 생각해도 레드먼드가 과연 그만한 가치가 있는 곳인지 갈피를 잡을 수가 없었다.

앤은 달에게 말을 걸었다.

"지난 2년 동안 나는 자그마한 뿌리들을 많이 내렸어요. 내가 있는 자리를 떠날 때 그 작은 뿌리들은 무척 아파하겠지요. 하지만 떠나는 게 최선이에요. 마릴라 아주머니도 말씀하셨듯이, 가지 못할 이유는 없으니까요. 난 내 포부를 펼치고 미련을 털어 버려야겠어요."

앤은 다음 날 사표를 냈다. 그리고 린드 부인은 마릴라와 허심탄회하게 이야기를 나눈 후 흔쾌히 초록 지붕 집에 와서 살겠다고 했다. 그러나 린드 부인은 여름 동안에는 자기 집에서 혼자 살기로 했다. 농장은 가을이 되어야 팔릴 터이니 그 동안 정리해야 할 일들이 많았던 것이다.

린드 부인은 혼자 한숨을 내쉬었다.

"초록 지붕 집같이 큰길에서 외떨어진 곳에 살 거라곤 생각도 못해 봤는데. 하지만 초록 지붕 집도 예전만큼 세상을 등지고 사는 건 아니야. 앤은 친구가 많고 쌍둥이도 활달하지. 어쨌든 에이번리를 떠나느니 차라리 우물 속에서 사는 게 낫지, 뭐."

해리슨 부인이 나타난 사건을 제치고 이 두 가지 소식이 사람들 입에 시끄럽게 오르내렸다. 사려 깊은 사람들은 마릴라 커스버트가 린드 부인에게 같이 살자고 성급하게 물어 본 사실을 놓고 고개를 갸우뚱거렸다. 사람들은 두 사람이 사이좋게 지내지 못할 거라고 했다. 둘 다 '너무 자기 식대로 하길 좋아한다'는 게 그 이유로 온 동네에 비관적인 추측이 난무했지만 정작 당사자들은 조금도 개의치 않았다. 마릴라와 린드 부인은 명확하게 각자의 책임과 권리를 이해하고 그 선을 정확히 지키기로 했다.

린드 부인이 단호하게 말했다.

"난 마릴라 일에 끼여들지 않을 테니까, 마릴라도 내 일에 참견하지 않겠지요. 쌍둥이에 대해서는 내가 할 수 있는 거라면 뭐든지 기꺼이 할 거예요. 하지만 데이비의 질문에 대답해 줄 수 있다고 단언은 못해요. 백과사전도 아니고, 필라델피아 변호사도 아니니까. 그런 점에선 앤이 없는 게 아쉽겠네요."

마릴라가 무뚝뚝하게 말했다.

"때때로 앤의 대답도 데이비의 질문만큼이나 이상해요. 쌍둥이들은 틀림없이 앤을 그리워하겠지요. 그렇다고 데이비의 끝없는 질문에 답해 주기 위해 앤의 장래를 희생시킬 순 없어요. 데이비 녀석이 내가 대답할 수 없는 질문을 하면, 어린애들은 그저 얌전히 있어야지 자꾸 떠들어선 안 된다고 말해 주겠어요. 나도 그렇게 자랐으니까. 그런데 요즘 신식 어린이 교육법보다 옛날식이 더 좋았는지는 잘 모르겠어요."

린드 부인이 웃으며 말했다.

"그래도 앤의 방법이 데이비에겐 잘 먹혔던 것 같아요. 성격도 많이 좋아졌죠. 아무럼, 좋아졌다마다요."

마릴라도 인정했다.

"데이비는 못된 애는 아니죠. 나도 그 아이들을 이렇게 좋아하게 될 줄은 몰랐어요. 데이비는 레이첼과도 잘 지낼 거예요. 그리고 도라는 사랑스러운 아이죠. 하지만 뭐랄까…… 좀……."

린드 부인이 말을 거들었다.

"단조롭다고요? 맞아요, 모든 페이지가 똑같은 책처럼 말예요. 도라는 선량하고 믿음직한 여인이 되겠지만, 세상에 이름을 떨치진 못할 거야. 그러니까, 그런 사람들은 다른 사람들처럼 재미있지는 않지만 손님으로 초대하긴 좋은 사람들이죠."

길버트 블라이드는 앤이 학교를 그만둔 소식을 듣고 순수하게 기뻐한 유일한 사람이었을 것이다. 학생들은 마른하늘에 날벼락이라고 생각했다. 아네타 벨은 집에 가는 길에 발작을 일으켰다. 앤서니 파이는 기분을 풀려고 별 이유도 없이 다른 아이들과 두 번이나 싸웠고, 바바라 쇼는 밤새 울었다. 폴 어빙은 대담하게도 할머니한테 일주일 동안은 포리지를 먹지 않겠다고 했다.

폴이 말했다.

"할머니, 저는 먹을 수가 없어요. 아무 것도 못 먹을 것 같아요. 제목에 커다란 혹이라도 생긴 기분이에요. 제이콥 돈넬이 저를 보고 있지 않았다면 학교에서 돌아오는 길에 내내 울었을 거예요. 잠자리에 들면 울음이 쏟아질 것 같아요. 내일 눈이 붓진 않겠죠? 울고 나면 마음이 좀 풀릴 텐데. 하지만 어쨌든 포리지는 못 먹겠어요. 할머니, 이 슬픔을 견뎌 내려면 온 정신을 다 기울여야 된단 말예요. 그러니 포리지를 먹으려고 애쓸 힘도 남아 있지 않겠죠. 아, 할머니, 사랑하는 선생님이 떠나면 저는 어떻게 해야 되죠? 밀티 볼터는 제인 앤드루스 선생님이 수업을 맡게 될 거라고 장담하고 있어요. 앤드루스 선생님은 좋은 분이겠죠. 하지만 앤 셜리 선생님만큼 잘 이해해 주진 않을 것 같아요."

다이애나도 이 문제를 몹시 비관적으로 바라보고 있었다.

해질 무렵, 달빛이 '은빛 깃털'처럼 벚나무 가지 사이로 쏟아져 내려 부드럽고 꿈결 같은 찬란한 빛이 가득 찬 앤의 방에서 두 소녀는 가만히 앉아 이야기를 나누었다. 앤은 창가의 낮은 흔들의자에 앉아 있었고, 다이애나는 침대 위에서 책상다리를 하고 앉아 있다가 몹시 슬프게 말했다.

"내년 겨울은 지독히 쓸쓸하겠다. 너와 길버트도 떠날 테고, 앨런 목사님 부부도 떠나신대. 샬럿타운에서 앨런 목사님을 오라고 한다는데, 물론 승낙하실 거야. 너무해. 겨울 내내 목사 자리는 비어 있을 테고, 길게 늘어선 목사 후보자들 이야기나 듣고 있어야 할 테니까 말이야. 그 후보자들 중 쓸 만한 사람은 반도 안 될걸."

앤은 분명하게 말했다.

"이스트그래프턴에 사는 백스터 씨는 부르지 않았으면 좋겠어. 백스터 씨는 여기 오고 싶어한다는데, 만날 우울한 설교만 하는 사람이야. 벨 아저씨 말로는 백스터 씨는 보수파 목사였대. 하지만 린드 아주머니는 백스터 씨에게 문제가 있다면 그건 소화 불량뿐이라는 거야. 부인이 요리를 잘하는 사람은 아니었나 봐. 린드 아주머니 말씀이 세 주 중 두 주는 시큼한 빵을 먹어야 하는 남자가 갖고 있는 신학에는 어딘가 비뚤어진 부분이 있게 마련이래. 앨런 사모님은 이곳을 떠나는 게 몹시 마음 아픈가 봐. 사모님은 갓 결혼해서 이곳에 왔을 때 다들 매우 친절하게 대해 주어서 마치 평생 사귀어 온 친구들 곁을 떠나는 느낌이라고 하셔. 게다가 아기의 무덤도 여기 있잖아. 사모님은 아기의 무덤을 두고 어떻게 떠나야 할지 모르겠대. 겨우 3개월밖에 안 된 아기인데, 사모님은 아기가 엄마를 보고 싶어할까 봐 걱정이 된대. 물론 사모님은 현명하니까 목사님께는 아무 말도 하지 않을 테지만 말야. 사모님은 매일 밤 몰래 목사관 뒤의 자작나무 숲을 지나 공동 묘지로 가서 아기한테 자장가를 불러 준대. 어제 저녁 매슈 아저씨 무덤에 들러 들장미를 꽂아 두는데, 앨런 사모님이 그런 얘기를 다 해주셨어. 난 사모님께 내가 에이번리에 있는 동안은 꼭 아기 무덤에 꽃을 갖다 놓겠다고 약속했고, 내가 없을 때는 틀림없이……"

다이애나가 진심으로 말을 받았다.

"그땐 내가 할게. 당연히 내가 해야지. 그리고 앤, 너를 위해 매슈 아저씨 무덤에도 꽃을 놓아 둘게."

"아, 정말 고마워. 너한테 그렇게 해주겠느냐고 물어 보려던 참이었어. 그리고 헤스터 그레이의 무덤에도 꽃을 갖다 줄래? 부탁인데, 헤스터의 꽃도 잊지 마. 난 헤스터 그레이에 대해 하도 많이 생각하고 상상해서 그런지, 이상하게도 헤스터가 꼭 살아 있는 사람처럼 느껴져. 그 서늘하고 조용하고 푸른 구석에 있는 헤스터의 작은 정원에서 난 헤스터를 생각하지. 어느 봄날 저녁, 빛과 어둠이 갈리는 그 신비로운 시간에 난 살그머니 그 정원에 들어가는 상상을 해. 그리고 헤스터가 놀라지 않도록 조심조심 발꿈치를 들고 너도밤나무 언덕을 올라가는 거야. 옛 모습 그대로 6월 백합과 철 이른 장미들이 피어 있고 그 작은 집은 온통 덩굴로 덮여 있지. 그리고 자그마한 헤스터 그레이가 부드러운 눈동자에 검은 머리를 휘날리며 백합에 손가락 끝을 대 보기도 하고 장미들과 비밀스런 이야기를 속삭이면서 돌아다니고 있어. 그러면 난 아주 부드럽게 앞으로 나아가 헤스터에게 손을 내밀며 말하는 거야. '헤스터 그레이, 나랑 같이 놀지 않을래요? 나도 장미를 좋아하거든요.' 그러면 우리는 낡은 벤치에 앉아서 이야기도 하고 꿈도 꾸다가 함께 아름다운 침묵을 나누기도 하는 거야. 그러다 달이 떠오르면 난 주위를 둘러보지……. 그러면 헤스터 그레이는 온데간데없이 사라지고, 작은 덩굴 집도 장미도 다 사라져 버려……. 풀 위로 6월 백합만 별처럼 총총히 피어 있는 황량한 정원만 남아 있지. 그리고 바람은 벚나무 사이에서, 아, 구슬프게 한숨을 쉬는 거야. 그러고 나면 나는 그게 꿈인지 생시인지 알 수가 없어."

다이애나는 살며시 침대 머리맡으로 기어 올라가 등을 기댔다. 땅거미가 질 무렵 친구가 그처럼 유령 이야기를 한다면 뭔가가 등뒤에 있을 거라고 상상하지 않는 편이 나을 것이다.

다이애나는 울적해하며 말했다.

"너랑 길버트가 떠나고 나면 개선 협회는 망할 거야."

앤은 꿈동산에서 현실 세계로 돌아와 활기차게 말했다.

"조금도 두려워할 거 없어. 개선 협회는 확고하게 자리를 잡았고, 특히 마을 어른들이 점점 관심을 보여 준 뒤로는 더욱 그래. 이번 여름에 사람들이 자기들 잔디밭과 오솔길을 어떻게 하는지 보라구. 거기다 난 레드먼드에서 일을 지켜보다가 내년 겨울에 보고서를 써서 보낼 거야. 다이애나, 너무 비관적으로 보지 마. 그리고 지금 조금밖에 남지 않은 나의 기쁘고 활기찬 시간을 질투하지 마. 나중에 정작 떠나야 할 때가 되면, 난 전혀 기쁘지 않을 거야."

"기뻐해도 괜찮아. 넌 대학에 가서 재미있는 시간을 보내고 좋은 친구들도 많이 사귀게 될 거야."

앤이 사려 깊게 말했다.

"새로운 친구를 사귀고 싶어. 새 친구가 생기면 인생이 훨씬 멋있어지거든. 하지만 아무리 많은 새 친구를 사귄다 해도 내 오랜 친구들만큼 사랑스럽지는 못할 거야. 특히 검은 눈동자에 보조개가 파인 어떤 소녀만큼은. 다이애나, 누군지 알겠니?"

다이애나는 한숨을 내쉬었다.

"하지만 레드먼드에는 똑똑한 아이들이 많을 거야. 더욱이 난 한 번만 더 생각하고 행동하면 제법 분별이 있긴 해도, 가끔씩 '알겠다'고 말하는 어리석은 촌뜨기에 지나지 않아. 그래도 지난 2년 동안은 너무나 즐거웠어. 아무튼 난 네가 레드먼드에 가는 걸 누구보다도 기뻐할 사람을 알아. 앤, 한 가지 물어 볼 게 있어. 심각한 거야. 당황하지 말고 진지하게 대답해 줘. 너, 길버트한테 관심 있니?"

앤은 냉정하고 단호하게, 또 자신의 진심을 전한다는 마음으로 말했다.

"친구로선 더 바랄 게 없지만, 네가 생각하는 그런 건 결코 아냐."

다이애나는 한숨을 쉬었다. 앤이 조금은 다르게 대답하기를 바라고 있었던 것이다.

"앤, 넌 결혼 안 할 거야?"

앤은 달빛을 향해 미소를 지으며 말했다.

"아마도…… 언젠가…… 진짜 상대를 만나면."
다이애나는 고집스레 물고 늘어졌다.
"하지만 언제 진짜 상대를 만날지 어떻게 확신하겠니?"
"아, 난 그 사람을 알아볼 거야. 뭔가가 내게 가르쳐 줄 거야. 너도 내 이상형을 알잖아, 다이애나."
"그래도 사람들의 이상형은 가끔씩 변하잖아."
"난 그러지 않을 거야. 그리고 난 이상형에 맞지 않는 사람한테 관심을 가질 수 없어."
"만약 그런 사람을 못 만난다면?"
앤은 명랑하게 대답했다.
"그럼 노처녀로 늙어 죽지 뭐. 늙어 죽는 건 그리 힘들지 않잖아."
다이애나는 농담하고 싶은 기분이 아니었다.
"아, 늙어 죽는 거야 쉽지. 난 노처녀로 사는 게 싫어. 물론 라벤더 아주머니처럼 될 수만 있다면 노처녀로 늙어도 괜찮겠지만 말이야. 하지만 난 그럴 수 없을 거야. 난 마흔다섯 살이 되면 엄청나게 뚱뚱해질 거야. 가냘픈 노처녀에겐 로맨스가 있어도 뚱뚱한 노처녀에겐 그런 기회도 없잖겠니. 잘 들어 봐, 3주 전에 넬슨 애킨스가 루비 길리스한테 청혼을 했대. 루비가 다 말해 줬어. 루비는 넬슨과 결혼하는 사람은 누구든지 그 집안의 어른들과 어울려야 하기 때문에 넬슨과 결혼할 생각이 없었는데, 넬슨이 너무나 아름답고 낭만적인 청혼을 해서 자기도 그만 반해 버렸대. 하지만 경솔하게 결정하고 싶지 않아서 일 주일만 생각할 시간을 달라고 했대. 그리고 나서 이틀 뒤에 넬슨 어머니의 자선 재봉회에 갔다가, 그 집 응접실 탁자에서《완벽하게 예절을 지키는 법》이라는 책을 보았대. 〈청혼과 결혼에서의 예절〉이라는 부분을 봤을 때의 심경은 도저히 말로 표현할 길이 없더라는 거야. 넬슨이 청혼할 때 말한 내용이 글자 하나 안 틀리고 그대로 나와 있더래. 기가 막힌 루비는 집에 가서 넬슨한테 가차없는 거절 편지를 썼나 봐. 그러자 넬슨 부모님께선 혹시 넬슨이 강에 빠져 자살하지나 않을까 싶어서 번갈아 가며 보초를 섰단다. 하지만 루비는 걱정할 필요 없을 거래. 그 〈청혼과 결혼에서의 예절〉엔 거절당했을 때 어떻게 하는가가 나와 있는데, 거기엔 강에 빠져 죽는다는 얘기는 없었다는 거야. 그리고 루비 말로는, 윌버 블레어가 말 그대로 자기 때문에 애가 달아 수척해졌지만 그 문제에 관해선 자기도 어쩔 수 없대."

앤은 초조한 몸짓을 했다.

"뒷소리하는 게 되니까 이런 말 하긴 정말 싫지만, 난 이젠 루비 길리스가 싫어. 여기 학교와 퀸스 전문 학교에 다닐 땐 루비를 좋아했는데, 물론 너나 제인만큼은 아니지만. 작년에 카모디에 있을 때 루비는 뭐랄까…… 좀 변한 것 같았어."

다이애나가 고개를 끄덕였다.

"나도 알아. 그건 길리스 집안의 기질이니까 루비도 어쩔 수 없는 거야. 린드 아주머니 말씀이, 길리스 집안의 처녀들은 남자들 생각을 안 할 때도 걸음걸이나 대화 속에서 그 티를 낸다는 거야. 루비는 그저 남자에 관한 얘기나 남자들이 자기한테 한 칭찬과 카모디 남자들이 하나같이 자기를 얼마나 좋아하는지 그딴 것만 얘기해. 게다가 이상한 건 그 남자들도…… 그래……."

다이애나는 다소 화가 난 듯이 시인했다.

"어젯밤 블레어 씨 가게에서 루비를 만났는데, 새 애인이 생겼다고 귓속말을 하는 거야. 난 루비가 물어 봐 줬으면 하고 몸이 달아 있을 게 뻔해서 일부러 그 사람이 누구냐고 물어 보지도 않았어. 루비가 바라는 건 항상 그런 거지. 너, 루비가 어렸을 때도 자기는 자라면 애인을 수없이 사귀면서 결혼하기 전까지 최대한 재미있게 지낼 거라고 했던 말 기억하지. 루비는 제인과 참 다르지 않니? 제인은 정말 친절하고 현명하고 숙녀다워."

앤이 맞장구를 쳤다.

"제인은 정말 보석 같은 존재지."

앤은 몸을 앞으로 구부려 자기 베개에 걸쳐 있는 통통하고 조그마한 다이애나의 손을 다정하게 토닥이면서 덧붙였다.

"하지만 나의 다이애나 같은 사람은 세상에 없어. 우리가 처음 만난 날 저녁에 너희 집 정원에서 영원한 우정을 '맹세' 했던 거 기억나니? 우린 그 '맹세'를 지켰어. 한 번도 싸우거나 서로 차갑게 군 적이 없잖아. 네가 날 사랑한다고 했던 날 느낀 그 짜릿한 감정은 평생 잊지 못할 거야. 난 어렸을 때 외롭고 정에 굶주려 있었어. 요즘에야 내가 그때 얼마나 정에 굶주리고 외로워했는지 깨닫고 있단다. 나를 위해 신경 써 주는 사람도, 걱정해 주는 사람도 없었거든. 내게 신비한 꿈 속의 삶이 없었다면 참으로 비참했을 거야. 그 꿈 속에서 내가 그렇게 애타게 바라던 친구도 사귀고 사랑도 얻는 걸 상상했지. 하지만 초록 지붕 집에 오면서 모든 것이 바뀌었어. 그리고 널 만난 거지. 네 우정이 나에게 어떤 의미였는지 넌 모를 거야. 네가 항상 내게 준 따뜻하고 진실한 사랑에 대해, 바로 지금 이 순간 너에게 감사하고 싶어."

다이애나가 흐느꼈다.

"난 언제까지나 언제까지나 널 사랑할 거야. 어떤 사람도, 어떤 여자 애도 절대 너를 사랑한 만큼 좋아하진 않을 거야. 그리고 내가 결혼해서 딸을 낳으면, 네 이름을 따서 앤이라고 부를 거야."

27. 돌집에서 보낸 오후

 데이비가 또 궁금해하며 고개를 갸웃했다.
"앤 누나, 그렇게 차려 입고 어디 가? 그 옷 입으니까 끝내 준다."

앤은 연녹색 모슬린 드레스를 입고 점심 초대를 받아 마을에 다녀왔다. 그것은 매슈가 죽은 이후 처음으로 입어 보는 색깔이었다. 앤에게는 꽃같이 옅은 얼굴빛과 윤기 있는 머리결을 돋보이게 하는 연녹색이 무척 잘 어울렸다.

앤이 나무랐다.

"데이비, 그런 말 쓰면 안 된다고 몇 번이나 말했니? 난 메아리 오두막집에 가."

데이비가 칭얼거렸다.

"나도 데려가."

"마차로 간다면 나도 그러고 싶어. 하지만 난 걸어갈 건데 여덟 살짜리는 다리가 아파서 거기까지 걸어갈 수 없어. 게다가 폴과 같이 갈 건데 넌 폴을 싫어하잖니."

데이비는 푸딩을 우악스럽게 집어삼키며 말했다.

"아니, 난 폴을 전보다 훨씬 좋아해. 나도 많이 얌전해져서 폴이 점잔빼도 그다지 밉지 않아. 다릿심도 좋아지고 점잖아지기도 했으니, 지금처럼 계속하면 언젠가는 폴을 따라잡을 수 있을 거야. 게다가 폴은 학교에서 우리 2학년 남자 애들에게 진짜 잘해 줘. 큰 애들이 우릴 건드리지 못하게 해주고, 놀이도 많이 가르쳐 주거든."

앤이 물었다.

"어제 정오에 폴이 냇물에 빠진 건 어떻게 된 거지? 운동장에서 폴을 봤는데, 애가 흠뻑 젖어 있어서 무슨 일인지 물어 보지도 못하고 마른 옷으로 갈아입고 오라고 집으로 보냈어."

"아, 그건 실수였어. 폴이 일부러 냇물에 머리를 집어넣었는데, 실수로 몸이 몽땅 빠져 버린 거야. 우린 모두 시냇가로 내려갔는데, 무엇 때문인지 프릴리 로저슨은 폴한테 잔뜩 화가 나 있더라고. 하여간 프릴리 로저슨은 생긴 건 예쁘지만 너무 지독하고 치사한 애야. 프릴리가 '너희 할머니가 밤마다 머리를 너덜너덜하게 말아 올려 주지?' 하고 폴을 놀려 댔어. 내가 보기에, 폴은 프릴리 말에는 신경 쓰지 않다가 그레이시 앤드루스가 웃으니까 얼굴이 빨개지는 것 같았어. 그레이시는 폴이 좋아하는 애잖아. 폴은 그레이시한테 홀딱 빠져서 꽃도 따다 바치고 해변길까지 책도 들어다 줘. 폴은 홍당무처럼 얼굴이 빨개져서는 할머니가 그런 게 아니라 자기는 날 때부터 곱슬머리였다고 하면서 곧장 둑에 엎드리더니 물 속에 머리를 집어넣는 거야. 아이들에게 그 사실을 보여 주려고 말이야. 그런데 아, 누나, 그 샘은 마실 수 있는 물이 아니었어."

데이비는 마릴라의 질린 얼굴을 보면서 말을 이었다.

"거긴 약간 아래쪽에 있는 샘인데, 둑이 너무너무 미끄러워서 폴이 그대로 빠져 버린 거야. 폴은 정말 끝내 주게 물을 튀겼어. 아, 앤 누나, 누나, 이렇게 말하려는 게 아니었는데. 끝내 준다는 말은 그냥 생각 없이 튀어나온 말이야. 폴은 멋지게 물을 튀겼어. 하지만 폴이 흠뻑 젖어서 진흙투성이가 된 채 기어 나올 때 보니까 꼴이 너무 우스웠어. 여자 애들이 훨씬 더 많이 웃었지만 그레이시는 웃지 않았어. 그 애는 아주 미안해하더라고. 그레이시는 착하긴 한데 들창코야. 난 커서 여자를 사귀어도 들창코는 사귀지 않을 거야. 누나처럼 코가 예쁜 여자를 골라야지."

마릴라가 호되게 말했다.

"여자 애들이 푸딩을 먹으면서 얼굴을 온통 시럽 범벅으로 만드는 남자 애를 거들떠보기나 할 것 같니."

데이비는 손등으로 문질러 시럽 자국을 없애려고 애쓰면서 대꾸했다.

"하지만 데이트하기 전엔 세수를 할 거예요. 그리고 말 안 해도 귀 뒤를 깨끗이 씻을 거구요. 마릴라 아주머니, 난 오늘 아침에는 까먹지 않았어요. 요즘은 전보다 반밖에 까먹지 않는다고요."

그러고서 데이비는 한숨을 쉬었다.

"구석구석 씻어야 할 데가 너무 많아서 모두 기억하기가 어려워요. 좋아, 라벤더 아주머니 집에 갈 수 없으면 해리슨 아주머니 만나러 가야지. 해리슨 아주머니가 나를 얼마나 아껴 주는데요. 아주머니는 부엌에 아이들 줄 쿠키 항아리를 놓아 둬요. 아주머니는 늘 자두 케이크를 반죽한 냄비에 남아 있는 부스러기를 저에게 주죠. 냄비 주위에 자두 조각이 많이 붙어 있잖아요. 해리슨 아저씨는 원래 좋은 분이지만 재혼한 뒤로 곱절은 잘해 줘요. 결혼하면 다 친절해지나 봐요. 마릴라 아주머니는 왜 결혼 안 하셨어요? 궁금해요."

마릴라는 독신으로 마음 편히 지내는 생활을 자신의 씻을 수 없는 약점이라고 여긴 일이 한 번도 없었던 탓에, 앤과 의미 심장한 눈길을 주고받으며 마음에 드는 사람이 아무도 없었기 때문이라고 자랑스럽게 대답했다.

"하지만 아주머니는 누구한테도 사귀자고 하지 않았을 것 같아요."

데이비의 반박에 아무도 입을 열지 않았지만 도라가 깜짝 놀라서 새침하게 말했다.

"아니, 데이비, 사귀자는 말은 남자가 하는 거야."

데이비가 툴툴거렸다.

"왜 늘 남자가 사귀자고 해야 하는지 모르겠어. 세상에서 중요한 일은 다 남자가 떠맡아야 하나 봐. 마릴라 아주머니, 푸딩 더 먹어도 돼요?"

"넌 그만 먹어도 돼."

마릴라는 그렇게 말하면서도 데이비에게 푸딩을 한 가득 덜어 주었다.

"사람들이 푸딩만 먹고 살았으면 좋겠다. 마릴라 아주머니, 사람들은 왜 푸딩만 먹고 살 수 없을까요?"

"푸딩은 조금만 먹어도 질리니까."

데이비는 못 믿겠다는 투로 말했다.

"내 힘으로 푸딩을 먹고 살도록 애써 봐야지. 하지만 푸딩은 다른 날보다 친구들이나 손님이 오는 날만 먹는 게 더 좋을지 몰라요. 밀티 볼터네 집에 가면 먹을 게 없어요. 밀티는 엄마가 손님이 오면 치즈를 내오는데 직접 잘라 한 사람씩 조금 떼 주고는 예의상 한 번 더 준다는 거예요."

마릴라가 엄하게 나무랐다.

"밀티 볼터가 엄마에 대해 그런 식으로 말했더라도, 넌 그 얘기를 다시 꺼내선 안 돼."

"하느님 맙소사!"

데이비는 해리슨에게 배운 이 말을 귀담아들었다가 무척 재미있어 하며 써먹었다.

"밀티는 그 얘기를 자랑삼아 떠벌리고 다녀요. 밀티는 사람들이 자기 엄마더러 아무리 쪼들려도 잘살 사람이라고 한다며 굉장히 자랑하는걸요."

마릴라는 자리에서 일어나 급히 나가면서 말했다.

"패…… 팬지 꽃밭에 그놈의 암탉들이 또 들어갔나 보다."

그러나 마릴라가 욕하던 암탉은 팬지 꽃밭 근처 어디에도 없었으며, 마릴라는 꽃밭을 쳐다보지도 않았다. 대신에 마릴라는 지하실 입구에 앉아 질릴 때까지 웃어 젖혔다.

그 날 오후, 앤과 폴이 돌집에 가서 보니 라벤더와 네 번째 샬로타가 정원에서 소매를 걷어붙이고 잡초를 뽑아 갈퀴로 긁어모으며 정원수를 깎아 다듬고 있었다. 라벤더는 평소 좋아하는 프릴과 레이스가 달린 옷을 입어 유난히 화려하고 아름다워 보였는데 손님을 맞으려고 가위를 떨어뜨리며 반갑게 달려나왔다. 네 번째 샬로타는 기분 좋게 씩 웃었다.

"앤, 어서 와. 오늘 올 줄 알았어. 넌 오후의 사람이니까 오후가 널 데려온 거야. 짝을 이루는 것들은 분명히 함께 오거든. 사람들이 이런 사실을 알기만 한다면 문제가 없을 텐데. 하지만 사람들은 짝을 이루는 법을 몰라서 서로 짝을 찾아 천국과 지상을 돌아다니느라 힘을 낭비한단다. 그런데 폴…… 이런, 어른이 다 됐구나! 전에 여기 왔을 때보다 한 뼘은 더 자란 것 같아."

폴은 그 사실에 대해 솔직하게 기뻐하며 말했다.

"예, 린드 아주머니 말대로 밤이면 명아주 풀처럼 쑥쑥 자랐어요. 할머니는 이제야 포리지를 먹인 효과가 나타난대요. 저도 그런 것 같아요."

폴은 한숨을 푹 쉬었다.

"전 아무리 작은 애라도 키가 클 만큼 포리지를 많이 먹었어요. 전 정말 키가 크기를 바랐거든요. 이제 키가 크기 시작했으니 아빠만큼 클 때까지 계속 자랄 거예요. 라벤더 아주머니도 아빠 키가 180센티쯤 되는 건 아시죠?"

물론 라벤더는 알고 있었다. 라벤더의 발그레하게 고운 두 볼이 살짝 더 붉어졌다. 라벤더와 앤은 양쪽에서 폴의 손을 잡고 조용히 집으로 걸어갔다.

폴이 걱정스럽게 물었다.

"라벤더 아주머니, 오늘은 메아리가 울리기 좋은 날인가요?"

폴은 돌집에 처음 왔던 날 바람이 너무 많이 불어서 메아리가 울리지 않아 무척이나 실망했다.

라벤더는 퍼뜩 몽상에서 깨어나며 말했다.

"그럼, 메아리 울리기 딱 좋은 날이란다. 하지만 먼저 집에 들어가서 뭘 좀 먹자꾸나. 두 사람 다 너도밤나무 숲을 지나 여기까지 걸어오느라 출출할 텐데. 샬로타와 나는 아무 때나 먹을 수 있단다. 우린 정말 식욕이 왕성하거든. 그러니까 얼른 식품 저장실로 들어가자. 다행히 식품 저장실은 맛있는 걸로 가득 차 있으니까. 오늘 손님이 올 것 같은 예감이 들어서 네 번째 샬로타와 내가 준비해 뒀거든."

폴이 힘주어 말했다.

"라벤더 아주머니는 식품 저장실에 늘 맛있는 걸 두나 봐요. 할머니도 그런 걸 좋아하시죠. 하지만 할머니는 끼니 사이에 간식 먹는 걸 좋아하지 않으세요. 전……."

폴은 진지하게 말을 이었다.

"할머니가 싫어하는 줄 뻔히 알면서도, 집을 떠났다고 간식을 먹어도 될지 모르겠어요."

라벤더는 폴의 갈색 곱슬머리 너머로 앤과 눈웃음을 주고받으며 말했다.

"오래 걷고 난 뒤니까 할머니도 싫어하지 않으실 거야. 그건 다른 문제야. 물론 나도 간식이 건강에 해로운 거라고 생각한단다. 그래서 이 메아리 오두막집에서는 일부러 자주 간식을 먹는 거야. 샬로타와 난 사람들이 알고 있는 식사법을 깡그리 무시하고 살거든. 우린 밤낮

"야……호……야……호……."
폴은 즐거워하며 메아리와 계속 놀았다.

없이 생각만 나면 온갖 배부른 음식을 먹지. 그런데도 우린 월계수처럼 튼튼하잖니. 우린 무슨 일이든 일부러 거꾸로 해 본단다. 우리가 좋아하는 음식에 대해 경고하는 기사를 신문에서 보면, 그걸 오려다가 잊어버리지 않으려고 부엌 벽에 핀으로 꽂아 두지. 하지만 시험삼아 바로 그 음식을 먹어 보기 전까진 어쩐 일인지 잊혀지질 않아. 우린 아직 뭘 먹고 죽을 지경까지 가 본 적은 없단다. 하지만 네 번째 샬로타는 자기 전에 도넛, 고기 파이, 과일 케이크를 먹으면 밤에 꼭 악몽에 시달리지."

폴이 말했다.

"할머니는 자기 전에 우유 한 컵이랑 버터 바른 빵 한 조각을 먹는 건 허락하세요. 일요일 밤엔 할머니가 빵에 잼도 발라 주시는걸요. 그래서 난 일요일 밤만 되면 언제나 여러모로 즐거워요. 해변에서는 일요일이 무척 길어요. 하지만 할머니는 일요일이 너무 짧다시면서, 아빠가 어렸을 땐 일요일에 지루하게 지내는 일이 없었다고 하셨어요. 바위 사람들과 이야기를 나눌 수만 있다면 일요일이 그렇게 길게 느껴지지 않을 거예요. 하지만 전 할머니가 싫어하셔서 일요일엔 절대 바위 사람들을 만나지 않아요. 난 생각을 많이 하면서도 내 생각이 속된 게 아닐까 겁나요. 할머니는 일요일엔 반드시 종교적인 생각만 해야 한다고 하시거든요. 하지만 앤 선생님은 우리가 무슨 요일에 무슨 생각을 하든 정말 아름다운 생각은 모두 종교적인 거라고 하셨어요. 하지만 할머니는 설교와 주일 학교 수업만이 우리가 정말로 종교적이라고 여길 수 있는 유일한 일이라고 생각하시는 것 같아요. 할머니와 선생님 생각에 차이가 있을 땐 어떻게 해야 할지 모르겠어요."

폴은 어느 새 안쓰러운 얼굴을 하고 있는 라벤더를 보며 가슴에 손을 얹고 파란 눈을 몹시 심각하게 치켜 떴다.

"제 마음은 선생님 쪽으로 기울어요. 하지만 아주머니도 아시다시피, 할머니는 할머니 방식대로 아빠를 길러서 크게 성공하도록 이끄셨잖아요. 선생님은 아직 어른이 될 때까지 아이를 길러 보지 않으셨고요. 비록 지금 데이비와 도라를 돌봐 주고 계시지만요. 하지만 그 애들이 어른이 될 때까지는 어떻게 될지 알 수 없어요. 그래서 전 할머니 뜻을 따르는 게 더 안전하지 않을까도 가끔 생각해 봐요."

앤이 진지하게 말했다.

"그런 것 같구나. 아무튼 표현 방식이 다른 너희 할머니와 내가 정말 하고자 하는 이야기를 차분히 나누다 보면 서로 같은 이야기를 하려고 했다는 걸 알게 될 거야. 할머니 이야기는 경험에서 나온 거니까, 할머니가 시키는 대로 따르는 게 좋겠구나. 내 방식 또한 괜찮은 것이라는 확신을 얻으려면 쌍둥이가 다 클 때까지 기다려야겠지."

세 사람은 점심을 먹은 뒤 다시 정원으로 나갔다. 거기에서 폴은 몹시 신기해하고 즐거워하며 메아리와 놀았다. 앤과 라벤더는 포플러나무 아래 돌 벤치에 앉아서 이야기를 나누었다.

라벤더가 아쉬운 듯이 말했다.

"그럼 올 가을에 떠날 거니? 앤, 널 위해선 기뻐해야겠지만 난 나만 생각해서 그런지 좀 슬프구나. 무척 보고 싶을 거야. 아, 난 친구를 사귀지 말아야겠다 싶을 때가 가끔 있어. 친구들은 때가 되면 혼자일 때의 고독감보다 더 큰 아픔을 남긴 채 떠나 버리거든."

"그런 말은 엘리자 아주머니라면 모를까 라벤더 아주머니에게는 어울리지 않아요. 허전함보다 더 가슴 아픈 일은 없지만, 전 아주머니를 떠나는 게 아니에요. 편지도 있고 방학도 있잖아요. 어머, 얼굴이 창백하고 지쳐 보여요."

폴은 지칠 줄 모르고 둑에서 계속 소리를 질러 댔다.

"야…… 호…… 야…… 호……."

폴이 매번 감미로운 목소리로 외치지 않았는데도 되돌아오는 소리는 모두 강 건너 황금 요정이 마술을 부린 것처럼 금빛, 은빛의 메아리였다.

라벤더는 고운 손을 털썩 떨어뜨렸다.

"난 모든 일이 지겨워졌어, 메아리마저도. 내 인생에서 남은 건 메아리밖에 없는데. 잃어버린 꿈과 희망과 기쁨의 메아리밖에. 메아리는 아름답긴 하지만 사람을 놀려. 이런, 주책없이 손님 앞에서 이런 말을 늘어놓다니, 나이를 먹으니까 맘대로 안 되는구나. 늘 이러는 건 아니란다. 난 예순이 되기 전까지는 변덕이 죽 끓듯 할 테니까. 하지만 지금 내게 필요한 건 약일지도 몰라."

이때, 점심 식사 후에 사라졌던 네 번째 샬로타가 돌아와서 존 킴볼 씨네 목장 북동쪽 귀퉁이에 철 이른 산딸기가 빨갛게 여물었다면서 앤에게 따러 가지 않겠느냐고 물었다.

라벤더가 환호성을 질렀다.

"철 이른 산딸기라니! 아, 내가 생각했던 만큼 늙지는 않았는걸. 그럼 약 따위는 필요 없지! 자 아가씨들, 산딸기를 따 가지고 돌아와서, 우리 여기 은백색 포플러나무 밑에서 차를 마시자. 내가 집에서 만든 크림을 준비해 둘게."

앤과 네 번째 샬로타는 킴볼 씨네 목장으로 갔다. 목장은 비단처럼 부드럽고, 제비꽃 화원처럼 향기롭고, 황금빛 보석처럼 반짝이는 한

적힌 초원이었다.

앤은 한껏 숨을 들이쉬었다.

"여기 오니까 향긋하고 싱그럽지 않니? 마치 햇살을 듬뿍 들이마시는 기분이야."

"그래요, 아가씨. 저도 같은 기분이에요."

네 번째 샬로타는 앤이 황야의 펠리컨 같은 기분이 든다고 했더라도 똑같이 말했을 것이다. 앤이 메아리 오두막집을 다녀간 뒤로 샬로타는 늘 부엌 위의 조그만 다락방에 올라가 거울 앞에서 앤의 말투와 표정과 행동을 열심히 연습했다. 샬로타는 한 번도 스스로 만족할 만큼 흉내내지는 못했다. 그러나 학교에서 배운 대로 자꾸 연습하다 보면 완벽해지는 법이다. 네 번째 샬로타는 우아하게 턱을 치켜들고, 초롱초롱 빛나는 영리한 눈길을 보내며, 바람에 흔들리는 나뭇가지처럼 걷는 기술을 빠른 시일 내에 익히기를 바랐다. 앤을 관찰할 때는 그렇게 행동하기가 무척 쉬워 보였다. 네 번째 샬로타는 앤을 진심으로 존경했다. 그것은 앤이 눈에 띄게 아름다워서가 아니었다. 샬로타는 다이애나의 발그레한 고운 뺨과 말아 올린 검은 머리가, 앤의 달빛처럼 그윽한 잿빛 눈동자와 창백하다가도 금세 장밋빛으로 물드는 뺨보다 훨씬 마음에 들었다.

샬로타가 진심으로 앤에게 말했다.

"하지만 전 미인보다는 아가씨같이 되고 싶어요."

앤은 웃으면서 듣기 좋은 말은 삼키고 듣기 싫은 말은 뱉어 냈다. 앤은 샬로타의 애매한 칭찬을 받아넘기는 데 익숙해졌다. 사람들이 앤의 외모에 호감을 갖는 일은 별로 없었다. 앤이 예쁘다는 말을 들었던 사람들은 앤을 보고 나면 실망했고, 앤이 평범하게 생겼다고 들은 사람들은 앤을 보고 나서 사람들 눈이 어떻게 된 게 아닌가 생각했다. 앤도 자기가 미인이라는 소리를 들을 자격이 있다고는 절대로 생각지 않았다. 거울을 보면 눈에 비치는 것이라고는 콧등에 일곱 개의 주근깨가 다닥다닥 붙어 있는 작고 창백한 얼굴이 전부였다. 거울은 장밋빛으로 타오르는 불꽃 같은 얼굴을 스치는 종잡을 수 없는 여러 가지 표정을 앤에게 보여 주지 않았다. 또한 큰 눈망울에 꿈과 웃음이 어우러져 있는 아름다움도 결코 보여 주지 않았다.

 엄밀히 말해, 앤은 미인은 아니었지만 무한한 잠재력이 있으면서도 소녀 시절의 끝을 잘 마무리하고 있어 보는 사람으로 하여금 만족스런 즐거움을 느끼게 하는 알 수 없는 매력과 개성을 풍기고 있었다. 앤을 매우 잘 아는 사람들은, 앤의 가장 큰 매력은 배어 나오는 가능성과 잠재력이라고 무의식적으로 느꼈다. 앤은 무슨 일이 막 일어날 것 같은 분위기로 걷고 있는 것 같았다.

 네 번째 샬로타는 딸기를 따면서 앤에게 라벤더에 대한 걱정을 털어놓았다. 마음이 따뜻한 어린 하녀는 존경하는 주인의 상태를 진심으로 염려했다.

 "앤 아가씨, 라벤더 마님은 건강이 좋지 않으세요. 마님이 아프다고 불평하지는 않지만, 몸이 안 좋으신 게 확실해요. 마님은 전에 아가씨와 폴이 이곳을 다녀간 뒤부터 한동안 평소 같지 않았어요. 그날 밤에 감기에 걸리신 게 확실해요. 두 분이 떠난 뒤에 마님은 숄 하나만 달랑 걸치고 집을 나와 정원을 거닐었어요. 산책로에 눈이 수북이 쌓여 있어서 독감에 걸리셨나 봐요. 그 뒤론 쭉 지치고 외로워 보였어요. 마님은 아무 데도 관심이 없는 것 같아요. 손님이 올 것처럼 준비하지도 않고, 아무 일도 신경 쓰시지 않죠. 아가씨가 오실 때만 기운이 좀 나시나 봐요. 그리고 최악의 증상은 말이죠……"

 네 번째 샬로타는 아주 이상하면서도 끔찍한 증상을 말하려는 것처럼 목소리를 낮추었다.

 "요즘은 제가 아무리 물건을 깨뜨려도 화를 안 내요. 아가씨, 전 어제 늘 책장에 놓여 있던 커다란 연두색 술잔을 깨뜨렸어요. 마님의 할머니가 영국에서 가져오신 거라 마님이 애지중지하는 물건이었죠. 술잔에 묻은 먼지를 조심해서 닦으려다가 그만 놓쳐 버리고 말았어요. 항상 그렇듯이 제가 미처 손으로 붙잡기도 전에 술잔은 떨어져서 깨져 버렸어요. 전 정말 미안하기도 하고 겁도 났어요. 마님이 마구 야단을 칠 것 같았거든요. 오히려 마님이 전처럼 야단을 치셨으면 더 좋겠어요. 마님은 단지 들어오셔서 깨진 술잔을 보는 둥 마는 둥 하시며 '샬로타, 괜찮아. 유리 조각을 쓸어서 내다 버리렴.' 하시는 거예요. 아가씨, 마님의 할머니가 영국에서 가져온 술잔이 아닌 것처럼 마님은 정말로 아무렇지도 않게 '유리 조각을 쓸어서 내다 버리렴.' 하셨다구요. 마님 건강이 너무 안 좋아서 정말 걱정스러워요. 나말고는 마님을 돌봐 드릴 사람이 없으니까요."

 네 번째 샬로타의 눈에는 눈물이 가득 고였다. 앤은 금이 간 분홍색 그릇을 들고 있는 작고 거친 갈색 손을 다정하게 토닥거렸다.

 "샬로타, 라벤더 아주머니에게는 변화가 필요한 것 같아. 아주머니는 너무 오래 여기서 혼자 사셨어. 우리 둘이서 아주머니가 간단한 여행이라도 다녀오시게 설득할 수 있을까?"

 샬로타는 고개를 푹 떨구더니 우울하게 고개를 저었다.

 "앤 아가씨, 제 생각은 달라요. 마님은 돌아다니는 걸 싫어해요. 겨우 세 명밖에 안 되는 친척을 만나러 가시면서도 마님은 단지 가족

된 도리 때문에 가는 거라고 하셨어요. 마님이 지난 번에 집에 돌아왔을 때는 가족 된 도리 때문에 다니는 여행은 이제 더 이상 하지 않겠다고 하셨어요. 마님은 '샬로타, 한적한 생활이 그리워서 돌아왔단다. 집에서 한 발짝도 나가지 않고 마음 편히 있고 싶구나. 친척들이 나를 늙은이로 만들려고 작정을 해서 지내기가 몹시 거북했단다.' 하고 말씀하셨어요. 아가씨, 마님은 정말로 '지내기가 몹시 거북했단다.' 라고 하셨어요. 마님께 여행을 권해 봤자 소용없을 것 같아요."

앤은 분홍색 그릇에 마지막 딸기를 담으면서 힘주어 말했다.

"어떤 일이 일어날지는 두고 봐야 알겠지. 내가 곧장 돌집으로 와서 일 주일 내내 같이 있을게. 우리 매일 소풍을 가서 재미있는 일들을 많이 꾸며 내서 아주머니를 기운 나게 할 수 있는지 알아보자."

네 번째 샬로타는 기쁨에 겨워 탄성을 질렀다.

"바로 그거예요, 앤 아가씨."

샬로타는 라벤더를 위해서, 또 자신을 위해서 기뻐했다. 한 주 내내 끊임없이 앤을 연구하다 보면 앤처럼 움직이고 행동하는 법을 확실히 배울 수 있을지도 몰랐다.

메아리 오두막집에 돌아온 소녀들은 라벤더와 폴이 부엌에 있는 작은 사각 탁자를 정원으로 옮겨다가 다과 준비를 모두 끝내 놓았다는 것을 알았다. 하얀 솜털 구름이 둥실둥실 떠 있는 높고 푸른 하늘 아래, 혀 짧은 소리로 웅얼거리는 숲의 긴 그늘에서 먹는 크림 바른 딸기보다 더 맛있는 음식은 없었다. 차를 다 마시고, 앤이 부엌에서 설거지하는 샬로타를 도와 주는 동안 라벤더는 폴과 벤치에 앉아 폴이 해주는 바위 사람들 이야기를 모두 들었다. 다정한 라벤더는 열심히 들었지만, 결국 폴은 라벤더가 쌍둥이 선원에서 갑자기 흥미를 잃어버렸다는 사실을 깨달았다.

  폴이 진지하게 물었다.

  "아주머니, 왜 절 그런 눈으로 보세요?"

  "폴, 내가 어떻게 봤는데?"

  "저를 보면서 마음속에 누군가를 떠올리는 것 같아요."

  폴은 가끔씩 불가사의한 통찰력을 발휘하곤 했는데, 그럴 때는 누구라도 비밀을 지키기가 쉽지 않았다.

  라벤더가 꿈꾸듯 말했다.

  "너를 보고 있으면 예전에 내가 알고 있던 어떤 사람이 생각난단다."

  "젊으셨을 때요?"

  "그래, 젊었을 때. 폴, 내가 아주 늙어 보이니?"

  폴은 스스럼없이 말했다.

  "제가 그 문제의 결론을 아직 못 내렸다는 거 아세요? 아주머니 머리를 보면 늙은 사람 같아요. 전 머리가 하얀 젊은이를 본 적이 없거든요. 하지만 웃을 때면 아주머니도 눈이 예쁜 우리 선생님처럼 젊어요. 아주머니, 제 생각을 말씀드릴게요."

  폴은 재판관처럼 엄숙한 말투와 표정으로 말을 이었다.

  "아주머니는 훌륭한 엄마가 되었을 거예요. 아주머니는 우리 엄마 눈빛에서 늘 볼 수 있었던 바로 그런 눈빛을 하고 계세요. 아주머니는 자식이 없어서 참 안됐어요."

  "폴, 내겐 꿈나라에 사는 아들이 있단다."

  "아니, 정말요? 몇 살인데요?"

  "네 또래일걸. 그앤 네가 태어나기도 전부터 내 꿈 속에 있었으니까 너보다 나이가 많을 거야. 하지만 난 그 애가 열한 살인가 열두 살

때부턴 더 크지 못하게 했단다. 그 애가 나이가 들면 언젠가 완전히 어른이 되어 내 곁을 떠나려 할지도 모르니까."

폴이 고개를 끄덕였다.

"그래서 꿈나라 사람들이 아름다운가 봐요. 꿈나라 사람들은 꿈꾸는 사람이 바라는 대로 나이를 먹으니까요. 제가 알기로는, 세상에서 꿈나라 사람들을 아는 건 아주머니랑 우리 예쁜 선생님이랑 나밖에 없을 거예요. 우리 모두 서로를 알고 있다는 게 재밌으면서도 신기하지 않으세요? 하지만 꿈꾸는 사람들은 늘 서로를 찾아 내는 것 같아요. 할머니는 꿈나라 사람들을 모르고, 메리 조 누나는 내가 꿈나라 사람들을 알고 있으니까 머리가 돌았대요. 하지만 꿈나라 사람들을 알고 지내면 얼마나 즐겁다구요. 라벤더 아주머니도 알고 있잖아요. 아주머니의 꿈나라 아들 이야기 좀 해주세요."

"그앤 파란 눈에 곱슬머리란다. 아침마다 내 품에 기어 들어와 입맞춤으로 나를 깨우지. 그리고는 하루 종일 이 정원에서 논단다. 그리고 나도 그애랑 놀아. 우리가 아는 놀이를 하면서 말이야. 우리는 달리기를 하고 메아리와 이야기도 하고, 또 내가 그애한테 이야기를 들려주지. 그러다가 황혼이 찾아오면……."

폴이 참지 못하고 끼여들었다.

"알았어요. 12시가 되면 그앤 이제 너무 커서 아주머니 무릎에 매달릴 수 없으니까…… 음…… 아주머니 옆에 앉아서 어깨에 머리를 기대요. 그래서…… 아주머니는 그앨 꼭꼭 껴안아 주고, 그애 머리에 뺨을 얹어요. 맞아요, 바로 그거예요. 와, 아주머니도 정말로 아시는군요."

앤은 돌집을 나오면서 라벤더와 폴이 벤치에 앉아 있는 모습을 보왔다. 앤은 라벤더의 표정 때문에 두 사람을 방해하고 싶지 않았다.
"폴, 해지기 전에 집에 닿으려면 떠나야겠구나. 아주머니, 곧 다시 와서 한 주 내내 메아리 오두막집에서 지낼게요."
라벤더가 겁을 줬다.
"넌 한 주라고 해도 내가 두 주 동안 잡아 둘 거야."

28. 마법의 성으로 돌아온 왕자

학교에서 아이들과 보내는 마지막 날이 지나갔다. 아이들은 성공적인 '학기말 고사'를 멋지게 치러 냈다. 마지막 시간에 아이들은 앤에게 감사 인사와 함께 휴대용 간이 책상을 선물로 주었다. 자리에 있던 여학생들은 모두 울음을 터뜨렸고, 남학생 몇 명도 아니라고는 했지만 나중에 그들도 역시 울었다는 사실이 밝혀졌다.

하먼 앤드루스 부인과 피터 슬론 부인, 윌리엄 벨 부인은 함께 집으로 돌아가면서 이야기를 나누었다.

피터 슬론 부인이 한숨을 쉬며 말했다.

"아이들이 앤 선생님을 무척 따르는 것 같던데 그만둔다니 정말 유감이에요."

슬론 부인은 무슨 일에나 걸핏하면 한숨을 쉬는데 농담마저 한숨으로 끝맺곤 했다.

슬론 부인이 다시 급히 말을 이었다.

"확실히 내년에도 좋은 선생님이 오시겠죠."

하면 앤드루스 부인이 약간 뻣뻣하게 말했다.

"제인이 잘 해낼 거예요, 틀림없어요. 제인은 아이들에게 동화를 그렇게 자주 들려준다거나, 아이들과 숲을 돌아다니는 데 그렇게 많은 시간을 허비하지는 않겠죠. 게다가 제인은 장학사의 우수 교사 명단에 이름이 올라 있어요. 뉴브리지 사람들은 제인이 전근 간다고 무척 섭섭해 한답니다."

벨 부인이 말했다.

"앤이 대학을 가게 돼서 정말 다행이에요. 앤은 늘 대학에 가고 싶어 했으니까 앤을 봐서는 너무나 잘된 일이지 뭐예요."

하면 앤드루스 부인은 그날 누구의 말에도 전적으로 공감하지 않으려고 단단히 마음먹고 있었다.

"글쎄요, 난 잘 모르겠군요. 난 앤이 교육을 더 받을 필요가 있는지 모르겠어요. 길버트 블라이드가 대학을 졸업할 때까지 앤에 대한 관심이 식지 않는다면, 앤은 아마 길버트와 결혼하겠지요. 그렇다면 라틴어나 그리스어가 앤에게 무슨 소용이 있겠어요? 대학에서 남자를 다루는 법을 가르친다면야 앤이 살아가는 데 도움이 될지도 모르지만요."

하면 앤드루스 부인은 에이번리에 떠도는 소문대로 '남편'을 다루는 기술이 없었다. 그 결과 앤드루스네는 가정의 행복을 대표할 만한 집은 결코 아니었다.

벨 부인이 말했다.

"샬럿타운에서 앨런 목사님을 찾아온 걸 보면 목사님이 장로회 관할구로 가실 건가 봐요? 그럼 우린 머지않아 앨런 목사님을 볼 수 없게 돼요."

슬론 부인이 말했다.

"9월이 돼야 떠날 거예요. 앨런 목사님이 떠나는 건 우리 교구로선 큰 손실이에요. 난 늘 앨런 부인이 목사 부인치고는 너무 요란하게 차려 입는다고 생각했지만요. 하기야 완벽한 사람이 어디 있을라고요. 해리슨 씨가 오늘 얼마나 말쑥하고 깔끔하게 입었는지 보셨어요? 그렇게 달라진 사람은 처음 봤어요. 해리슨 씨는 일요일마다 교회에 가서 십일조를 한답니다."

앤드루스 부인이 말했다.

"폴 어빙이 소년이 다 된 건 보셨어요? 처음 여기 왔을 때는 나이에 비해 아주 작았어요. 그앤 점점 제 아버지를 쏙 빼닮아 가요."

벨 부인이 말했다.

"그앤 정말 영리한 아이예요."

앤드루스 부인이 목소리를 낮추었다.

"정말 영리한 애긴 하지만 이상한 이야기를 하는 것 같아요. 지난주 언젠가 그레이시가 폴이 해준 바닷가 사람들에 대한 얼토당토않은 이야기를 듣고 학교에서 돌아왔어요. 들어 보나마나 믿을 데가 하나도 없는 이야기였죠. 내가 그레이시한테 그런 이야기는 믿지 말라고 하니까, 그레이시는 폴이 자기더러 믿으라고 한 이야기가 아니라고 했어요. 하지만 믿으라고 한 이야기가 아니라면, 왜 폴이 그레이시에게 그런 말을 했겠어요?"

슬론 부인이 말했다.

"앤은 폴이 천재래요."

앤드루스 부인이 대꾸했다.

"그럴지도 모르죠. 미국인들은 어떻게 될지 아무도 몰라요."

앤드루스 부인은 모자라는 사람을 일컫는 '괴상한 천재' 라는 흔한 농담에서 따온 '천재' 만을 알고 있었다. 앤드루스 부인은 메리 조와 마찬가지로 아마도 천재는 머리가 오락가락하는 사람을 뜻하나 보다고 생각했을지도 모른다.

앤은 다시 교실로 돌아가서 손에 턱을 괴고 이슬 맺힌 눈망울로 창문 너머 반짝이는 호수를 그리운 눈길로 바라보면서 2년 전 학교에 처음 온 날처럼 자기 자리에 혼자 앉아 있었다. 앤은 아이들과 헤어지는 것이 너무나 가슴이 아파 잠깐 동안 대학을 가고 싶은 마음이 사라져 버렸다. 앤은 아네타 벨이 목에 매달려 "난 어떤 선생님도 절대로 앤 선생님만큼 좋아하지는 않을 거예요. 절대로요." 하며 순진하게 울먹이던 소리가 아직도 귀에 쟁쟁했다.

앤은 2년 동안 실수도 많이 하고 그 실수를 통해 배우기도 하면서 열심히 가르쳤다. 앤은 충분한 보상을 받았다. 학생들에게 소중한 것을 가르치면서도 다정함, 자기 억제, 순수한 지혜, 천진난만한 마음 등 배운 게 훨씬 더 많은 것 같았다. 앤은 아이들에게 원대한 야심을 불어넣지는 못했을지도 모른다. 하지만 말보다는 따뜻한 가슴으로 아이들에게 앞으로의 생을 떳떳하고 아름답게 살아가도록 가르쳤다.

거짓과 잘못된 일과 부끄러운 일을 멀리하고 진실하고 예의 바르고, 친절한 마음씨를 갖도록 가르쳐 왔다. 어쩌면 아이들 모두가 지금은 그러한 교훈들을 얻었다는 사실을 깨닫지 못할지도 모른다. 그러나 아이들은 아프가니스탄의 수도나 장미 전쟁이 일어난 연도는 잊어도 그 교훈만은 잊지 않고 실천하며 살아갈 것이다.

앤은 자물쇠로 책상을 잠그면서 "내 삶의 또 한 시기가 지나갔다." 하고 크게 소리쳤다. 앤은 그 사실 때문에 몹시 슬펐다. 그러나 '지난 시절' 이란 말에서 풍기는 낭만이 마음을 조금은 달래 주었다.

앤은 방학이 시작되자마자 2주 간을 메아리 오두막집에서 지내 돌 집에 사는 사람들 모두 즐거운 시간을 보냈다.

앤은 라벤더를 데리고 시내에 쇼핑을 나갔다가 라벤더에게 새 모슬린 드레스 천을 사라고 권했다. 그리고 집으로 돌아와 두 사람이 함께 마름질을 하면서 즐거워했고, 그 동안 네 번째 샬로타는 즐거운 마음으로 시침질을 하고 천 조각을 쓸어 담았다. 라벤더는 어떤 일에도 관심이 생기지 않는다고 불평해 왔지만, 아름다운 새 드레스를 보고는 눈에 생기가 돌았다.

라벤더가 한숨을 쉬며 말했다.

"난 정말 멍청하고 경솔한 사람인가 봐! 아무리 물망초 모슬린이라도 그렇지, 새 드레스를 보고 이렇게 기운이 나다니 정말 부끄러워 죽겠어. 부끄럽지 않게 살려고 해외 선교단에 기부금을 듬뿍 낼 때도 이런 기분이 들지 않았는데 말야."

돌집에 있은 지 이레째 되는 날, 앤은 쌍둥이의 양말을 깁고 데이비가 쌓아 둔 여러 가지 문제들을 풀어 주러 초록 지붕 집에 돌아갔다. 앤은 저녁에 폴을 만나러 해변길로 내려갔다가 폴의 집 나지막한 사각 창문을 지나면서, 폴이 거실에서 누군가의 무릎에 앉아 있는 모습을 언뜻 보았다. 하지만 바로 그 순간 폴이 응접실을 지나 쪼르르 달려왔다.

폴이 흥분해서 소리쳤다.

"앤 선생님, 상상도 못한 일이 일어났어요! 너무너무 멋진 일이에요! 아빠가 오셨어요. 생각해 보세요! 아빠가 오셨어요! 어서 들어오세요. 아빠, 이분이 우리 예쁜 선생님이세요. 아빠, 아시죠?"

스티븐 어빙은 웃으면서 앤을 보러 나왔다. 어빙 씨는 잿빛 머리에 짙고 그윽한 파란색 눈동자, 건강해 보이지만 슬픈 표정, 그리고 윤곽이 뚜렷한 이마와 턱을 가진 크고 잘생긴 중년 남자였다. 앤은 사랑 이야기에 나오는 주인공에 딱 어울리는 얼굴이라고 생각하면서 만족감에 젖어 가슴이 두근거렸다. 주인공이 분명한 사람인데 만나서 보니 대머리에 새우등이라거나 남성미가 부족한 사람이라는 것을 알게 되면 실망스럽게 마련이다. 앤은 라벤더가 사랑한 사람이 스티븐 어빙처럼 생기지 않았다면 끔찍했을 거라고 생각했다.

어빙 씨는 반갑게 악수하면서 말했다.

"말로만 듣던 아들의 '예쁜 선생님'이시군요. 앤 선생님, 폴이 선생님 이야기를 편지에 너무 많이 써 보내서 내가 선생님을 잘 알고 있는 것 같은 착각이 듭니다. 폴을 잘 보살펴 주셔서 고맙습니다. 선생님의 영향은 폴에게 필요한 부분이었다는 생각이 듭니다. 제 어머니는 무척 선량하고 다정한 분이시지만, 스코틀랜드인 특유의 강인하면서도 현실적인 사고방식을 갖고 계시죠. 그래서 폴 같은 아이를 늘 이해하기는 힘드셨을 거예요. 제 어머니의 부족한 부분을 선생님이 채워 주셨습니다. 지난 2년 동안 폴은 할머니와 선생님 사이에서 엄마 없는 아이로서는 최고의 교육을 받은 것 같아요."

사람들은 누구나 칭찬을 듣고 싶어한다. 어빙 씨의 칭찬을 들은 앤의 얼굴은 '막 꽃망울을 터뜨리는 장미꽃'처럼 피어 올랐고, 바쁘게 허덕이면서 세상을 살아온 어빙 씨는 앤을 보면서 '동부 해안 지방'에 사는 빨간 머리에 총명한 눈빛을 가진 이 조그마한 여선생보다 더 청순하고 사랑스러운 처녀는 본 적이 없다고 생각했다.

폴은 행복해하며 두 사람 사이에 앉아 밝게 말했다.

"아빠가 오시리라곤 꿈도 못 꿨어요. 할머니도 모르셨다니까요. 정말 놀랐어요."

폴은 진지하게 머리를 갸우뚱했다.

"전 보통은 놀라는 걸 좋아하지 않아요. 그러면 기대하는 즐거움을 모두 잃어버리잖아요. 하지만 이런 일은 괜찮아요. 아빠는 어젯밤에 내가 잠든 뒤에 오셨어요. 할머니와 메리 조 누나가 놀란 마음을 가라앉힌 뒤 아빠는 내 얼굴만 보고 다음 날 아침까지 깨우지 않을 생각으로 할머니와 함께 위층으로 올라오셨어요. 하지만 난 바로 일어나서 아빠를 보았어요. 정말이지 난 벌떡 일어나서 아빠 품에 뛰어들었어요."

어빙 씨는 빙그레 웃으며 폴의 어깨를 감싸 안았다.

"곰같이 껴안으면서 말이지. 난 내 아들인 걸 몰라볼 뻔했다. 키도 크고 까무잡잡해지고 튼튼해져서 말야."

폴이 계속 말했다.

"할머니와 나 둘 중에 아빠를 보고 누가 더 기뻐했는지 모르겠어요. 할머니는 아빠가 좋아하는 음식을 만드느라 하루 종일 부엌에 계셨어요. 메리 조 누나 손에 요리를 맡길 수 없다고 하셨죠. 그건 할머니가 반가움을 표현하는 방법이에요. 난 그냥 앉아서 아빠랑 이야기하는 게 제일 좋아요. 그런데 죄송하지만 잠깐 나갔다 와야 해요. 메리 조 누나 대신 소를 몰아야 하거든요. 소 모는 일은 제 하루 일과 중 하나예요."

폴이 재빨리 하루 일을 마치러 나갔을 때, 어빙 씨는 앤과 여러 가지 문제에 대해 이야기를 나누었다. 그러나 앤은 어빙 씨가 늘 마음속으로 다른 생각을 하고 있다는 느낌이 들었다. 어빙 씨의 생각은 곧 드러났다.

"폴이 마지막 편지에 선생님과 함께 그래프턴에 사는 내…… 내 옛 친구…… 라벤더의 집에 다녀왔다더군요. 라벤더를 잘 아시나요?"

어빙 씨의 질문을 들은 앤은 방망이질하는 갑작스런 가슴 떨림을 눈치채지 못하게 하느라 짐짓 점잖게 대답했다.

"네, 사실 우린 아주 가까운 친구예요."

앤은 한 귀퉁이에서 옛 연애 사건이 자기를 빠끔히 내다보고 있음을 '직감적으로' 느꼈다.

어빙 씨는 일어나서 창가로 다가가 멀리 사나운 바람이 하프를 켜고 황금 물결이 일렁이는 광활한 바다를 바라보았다. 작고 어두운 거실이 잠시 조용해졌다. 이윽고 어빙 씨가 돌아서서 어설프게 상냥한 웃음을 지어 보이며 앤의 애타는 얼굴을 내려다보았다.

"얼마나 알고 있는지 궁금하군요."

앤이 재빨리 대답했다.

"전부 알아요."

앤은 기다렸다는 듯이 얼른 덧붙였다.

"라벤더 아주머니와 저는 절친한 사이예요. 라벤더 아주머니는 누구나 당연하게 여기는 것은 이야기하지 않으시죠. 우린 마음이 잘 맞아요."

"그래요, 선생님을 믿습니다. 그럼 부탁할 게 하나 있어요. 라벤더가 거절하지 않는다면 가서 만나 보고 싶다오. 내가 가도 좋은지 물어 봐 주시겠소?"

라벤더 아주머니가 거절할 리가 있을까? 아주머니는 틀림없이 허락할 것이다! 그래, 이것은 너무나 아름다운 운율과 줄거리와 꿈이 담긴 사랑 이야기이다. 두 사람의 사랑은 7월에 피어야 할 장미꽃이 10월에야 꽃망울을 터뜨린 것처럼 다소 늦은 감이 있었다. 그러나 그 장미꽃은 장미임에도 가슴에 여린 빛을 간직한 매우 사랑스럽고 향기로운 장미였다. 앤은 그 다음 날 아침 너도밤나무 숲을 지나 그래프턴까지 걸어갈 때보다 더 가벼운 발걸음으로 심부름을 한 적이 없었다. 앤은 정원에서 라벤더를 찾았다. 앤은 몹시 흥분해서 손은 차갑고 목소리는 떨렸다.

"아주머니, 드릴 말씀이 있어요……. 아주 중요한 이야기예요. 무슨 이야긴지 아시겠어요?"

앤은 라벤더가 절대로 짐작할 수 없으리라고 생각했다. 그러나 라벤더는 얼굴이 창백해지더니 조용하고 차분하게 말했다. 그 목소리에는 늘 보이던 재치와 생기가 사라지고 없었다.

"스티븐 어빙이 돌아왔니?"

앤은 자기가 말할 대단한 화젯거리를 라벤더가 이미 예상하고 있다는 사실에 실망스럽게 소리쳤다.

"어떻게 아셨어요? 누가 알려 주던가요?"

"아무도. 난 네 말투를 듣고 짐작한 거야."

"어빙 씨가 아주머니를 보고 싶어해요. 방문해도 좋다고 전해 드려도 될까요?"

라벤더는 곧 가슴이 벅차 올랐다.

"그럼, 되고말고, 스티븐이 못 올 이유가 없잖니. 스티븐은 그냥 옛 친구로 오는 것뿐이야."

앤은 라벤더의 책상에서 편지를 쓰려고 급히 집 안으로 들어가면서 이번 일에 대한 결론을 내렸다.

앤은 신이 나서 생각했다.

"아, 동화의 나라에서 사는 건 즐거운 일이야. 틀림없이 다 잘돼서, 폴은 마음에 꼭 드는 새엄마를 맞을 거고 모두가 행복하게 살 거야. 하지만 어빙 씨가 라벤더 아주머니를 데려가면 이 돌집은 어떻게 되는 걸까? 세상 일이 다 그렇듯이 이번 일에도 장단점이 있어."

앤은 중요한 편지를 쓴 뒤 직접 그래프턴 우체국까지 가지고 가서 우체부를 붙잡고 그 편지를 에이번리 우체국에 배달해 달라고 부탁했다.

앤이 간절하게 말했다.

"아주 중요한 편지예요."

그 우체부는 어느 모로 보나 사랑의 전령과는 거리가 먼 퉁명스러운 노인이었다. 앤은 우체부의 기억력을 도저히 믿을 수 없었다. 그러나 그 우체부가 절대로 잊지 않겠다고 해서 앤은 그 말을 믿을 수밖에 없었다.

그날 오후, 네 번째 샬로타는 돌집에 이상한 분위기가 퍼져 있다고 생각했다. 라벤더는 정신 나간 사람처럼 정원을 어슬렁거렸다. 앤도 귀신에 홀린 것처럼 불안하게 이리저리 왔다갔다했다. 네 번째 샬로타는 참는 데까지 참고 견디다가 엉뚱한 생각에 빠진 젊은 아가씨가 세 번째로 하릴없이 부엌을 지나갈 무렵, 앤을 마주 보고 섰다.

네 번째 샬로타가 파란 리본을 휙 내던지며 말했다.

"저, 앤 아가씨, 아가씨와 마님은 비밀이 있는 게 틀림없어요. 제가 너무 주제넘게 굴더라도 용서하세요. 우린 모두 친한 사이인데, 나한테만 말해 주지 않다니 너무해요."

"아, 샬로타, 내 비밀이라면 너에게 모조리 털어놨을 거야. 하지만 이번 일은 아주머니의 비밀이야. 그래도 조금은 말해 줄게. 무슨 일이 있어도 입을 뻥끗하면 안 돼. 그러니까 오늘 밤 멋진 왕자님이 여기에 온단다. 그분은 오래 전, 어리석었던 시절에 여길 왔다가 이곳을 떠나 아득히 먼 곳으로 떠돌아다녔어. 그러다 마법의 성으로 오는 비밀의 오솔길을 잃어버렸지. 그곳에는 왕자 때문에 흐느끼는 공주가 살고 있었어. 하지만 멋진 왕자님은 마침내 그 길을 다시 기억해 냈고, 공주는 내내 왕자를 기다리고 있는 거야. 공주의 마음에 드는 사람은 오로지 왕자님뿐이니까."

네 번째 샬로타는 어리둥절해져서 숨을 가쁘게 쉬며 물었다.

"저, 아가씨, 쉽게 이야기해서 무슨 말이에요?"

앤이 웃음을 터뜨렸다.

"쉽게 얘기해서, 라벤더 아주머니의 옛 친구가 오늘 밤 아주머니를 만나러 온다는 말이야."

순진한 네 번째 샬로타가 사실 그대로 물었다.

"마님의 옛 애인이 온다는 소리예요?"

앤이 진지하게 대답했다.

"평범하게 말하면 바로 그 뜻이야. 그분은 폴의 아버지인 스티븐 어빙 씨야. 네 번째 샬로타, 어떻게 될지는 아무도 모르는 일이지만 잘되기를 바라자."

네 번째 샬로타는 딱 부러지게 대답했다.

"난 어빙 나리가 마님과 결혼했으면 좋겠어요. 처음부터 혼자 살고 싶어하는 여자들도 더러 있긴 해요. 그리고 아가씨, 난 남자를 도무지 이해 못하는 애라 혼자 살게 될까 봐 걱정이에요. 하지만 마님은 절대 그런 분이 아니죠. 제가 나이가 차서 보스턴으로 가 버리면 마님은 어떻게 될까 많이 걱정했어요. 우리 집엔 제 아래로 더 이상 딸이 없거든요. 만약 상상하는 걸 비웃고, 물건을 제자리에 두지 않고, 다섯 번째 샬로타라고 불리는 걸 싫어하는 이상한 사람이 오면 어떡해요? 마님은 저처럼 접시를 깨뜨리는 재수 없는 하녀를 얻지는 않을지 모르지만, 나보다 더 마님을 사랑하는 하녀를 구하기는 어려울 거예요."

믿음직스런 어린 하녀는 코를 킁킁대며 오븐 쪽으로 급히 갔다.

그날 밤 메아리 오두막집에서 사람들은 여느 때처럼 차 마시는 시간을 가졌지만, 실제로는 다들 한 모금도 마시지 않았다. 그런 후 앤이 머리를 빗는 동안 라벤더는 방으로 가서 새 물망초 모슬린 드레스를 입었다. 두 사람 다 몹시 흥분한 상태였지만, 라벤더는 짐짓 침착하고 아무렇지도 않은 척했다.

라벤더는 그 순간에 가장 중요한 일이 커튼 손질이기라도 한 듯이 커튼을 꼼꼼히 살피면서 걱정스럽게 말했다.

"내일은 정말 커튼 해진 데를 손봐야겠어. 이 커튼들은 가격에 비해 그런 대로 튼튼한 편이야. 이런, 네 번째 샬로타가 계단 난간 닦는 걸 또 잊어버렸어. 샬로타에게 잔소리 좀 해야겠어."

스티븐 어빙이 오솔길을 지나 정원을 가로질러 왔을 때, 앤은 현관 계단에 앉아 있었다.

어빙 씨는 매우 즐거운 눈길로 주위를 둘러보며 말했다.

"여기는 시간이 멈춰 있는 유일한 곳이오. 25년 전에 내가 다녀간 뒤로 집이나 정원이나 조금도 변하지 않았소. 여길 오니 다시 젊어지는 느낌이 드는군요."

앤이 심각하게 말했다.

"아시다시피 마법의 성에서는 시간이 늘 멈춰 있답니다. 시간이 흐르기 시작하는 건 왕자님이 오실 때뿐이지요."

어빙 씨는 젊음과 약속의 꽃인 쑥부쟁이를 한아름 안고서 자신을 올려다보는 얼굴을 바라보며 좀 서글픈 미소를 지어 보였다.

"왕자는 때로 아주 늦게 오기도 한다오."

어빙 씨는 앤에게 알아듣기 쉽게 다시 말해 달라고 하지 않았다. 어빙 씨도 같은 영혼을 가진 사람들처럼 앤의 말을 '이해했다.'

앤은 거실 문을 열면서 빨간 머리를 세게 흔들며 말했다.

"아뇨, 안 늦었어요. 진짜 왕자가 진짜 공주를 찾아온다면 늦은 게 아닐 거예요."

어빙 씨가 집 안으로 들어가자 앤은 거실 문을 꼭 닫고 뒤로 돌아서서 샬로타가 현관에서 고갯짓 손짓을 해대며 미소를 짓고 있는 모습을 바라보았다.

네 번째 샬로타가 숨을 몰아쉬며 말했다.

"저, 아가씨, 부엌 창으로 살펴봤는데요…… 그분은 정말 잘생기셨어요. 마님이랑 나이도 딱 맞구요. 그런데 아가씨, 문에서 엿들으면 안 될까요?"

앤이 힘주어 말했다.

"샬로타, 그건 나쁜 일이니까 나와 같이 유혹이 미치지 않는 곳으로 가자."

네 번째 샬로타는 한숨을 쉬었다.

"아무 일도 손에 잡히지 않아요. 그냥 기다리면서 시간을 보내는 건 너무 힘들어요. 아가씨, 만약에 어빙 나리가 청혼하지 않으면 어쩌죠? 남자들이란 믿을 수 없어요. 우리 큰언니인 첫 번째 샬로타가 약혼할 거라고 생각한 적이 한 번 있었어요. 하지만 알고 봤더니 그 남자가 딴마음을 먹어서 언니는 다시는 남자를 믿지 않겠다고 했어요. 또 들어 보니까, 어떤 남자는 자기가 정말 좋아한 사람은 애인의 여동생인데도 애인을 끔찍하게 좋아하는 줄 알았대요. 아가씨, 어째서 여자는 불쌍하게 남자를 믿으려고 하는 걸까요?"

앤이 말했다.

"우리 부엌에 가서 은수저나 닦자. 그 일은 다행히 별 생각 없이도 할 수 있잖아. 오늘 밤 난 아무 생각도 할 수 없으니까 말야. 수저를 닦다 보면 시간이 갈 거야."

한 시간이 지났다. 앤이 반짝이는 은수저 하나를 마지막으로 내려놓았을 때, 두 소녀는 현관문이 닫히는 소리를 들었다. 두 사람은 서로의 눈빛을 바라보며 위안을 얻으려고 처절하게 노력했다.

네 번째 샬로타가 숨을 몰아 쉬었다.

"아니, 아가씨, 어빙 나리가 이렇게 일찍 돌아가려고 한다면 무슨 일이 일어났을 리도, 일어날 리도 없잖아요."

두 소녀는 창가로 뛰어갔다. 어빙 씨는 떠나려 하는 것이 아니었다. 어빙 씨와 라벤더는 정원을 가로지르는 오솔길을 따라 벤치로 천천히 걸어갔다.

네 번째 샬로타가 즐겁게 속삭였다.

"아, 아가씨, 나리가 마님의 허리에 팔을 둘렀어요. 마님이 허락한 걸 보니 틀림없이 나리가 청혼한 거예요."

앤은 네 번째 샬로타의 뚱뚱한 허리를 잡고 숨이 찰 때까지 부엌을 돌며 춤을 주었다.

앤이 흥겹게 소리쳤다.

"아, 샬로타, 난 점쟁이도 아니고 점쟁이의 딸도 아니지만 점쳐 볼게. 단풍잎이 빨갛게 물들기 전에 이 오래 된 돌집에서 결혼식이 열리리라. 네 번째 샬로타, 풀어서 이야기해 줬으면 좋겠니?"

네 번째 샬로타가 말했다.

"아뇨, 무슨 말인지 알겠어요. 결혼식은 알아듣기 힘든 말이 아니니까요. 아니, 아가씨, 울고 있군요! 왜 그래요?"

앤은 눈물을 감추려고 눈을 깜빡이면서 대답했다.

"응, 너무 아름답고…… 동화 같고…… 낭만적이고…… 슬픈 이야기라서. 더없이 행복한 일이긴 한데 왠지 좀 슬퍼."

네 번째 샬로타가 맞장구를 쳤다.

"그래요, 물론 결혼은 위험한 일이죠. 하지만 아가씨, 살다 보면 남편보다 나쁜 것도 많아요."

29. 시와 산문

그 다음 한 달 동안 앤은 에이번리를 즐거움이 소용돌이 치는 곳이라고 말해도 좋을 만큼 재미있게 보냈다. 레드먼드로 떠날 간단한 짐을 꾸리는 일은 나중 문제였다. 라벤더가 결혼 준비를 하고 있어서 돌집은 줄곧 이런저런 것을 얘기 나누고 계획하고 의논하느라 분주한 모습이었다. 네 번째 샬로타는 마냥 신기하고 즐거운 마음에 흥분한 채 결혼 물품 주위를 맴돌았다. 그리고 재단사가 와서 치수를 재고 스타일을 고르자 그곳은 기쁨으로 들썩였다. 앤과 다이애나는 자기 시간의 반을 메아리 오두막집에서 보냈다. 앤은 라벤더에게 여행용 드레스는 짙은 감색보다는 갈색으로 고르라고 조언해 주고, 회색 비단옷을 입으면 공주 같아 보일 거라고 권한 게 잘한 일인지 어쩐지 생각하느라 잠을 설쳤다.

라벤더 주변 사람들은 모두 행복해했다. 폴은 아버지에게 이야기를 듣고는 그 소식을 앤에게 알리려고 초록 지붕 집으로 달려왔다.

폴이 자랑스럽게 말했다.

"아빠가 저에게 멋진 새엄마를 골라 주실 줄 알았어요. 선생님, 믿을 만한 아빠가 계시다는 건 좋은 일이에요. 전 라벤더 아주머니를 정말 사랑해요. 할머니도 기쁘시대요. 할머니는 아빠가 새 아내로 미국 사람을 고르지 않아 정말 다행이래요. 다행히도 첫 결혼 때는 잘 되었지만, 그런 일이 두 번 일어나리라는 보장은 없다면서요. 린드 아주머니는 두 분의 결혼에 전적으로 찬성한다면서 라벤더 아주머니가 별난 생각들을 버리고 다른 사람들처럼 살려고 결혼하는 것 같대요. 하지만 선생님, 난 그 별난 생각들이 좋으니까 버리지 않았으면 좋겠어요. 그리고 라벤더 아주머니가 다른 사람들처럼 되는 건 싫어요. 세상엔 비슷비슷한 사람들이 너무 많잖아요. 그렇죠, 선생님?"

네 번째 샬로타 또한 특별한 사람이었다.

"아, 앤 아가씨, 모든 일이 아름답게 잘됐어요. 어빙 나리와 마님이 신혼여행에서 돌아오시면 난 보스턴에 쫓아가서 같이 살 거예요. 난 겨우 열다섯 살인데, 언니들은 열여섯 살이 되기 전에는 떠나지 않았어요. 나리는 정말 멋진 분이죠? 나리는 마님이 딛고 선 땅까지도 숭배해요. 나리가 마님을 바라보는 눈빛을 보면 내 가슴마저 가끔씩 콩닥거린답니다. 아가씨, 그건 뭐라고 표현할 수 없는 눈빛이에요. 두 분이 서로 너무 좋아하니까 정말 기뻐요. 사랑 없이도 살 수 있는 사람이 있긴 하지만 그래도 살다 보면 사랑이 최고래요. 우리 고모는 세 번씩이나 결혼을 했는데, 처음엔 사랑 때문이었고 나중 두 번은 솔직히 말해 돈 때문이었대요. 그래도 남편들 장례식 때말고는 세 번 다 행복했대요. 하지만 아가씨, 난 고모가 모험을 했다고 생각해요."

그날 밤, 앤은 마릴라에게 속삭였다.

"정말 낭만적인 결혼이에요. 그날 제가 킴볼네 집에 가다가 길을 잘못 들지 않았으면 라벤더 아주머니를 알지 못했겠죠. 또 라벤더 아주머니를 만나지 못했으면 폴을 메아리 오두막집에 데려갔을 리도 만무하고, 폴이 때마침 샌프란시스코로 떠나려던 어빙 씨에게 라벤더 아주머니 집에 놀러 갔었다는 편지를 부쳤을 리도 없겠죠. 어빙 씨는 폴의 편지를 받자마자 사귀던 사람을 샌프란시스코로 보내고 자기는 이곳으로 돌아오기로 마음먹었대요. 어빙 씨는 15년 동안이나 라벤더 아주머니 소식을 전혀 듣지 못했대요. 15년 전에 어떤 사람한테서 아주머니가 결혼할 거란 이야기를 듣고 나서 당연히 결혼한 줄 알고는 아무한테도 아주머니 소식을 묻지 않았다는 거예요. 이제 모든 일이 제대로 됐어요. 그리고 저는 그 일을 이루어 낸 주인공이구요. 아마 린드 아주머니 말대로, 모든 일은 예정되어 있어서 될 일은 어떻게든 되나 봐요. 그렇지만 누군가가 예정된 일에 어떤 역할을 했다는 생각을 하면 즐거워요. 그래요, 정말 낭만적인 일이에요."

마릴라가 조금은 딱딱하게 대꾸했다.

"내가 보기엔 굉장히 낭만적인 일 같지는 않구나."

마릴라는 앤이 그 결혼에 너무 매달려 있다시피 하여 사흘 중 이틀은 라벤더를 도와 주느라 메아리 오두막집을 '어슬렁거리지' 않고 차분히 대학 갈 준비나 했으면 좋겠다고 생각했다.

"우선, 젊은 바보들 둘이 말다툼을 하고는 골이 났다. 그러고서 스티븐 어빙은 미국으로 갔고, 얼마 후 결혼해서 어느 모로 보나 남부럽지 않게 행복하게 살았다. 그 후 스티븐은 아내가 죽고 시간이 어지간히 지나자 고향으로 돌아와서 첫사랑이 아직도 변치 않았는지 알아보고 싶다는 생각이 들었다. 그 동안 스티븐의 첫사랑은, 마음에 드는 사람이 나타나지 않아서 그랬는지는 모르겠지만 혼자 살았다. 그래서 결국 두 사람이 다시 만나 결혼하기로 했다. 그래, 도대체 낭만적인 구석이 어디 있단 말이냐?"

앤은 마치 찬물이라도 뒤집어쓴 것처럼 씨근거렸다.

"그런 식으로 보면 당연히 낭만적이지 않죠. 그건 산문식으로 보는 방식이에요. 하지만 시적으로 보면 아주 달라져요. …… 훨씬 더 멋지거든요."

앤이 마음을 가다듬자 눈빛이 반짝이며 뺨은 붉어졌다.

마릴라는 생기 있는 젊은 얼굴로 눈길을 돌리더니 더 이상 비꼬는 말은 하지 않았다. 어쩌면 앤처럼 세상 사람이 건네 주거나 빼앗을 수 없는 '하늘이 내려준 상상력과 재능'을 갖고 사는 것이 낫다는 사실을 깨달았는지도 모른다. 앤은 이상화된 어떤 형태 또는 계시를 통해 인생을 본다. 마릴라나 네 번째 샬로타처럼 평범하게 산문식으로만 세상을 바라보는 사람들은 환희와 새로움을 볼 수 없어서 그것들이 마치 머나먼 천국의 빛으로 장식된 것인 양 느낄 뿐이다.

잠시 후 마릴라가 물었다.

"결혼식이 언제지?"

"8월 마지막 주 수요일이에요. 두 분은 정원에 있는 인동덩굴 아래에서 결혼식을 올릴 거예요. 25년 전 바로 그 자리에서 어빙 씨가 라벤더 아주머니에게 청혼했거든요. 마릴라 아주머니, 그 청혼은 평범하긴 해도 낭만적이에요. 하객은 폴의 할머니, 폴, 길버트, 다이애나, 저, 라벤더 아주머니의 사촌들이 전부예요. 그리고 두 분은 여섯 시 기차를 타고 태평양 연안으로 여행을 떠나실 거래요. 가을에 두 분이 돌아오면 폴과 샬로타도 보스턴에 가서 같이 살 거예요. 하지만 메아리 오두막집은 지금 그대로 남겨 두었다가 매년 여름이면 그곳에 와서 지낼 거래요. 물론 닭과 소는 팔고, 창문은 닫아 두겠죠. 저는 너무 기뻐요. 올 겨울에 제가 레드먼드에 있으면서 아름다운 돌집이 인적 없는 폐허가 되었다거나, 더 나쁘게는 다른 사람이 살고 있다고 생각한다면 가슴이 무너지는 것 같았을 거예요. 하지만 지금은 돌집에 생명과 웃음을 되돌려줄 여름을 행복하게 기다리면서 제가 늘 보아 왔던 것처럼 그려 볼 수 있잖아요."

　세상에는 돌집 중년 연인들의 사랑말고도 낭만적인 사랑이 많이 있었다. 어느 날 밤, 앤은 지름길로 비탈 과수원 집 쪽으로 가서 배리네 정원으로 들어서다가 우연히 그 장면을 목격했다. 다이애나 배리와 프레드 라이트가 커다란 버드나무 밑에 같이 서 있었다. 다이애나는 뺨이 발갛게 물든 채 눈을 내리깔고 잿빛 나무 줄기에 기대 서 있고, 프레드는 다이애나의 손을 잡고서 나지막하고 간절한 목소리로 중얼거리며 다이애나 쪽으로 고개를 숙였다. 그 마법의 순간에는 이 세상에 오직 두 사람밖에 없었다. 그래서 두 사람 다 앤을 보지 못했다. 앤은 얼떨떨해져서 자기 눈이 어떻게 된 게 아닌가 다시금 힐끗 보고는 돌아서서 조용히 가문비나무 숲을 지나 한 번도 쉬지 않고 정신없이 걸어 자기 방으로 들어왔다. 앤은 숨을 몰아쉬며 창가에 주저

앉아 혼란스러운 마음을 정리하려고 애썼다.

앤은 혼잣말을 했다.

"다이애나와 프레드가 사랑에 빠졌어. 아, 우린 어쩔 수 없이 어른…… 어른이 되어 버린 거야."

앤은 다이애나가 어려서부터 꿈꾸어 오던 우수에 찬 바이런풍의 이상형을 버렸다는 의심을 약간 품고는 있었다. 그러나 '백문이 불여일견'이라고, 앤은 그것이 사실인 걸 눈으로 확인하자 너무 놀란 나머지 충격을 받았다. 이런 감정은 이상야릇하고 조금은 쓸쓸한 기분으로 이어졌다. 마치 다이애나가 앤을 밖에 남겨 두고 문을 걸어 잠근 채 새로운 세상으로 가 버리기나 한 것처럼.

앤은 괜스레 서글퍼졌다.

"만물은 무서우리만치 빨리 변하는구나. 이번 일이 다이애나와 나 사이를 갈라 놓을까 봐 걱정이야. 앞으로는 다이애나에게 내 비밀을 몽땅 털어놓지 못할 거야. 다이애나가 프레드한테 말할지도 모르니까 말이야. 다이애나는 프레드의 어디가 좋을까? 프레드는 사람 좋고 무척 재미있기는 하지만, 그냥 프레드 라이트일 뿐인데."

사람이 사람의 어떤 점을 보고 좋아할까 하는 물음은 늘 종잡을 수 없이 어렵기만 하다. 하지만 그 답을 알지 못한다는 것이 결국 얼마나 다행스러운 일인가. 만약 사람들의 보는 눈이 모두 똑같다면…… 그런 경우에는 인디언 속담대로 '모두 내 아내를 원할' 테니까 말이다. 다이애나는 분명히 프레드에게서 매력을 발견했겠지만, 앤에게는 그 매력이 보이지 않았다. 다음 날 밤, 사색에 잠긴 듯 수줍음을 타는 젊은 아가씨 다이애나가 초록 지붕 집으로 찾아와 어둡고 구석진 동쪽 방에서 그 일을 죄다 털어놓았다. 두 소녀는 울기도 하고 입을 맞추기도 하며 웃어 댔다.
다이애나가 말했다.
"난 무척 행복해. 하지만 내가 약혼을 한다고 생각하니 우습기도 해."
앤이 궁금해하며 물었다.
"약혼을 한다니까 기분이 어때?"
약혼한 사람이 약혼하지 않은 사람에게 늘 인생의 선배인 체하듯이 다이애나 역시 우쭐해하며 말했다.
"글쎄, 누구랑 약혼하느냐에 따라 다르지 않을까? 프레드와 약혼하는 건 더할 나위 없는 행복이지만, 다른 사람과 하면 끔찍할 것 같아."
앤이 웃음을 터뜨렸다.
"오로지 프레드만 눈에 보이고 다른 사람은 안중에도 없구나."
다이애나는 난처해졌다.
"아, 넌 이해 못해, 앤. 내 말은 그런 게 아니야. 설명하기가 무척 힘들어. 그래, 네가 사랑을 하면 언젠가 이해하게 될 거야."
"맙소사, 사랑하는 다이애나, 난 지금도 이해해. 다른 사람의 눈으로 세상을 들여다볼 수 없다면 상상력이 무슨 소용이니?"
"내 결혼식 들러리가 되어 줘야 해, 알지, 앤. 네가 어디에 있더라도 내 들러리가 되겠다고 약속해 줘."
"필요하다면 세상 끝에서라도 달려올게."
앤이 엄숙히 약속하자 다이애나는 얼굴을 붉혔다.
"물론 아직 영원히 작별하는 건 아냐. 적어도 3년은 있어야 해. 난 겨우 열여덟 살인데, 엄마는 스물한 살이 되기 전에 결혼하면 엄마 딸이 아니라고 하시니까. 게다가 프레드의 아버지가 프레드한테 에이브러햄 플레처 농장을 사 주기로 하셨는데, 프레드 말로는 자기가 그 농장을 인수하려면 농장 값의 3분의 2를 지불해야 한대. 하지만 3년은 살림살이를 장만하기에도 빠듯한 시간이야. 난 뜨개질을 한 조각도 해 두지 않았어. 하지만 내일부터 코바늘로 장식용 깔개를 뜨기 시작할 거야. 미라 길리스 아주머니는 결혼할 때 장식용 깔개를 서른일곱 개나 갖고 있었다는데 나도 그만큼 만들어 갈 생각이야."

앤은 눈동자를 굴리며 짐짓 진지한 표정으로 고개를 끄덕였다.

"집 안을 꾸미려면 서른여섯 개로는 어림도 없겠지."

다이애나는 마음이 상한 듯 책망하는 투로 말했다.

"앤, 네가 나를 놀릴 줄은 몰랐어."

앤은 미안해하며 큰 소리로 말했다.

"아냐, 널 놀리려던 게 아냐. 그냥 조금 약올린 것뿐이지. 넌 세상에서 가장 아름다운 주부가 될 거야. 네가 벌써 꿈 속의 집을 꾸밀 계획을 세우다니, 무척 멋진 일이야."

앤은 '꿈 속의 집'이라는 말을 내뱉자마자 상상에 빠져 바로 자신의 집을 짓기 시작했다. 물론 그 집에는 도도하면서도 우수에 젖은 이상적인 남편이 살고 있었다. 그런데 이상하게도 길버트 블라이드가 앤을 도와서 그림을 걸고, 정원을 일구는 등 도도하면서도 우수에 젖은 남편의 품위에는 맞지 않는 잡다한 일까지 도와 주면서 내내 주위를 어슬렁거렸다. 앤은 스페인에 있는 자기 성에서 길버트의 모습을 지워 버리려고 애썼지만, 어찌 된 일인지 길버트는 끝까지 거기에 있었다. 당황한 앤은 길버트를 지우는 것을 포기하고 다이애나가 다시 이야기를 시작하기 전에 꿈 속의 집을 아주 멋지게 다 지었다.

"앤, 너는 내가 늘 이상형이라고 했던 키 크고 늘씬한 부류의 남자와는 전혀 다른 프레드를 좋아한다니까 재미있어하는구나. 하지만 어쨌든 난 프레드가 크고 늘씬해지길 바라지 않아. 넌 이해하기 힘들겠지만, 그렇게 되면 그 사람은 이미 프레드가 아니니까."

그러면서 다이애나는 조금 서글프게 덧붙였다.

"물론 우린 볼품 없는 땅딸보 부부가 되겠지. 하지만 모건 슬론 부부처럼 한 사람은 작고 뚱뚱한데 한 사람은 크고 깡마른 것보다야 둘 다 작고 뚱뚱한 게 훨씬 나아. 린드 아주머니는 모건 슬론 부부를 볼 때마다 두 사람 키를 비교하게 된대."

그날 밤 앤은 가장자리에 금박을 입힌 거울 앞에서 머리를 빗으며 중얼거렸다.

"어쨌거나 다이애나가 그렇게 행복해하고 만족스러워하니까 나도 기뻐. 그래도 언제일지는 모르지만 내가 사랑에 빠질 날이 온다면, 좀더 설레는 일이 있었으면 좋겠어. 하기야 다이애나도 전엔 그렇게 생각했는걸. 다이애나가 남들처럼 별 볼일 없는 약혼은 절대 하지 않겠다고 말하는 걸 수도 없이 들었잖아. 자기와 약혼할 남자는 자기를 차지할 만큼 훌륭해야 한다고 말이야. 하지만 다이애나는 변했어. 어쩌면 나도 변할지 몰라. 하지만 싫어. 난 변하지 않을 거야. 아, 친한 친구들이 약혼을 하게 되니까 갈피를 못 잡겠어."

30. 돌집에서 열린 결혼식

8월 마지막 주가 되었다. 라벤더는 그 주에 결혼한다. 2주 후면 앤과 길버트는 레드먼드 대학으로 떠날 것이다. 한 주가 지나면 레이첼 린드 부인이 초록 지붕 집으로 이사 와서 손님방에 살림살이들을 채울 것이다. 손님방은 이미 린드 부인을 맞을 준비가 다 되어 있었다. 린드 부인은 남아도는 가재도구를 팔아 치우고, 이제는 앨런 목사 부부를 도와 짐을 같이 싸 주었다. 그런 일은 워낙 린드 부인의 성격에도 맞는 일이라 린드 부인은 아주 즐거워했다. 앨런 목사는 오는 일요일에 마지막 설교를 하기로 되어 있었다. 앤이 즐겁고 행복했던 모든 추억들을 돌이키면서 약간은 서글픈 기분에 젖어 있을 때, 옛 질서는 어느새 새로운 질서에 자리를 내주고 있었다.

해리슨 씨가 철학자처럼 말했다.

"변화라는 건 전적으로 즐거운 일은 아니지만 훌륭한 일이지. 2년이라는 세월은 변하지 않고 있기에는 너무 긴 시간이야. 변하지 않고 고여 있으면 썩게 마련이거든."

해리슨 씨는 베란다에서 담배를 피우고 있었다. 해리슨 부인은 해리슨 씨에게 창가에 앉아 피우기만 한다면 집 안에서 담배를 피워도 좋다고 마음씨 좋게 말했다. 해리슨 씨는 부인의 양보에 보답하는 뜻으로 날씨가 맑으면 집 밖에서 담배를 피워서 부인과 화목하게 지냈다.

앤은 노란 달리아가 있는지 물어 보려고 해리슨 부인을 찾아갔다. 앤과 다이애나는 그날 밤 라벤더와 샬로타를 도와서 내일의 새 신부를 위한 마지막 준비를 하러 메아리 오두막집에 갈 생각이었다. 라벤더 집에는 달리아가 없었다. 라벤더는 달리아를 좋아하지 않으니 자신의 고풍스런 정원과 멋진 이별을 하는데 달리아가 어울리지 않을 수도 있었다. 하지만 에이번리에는 꽃이 거의 없었고, 이웃 마을에도 그 해 여름에 에이브 아저씨가 예견했던 폭풍우가 몰아치는 바람에 꽃이 없었다. 그래서 앤과 다이애나는 도넛을 담는 데 쓰는 낡은 우윳빛 돌항아리에 노란 달리아를 가득 담아 돌집의 침침한 계단 귀퉁이에 두면 어두운 거실의 빨간 벽지 색깔과 잘 어울릴 거라고 생각했다.

해리슨 씨가 계속해서 말했다.

"2주만 있으면 대학에 간다면서? 우리 부부는 너를 무척 보고 싶어 할 게다. 이제 린드 부인이 너 대신 초록 지붕 집에서 살겠구나. 별 사람이 다 대신하는구먼 그래."

해리슨 씨의 빈정거리는 말투는 옮겨 쓰기가 어렵다. 해리슨 부인은 린드 부인과 친한 사이였지만, 린드 부인과 해리슨 씨의 관계는 새로운 환경 속에서도 기껏해야 직접적인 싸움을 하지 않는 정도였다.

앤이 말했다.

"네, 저는 떠나요. 머리로는 기쁜 일인데…… 마음은 영 섭섭해요."

"레드먼드 대학에 널려 있는 상이란 상은 죄다 네가 차지할 것 같은데."

앤은 솔직하게 말했다.

"한두 개쯤은 탈 수 있도록 노력해야겠지만, 2년 전처럼 그렇게 많이 타고 싶지는 않아요. 제가 대학에서 배우고 싶은 건 훌륭하게 살아가는 데 필요한 지식과 그 지식을 가장 잘 활용하는 방법이에요. 저는 남들을 이해하고 도와 주는 법을 배우고 싶어요."

해리슨 씨가 고개를 끄덕였다.

"바로 그거야. 대학은 그래야 돼, 괜히 학사나 많이 만들어 내지 말고. 학사들이란 그저 책이나 읽고 앉아서 아무짝에도 쓸모 없는 허영심만 가득 안고 있다니까. 네 말이 맞아. 내가 보기엔 너한테는 대학이 별로 해롭지 않겠구나."

다이애나와 앤은 차를 마신 뒤 자기들 집과 이웃집 정원 몇 군데에서 구한 꽃을 한 아름 싣고 메아리 오두막집으로 마차를 몰고 갔다. 두 사람이 가서 보니 돌집은 야단법석이었다. 네 번째 샬로타가 어찌나 기운차게 이리저리 뛰어다니는지 마치 샬로타의 파란 리본이 한 꺼번에 어디나 다닐 수 있는 힘을 지닌 것처럼 보였다. 나바라(프랑스 남부에서 스페인 북부에 걸쳐 있는 옛 왕국:옮긴이)의 투구처럼 샬로타 파란 리본은 그 아수라장 속에서 힘차게 나부꼈다.

   샬로타는 진심으로 말했다.

   "와 주셔서 너무너무 고마워요. 할 일이 산더미처럼 쌓였거든요. 과자에 입힌 설탕이 굳지를 않아요. 은그릇도 아직 안 닦았고요. 닭고기 샐러드에 쓸 수탉은 닭장 밖에서 꼬꼬댁거리며 돌아다니고 있어요, 앤 아가씨. 마님께는 어디 안심하고 일을 맡길 수가 있어야죠. 고맙게도 좀 전에 나리께서 오셔서 마님을 데리고 숲으로 산책 나가셨어요. 앤 아가씨, 있을 건 제자리에 다 잘 있는데, 요리하면서 은그릇을 닦으려니까 되는 일이 하나도 없어요. 아가씨, 제 생각엔 모든 게 뒤죽박죽인 것 같아요."

   앤과 다이애나가 아주 열심히 일해서 10시쯤에는 네 번째 샬로타도 만족스러워했다. 샬로타는 머리를 수십 가닥으로 땋은 뒤, 지친 몸을 이끌고 침대에 누웠다.

   "하지만 앤 아가씨, 저는 마지막 순간에 뭐가 잘못되면 어쩌나 걱정스러워서 한숨도 못 잘 거예요. 크림에 거품이 일지 않거나, 어빙 나리께서 발작을 일으켜 못 오시거나 하는 걱정요."

   다이애나가 입가의 보조개를 실룩거리며 물었다.

   "어빙 씨는 발작을 일으키는 습관이 없잖아, 안 그래?"

   다이애나에게는 샬로타가 미인은 아니어도 영원히 기쁨을 주는 사람임에 틀림없었다.

   샬로타가 점잖게 말했다.

"발작은 습관성이 아니에요. 갑작스레 일어나는 일이지요. 맞아요, 발작을 일으킬 가능성은 누구에게나 있는 거예요. 발작을 일으키는 방법은 배울 필요가 없지요. 어빙 나리는 식사를 하려고 의자에 앉다가 발작을 일으킨 우리 삼촌이랑 많이 닮았어요. 하지만 모든 일이 잘되겠죠? 우리는 이 세상에서 잘되기를 바라면서 안 될 일을 대비하면, 하느님께서 베풀어 주시는 모든 것을 얻을 수 있어요."

다이애나가 말했다.

"내가 걱정하는 문제는 내일 날씨가 맑지 않으면 어쩌나 하는 것뿐이야. 에이브 아저씨가 주중에 비가 많이 내릴 거라고 했어. 폭풍우가 몰아치고 난 다음부터 에이브 아저씨가 하는 말을 자꾸만 믿게 돼."

앤은 에이브 아저씨와 폭풍우가 어떤 관계인지 다이애나보다 잘 알고 있었기 때문에 비가 올지도 모른다는 이야기에는 별로 신경 쓰지 않았다. 앤은 지쳐서 곯아떨어졌다가 샬로타가 깨우는 바람에 생각지도 않았던 시간에 일어났다.

열쇠 구멍으로 구슬픈 목소리가 들려 왔다.

"저기요, 앤 아가씨, 이렇게 일찍 불러서 정말 죄송한데요, 할 일이 너무 많아요. 그리고 저, 비가 올까 봐 너무 걱정스러워서 그러는데요, 아가씨가 일어나서 비가 오지 않을 것 같다고 말씀해 주세요."

앤은 샬로타가 자기를 깨우려고 그냥 해 본 말이기를 바라면서도 혹시나 싶어 창가로 훌쩍 뛰어갔다. 그런데 이럴 수가! 아침 분위기가 영 심상치 않았다. 창 밑 정원에 여린 햇살이 살며시 비추고 있어야 할 시간인데도 바람 한 점 없이 흐리고, 전나무 숲 위로 보이는 하늘에는 음산한 구름이 잔뜩 끼어 있었다.

다이애나가 말했다.

"이럴 순 없어!"

앤은 마음을 다잡고 말했다.

"그저 잘되기만 바라야지. 비만 내리지 않으면, 오늘처럼 잿빛 구름이 낀 선선한 날이 볕이 따가운 날보다 나을지도 몰라."

샬로타가 가닥가닥 땋은 머리카락을 하얀 실로 묶고 머리 위로 죄 나 감아 올려서 여기저기 비어져 나온 아주 우스꽝스런 꼴로 살며시 방 안으로 들어오면서 울먹였다.

"하지만 비가 올 거예요. 어쩌면 끝까지 내리지 않고 있다가 결혼식 순간에 미친 듯이 퍼부어 댈지도 몰라요. 그럼 사람들이 흠뻑 젖을 테고…… 진흙 발자국이 집 안에 가득할 테고…… 그리고 마님과 나리는 인동덩굴 아래서 결혼식을 올리지 못하겠죠. 신부가 햇살을 받지 못하다니, 너무 끔찍해요. 앤 아가씨, 뭐라고 말 좀 해 보세요. 저는 결국 모든 게 잘될 거라고 믿었는데."

샬로타는 확실히 엘리자 앤드루스의 말버릇을 따 온 것 같았다.

그러나 비는 내내 올 것처럼 보였지만 끝내 오지 않았다. 정오에 방을 다 꾸미고 탁자도 아름답게 장식해 놓았다. 이층에서는 '신랑을 위해 곱게 차려 입은' 신부가 대기하고 있었다.

앤이 감탄하며 말했다.

"너무 예뻐요."

다이애나도 앤의 말투를 흉내냈다.

"너무 사랑스러워요."

샬로타는 옷을 갈아입으러 작은 구석방으로 가면서 쾌활하게 말했다.

"앤 아가씨, 준비 다 됐어요. 아직까지는 나쁜 일이 일어나지 않았어요."

샬로타는 땋아 두었던 머리를 풀고 정신없이 풀어 헤쳐진 곱슬머리를 두 가닥으로 땋아 내려서, 리본 두 개가 아니라 새로 산 새파란 리본 네 개로 묶었다. 위에 있는 리본 두 개는 날개 달린 라파엘 천사처럼 샬로타의 목에서 날개가 뻗어 나온 것 같았다. 그러나 샬로타는 그 리본이 아주 예쁘다고 생각했다. 샬로타는 풀을 너무 많이 먹여서 가만히 두어도 빳빳한 하얀 드레스를 바스락거리면서 입은 다음, 거울에 비친 자기 모습을 대단히 만족스럽게 훑어보았다. 그러나 거실로 나와서 몸에 착 달라붙는 야외복을 입고 살랑살랑 잔물결 치는 빨간 머리에 별처럼 빛나는 하얀 꽃을 꽂은 늘씬한 숙녀를 문틈으로 보는 순간 만족감이 사라져 버렸다.

가엾은 샬로타는 풀이 죽어 생각했다.

"아, 난 앤 아가씨처럼 될 수 없을 거야. 저런 모습은 타고나는 거니까, 난 아무리 연습해도 저런 분위기는 못 낼 거야."

손님들은 한 시까지 다 모였다. 그 중에는 앨런 목사 부부도 끼여 있었는데, 그래프턴에 있는 목사가 휴가를 가고 없어서 앨런 목사가 식을 거행하기로 했기 때문이다. 결혼식은 형식에 구애받지 않고 치러졌다. 라벤더가 신랑을 맞으러 계단을 내려왔다. 그리고 신랑이 신부의 손을 잡자 신부는 갈색 눈을 살짝 치뜨고 신랑을 바라보았는데, 그 눈길을 훔쳐본 샬로타는 전보다 더 가슴이 설레었다. 신랑 신부는 앨런 목사가 기다리고 있는 인동덩굴 그늘로 걸어갔다. 손님들은 편한 대로 끼리끼리 모여 있었다. 앤과 다이애나는 오래 된 벤치 옆에서 샬로타를 가운데 두고 서서 부들부들 떠는 샬로타의 차갑고 작은 손을 꼭 잡고 있었다.

앨런 목사는 혼인 서약서를 펼치고 식을 거행했다. 라벤더와 스티븐 어빙이 결혼 서약을 끝내자마자, 매우 아름답고 상징적인 일이 일어났다. 태양이 어느 새 잿빛 구름을 뚫고 나타나 행복한 신부에게 밝은 햇살을 뿌려 준 것이다. 순간적으로 정원에는 그늘이 일렁이고 반짝반짝 빛이 나면서 생기가 돌았다.

앤은 신부에게 달려가 입을 맞추면서 생각했다.

'정말 아름다운 징조구나!'

그러고 나서 세 소녀는 신랑 신부를 둘러싼 채 웃고 있는 손님들을 뒤로 하고 만찬 준비가 다 되었는지 보려고 집 안으로 뛰어들어갔다.

샬로타가 헉헉거리며 말했다.

"앤 아가씨, 고맙게도 다 끝났어요. 지금 당장 무슨 일이 일어날지는 모르지만, 두 분은 아무 탈 없이 멋지게 결혼식을 마쳤어요. 아가씨, 쌀 포대는 곳간에 있고, 헌 신발은 문 뒤에 있고, 휘핑 크림은 지하실 계단에 있어요."

2시 30분에 어빙 부부가 떠날 때, 다들 오후 기차를 타는 신혼 부부를 배웅하러 브라이트 강 역으로 갔다. 라벤더, 아니 어빙 부인이 정든 돌집의 문을 열고 계단을 내려올 때, 길버트와 여자 아이들은 쌀을 뿌렸고 샬로타는 헌 신발을 던졌는데 조준을 너무 잘해서 앨런 목사의 머리를 정통으로 맞추었다. 그러나 이런 시간이 다 끝나고 폴이 귀엽게 배웅하는 순서가 남아 있었다. 폴은 식당 벽난로 선반을 장식했던 낡고 커다란 놋쇠 식사종을 마구 흔들면서 현관으로 뛰어나갔다. 폴은 단지 즐거운 소리를 내는 것이 목적이었다. 그러나 땡그랑 소리가 끝나자, 마치 라벤더가 사랑하던 메아리가 라벤더에게 결혼식을 반기며 작별 인사를 하듯이 강 건너 산꼭대기, 산모퉁이, 산골짜기에서 '마법의 결혼 종소리'가 맑고 사랑스럽게 울려 퍼지다가 잦아들었다. 그래서 라벤더는 사랑스런 메아리의 축복을 받으며 꿈과 상상에 젖어 있던 옛 생활을 떠나 저 멀리, 더욱 진실되고 성숙된 생활이 있는 번잡한 세상으로 마차를 몰았다.

두 시간 뒤에 앤과 샬로타는 오솔길을 다시 내려왔다. 길버트는 웨스트그래프턴에 심부름을 갔고, 다이애나는 집에 약속이 있었다. 앤과 샬로타는 물건들을 정리하고 나서 돌집을 완전히 잠가 두려고 다시 돌아왔다. 금방 구름을 헤치고 나온 황금빛 햇살을 한아름 안은 정원에 나비가 훨훨, 벌떼가 붕붕 날아다녔다. 그러나 그 작은 집은 축제가 끝난 뒤에 흔히 느껴지는, 알 수 없는 허전한 분위기가 감돌고 있었다.

역에서 집으로 돌아오면서 내내 흐느껴 울던 샬로타는 코를 훌쩍거리며 말했다.

"아, 이런, 집이 허전해 보이죠? 앤 아가씨, 알고 보니 결혼식이 장례식보다 더 즐거운 일도 아니에요."

분주한 저녁이 되었다. 장식물들을 치우고, 접시를 닦고, 먹다 남은 음식을 집에 있는 샬로타 남동생에게 가져다 주면 좋아할 것 같아서 바구니에 담았다. 앤은 모든 것이 가지런히 정리될 때까지 잠시도 쉬지 않았다. 샬로타가 짐을 챙겨 들고 집으로 돌아간 뒤에, 앤은 사람들이 모두 떠나고 없는 연회장을 혼자 걷는 기분으로 인적 없는 방들을 돌아다니며 창문에 달린 덧문을 닫았다. 그리고 나서 현관문을 잠그고 길버트를 기다리면서 은백색 포플러나무 밑에 앉아 있었다. 몸은 고단했지만 생각은 여전히 지치지 않고 '꼬리에 꼬리를' 물었다.

길버트가 산책로를 내려오면서 물었다.

"앤, 무슨 생각을 하고 있어?"

길버트는 말을 세우고 마차에서 내렸다.

앤은 꿈을 꾸듯 대답했다.

"라벤더 아주머니와 어빙 씨를 생각하고 있었어. 세상 일이 돌아가는 걸 보면 너무 아름답지 않니? …… 몇 년씩이나 헤어져서 서로 오해하며 살아온 두 분이 어떻게 화해하게 되었는지를 생각하면 말이야."

길버트는 고개를 든 앤을 지그시 내려다보며 말했다.

"그래, 아름다워. 하지만 앤, 만약 두 사람이 이별하지 않고 서로를 오해하지도 않았다면…… 만약 두 사람이 함께 해 온 기억말고는 별다른 추억 없이 평생 오순도순 살았다면 더 아름답지 않았을까?"

순간 앤은 이상하게도 가슴이 두근거려 생전 처음으로 길버트의 눈을 똑바로 쳐다보지 못하고 장미꽃처럼 얼굴이 붉게 물들었다. 그 기분은 지금까지 앤의 의식을 가리고 있던 장막이 걷힌 것처럼 뜻밖의 감정과 진실을 보여 주었다. 어쩌면 결국 사랑은 백마를 타고 오는 기사처럼 요란하고 화려하게 한 사람의 인생에 다가오는 것이 아니라, 오래 된 친구처럼 알게 모르게 옆으로 살며시 다가서는 건지도 모른다. 어쩌면 사랑은 갑작스런 빛줄기가 나타나 시와 음악이 있는 책장을 마구 넘겨 버려 평범한 산문의 옷을 입고 나타날지도 모른다. 어쩌면…… 어쩌면 초록 덮개를 벗고 나온 빛나는 심장을 지닌 장미꽃처럼, 사랑은 다정한 친구 사이가 자연스럽게 발전한 것인지도 모른다.

그러고는 다시 막이 내렸다. 하지만 지금 어두운 오솔길을 걸어 올라가는 앤은 어제 저녁에 명랑하게 마차를 몰고 갔던 앤이 아니었다. 보이지 않는 손이 소녀 시절의 장을 펼쳤던 것처럼, 앤 앞에는 신비롭고 매혹적이면서 고통과 즐거움이 가득한 여인의 장이 펼쳐지고 있었다.

길버트는 현명하게 더 이상 이야기하지 않았다. 그러나 길버트는 갑자기 달아오른 앤의 얼굴을 떠올리면서 다가올 4년 동안의 일을 조용히 생각해 보았다. 열심히 즐겁게 공부하고…… 그리고 유용한 지식과 사랑하는 여인을 얻을 4년을.

정원에 있는 두 사람 뒤로 작은 돌집이 그늘져 있었다. 돌집은 한적해 보였지만 버림받은 것처럼 보이지는 않았다. 돌집에는 아직 꿈과 웃음과 인생의 기쁨이 남아 있었다. 작은 돌집에는 다가올 여름이 있었다. 그 동안 돌집은 기다릴 수 있다. 강물 위로 저물어 가는 자줏빛 황혼 속에서 메아리도 그때를 기다리고 있었다.

옮긴이의 말

'빨간 머리 앤'이 어느덧 아이들을 가르치고 그 속에서 인생을 배우는 젊은 아가씨로 자랐습니다. 앤은 학구열에 불타는 자신의 꿈을 접어 두고 마릴라 아주머니와 함께 지내려고 초록 지붕 집으로 돌아옵니다. 그리고 성숙한 모습으로 새로운 일들을 벌입니다. 예전에는 호기심과 꿈만 많던 어린아이가 이제는 마을을 발전시키려고 애쓰는 열정적인 젊은이가 된 것입니다.

그러나 앤은 아직도 어린 시절의 모습 그대로 꿈을 지니고 삽니다. 아이들을 가르치는 꼬마 선생님으로 있으면서도 한가로운 시간이면 넋을 놓고 상상의 날개를 펴는 앤은 보는 이로 하여금 따스한 미소를 짓게 합니다. 어린 시절의 앤과 다른 점이 있다면 꿈을, 꿈의 세계로만 생각하지 않고 자신의 삶으로 끌어들인다는 점입니다. 앤은 사람들한테 실망하기도 하고 기쁨을 느끼기도 하면서 삶의 진실을 찾아갑니다.

앤은 어렸을 때 마릴라 아주머니와 매슈 아저씨가 자기를 키워 준 것처럼 여섯 살짜리 쌍둥이 데이비와 도라를 돌보기로 했습니다. 데이비의 그 숱한 말썽을 한번 생각해 보세요. 지저분한 장난에, 거짓말에, 남을 골탕 먹이는 것을 말예요. 그런 악동은 다시는 없을 거예요. 하지만 앤은 말썽꾸러기 데이비를 사랑하게 되고 두 아이 모두 착하게 키웁니다.

선생님으로서 앤은 폴 어빙을 가르치며 희열을 느낍니다. 상상력이 풍부하고 무엇이든 열성적으로 받아들이는 아이의 모습에서 어린 날의 자신을 보았는지도 모르죠. 폴은 마음이 여리고 착해서 남의 마음을 배려할 줄 압니다. 그것이 아마도 앤과 폴의 공통점이자 사람들에게 사랑받는 점일 것입니다.

  앤은 아이들을 가르치는 선생님으로, 쌍둥이를 키우는 책임 있는 누나로, 라벤더 아주머니의 로맨스를 엮어 주는 사랑의 요정으로, 바쁘지만 보람되게 살아갑니다.

  《에이번리의 앤》을 쓴 루시 모드 몽고메리는 캐나다의 프린스에드워드 섬에서 태어났습니다. 어릴 때에 어머니를 여의고 우체국장을 하고 있는 외조부모 밑에서 자랐답니다. 대학을 졸업한 뒤에는 학교 선생님으로 일했으나 외할아버지가 돌아가신 뒤에 교직을 그만 두고 외할머니를 도와 우체국 일을 하면서 소설을 쓰기 시작했습니다. 《에이번리의 앤》은 《빨간 머리 앤》이 출판되어 호평을 받고 백만 부가 넘게 팔려 나간 뒤에 몽고메리가 속편으로 쓴 작품입니다. 몽고메리는 자연의 아름다움과 따뜻한 인심, 그리고 사람들의 슬픔을 그리고 싶었다고 하는군요.

  사람의 정이 그리울 때에, 주위에 아무도 없다고 느껴질 때에, 갑자기 마음이 서늘해질 때에, 꿈꾸는 듯한 표정의 앤의 모습을 떠올려 보세요. 그러면 앤이 친구가 되어 여러분을 포근히 감싸줄 거예요.

김경미